···딸 없는 사위···

딸 없는 사위

초판 1쇄 인쇄일 2014년 4월 23일
초판 1쇄 발행일 2014년 4월 28일

지은이 박화산
펴낸이 양옥매
디자인 이윤경
교정 조준경

펴낸곳 도서출판 책과나무
출판등록 제2012-000376
주소 서울특별시 마포구 월드컵북로 44길 37 천지빌딩 3층
대표전화 02.372.1537 **팩스** 02.372.1538
이메일 booknamu2007@naver.com
홈페이지 www.booknamu.com
ISBN 979-11-85609-29-4(03810)

이 도서의 국립중앙도서관 출판시도서목록(CIP)은 서지정보유통지원 시스템 홈페이지(http://seoji.nl.go.kr)와 국가자료공동목록시스템 (http://www.nl.go.kr/kolisnet)에서 이용하실 수 있습니다.
(CIP제어번호 : CIP2014013005)

딸 없는 사위

박화산 지음

책과나무

내가 이 소재를 접하고 구성한 지도 어언 7~8년은 된 듯하다.

그때만 해도 지금처럼 결혼문화에서 상대 쪽에 대한 믿음과 사랑이 지금보다는 혼탁하지 않았던 것 같다

요즘은 '여성 상위시대' 라고들 한다. 그만큼 여성의 위상이 커졌다는 뜻일 게다.

우리가 한평생을 살아가면서 홍역처럼 다가오는 이성에 대한 문제.

우리는 자라게 되면서 많은 사람을 만난다. 이성을 만나고 친구를 만나고…… 그리고 사랑을 하고 이별을 하고……. 이별에도 어쩔 수 없는 이별이 있는가 하면, 출세와 부귀를 위해 상대를 쉽게 버리는 이기적인 이별도 있다.

우리네 선조들은 얼굴도 보지 않고 인연을 맺고 숙명처럼 살아온 세월이 있었다.

그러나 현재는 그렇지 못한 게 현실이다. 살다가 성격이 안 맞니 경제력이 없느니 곁눈질을 한다든지 별별 이유를 놓고 흥정하듯 이별을 쉽게도 한다.

그러나 분명 지금도 아름답던 첫사랑을 가슴에 품고 상대방을 잊지 못하고 살아가는 사람도 있을 것이다.

옛날에는 아니, 얼마 전만 해도 결혼식을 끝내고 짧은 혼인 생활 만에 질병으로 세상을 먼저 간 상대를 그리며 일생을 혼자 보낸 사람도 있었다.

그러나 요즘 같은 시대에 이런 사람이 있다면 아마 미친 사람쯤으로 치부될 것이다.

하지만 신기하게도 첫사랑을 잊지 못해서 스님이 되신 분도 있고, 일평생 독신자로 사는 사람도 분명 우리 주위에는 있다. 아니, 그렇게 사랑과 약속을 중히 여기며 믿음으로 살았던 그때 그 세월이 그리워서 이 글을 쓰는지도 모르겠다.

여기에 우리의 주인공이 바로 우리의 바람을 되새겨 주리라 믿고 싶다.

딸 없는 사위!

옛날부터 딸 없는 사위라는 말은 흔하게 있어왔다.

딸이 없는데 어떻게 사위가 있을 수 가 있단 말인가. 사위는 백년손님이라는 말도 있는데…….

오히려 요즘은 장모가 사위를 가볍게 생각하고 오히려 사위를 밑에 사람쯤으로 데리고 사는 세태라는데…….

딸이 몇 명이 되어도 쓸 만한 사위가 흔하지 않은 요즘 같은 세상에 에도 분명 어느 연속극에서나 있을 법한 이야기가 있다. 그래서 세상은 요지경처럼 재미가 있고 또한 신기하기도 하다.

『일편단심』문득 이런 단어가 생각난다. 그런 값진 믿음의 사랑이 그리워 이 글을 써본다.

아! 옛날이여~!

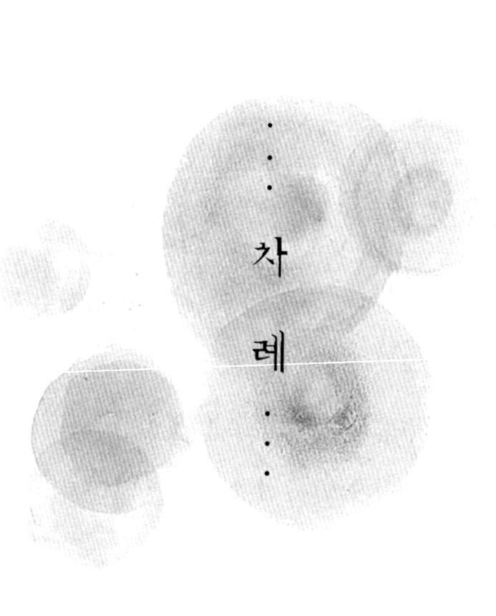

차례

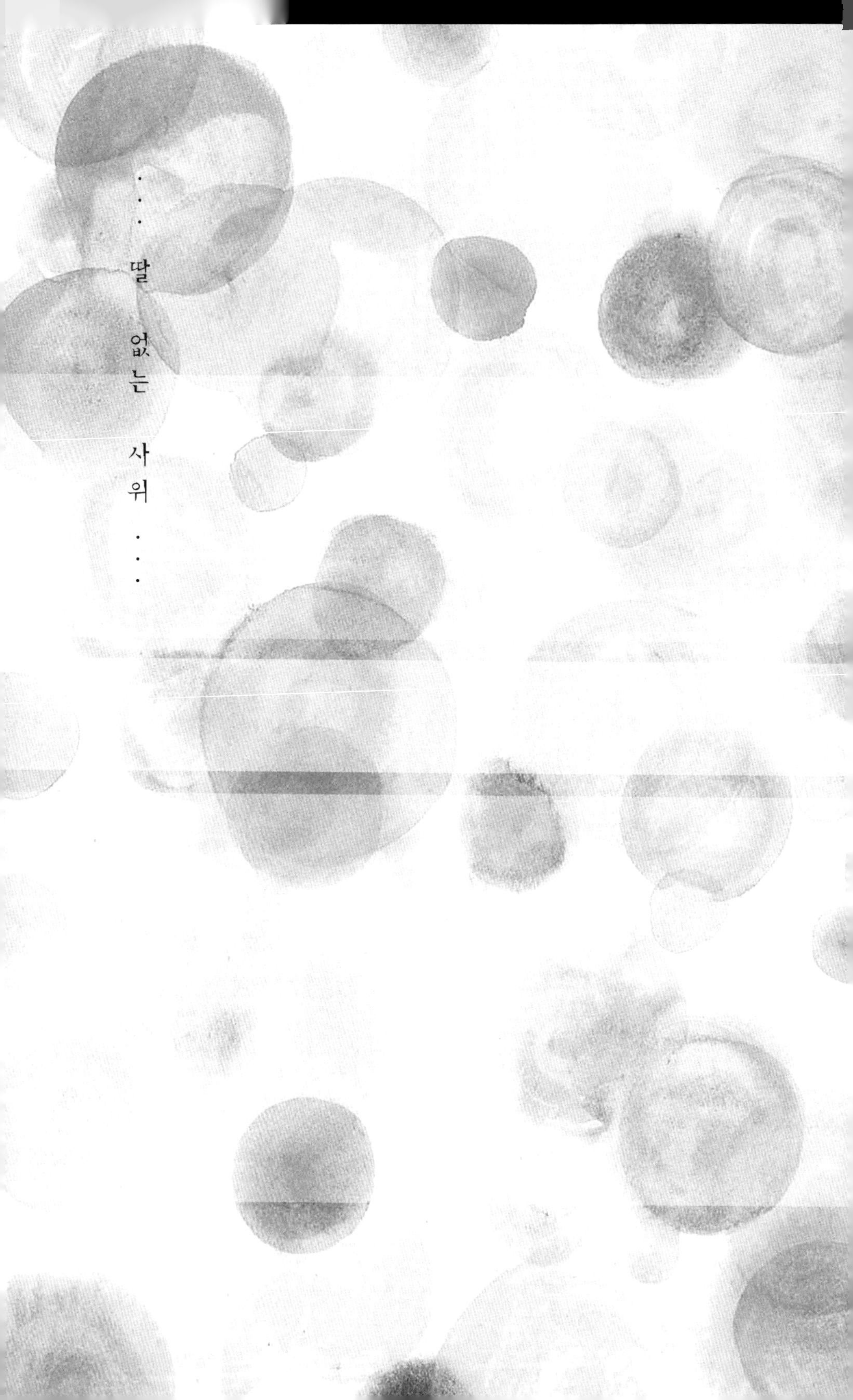

··· 딸 없는 사위 ···

옛날부터 딸 없는 사위라는 말은 흔하게 있어왔다.

01

세월이 흐른 뒤안길

거리에는 마지막 남은 한 잎까지 벗어던지려는 가로수들의 몸부림에 물기 먹은 낙엽들이 뒤틀린 채 생기 잃은 색을 안고 거리를 뒹굴며 덮고 있다.

그 낙엽 위로 융단이라도 밟듯 한 대의 승용차가 소음을 내며 낙엽을 끌고 지나간다.

하늘에는 금방이라도 가을비가 내리려는 듯 잔뜩 찌푸린 날씨다.

축축이 물기 먹은 늦가을 바람이 떨어진 그 낙엽들을 한바탕 헤집고 저만치 밀려가면, 또 다른 바람이 밀려온다. 늦가을 바람이 제법 쌀쌀함까지 함께하고 있었다.

그 낙엽 위로 석구가 고개를 떨어뜨린 채 입을 굳게 다물고 이 세상 모든 고민을 혼자 다 짊어지기라도 한 듯 그렇게 무거운 발길을 옮기고 있었다.

바람에 떨어진 낙엽이 처진 석구의 어깨 위에 소리 없이 자리 잡고 앉는다. 석구가 코트 깃을 올리고 쌓인 낙엽을 밟으며 한동안 걷고 있다.

바람에 흩어지는 낙엽소리가 왠지 을씨년스럽기까지 하다.

잠시 후 낙엽 위로 빗방울 떨어지는 소리가 들리는가 싶더니, 이내 칙칙한 가을비가 내리기 시작했다. 석구가 고개를 들어 하늘을 본다. 빗방울이 석구의 얼굴을 향해 달려들 듯 떨어져 내린다.

석구가 눈을 감는다. 알 수 없는 뜨거운 눈물이 빗물에 섞여 뺨을 타고 흐르고 있었다. 석구가 조금은 빠른 걸음으로 빗속으로 사라진다.

청량리 588번지.

오색으로 화려하게 불빛을 밝힌 커다란 유리창 안으로 몇 명의 여자들이 진한 화장에 화사한 옷을 걸치고 갖은 몸매를 내보이며 유혹이라도 하려는 듯 무슨 상점에 진열된 물건처럼 미소를 머금고 앉아서 자신을 찾아 줄 손님을 기다리며 마네킹처럼 밖을 보고 앉아 있기도 하고 또는 서서 밖을 보며 헤픈 웃음을 던지고 있었다.

더러는 급한 마음에 진한색의 양산을 펼쳐들고 길가까지 나와 지나는 사람의 팔을 잡기도 한다.

「오빠~!」

이 골목으로 축축이 비를 맞은 석구가 양손을 코트 주머니에 깊숙이 넣고 고개를 떨어뜨린 채 찾아들고 있다. 석구의 입에서는 진한 술 냄새가 풍기고 있었다.

그가 조금은 멋쩍은 생각이 들어서일까. 어디에도 시선을 제대로 주지 못하고, 옮기고 있는 자신의 발등에 내려놓고 있다.

그때 누군가 석구의 오른쪽 팔에 손을 깊이 쑤셔 넣으며 붙었다.

「오빠, 비도 오는데 들어가서 놀다가 가자. 오늘 내가 끝내줄게. 응?」

석구가 고개를 반쯤 틀어 힐끗 본다. 스물이 갓 넘었을까 싶은 여자아이가 유난히 하얀 이를 보이며 웃고 있었다. 그 입 사이로 박하 향의 껌 냄새가 진하게 풍기고 있었다. 아직 소녀티도 채 벗지 못한 듯싶은 얼굴에 유난히 진한 화장, 거기에 인형처럼 긴 속눈썹, 그리고 길게 늘어진 생머리에 그리 작지 않는 키를 하고 있었다.

주위의 색색의 화려한 진열장 불빛을 받아서일까? 아니면 술기운에서일까, 한눈에 보기에도 요즘 TV나 영화에서나 볼 수 있음직한 탤런트 못지않은 아름다운 이목구비를 갖춘, 한마디로 밉지 않은 얼굴이었다.

석구가 피식 웃으며 바라본다.

「들어가자. 오빠! 비 맞지 말고 빨리!」

여자아이가 석구의 팔을 잡아끌며 재촉했다.

석구가 못 이기는 척 그녀에게 끌려 작고 비좁은 그녀의 방 안으로 들어갔다.

「너 이름이 뭐니?」

「내 이름?」

그녀가 되물으며 장난스럽게 석구의 어깨에 얼굴을 묻었다.

「이름이 그렇게 중요해? 애인 이름 찾는 거야?」

그녀가 장난기 섞인 행동으로 석구에게 매달렸다.

「여기서 부르는 이름이야, 뻔 할 테고…….」

「오호호. 오빠 참 귀엽다. 오호호.」

「기왕이면 오늘 하루만이라도 네 이름이 경아였으면 좋겠다.」

석구가 긴 한숨 속으로 중얼거리듯 말한다.

「경아? 오호호. 오빠 〈별들의 고향〉 영화 봤구나? 그치? 오호호.

에이~ 그런데 그 영화, 슬픈 영화잖아? 경아라고 하는 여자 주인공이 폐결핵으로 죽는 영화잖아!」

「그래? 그런데 그런 병에 걸리면 얼마 동안이나 살다가 죽는 거지?」

「글쎄…… 음~한 일 년, 아님 이 년? 에이~그런 걸 내가 어떻게 알아. 내가 의사도 아닌데? 그런데 그건 왜 묻는 건데? 오빠 애인, 어디 아파? 폐병 걸렸어?」

석구는 생각한다. 차라리 그런 병이라도 걸려서 앓다가 죽었더라면 이렇게 허무하지는 않았을 것 같았다. 그랬더라면 그래도 지금보다는 좀 더 많은 시간을 함께 보낼 수도 있지 않았을까 하는 어처구니없는 아쉬움을 가져 본다.

그녀의 방은 한 평이 조금 넘을 듯싶은 작고 비좁은 방이다.

겨우 두 사람이 몸을 누울 수 있는 침대가 거의 방 안의 절반을 차지하다시피 했고, 한쪽 벽면으론 거울이 달린 조그만 화장대가 보였다. 화장대 위에는 몇 가지의 화장품과 쓰다 남은 루주 몇 개가 뒹굴고 있었고, 그 한쪽으로는 읽고 난 몇 권의 만화책이 질서 없이 흩어져 있었다. 유리창에는 분홍빛 커튼이 길게 내려져 있었고, 벽에는 플레이보이 잡지에서 뜯어낸 남녀의 나체 사진이 대각선으로 붙어 있었다.

천장에는 10W짜리 형광등이 붉은 색종이로 감싸 걸려 있었고, 그 아래로 색깔 있는 꼬마전구가 붉은 빛을 쏟으며 작은 방 안을 온통 붉은 색으로 물들이고 있었다.

그녀가 천장의 형광등 불을 끄고 꼬마전구의 불빛만을 안은 채 스스럼없이 옷을 훌훌 벗었다. 그녀의 가냘픈 육체가 꼬마전구의 붉은 불빛을 받아서일까. 유난히 아름답게 보였다.

밖에는 그때까지도 가을비가 주룩주룩 내려 유리창으로 흘러내리고 있었다.

그녀가 하얀 이를 보이며 웃는다. 그리고 아무런 동작 없이 멍하니 그녀의 행동을 보고만 있는 석구에게 다가와 옷을 벗기기 시작했다. 석구가 그동안 느껴보지 못한 멋쩍음에, 능숙하게 움직이고 있는 하얀 그리고 가느다란 그녀의 손을 잡았다.

「우리 맥주 한 잔 할까?」

「오빠! 그럼 여기서 오늘 '긴 잠' 자고 갈 거야?」

석구가 상의 주머니에서 잡히는 대로 돈을 꺼내서 그녀에게 건넨다.

「그럼 한 번 놀아 주고 갔다 올게 그래도 되지?」

그녀가 익숙한 행동으로 석구의 아랫도리를 벗겼다. 석구가 그녀의 행동을 보며 잠시 생각에 잠긴다.

'이 여자도 처음부터 이런 일을 원했던 건 아니었을 텐데, 이 나이에 왜 여기에서 이런 일을 하고 있을까? 무엇이 잘못된 걸까? 아직 한창 공부할 나이일 것 같은데. 이 여자의 꿈은 무엇이었을까? 남들처럼 공부해서 좋은 남자 만나 연애도 하고, 사랑도 하고…… 그렇게 행복한 가정을 꾸미고 살고 싶지 않았을까? 그런데 무슨 사정이 이 작고 연약한 여자를 이곳으로 밀어 넣었을까. 지금 후회는 하고 있지 않을까?'

「오빠! 이런데 처음이야?」

석구가 조금은 어색한 웃음을 짓는다. 그리고 얼굴이 달아오르는 것을 느꼈다. 그녀의 가늘고 따스한 손이 석구의 사타구니 속으로 파고 들어 왔다. 순간 자신도 모르게 '헉!' 하고 뜨거운 입김이 터져 나왔다. 그리고 온몸의 신경이 한곳으로 모여 조여 오는 것처럼 하체가 무겁고 뜨거웠다. 그녀가 석구의 몸 위에서 사타구니를 틀어넣는다.

순간 석구는 온몸이 그녀의 작은 육체의 깊은 터널 속으로 빨려 들어가는 것을 느꼈다. 그녀가 딱딱해진 석구의 물건을 움켜잡는다. 그리고 깊숙이 자신의 물기 찬 터널 속으로 집어넣는다. 석구가 숨을 멈춘다. 머리 위로 온몸의 피가 솟구쳐 올라온다. 그녀가 습관적으로 석구의 허벅지를 끌어당긴다. 그녀가 신음소리를 내며 능숙한 행동으로 석구의 가슴에 입김을 쏟아내다. 잠시 그리 길지 않은 시간에 석구의 몸은 뭍으로 건져 올려 진 해삼처럼 길게 늘어진다. 그런 석구의 모습을 보던 그녀가 무엇이 그리 우스운지 킥킥거리고 웃었다.

「오빠, 정말 이런데 처음인가 보다. 정말 그래?」

석구는 왠지 멋쩍고 부끄러운 생각이 들었다.

「그럼 나 잠깐 나갔다 올게. 심심하면 거기 만화책 보고 있어. 이 돈만큼 다 사 와도 괜찮지?」

그녀가 겉옷만을 걸치고 밖으로 나갔다. 그녀의 슬리퍼 끄는 소리가 차츰 멀어지고, 유리창에는 아까보다도 많은 빗물이 흘러내리고 있었다.

그때까지도 석구는 창문의 빗방울을 세기라도 하듯 아무런 움직임이 없이 유리창으로 흐르는 빗물을 바라본다.

석구의 눈에서도 알 수 없는 눈물이 빗물처럼 한쪽 볼을 타고 흘러내리고 있었다.

그가 몸을 일으킨다.

그리고 주섬주섬 옷을 입었다.

석구가 안주머니에서 지폐를 꺼내 화장대 위에 놓고 미닫이 방문을 열고 나온다.

시詩, 그리움

여기

너와 나

따스한 입김이 오간 차(茶)실에 이제 선풍기가 녹슬고 있다.

저 창밖 파란 하늘에 가을이 와 가로수(街路樹)에 앉는다.

네가 지날 때 그리고 너의 뒤를 따라갈 때,

너의 긴 머리가 미풍(微風)에 흔들리고

잔잔한 호수에 가느다란 빗물이 울리고

너의 작은 입김은 나의 마음을 울리고 있다.

이대로 하루를 보내면 내일이 있지만

나는 오늘 하루를 끝맺기 싫어서

너의 뒤를 따라간다.

너무나 하고 싶은 말이 많아서

입술을 다문 채

혹시 토라질까 마음 설레며 서 버린다.

입 속으로

'안녕' 하며…….

★

딸 없는 사위

인연 因緣

03

1980년 봄, 용산 역 열차 플랫폼.

방금 도착한 열차에서 한꺼번에 쏟아져 나오는 많은 승객들. 거기에 무엇이 그리 급한지 많은 사람들 사이를 헤집고 뛰쳐나오고 있는 윤 석구.

작대기 두 개의 육군 일등병이다. 훤칠한 키에 군복이 잘 어울려서일까. 아니면 유난히 그을린 얼굴 탓일까. 유난히 눈에 들어왔다.

그가 급한 행동으로 사람들 사이를 헤집고 빠져나와 출구 쪽에 왔을 무렵, 흠칫 놀라는 행동을 하고는 걸음을 멈춘다.

그것은 저만치 출구 쪽에 정복을 한 두 명의 헌병이 양쪽으로 서서 출구를 빠져나오는 군인들을 일일이 검문하고 있는 모습이 석구 눈에 들어왔기 때문이다.

순간 석구는 무슨 잘못이라도 저지른 사람처럼 그 자리에 서서 자신의 복장을 살핀다.

그런데 너무 급하게 빠져 나오느라 사람들과 부대끼는 바람에 왼쪽 가슴에 달려 있던 명찰이 반쯤은 떨어져서 달랑거리고 있었고, 상의 위쪽 단추 하나는 한 가닥 실에 간신히 걸려 있었다.

난처해진 석구가 간신히 매달려 있던 명찰을 뜯어서 쥐고는 사방을 두리번거리며 누군가를 찾는 눈치다.

어느새 그 많던 승객들이 일부 빠져나간 출구 쪽은 한산해 보이기까지 했다. 그때 뒤쪽으로부터 고등학생인 듯싶은 여학생 셋이서 조잘거리며 석구 앞쪽으로 다가오고 있었다.

석구가 무슨 구세주라도 만난 듯 반갑게 웃어 보이며 여학생들 앞으로 다가섰다. 조금은 멋쩍은 듯 허리를 반쯤 굽혀 세 학생을 동시에 본다.

「저…… 미안하지만 바늘하고 실 좀 있으면 잠시만 빌려주시겠습니까?」

세 명의 여학생들이 느닷없는 석구의 돌출에 놀란 듯 몸을 움칫하며 한쪽으로 비켜섰다. 그리고 그중 몸이 뚱뚱하고 이마에 여드름이 듬성듬성 난 여학생 하나가 석구를 쏘아대듯 보며,

「미안해서 어쩌죠. 오늘 가사 시간이 없어서 준비를 못했는데요! 오호호! 얘들아, 가자.」

이내 여학생들은 가던 길로 사라졌다.

석구가 조금은 실망해서 출구 쪽으로 나가지 못한 채 한쪽 벤치에 힘없이 걸터앉아서 담배를 피워 물었다. 손에 쥐고 있는 명찰이 땀에 흥건히 젖어 있었다.

출구 쪽에는 어느새 빠져나간 사람들로 한산한 모습이다.

「옷 이리 벗어 주세요.」

그 소리에 석구가 고개를 돌려 소리 나는 쪽을 바라본다.

거기에는 좀 전의 여학생들 중 한 여학생인 듯싶은 여학생이 다소곳이 벤치 옆에 자신의 책가방을 놓고 앉아서 가방 속에서 바늘과 실을

꺼내고 있었다.

석구가 자리에서 벌떡 일어나 피우던 담배를 비벼 끄고는 웃옷을 벗어들고 옆자리에 앉으며,

「아닙니다. 이런 것쯤은 저도 할 수 있습니다. 바늘하고 실만 저에게 주십시오. 제가 하겠습니다.」

석구가 송구스러운 마음에 자신에 찬 목소리로 말했다.

그러나 그 여학생은 석구를 보지도 않은 채 다소곳이 앉아서,

「이리 주세요.」

짤막하게 말하고는 석구가 들고 있는 옷을 잡았다.

석구가 멋쩍어서 서 있는데, 그 여학생은 석구의 옷에 명찰과 단추를 능숙한 솜씨로 달고 있었다. 그 모습을 한동안 보고 있는 석구, 때 묻지 않은 하얀 학생복의 칼라가(옷깃을 말합니다.) 유난히 맑고 희게 보였다.

그 밑으로 '고3'이라는 글자와 아크릴로 새겨진 이름표에는 '민경아'라는 이름이 새겨져 있었다. 이름표와 단추를 달고 난 학생이 석구의 옷을 자신이 앉아 있던 자리에 가지런히 놓고는 아무 말 없이 일어나 출구 쪽으로 총총 사라진다.

그때까지 멍하니 그 여학생의 행동을 보고 있던 석구가 불현듯 정신을 차리고 급하게 옷을 집어 팔을 끼며 '민경아'라는 여학생이 사라진 출구 쪽을 향해 내달렸다. 개찰구 밖으로 나온 석구가 사방을 둘러본다.

그러나 이미 경아라는 그 여학생의 모습은 어디에도 보이지 않았다.

석구가 조금은 아쉬운 마음으로 돌아서서 막 떠나려는 버스를 타기 위해 정류장 쪽으로 달려간다.

그리고 얼마 후 다시 윤석구가 모습을 나타낸 곳은 고급 주택들이

즐비하고 약간은 비탈지고 도로 포장이 잘된 어느 주택가였다.

커다란 철 대문에 자연 석으로 치장된 기둥과 높은 담 위로는 큼직한 정원수가 담 밖까지 가지를 넘고 있는 어느 큰 저택 앞이었다. 석구가 인터폰 키를 길게 눌렀다.

곧이어 안으로부터 젊은 여자의 목소리가 흘러나왔다.

「누구세요?」

「네! 이 집 장남 윤석구 입니다.」

석구가 목청을 높여 소리친다.

이어 자동문이 열리고 안으로 들어서면 넓은 정원엔 갖가지 정원수가 잘 손질되어 있고, 한쪽으로는 작지 않은 연못도 보였다. 그리고 연못 주위에는 큼직한 자연석들이 둘러져 있고, 연못 속에는 각종 물고기들이 한가로이 노닐고 있었다.

한눈에 보아도 중산층 이상의 가정임을 알 수 있는 분위기의 집이다. 이어 안에서 오래전부터 석구의 집에서 집안일을 도맡아 하고 있는 영숙이 반갑게 웃으며 나왔다.

「석구 학생, 휴가 나온 거야?」

「휴가는 아니고 3박 4일 외박, 영숙이 누나도 그 동안 별일 없었지?」

「그럼, 어서 들어가. 할머니께서 얼마나 기다리신다고.」

「에구, 에구! 이게 누구야? 우리 집 보물 왔구먼. 어유, 그래. 얼마나 고생한 게야.」

석구 할머니가 반 맨발로 신발을 끌며 나와 석구의 손을 덥석 잡는다. 그 뒤로 석구의 어머니 홍 여사의 얼굴도 보인다.

「이 집 장남, 윤석구! 외출을 명받고 나왔습니다. 충성!

석구가 거수경례를 하며 할머니와 어머니에게 우선 신고부터 한다.
「그래, 오냐, 고생했다. 어서 들어와. 아유, 얼굴이 까칠해졌구나. 그래, 얼마나 고생을 한 게야? 어유, 불쌍한 것.」
할머니가 석구의 손을 잡고 거의 끌다시피 호들갑을 떨며 안으로 들어간다.

「어서 얼굴 씻고 밥이나 먹어. 괜한 소란 피우지 말고.」
홍 여사가 주방 쪽으로 들어간다. 별로 반가운 기색이 아닌 듯하다.
「닦는 건 나중이고, 우선 밥부터 주세요. 배고파 죽기 직전이란 말이에요.」
「그려, 배고픈 땐 닦는 것도 귀찮은 법이야. 어서 밥부터 줘라!」
영숙이 주방에서 식사를 준비하는 동안 석구가 냉장고를 열고 수박 한 통을 꺼내들더니, 통째로 깨서 게걸스럽게 먹는다.
「조금만 기다려, 금방 밥 준비할게. 그런 거 먹으면 밥맛없어!」
영숙이 분주히 손을 움직이며 석구를 본다.
「누난 그런 걱정 말고 빨리 밥이나 줘.」
「아니, 넌 아직 애 밥 안 주고 뭣하고 있는 게야? 애가 배고파 죽겠다고 하는데도.」
할머니가 영숙을 다그친다.
식탁에서 석구가 게걸스럽게 밥을 먹고 있는 동안 할머니가 옆에 앉아서 석구를 측은한 얼굴로 본다.
「넌 군대에서 밥 굶고 지내니? 웬 밥을 그렇게 무식하게 먹니, 먹길.」
홍 여사가 밥 먹고 있는 석구를 보며 물 컵을 옆으로 놔 준다.
「어머닌, 밥 먹는데 무식하고 유식하고가 어디 있어요. 그냥 맛있고 배부르게 먹으면 되는 거지.」

「그려! 어서 천천히 많이 먹어. 물 좀 마셔가면서.」

「아버진 요즘도 바쁘세요?」

「바쁘면? 네가 도와라도 주련?」

「할머니, 나 오늘 예쁜 여학생 만났어요.」

「여자 학생을?」

「응. 아주 예쁘고 마음씨 착한 여학생.」

「그 학생을 왜?」

「응, 그런 거 있어.」

「싱거운 소리 그만하고 밥 다 먹었으면 어서 씻어라. 몸에서 땀 냄새 난다.」

홍 여사가 석구의 말에 관심 없이 자리에서 일어난다.

석구가 방으로 들어와서 침대에 벌렁 눕는다. 그리고 잠시 생각한다.

「민경아, 민경아!」

혼자 히죽 웃는다. 그리고 옷을 훌훌 벗어 던지고 샤워실로 들어갔다.

다음날, 인천 연희동의 한 아파트건설 현장.

석구가 몇 명의 잡부들 속에서 건축 자재를 나르는 잡일을 하고 있다.

잠시 후 작업반장이 작업자들의 명단을 들고 석구를 찾았다.

「어이! 거기 이름이 뭐라고 했지?」

「저 말입니까?」

석구의 말에 작업반장이 안전모 밑으로, 뻔한 사실을 묻는 석구를 향해 눈을 흘겼다.

「유성준입니다. 유성준.」

작업반장이 석구의 이름을 작업 일지에 적고 나서 큰 소리로 말했다.

「자네는 저쪽으로 가 봐. 저기 짐차 보이지? 그리로 가서 좀 도와줘.」

그리고 다른 공원들에게 작업 독촉을 했다.

「여기 일은 오전까지 마무리하도록 하고. 오후에는 목재 들어오면 그 작업을 해야 하니까 빨리들 좀 서두르라고.」

남은 공원들의 푸념이 이어졌다.

「그렇게 바쁘면 자기가 좀 해보시지? 체! 사람은 하나둘 다 빼가면서 이 일을 어떻게 셋이서 끝내라고? 그것도 뭐, 오전 중에 끝내라고? 혼자서 북 치고 장구 치고 다 해라, 젠장.」

고급 승용차 한 대가 석양의 노을을 뒤로하고 달리고 있었다.

승용차 안에는 석구와 부친인 윤 회장이 앉아 있다.

「그래, 오늘 현장에서 일했다고? 일은 할 만한 게야?」

「그럼요, 며칠간 더해야 하는데…….」

「그게 무슨 말이야?」

「이틀 일당으로 어디 친구들하고 술 한 잔 제대로 할 수 있겠어요.」

「그럼 친구들하고 술 마시려고 일을 하는 게야? 녀석.」

「지금 제가 벌어서 아버지 도와 드릴 순 없고, 그럼 술값쯤은 제가 벌어야 하잖아요.」

「허허. 그놈, 말이 좋다.」

「아저씨, 저쪽에서 전 좀 세워 주세요.」

석구가 최 기사에게 말했다. 최 기사가 뒷거울로 윤 회장을 본다.

「왜? 집으로 안가고?」

윤 회장의 말에 석구는 친구들과의 약속이 있다고 차에서 내렸다.

윤 회장이 지갑을 열어 지폐를 건넨다. 석구가 차에서 내려 손을 흔들고 뜀박질로 사라졌다.

윤 회장이 흐뭇한 웃음 짓고, 이내 차는 미끄러져 나간다.

어느 디스코장 안.

어두운 조명 속에 굉음에 가까운 음악 속에 현란한 불빛을 받으며 젊은이들이 함께 어울려 춤을 추고 있다. 그들은 서로 무슨 대화들을 하지만, 그 목소리는 음악소리에 묻히고 만다.

거기에 석구의 모습이 보였다. 오랜만에 만난 대학 동기인 상철이와 명희가 함께하고 있었다. 잠시 후 조용한 음악이 흐르고, 일행이 자리로 돌아와 앉는다.

「이번엔 언제 들 어가냐?」

상철이가 이미 채워져 있던 맥주잔을 들고 석구를 보며 물었다.

「응, 내일.」

「내일? 언제 나왔는데 벌써 들어가?」

「이틀 됐다, 왜?」

「그런데 오늘 나타난 거야, 자식! 하여간 반갑다. 자, 한 잔 하자.」

석구가 잔을 들고 마신다. 그 모습을 잠시 보고 있던 명희가 미소 지으며 말했다.

「진숙이 소식은 들었니?」

「진숙이? 아니, 왜?」

석구가 별 관심 없다는 듯 말했다.
「너 진숙이 좋아했잖아?」
「좋아하긴, 그냥…… .」
석구가 빈 잔에 술을 채운다.
「그 계집애 미국 갔어.」
「그래? 졸업도 안 하고?」
「너 정말 진숙이 한테 관심 없는 거야?」
상철이 석구를 보며 물었다.
「있으면 뭐하니? 이 땅에도 없다면서.」
「너희들 그렇게 붙어 다니더니 벌써 흘러간 과거가 된 거야, 그럼?」
명희가 장난스럽게 웃는다.

진숙과 명희, 그리고 석구와 상철, 이들은 같은 학번에 같은 학과로 석구가 군에 가기 전까지만 해도 자주 어울리던 단짝들이었다.

그런데 석구가 2학년 때 휴학을 하고 군대에 가게 된 것이다. 그리고 이번이 두 번째 나오는 외박이기도 했다. 그러니까 석구가 군대에 간 지도 어느덧 10개월이 된 것이다.

지난번 외출을 나올 때만 해도 진숙은 학교에 있었다. 그런 진숙이 미국을 갔다고 했다. 사실 석구도 진작에 진숙이 다른 남자 친구를 만나고 있다는 것을 듣고 있었다. 진숙은 명희와도 절친한 사이었다.

그런 진숙이 두 달 전에 같은 학과 선배인 박두식과 미국으로 유학을 떠났다고 했다. 유학을 간 건지, 아니면 계약 결혼으로 간 건지는 알 수 없다고도 했다. 그러나 석구는 그 사실에 그리 마음을 두지 않고 있는 듯했다.

명희와 헤어진 석구가 상철과 작은 포장마차에 앉았다.
「엇그제 외출 나왔다면서, 지금까지 어디 있었니?」
「짜샤, 네놈 술값 좀 버느라고 그랬다.」
「그래? 네놈이 내 주머니 사정을 알고 있었다니, 정말 고맙다. 하하하!」
「네놈은 내년이면 졸업인데, 난 언제 제대하고 복학해서 졸업하냐?」
「지랄하고 있네. 누군 졸업하면 군대에 안 가니? 차라리 너처럼 나도 휴학하고 군대부터 갔다 와야 하는지 모르겠다. 너야 졸업하면 갈 데라도 정해져 있지만, 나야 어디 졸업하고 군대에 갔다 와도 어디 하나 기다리는 데가 있길 하니…… 정말 걱정이 태산이다.」
「인마, 아직도 봄인데 뭘 벌써부터 걱정을 사서 하니.」
상철과 헤어진 석구가 버스 안 창가에 앉아서 차창 밖을 바라보고 있다.
어두운 거리에는 색색의 네온 불빛이 어지럽게 흐르고 있었다. 그 사이로 바쁘게 오가는 많은 사람들, 그 많은 사람들 중에 석구의 눈에 익은 사람은 어디에도 없었다.
'잠시 후면 저 많은 사람들도 모두가 보금자리로 돌아가겠지.'
석구가 무슨 일개미처럼 바쁘게 움직이는 많은 사람들을 보고 괜히 히죽 웃음이 나왔다.

다시 부대로 돌아온 후 석구의 군 생활도 어느덧 다시 일 년의 세월이 흘렀다. 그리고 제대를 6개월을 앞둔 마지막 유격 훈련장.
석구가 그 고된 유격 훈련을 받고 있었다.
여기저기에서 군가가 들려오고, 그 속으로 호각 소리가 쉴 새 없이 울린다. 일개 분대씩 편성된 장병들이 이리 뛰고 저리 뛰고 훈련에 열중인 모습, 그들 부대원들 틈으로 석구의 모습이 보인다.

땀으로 뒤범벅이 된 석구의 모습은 유난히 커 보이는 철모 속의 석구의 얼굴이 검정 색으로 위장된 탓인지 더욱 여위어 보였다. 그런 모습으로 소대원들 속에 끼어서 좌우로 반동하며 군가를 목청껏 부른다.

이어 조교의 악에 찬 목소리가 들린다.

「전체 동작 그만!」

기계화된 듯 멈추는 소대원들. 그리고 조교의 목소리가 이어졌다.

「지금부터 여기 올빼미들은 저 능선 쪽으로 훈련 코스를 이동한다. 이동 간에 앞뒤의 간격을 유지하고 구보로써 이동한다. 알겠습니까?」

소대원들의 악에 찬 목소리가 훈련장에 울려 퍼졌다.

「이동 간에 올빼미들은 큰소리로 군가는 계속된다. 알겠습니까?」

소대원들이 다시 악을 쓴다.

「네~ 엣!」

「이동 간에 개인행동이 있을 시에는 전원 원위치 한다, 알겠습니까?」

조교의 호각 소리가 이어지고 소대원들은 조교의 구령에 맞춰 군가를 부르며 다음 코스로 이동한다.

이어 능선으로 오르는 소대원들, 거기에 석구가 있다. 능선에 오른 소대원들은 마지막 대원이 도착할 때까지 제자리에 서서 구보형태로 발을 구르며 악을 쓰듯 큰 목소리로 군가를 부른다.

땀으로 뒤범벅이 된 소대원들의 얼굴에서도 유난히 빛나는 눈동자들, 또 다른 조교가 소대원들에게 훈시한다.

「모두 다 모였습니까?」

「네~ 엣!」

「모두 제자리에 섯!」

소대원들이 동작을 멈추고 조교의 눈동자를 살피고, 이어 조교의 겁주기 훈시가 계속된다.

「여기까지 오느라고 고생 많았다. 본 코스는 여기 올빼미들도 이미 들어서 알겠지만, 안전사고가 가장 빈번한 코스다. 지난주에도 고문관 올빼미 하나가 여기 조교의 지시를 무시하고 행동했다가 지금 병원 신세를 지고 있다. 고로 이번 올빼미들은 여기 조교의 지시에 적극 협조해 주기 바란다. 알겠습니까?」

「네~ 엣!」

「그럼 오늘 올빼미들은 단 한 명의 안전사고 없이 무사히 통과할 수 있도록 협조 바란다. 알겠습니까?」

「네~ 엣!」

「복창소리가 마음에 안 든다. 알겠습니까?」

소대원들이 악을 쓰듯 목소리를 내서 대답했다.

「네~ 엣!」

「그럼 지금부터 안전수칙을 철저히 숙지하고 숙달된 조교의 시범에 이어 올빼미들의 하강을 실시하겠다. 자신 있습니까?」

「자신 있습니다!」

「다시 한 번 더 크게, 자신 있습니까?」

「넷! 자신 있습니다.」

이때 산 밑으로부터 호각 소리가 길게 울렸다. 휴식을 알리는 소리였다.

「지금부터 자리 이동 없이 현 위치에서 십 분간 휴식을 취한다. 본 조교의 허락 없이 단 한 명의 올빼미라도 자리를 이탈할 시에는 저기 위로 보이는 8부 능선까지 전 올빼미들은 선착순이다. 알겠습니까?」

「네~ 엣!」

조교의 명령이 떨어지고 소대원들이 제각기 흩어져 자리를 잡고 앉으면, 어느 사이에 산야는 담배 연기로 뒤덮는다.

석구가 한쪽 나무그늘로 자리를 잡고 철모를 벗어 베개 삼아 머리를 놓고 담배연기를 길게 내뿜는다. 맑고 드높은 하늘에는 뭉게구름이 유유히 떠가고 있었다. 어디선가 산새의 지저귐도 들려온다.

석구가 스르르 눈을 감았다. 시원한 산바람이 사르르 귀밑을 스쳤다. 그 바람을 타고 어디선가 찢어진 신문지 한 조각이 날아와 눈을 감고 누워 있는 석구의 얼굴을 덮었다.

석구가 얼굴을 덮은 신문 조각을 집어 들었다. 때 지난 신문 조각이었다. 석구가 그 조각 신문을 들고 무심히 읽어 본다.

'천재 피아니스트 민경아 귀국 독주회'

그 밑으로 피아노를 연주하는 여자의 사진이 함께 실려 있었다.

잠시 기사와 사진을 보고 있던 석구가 불현듯 눈을 크게 뜨고 자리에서 일어나 앉는다. 그리고 잠시 무엇인가 골똘히 생각에 잠긴다.

「민경아? 경아? 경아?」

한참을 생각하던 석구.

「그럼? 그때…… 그 여학생?」

석구가 다시 피아노를 연주하고 있는 사진을 들여다본다.

「정말 그때 그 여학생? 경아, 경아, 민경아? 그 여학생일까?」

석구가 한참을 중얼거리며 몇 번이고 '경아'라는 이름을 되새겨 본다.

「그때가 고3이었으니까…… 그때 그 여학생, 민경아? 그 경아가 피아니스트가 됐단 말인가? 아니, 그때에도 피아노를 했단 말인가?」

다시 길게 울리는 호각 소리에 소대원들이 제자리로 모이고, 석구가 조각난 신문지를 몇 번이고 접어서 웃옷 주머니에 깊숙이 집어넣고 소대원들 틈으로 묻혔다.

이 작고 찢어진 낡은 한 조각의 신문이 석구의 운명(運命)을 바꿔 놓을 줄은 이때에 석구 자신은 물론 그 누구도 알지 못했다.

그 당시 석구는 중화기 중대 행정 반 인사계에서 근무하고 있었다. 그는 무척이나 글씨를 잘 썼다.

물론 지금은 군 생활도 고등학교 이상의 학력을 요구하지만, 그 당시만 해도 군에는 중졸의 학력은 물론이고 아예 학교 문턱도 밟아 보지 못한 자들까지도 군에 복무하고 있을 때였다. 그래서 지금으로는 상상도 할 수 없는 대독 · 대필이라는 웃지 못 할 일들이 비일비재하던 시절이기도 했다.

외출증이며 식권이라는 게 있었는데, 그것들도 컴퓨터로 출력된 게 아니라, 일명 '가리방'이라는 줄판으로 긁어 롤러를 굴려서 등사해서 사용하던 시절이었다.

그때, 그 글씨를 석구가 도맡아 했다. 그렇게 유난히 글씨를 아주 잘 쓰던 석구였다.

그런데 언제부터인가 석구가 매일 시간만 있으면 어디로인가 편지를 쓰는 습관이 계속됐다.

하지만 단 한 번도 석구의 그 많은 편지에 대한 답장이 오는 것을 본 적은 없었다. 그럼에도 불구하고 석구의 편지 쓰기는 계속됐다. 물론 그 편지의 상대는 다름 아닌, 언젠가 훈련장에서 주워 온 신문 속의 피아니스트 민경아 에게 쓰는 편지였다.

행정반으로 소대장이 들어오며 석구를 본다.

「윤 병장은 또 그 답장도 없는 편지를 쓰는 거야?」

석구가 멋쩍게 웃었다.

「답장도 없는 편지를 뭐 하러 그렇게 매일 혼자 열나서 쓰나?」

「그러게 말입니다.」

석구가 남의 말을 하듯 웃고는, 편지를 정성껏 접어서 책갈피에 넣는다.

「오늘 외출자가 몇 명이지?」

「25명입니다.」

「각 소대별로 집합시켜!」

석구가 각 소대에게 외출자를 집합하라는 전달을 한다.

외출자들이 정성껏 손질한 군복과 군화를 신고 대기하고 있다가… 전달 소리에 한 번에 뛰쳐나와 연병장으로 집결했다.

만남

04

서울의 어느 조용하고 아담한 이층 양옥집, 그 이층 방 한쪽에서 피아노 소리가 가늘게 흘러나오고 있었다.

학교에서 막 돌아온 미애가 콩콩거리며 피아노 소리가 들리는 이층 경아의 방으로 올라간다. 그리고 안쪽으로 방문을 밀어열고 들어선다.

경아가 미애의 기척에도 별 반응 없이 하던 동작으로 피아노를 치고 있었다.

「언니! 언니! 또 편지 왔어. '윤석구'라는 군인한테서.」

미애가 호들갑스럽게 떠들며 편지를 경아 앞으로 내민다.

그러나 경아의 행동에는 아무런 변함이 없었다.

「언니!」

미애가 별 반응 없이 피아노를 치고 있는 경아에게 앙칼지게 소리를 지른다.

그때서야 경아는 손놀림을 잠시 멈추고 미애를 빤히 쳐다본다. 왜 이렇게 호들갑이냐는 눈치다.

「이 군인아저씨 편지, 또 왔다고.」

미애가 편지를 경아 코앞으로 내밀었다. 경아가 별 관심 없다는 듯 미애가 내민 편지를 받아서 그냥 책상 밑 서랍 속으로 던져 넣었다.

「언니, 그 사람 누구야? 어디서 어떻게 만난 사람이야?」

「넌 학교에서 돌아왔으면 닦지도 않니?」

「피~ 괜히 할 말 없으니까…….」

미애가 나가고 경아가 다시 피아노에 열중한다.

그리 적지 않은 방 안에는 한쪽으로 긴 거울 문이 달린 베이지 색상의 옷장이 보이고, 그 옆으로 큼직한 유리문으로 된 장식장 안에는 각종 상패와 트로피가 가득하다. 그리고 그 앞쪽에는 시상식 때 찍은 듯싶은 사진이 확대되어서 유리 액자 속에 담겨 걸려 있었다. 그리고 그 밑으로는 잘 정돈된 책과 액세서리들이 창가 쪽으로 놓여 있었다.

창에는 길게 늘어진 엷은 하늘색 커튼이 허리를 감긴 채 좌우 양쪽으로 갈라져 매듭지어져 있고, 그 너머로 작은 정원에는 몇 그루의 크고 작은 정원수가 막 넘어가는 저녁노을을 받아 붉게 물들어 있었다.

그 노을을 창가로 받으며 피아노를 치고 있는 그녀의 모습이 더없이 아름답기만 하다. 한동안 경아의 가느다란 손놀림은 계속되고 있었다.

그러던 어느 날, 경아의 집 근처 주택가에 석구의 모습이 나타났다.

군복을 입은 석구가 한 손에 들려진 메모지 주소를 확인하며 이 집 저 집을 기웃거리며 문패의 주소를 확인하고 있었다. 물론, 경아의 집을 찾고 있는 중인 듯했다.

잠시 후 석구의 발걸음이 경아의 집 앞에서 멈췄다. 석구가 주소를 확인하고 나서 길게 안도의 한숨을 쉬며 얼굴에 웃음을 지어 보인다.

문패에는 '민세기'라는 이름이 적혀 있었다.

석구는 메모지를 주머니에 넣고는 잠시 망설였다. 그러다 몸을 한 번 가다듬고 나서 용기를 내어 인터폰을 눌렀다.

「누구세유?」

안으로부터 충청도 말씨의 아줌마 목소리가 들렸다.

「예, 저는 윤 석구라고 하는 사람입니다. 민경아 씨를 좀 만나고 싶어서 찾아온 사람입니다. 지금 집에 있습니까?」

「누구유?」

「육군 병장 윤 석구라고 합니다. 집에 있으면 좀 전해 주십시오.」

「지금 집에 없는데유.」

「그럼 언제쯤 오면 만날 수 있습니까?」

「글쎄유(충청도 사투리 사용). 지는 잘…….」

석구가 잠시 집 주위를 돌며 살핀다. 철문 안으로는 작은 정원이 보였고, 현관문까지는 갈색 자연석 돌이 깔려 이어져 있었다. 서쪽 방향으로 나 있는 이층 창문은 굳게 닫혀 있었고, 그 벽면으로는 담쟁이 넝쿨이 벽을 감싸고 있었다.

경아의 집을 한 바퀴 돌아본 석구가 아스팔트길을 뒷걸음으로 가며 연실 뒤돌아서서 문 쪽을 바라본다. 한참을 서성거려도 누구의 모습도 보이지 않았다.

집으로 돌아온 석구가 책장에서 책 한 권을 펼친다. 거기에는 경아의 사진이 실려 있는 찢어진 신문 조각이 담겨 있었다.

언젠가 훈련장에서 주워 넣었던 바로 그 신문 조각이다. 그 신문 조각을 석구가 무슨 신주단지라도 모시듯 보관하고 있다.

「뭐하니? 밥 먹자는데?」

어머니의 목소리였다.

「알았어요. 금방 내려갈게요.」

석구가 책갈피에 다시 찢어진 신문 조각을 집어넣고 방을 나온다.

할머니와 석구가 마주 앉아서 식사를 하고 있다. 홍 여사가 다가와 함께 자리한다.

「아버진 아직 안 들어오셨어요?」

「너희 아버지가 이 시간에 집에 계시겠니.」

어머니가 조금은 푸념하듯 말했다.

「부대에는 언제 들어가는 게야?」

「네, 할머니. 모래 오후까지 들어가면 돼요. 그리고 다음 달이면 군대도 아주 졸업입니다. 군대에서는 제대라고 하고요.」

「오! 벌써 그렇게 됐어?」

할머니가 대견한 듯 석구를 본다.

「그럼, 그냥 있다가 그때 나오지, 뭐 하러 그새를 못 참고 또 외출을 나와?」

어머니가 실눈으로 석구를 보며 말했다.

「뭔 소리야? 그래도 이렇게 얼굴 보니, 든든하구먼.」

할머니가 석구의 앞으로 찬을 놓으며 어머니 말에 핀잔을 준다.

「어머니는 제가 집에 오는 게 그렇게 싫어?」

「그래, 귀찮아 죽겠다. 못난 놈!」

인터폰이 연신 울렸다. 그리고 철문 두드리는 소리까지 요란하다.

「성미 년인가 보다.」

어머니가 계속 울리는 인터폰 소리에 자리에서 일어나 인터폰 키를 누른다. 곧이어 뛰어 들어오는 성미.

「뭐가 그렇게 급해서 인터폰을 그렇게 요란스럽게 눌러대?」

성미가 숨을 몰아쉬며 할머니에게 매달린다.

「웬 호들갑이야?」

「할머니! 할머니 글쎄 집에 오는데, 누군가가 버스에서부터 날 따라오는 거 있지?」

「누가 쪼그만 너를 따라와?」

「할머닌 내가 아직도 쪼그만 꼬맹이로만 보이지?」

「아니면? 음…… 가만 가만, 그러고 보니 얼굴에 여드름이 난 걸 보니 꼬맹이 티는 이제 허물은 벗나 보구나. 오호호!」

할머니가 성미를 보며 놀린다. 석구가 성미의 얼굴을 보고 히죽 웃는다.

「그래? 그 남자 이 오빠처럼 잘 생겼던?」

「오빠까지 이러기야 정말!」

「철딱서니 없는 소리 그만하고, 얼른 이 닦고 밥이나 먹어.」

「할머니, 나하고 키 한번 재볼 거야?」

「요것아, 키만 장승처럼 크면 장땡인 줄 알아? 머리가 채워져야지.」

「머리가 무슨 주머닌가? 채워지게.」

성미의 행동에 한바탕 웃음이다.

다음날 오후, 석구가 다시 경아의 집을 찾았다.

어제의 그 아주머니의 음성이 다시 인터폰에서 들렸다.

「어제 왔던 윤 석구라는 사람입니다. 경아 씨 좀 만나고 싶어서 그럽니다.」

잠시 적막이 흘렀다. 석구가 다시 한 번 인터폰을 눌렀다.

잠시 후 안으로부터 현관문 열리는 소리가 들리고, 인기척이 들려왔다. 석구가 허리를 굽혀 철문 사이로 안을 살핀다.

거기에 분명 경아의 모습이다. 그때의 교복 차림의 학생은 아니었지만, 엷은 분홍색 원피스에 길게 늘어진 생머리, 발소리도 없이 사뿐히 조용히 걸어 나오고 있었다. 순간 석구의 가슴이 쿵덕거렸다. 그동안 얼마나 마음속으로 보고 싶었던 얼굴이었던가.

답장 한 장은 받아 보지 못했지만, 수없이 보냈던 많은 사연들……. 바로 그 여인, 경아가 지금 석구의 앞으로 다가오고 있었다.

석구의 심장이 뛰기 시작했다. 머리로 한꺼번에 심장의 피가 모두 쏟아져 밀려들어오는 것만 같았다.

석구가 잠시 눈을 감았다. 그리고 두 손에 힘을 주고 심호흡을 했다. 순간 호흡이 딱 멈췄다.

쪽문이 열린 것이다. 그것도 겨우 서로가 상대가 있음을 확인할 수 있을 정도만큼, 그렇게 문이 열렸다. 그리고 거기, 경아의 모습이 보였다.

양쪽으로 흘러내린 긴 머리 사이로 맑고 깨끗한 눈동자, 오뚝한 코에 화장기 하나 없는 얼굴 그리고 깨끗한 입술은 정말 그림같이 고운 얼굴이었다. 석구가 무슨 말이라도 하려고 입을 열려는데, 숨이 콱 막힐 지경이었다.

그런데 문 사이로 석구를 확인한 그녀가 이내 안으로 다시 사라지는 게 아닌가. 석구가 당황해서 문을 열어 보지만 이미 문은 안으로 잠겨 있었다.

「이봐요! 경아 씨, 경아 씨!」

그러나 안으로부터는 인기척 하나 없이 잠시 조용했다. 정원의 나무들도 잠시 움직임을 멈춘 듯, 그렇게 조용했다.

짧은 시간이었다. 그 짧은 순간 동안 석구의 머리에는 수많은 생각들이 스치고 지나갔다.

석구의 눈이 문창살 사이로 안쪽을 살피며 인터폰 키를 다시 누른다. 그때, 안으로부터 다시 발소리가 들렸고 그녀의 모습이 다시 나타났다.

석구가 숨을 멈추고 그녀의 모습을 문창살 사이로 살핀다. 문 앞으로 다가온 그녀가 조금 전처럼 빠끔히 쪽문을 열고 석구를 제대로 보지 않은 채 손에 든 무겁게 보이는 가방을 내밀었다.

석구가 묻고 싶었지만, 도무지 입이 열리지 않았다. 석구가 움직임 없이 잠시 그녀의 동작을 살피고 있었다.

그러자 그녀가 여전히 석구에게 눈을 주지 않은 채 가늘게 그리고 짧게 말했다.

「죄송합니다. 안녕히 가세요.」

그녀는 석구가 아무런 행동을 보이지 않자, 들고 있던 가방을 석구의 발 앞에 조용히 놓고는 석구의 대답도 듣지 않은 채 문을 닫으려고 안으로 끌었다.

그 순간, 석구가 몸을 문 안쪽으로 들여 넣고는 자신의 발 앞에 놓인 가방을 집어 들었다.

「이게 뭡니까?」

석구가 가방을 집어서 내용물을 살핀다.

그런데 거기에는 어이없게도 그동안 자신이 마음을 설레 가며 그녀에게 보냈던 그 많은 편지들이 단 한 장도 개봉되지 않은 채 가방을 하나 가득 채우고 있었다.

순간, 석구의 얼굴이 불 속에라도 던져진 것처럼 뜨거워졌다. 그리고 손이 부들부들 떨리기까지 했다.

석구가 무섭게 그녀를 쏘아본다. 그리고 이를 악물었다. 호흡이 멈췄다. 순간 석구가 팔을 들어 그녀의 뺨을 향해 후려쳤다.

「나쁜 계집애! 네가 그렇게 잘났니? 그래서 남의 편지 따위는 한낱 휴지쯤으로 생각한 거야?」

석구가 이글거리는 눈으로 그녀를 쏘아보며, 흥분을 감추지 못하고 거친 숨을 몰아쉬고 있었다.

그 순간 석구에게 생각지 못했던 뺨을 맞은 그녀가 말을 잇지 못하고 석구의 행동에 황당해 하고 있는 모습을 짓고 있었다.

「내가 그동안 답장 없는 그 글들을 쓰면서 얼마나 많은 날들을 상상 속에서 지냈는데…… 그랬는데, 그런 편지들이 당신에게서 이렇게 버림받고 있는 줄은 정말 꿈에도 생각 못했구나. 나쁜 계집애!」

석구는 편지가 가득 들어 있는 가방을 경아의 발아래에 내던졌다. 그리고 그대로 밖으로 뛰쳐나오고 말았다. 더 이상 자신이 초라해서 그녀 앞에 서 있을 수가 없었다.

가방을 가득 채우고 있던 편지들이 쏟아져 정원의 잔디 위에 흩어져 날리고 있었다.

경아가 흩어진 편지들을 주섬주섬 다시 주워서 가방 안에 넣었다.

그리고 그 가방을 들고 다시 안으로 들어왔다.

방에 들어와서도 한동안 멍하니 창밖을 본다. 아무리 생각해도 어이가 없었다. 그렇게 잠시 멍하니 서 있던 경아가 편지가 들어 있는 가방을 책상 맨 밑 서랍에 집어넣는다.

그리고 창 너머로 정원을 바라본다. 정원에는 참새 한 쌍이 번갈아 날며 사랑놀이를 하고 있었다.

그 모습을 생각 없이 보고 있던 경아가 거울 앞으로 다가가서 석구에게 맞은 얼굴을 비쳐 본다. 흔적은 없었지만 난생 처음, 그것도 생각지 않았던 남자에게 뺨까지 맞은 경아는 가슴에 알 수 없는 흥분이 일렁이고 있었다. 그때까지도 경아의 얼굴에서는 석구의 온기가 있는 듯했다.

한편 경아의 모습을 뒤로하고 달려 나온 석구가 어느 공원 벤치 위에 쓰러진다. 석구의 눈에서는 참을 수 없는 배신감에 알 수 없는 눈물이 쏟아져 나온다. 분했다.

그렇게 정성을 다해 보낸 편지들이 그녀의 손에서 단 한 통도 읽혀지지 않았다는 것을 생각하니, 너무나 억울하기까지 했다.

그가 비틀거리는 몸으로 거리를 헤집고 있었다.

거리는 이미 어두워져 있었고, 자동차들의 불빛이 그 어둠을 밝히며 달려가고 있었다. 석구는 다음날 부대로 복귀하는 것조차 잊은 듯, 그렇게 밤길을 한없이 헤매고 있었다.

다음날 석구가 자리에서 일어난 것은 한나절이 지나서였다.

몽롱한 정신으로 침대에 걸터앉은 석구가 어제의 일을 기억한다.

경아의 뺨을 때리던 기억, 경아의 그 어이없어 하는 모습 그리고 그 맑고 곱던 목소리, 화장기 하나 없이 발그레한 그 얼굴, 거기에 순간적인 울분을 참지 못하고 그 누구에게도 맞아본 적 없을 가냘픈 얼굴에 손을 댄 자신이 한없이 후회스러웠다.

석구가 괴로운 듯 두 손으로 얼굴을 감쌌다. 그때, 어머니가 들어왔다.

「넌 무슨 술을 그렇게 마시고 다니니?」

「죄송해요.」

「그나저나 그 정신으로 부대에나 들어가겠니?」

「제가 알아서 할게요.」

「참, 어제 너 외출 나온 거 아시고 내동 마님께서 좀 들렀다 갔으면 하시던데…….」

「다음에 찾아뵙겠다고 그러세요.」

어둠이 깔린 늦은 저녁, 열차에 앉아 밖을 바라보는 석구,

세상에 모든 희망을 다 잃어버린 사람처럼 굳은 표정이다. 석구의 머리에는 온통 경아에게 행한 자신의 행동에 대한 후회로 가득했다.

이제는 답장 없는 편지까지도 할 수 없다고 생각했다.

별안간 외딴 외지로 내몰린 고아가 된 기분이다.

그런 자신의 마음을 아는지 모르는지, 열차는 어둠을 뚫고 빠르게 달리고 있었다.

경아가 모처럼 동생 미애와 어느 복잡한 거리를 걷고 있었다.

그들의 손에는 쇼핑백 하나씩이 들려져 있었다. 오랜만의 외출인 듯 미애의 마음이 마냥 즐겁다. 연신 무슨 말인가 조잘거리며 경아에게 매달린다. 하지만 경아는 무표정으로 듣고만 있을 뿐이다.

미애가 어리광 부리듯 경아의 팔에 팔짱을 낀다.

「언니! 우리 어디 가서 차 한 잔 하고 가자. 내가 분위기 좋은데 알고 있는데, 응?」

잠시 후, 미애와 경아가 한 커피숍에 자리하고 앉았다. 새로 오픈한 듯싶은 깨끗하고 조용한 분위기의 카페 커피숍이었다.

「분위기 좋지, 언니?」

경아가 실내를 둘러보며 웃어 준다.

「근데 언니, 요즘은 그 군인 아저씨한테서 편지 안 오는 것 같더라? 왜 편지하지 말라고 했어?」

경아가 대답 없이 차를 마신다.

「아님, 이제는 지쳤대?」

음악이 흐른다. 피아노 협주곡이다. 언젠가 경아도 연주한 곡이다.

「언니, 언니가 좋아하는 곡이다. 그치?」

경아가 문득 석구의 모습이 떠올린다.

그 무섭게 이글거리던 눈. 입술까지 떨며 분에 찬 얼굴. 순간적으로 뺨을 때리던 모습, 쓸쓸한 모습으로 돌아서던 모습이며…… 그때의 모습들이 새삼 머리에 떠올랐다.

경아가 자리에서 일어났다. 차도 다 마시지 않고 일어나는 경아에게 미애가 투정을 부린다. 미애가 따라 일어났다가 허리를 굽혀서 경아가 남긴 차를 홀짝 마시고는 경아의 뒤를 따라 총총 나간다. 그때까지도 피아노곡은 계속 흐르고 있었다.

'계림건설 회장실.'

윤 회장이 무거운 얼굴로 안으로 들어오고 있다. 그 뒤를 김 부장이 잔뜩 주눅이 들어서 따라 들어온다.

비서실의 김 양이 자리에서 일어나 허리를 굽혀 인사한다.

「그게 무슨 말이야?」

회장실로 들어온 윤 회장이 자리에 앉기도 전에 언성을 높였다.

「별 큰일은 아닐 겁니다.」

김 부장이 얼굴도 들지 못하고 읊조린 채 연신 허리를 굽히며 말했다.

「사람이 둘씩이나 다쳤다면서 별일이 아냐?」

「그게…….」

김 부장이 송구스러워 하며 공손히 두 손을 앞으로 모은다.

「환자 상태는 어느 정도야?」

김 양이 차를 들고 들어와서 탁자에 놓고 나간다.

「한 사람은 허리를, 또 다른 한 사람은 다리를…….」

「영 병신 되는 건 아니고?」

「그 정도는 아닌 것 같습니다.」

「기면 기고, 아니면 아니지…… 김 부장 대답은 늘 그 모양이야!」

윤 회장이 김 부장의 말투에 언성을 높였다.

「조 상무가 내려갔으니까 곧 상세한 보고가 있을 겁니다.」

윤 회장이 책상 위의 서류들을 챙겨 보며 다시 다그친다.

「안전교육을 좀 단단히 하라고 해! 그리고 중동 현장은 왜 아직까지 그 모양인 게야? 뭐가 문제야?」

「다음 달에는 결정이 날 것 같습니다.」

「또 '같습니다.' 야? 쯧쯧!」

「죄송합니다.」

윤 회장이 김 부장을 보며 혀를 찬다.

그리고 결재 서류를 넘겨주고 나가면서, 여비서를 들여보내라고 말한다.

김 부장이 허리 굽혀 인사하고 나간다.

윤 회장이 송수화기를 들고 전화 다이얼을 누른다.

「아! 김 회장, 오랜만입니다. 하하하! 덕분에 늘 그렇습니다. 하하하! 참, 그건 그렇고 언제 저녁이나 함께하십시다. 아! 좋죠. 그럼 다시 연락드리겠습니다. 예. 그럼, 그때 뵙겠습니다.」

윤 회장이 전화를 끝날 때까지 김 양이 문 앞에 서 있었다. 윤 회장은 김 양을 불러 세운다.

「오후에 아줌마 나오시면 경리에 말해 놨으니까 찾아놨다가 드리고, 이 서류는 오전 중으로 대영 오 사장한테 보내도록 해.」

홍 여사가 외출복 차림으로 방에서 나오고 있다. 영숙이 주방에서 나와 홍 여사 옆으로 다가온다.

「어디 좀 들러서 늦을지 모르니까, 어머님 점심식사 때 놓치지 말고 차려 드리도록 해.」

「네, 사모님. 다녀오세요.」

「내 점심 걱정은 왜 하누? 때 되면 어련히 알아서 찾아 먹을 테고……. 어디 다녀오려고?」

「네, 아범 회사에 들렀다가 내동 마님 좀 뵙고 오려고요.」

「그려? 어이 다녀와, 내 걱정 말구. 그리고 이따 들어올 때…… 아니다, 나중에 아범한테 얘기하마.」

「뭐 필요한 것 있으시면 말씀하세요.」

「아냐, 됐어. 어이 다녀와.」

「그럼 다녀올게요.」

검은 승용차 한 대가 대로에서 주택들이 늘어서 있는 쪽으로 꺾어 들어오고 있었다. 그 승용차 안에 경아의 부친 민 사장이 뒷좌석에 앉아 있었다. 그리고 그 옆자리에는 미애가 앉아 있다.

미애가 응석부리듯 코맹맹이 소리로 아빠를 부른다. 민 사장이 그런 미애를 힐긋 바라본다.

「아빠, 나 돈 좀.」

「왜? 엄마가 용돈 안 주디?」

「그런 돈 말고, 좀 많이.」

민 사장이 미애의 얼굴을 빤히 쳐다본다. 대체 왜, 무슨 돈이 필요하냐는 눈치다.

「나 언니하고 옷 한 벌 사 입게. 정말 언니도 나도 외출복 한 벌 없단 말이야! 아빠~!」

「그거 아주 불쌍하게 됐구나. 그래서 너희 언니는 아직까지 남자 친구 하나 없다고 하디?

「아빤, 언니가 언제 연애할 시간이나 있었나? 매일 피아노하고 씨름이지. 돈 좀 줄 거지, 아빠?」

「다 왔다. 어서 내리자.」

승용차가 정차하고 민 사장과 미애가 내린다. 미애가 쪼르르 문으로 달려가서 인터폰을 누르고, 두 사람은 안으로 들어갔다.

부녀가 들어오는 것을 보고, 어머니가 미애를 나무란다.

「넌 왜 버스 타고 다니지 못하고 아빠 차를 타고 다니니?」

「엄만 괜히…… 자리 있는데 타고 좀 오면 안 돼?」

「버릇없이! 어서 올라가지 못해!」

이층 경아의 방에서는 오늘도 피아노 소리가 가늘게 들린다.

민 사장이 걱정스러운 얼굴로 이층을 보며,

「큰앤 언제 들어왔어?」

하고 묻는다.

「좀 전에 들어왔어요.」

오전 강의를 끝낸 경아가 벌써부터 피아노 앞이다.

미애가 이층으로 올라가다 말고 다시 내려와, 아빠의 귀에 대고 무슨 말인가 속삭이고는 콩콩 다시 올라간다.

어머니 한 여사가 민 사장 얼굴을 보며 눈치를 살핀다. 한 여사는 민 사장과 방으로 들어와서 민 사장 웃옷을 받아 든다.

「작은애하고 무슨 일이에요?」

「일은 무슨…….」

「당신하고 귀엣말 해 놓고서는?」

민 사장이 말이 없다.

「큰애는 정말 남자친구 같은 거 없는 거야? 매일 방구석에만 틀어박혀 있고?」

「그 애가 그럴 새가 어디 있어요. 고것이 괜한 소릴 한 모양이지요?」

경아가 방에서 피아노에 열중이다. 미애가 방문을 소리 나게 열고 들어온다.

「언니 일찍 들어왔어? 오늘 강의 없었어?」

경아는 별 반응 없이 피아노에만 열중이다.

「언니! 우리 말 좀 하고 살자. 이게 뭐니? 매일 피아노만 두드리고 있고?」

경아가 동작을 멈추고 미애를 본다. 미애가 옆으로 다가와 앉으며 경아의 팔을 끈다.

「언니, 나하고 어디 좀 가자.」

「얘가 지금 어딜 가?」

「나 오늘 아빠한테 돈 받았단 말이야. 그것도 아주 많이! 우리 나가서 옷도 하나 사고, 맛있는 것도 먹고 들어오자, 응?」

「난 괜찮으니까 너나 나가서 사 입어.」

「언니!」

미애가 소리 지르듯 경아를 쏘아보며 투덜거렸다.

「이게 뭐니? 언니도 밖에도 좀 다니고, 남자친구도 만나고 그래라. 매일같이 피아노 앞에만 앉아 있지 말고. 응?」

「난 관심 없으니까 너나 나가서 사 입어.」

미애가 언니를 끌고 밖으로 나온다. 그리고 오랜만에 시내를 나와 쇼핑을 하고 있다.

옷 매장에서 옷도 입어보고, 신발도 신어보고…… 장난기 있는 미애가 이것저것 만져도 보고 액세서리도 고른다. 그런 미애를 경아는 재미있다는 듯 쳐다본다.
경아는 겨우 머리빗 하나와 양말을 고른다.
상가에서 나온 미애가 경아의 팔을 끌고 택시를 세웠다.
그리고 어느 연극 공연장에 함께 앉았다.

꽤 넓은 응접실에 홍 여사가 소파에 앉아 있고, 주방에서 아줌마가 차를 들고 와서 테이블 탁자에 놓는다.
「고마워요.」
홍 여사가 차를 받아 놓고 응접실을 둘러본다.
상당히 넓은 거실에는 여러 개의 장식장들이 놓여 있었다. 그리고 장식장 안에는 보기에도 값이 꽤 나가 보이는 물건들이 자리를 차지하고 있었다. 한쪽 벽면에는 유명 서예가의 글씨가 커다란 유리 액자에 넣어져 무겁게 걸려 있었다.
그 밑으로 사람 한 길은 될 듯싶은 괘종시계의 초침소리가 넓고 조용한 거실의 적막을 흔들고 있었다.
잠시 후 안방으로부터 육십 대 후반의 풍채 좋은 주인마님이 모습을 드러냈다.
홍 여사가 자리에서 일어나며 인사를 한다.
「왔어?」
「안녕하셨어요! 여전히 건강하시죠?」
마님이 손으로 앉으라는 시늉을 하며 느리게 소파에 앉는다.
일본인 적산(敵産)가옥을 리모델링해서 개조한 이층으로, 외부에서 보면 큼직하고 아담한 이층 양식집이다.

그러나 내부로 보면 고풍의 한옥을 겸비한 조금은 우중충한 분위기가 깔려 있는 분위기의 실내다. 실내에 있는 물건들도 거의가 골동품에 가까운 물건들이다.

커다란 대형 분합 문 너머 정원에는 과실수며, 향나무, 사철나무 등 여러 종류의 식물과 갖가지 화분과 분재들이 잘 손질된 채 자리하고 있었다.

그리고 정원 한편으로 넝쿨나무로 뒤덮인 휴식 공간에 원목의 탁자와 의자도 보인다.

마님은 일찍이 혼자된 몸으로 자식으로 큰아들 동민이와 딸 윤희를 두고 있다. 큰아들 동민은 현재 미국에 나가 살고 있고, 딸 윤희는 얼마 전에 미국 유학을 마치고 돌아와 집에서 몸 바쁘게 싸다니고 있는 중이다.

사실 말이 좋아 유학이지, 오빠 동민이가 살고 있는 미국에서 몇 년의 허송세월을 보내고 왔다는 게 더 정확할지도 모른다. 그 덕으로 배운 거라고는 허영과 돈 쓰던 경험이 전부라 해도 과언이 아닐 것이다.

그리고 언제부터인지 잘은 모르지만, 부인은 꽤 많은 돈으로 자금이 급한 사업가들을 상대로 사채놀이를 하는 관계로, 이 바닥에서는 '내동마님'으로 통하고 있었다.

이날, 홍 여사도 남편이 빌려 쓴 돈을 은행에 입금하고 찾아온 터였다.

그리고 마님께서는 홍 여사의 자식인 석구를 딸 윤희의 상대로 마음에 둔 듯, 석구에 대한 관심이 유난히 많아 보였다.

「그래. 집에 큰애는 군대에서 외출 나왔다더니, 내 집엔 한 번 안 들르고 그냥 들어간 게야?」

「나오는 날부터 친구들하고 술타령만 하다 간 걸요, 뭐.」

「그랬을 게야. 모처럼 나왔으니 친구들도 만나고. 그래, 건강은 괜찮아 보였고?」

「네, 그렇게 보이기는 하던데 어디 알 수 있나요? 통 말이 없으니…….」

「이제 얼추 제대할 때도 되지 않았나?」

「자기 말로 한두 달 남았다고 하나 봐요.」

「그래? 그럼 이제 얼마 안 남았군, 그래.」

마님이 벽에 걸린 달력을 본다. 홍 여사도 따라 달력을 본다.

「윤 회장은 여전히 바쁘지?」

「제가 뭐 아나요? 그냥 조용하면 잘 되나 하는 거죠. 그리고 방금 은행에 들렀다가 오는 길이에요.」

「왜? 어려우면 그냥 더 쓰지 않고.」

그때 밖에 나갔던 딸 윤희가 들어왔다.

「안녕하셨어요?」

윤희가 고개를 약간 숙여 홍 여사에게 인사를 하고는 옷을 갈아입기 위해서 이층 방으로 올라갔다.

「키만 장대처럼 크지, 원…….」

마님이 불평 아닌 불평을 한다.

「요즘 젊은 사람들 다 그렇죠, 뭐……. 큰 자제 분께서도 자주 연락은 오죠?」

「소식이 오는 건지, 돈 떨어졌다고 보고를 하는 건지……. 그놈도, 쯧쯧.」

이층에서 내려온 윤희가 마님 옆에 자리하고 앉았다.

훤칠한 키에 갸름한 얼굴, 서구의 물이 몸에 배어서인지는 모르나 헤어스타일이며 의상이 화려했지만, 거부감 없게 세련되어 보였다. 그리고 성격 또한 낙천적으로, 모든 일에 자신감이 있어 보이는 행동도 그리 어색해 보이질 않았다. 웃을 때 보이는 잘 다듬어진 유난히 하얀 치아도 보기 좋았다.

「석구 오빠, 휴가 나왔다고 들었는데…… 벌써 들어간 거예요?」

「휴가는 무슨…… 이틀 동안 외출인가 뭔가 나왔다 들어간 걸.」

주방 아줌마가 오렌지 주스를 윤희의 앞에 놓는다.

「석구 오빠는 건강하죠?」

「보기엔 그래 보였어.」

「그런데 왜 집에는 한 번도 들르지 않는데요?」

「이제 제대하면, 자주 오겠지.」

「제대가 언제래요?」

「이제 곧 할 때가 된 모양이야.」

「어머! 벌써 그렇게 됐어요?」

「벌써는? 제 딴엔 많이 지루했던 모양이던데…….」

「내가 너무 오랫동안 잡아 두는 게 아냐?」

마님이 무겁게 자리에서 일어난다.

'본교가 낳은 세계적 피아니스트 민 경화 피아노 독주회'

커다란 플랜 카드가 걸려 있는 한국 대학교 대 강당 앞, 연주장 안에는 많은 방청객들이 자리를 메우고 있었다.

중앙 앞 무대에는 피아노를 연주하는 경아의 모습이 보였고, 방청석에는 경아의 동생 미애와 아버지, 어머니의 모습도 보인다.

같은 시각, 군대의 야외 훈련장에서는 석구가 군대생활 마지막 훈련으로, 소대원들과 함께 각개 전투 훈련을 받고 있었다.

이리 뛰고 저리 뛰며 지형지물을 이용하여 엎어지고 구르고, 다시 일어나 내달리고, 좌우로 몸을 날리며 포복하고……. 석구의 얼굴이 땀으로 뒤범벅이 된 채 가쁜 숨을 몰아쉰다.

다시 경아의 피아노 연주장.

경아가 열정적으로 연주하는 모습이 보이고, 관객들의 우레와 같은 박수 소리가 이어진다.

미애가 일어서서 손뼉을 치며 환호한다.

다시 야외훈련장.

석구가 누워서 철조망을 통과하고 있다.

때마침 쏟아지는 빗물이 산등선을 타고 흘러서, 누운 채 철조망을 통과하는 석구의 등줄기로, 흙모래를 끌며 스며든다.

모래흙이 옷 속을 통과하는 순간, 석구의 얼굴이 일그러진다. 살 속으로 모래가 파고드는 듯 아픔이 왔다. 석구가 이를 악문다.

앞에서는 조교의 호각 소리와 함께 다그침이 울리고, 머리 위로는 위협사격이 사정없이 계속되고 있었다.

석구가 필사의 몸놀림으로 겨우 철조망을 빠져나온다.

다시 경아의 피아노 연주장.

연주를 끝낸 경아가 청중 앞으로 나와서 정중히 인사한다.

우레와 같은 박수로 답하는 청중들. 미애가 꽃다발을 들고 나와 경아에게 안긴다. 경아가 두 손을 들어 환하게 웃으며 청중들에게 고마움을 답한다.

다시 훈련장.

고지를 점령한 대원들이 함성을 지르며 총검술로 허수아비로 만들어 놓은 적을 찌르고 가르고 총을 들고 소리 높여 함성을 지르고 있다.

거기에 땀으로 얼룩진 석구의 모습이 있었다. 흙탕물로 뒤범벅이 된 석구의 얼굴에는 무사히 임무를 완수했다는 환희의 기쁨이 보였다.

맑고 푸른 초가을의 먼 하늘로 새털구름이 한가로이 흘러가고 있었다.

후회

05

어느 날, 경아가 한동안 뜸했던 석구로부터 한 통의 편지를 받는다.

그동안 석구에게서 수없이 많은 편지가 왔어도 단 한 번 석구의 편지를 읽은 적이 없었던 경아다. 그러나 지난번 석구와의 첫 만남에서 그 일이 있고부터 왠지 석구에 대한 자신의 행동이 조금은 지나쳤나 싶은 생각이 들기도 했다. 그래서 이날은 석구의 편지를 들고 방으로 들어와 조금은 설레는 마음으로 석구의 편지를 읽었다.

"경아 씨가 이 글을 읽고 있을 때쯤, 저 석구도 군복을 벗고 경아씨와 같은 서울 하늘 아래에서 같은 공기를 마시며 호흡을 하고 있겠군요.

물론 이 편지가 또다시 쓰레기통에 들어가 버린다면 제 이 마지막 용서의 소식마저 허공에서 맴돌지 모르겠네요.

그날은 정말 미안했습니다. 진주보다 맑고 깨끗한 그리고 그 무엇에도 비할 수 없이 아름답던 경아 씨 뺨에 너무나도 모진 아픔을 준 것에 대해 한없는 후회를 합니다. 진정으로 용서를 바랍니다.

그날 그 순간에는 정말 다시는 경아 씨의 모습을 찾지 않으리라 마음 먹었는데 이렇게 다시 부질없이 또 글을 드리게 됐습니다.

그리고 기회가 된다면 경아 씨 앞에서 진정으로 용서를 받고 싶습니다.

물론 저의 꿈같은 바람이지만 감히 경아 씨의 답장은 기대하지 못하겠습니다. 욕심이겠지만 어느 길에서라도 우연히 볼 수 있기를 가대해 봅니다.

부디 건강하고 행복하세요. 그럼 안녕!"

난생 처음으로 남자의 편지를 읽고 난 경아가 잠시 편지를 들고 생각에 잠긴다. 이상하게 심장이 요동치는 것을 처음으로 느꼈다. 그리고 혼자 자문한다.

「이게 무슨 떨림일까. 내가 지금 무슨 생각을 하고 있는 걸까? 남자? 남자의 편지?」

이때 미애가 노크 없이 방문을 열고 화들짝 들어왔다. 경아가 얼떨결에 들고 있던 편지를 책상 서랍으로 밀어 넣는다.

「언니, 뭐 하는 거야?」

「넌 노크할 줄도 모르니?」

「언닌, 내가 언제 언니 방에 들어오면서 노크하는 거 봤어? 근데 그게 뭐야?」

미애가 경아가 몸으로 막고서 있는 책상 서랍을 잡아당긴다. 경아가 몸으로 막아섰다. 하지만 미애의 행동은 여전했다.

「편지야? 어머! 다시 편지 왔구나? 그치?」

「애가 왜이래, 아무것도 아야.」

경아가 미애를 잡고 끌다시피 밖으로 나간다.

화려한 조명과 귀를 찢는 음악소리, 그 밑으로 젊음이 어지럽게 흔들리고 있다. 그 속으로 석구의 일행이 보인다.

한동안 흔들어 대던 석구와 그 일행이 자리를 잡고 앉기까지는 얼마의 시간이 흘렀다. 자리에 온 그들은 갈증에 따라 놓은 맥주잔을 들어 단숨에 마신다. 그리고 다시 잔에 가득 맥주를 채웠다. 석구의 친구인 석한영이 잔을 들며 소리쳤다.

「자! 오늘 여기 석구의 제대를 축하하는 뜻으로 건배들 하자고!」

이어서 함께 있던 친구들 잔을 들고 '위하여!'를 외치고 잔을 비웠다.

그리고 다시 한 번 몸을 흔들고 난 석구가 일행과 헤어져 조금은 취기로 몸을 흔들어 보이고는 옷깃을 올리고 어두운 가로등 밑을 터벅터벅 걷고 있었다.

이때 누군가가 석구의 팔을 잡았다. 같은 학번, 명희다.

「집 방향이 이쪽인가?」

석구가 명희의 얼굴을 바라본다. 취기로 그녀의 얼굴도 가로등 불빛을 받아, 한껏 피어난 발그레한 젊음의 모습으로 아름답게 보였다.

「선배, 우리 어디 가서 한 잔 더 하고 갈까?」

석구가 명희를 빤히 본다. 그녀의 모습에서 어딘지 모르게 쓸쓸함이 엿보였다.

「지금도 취한 것 같은데?」

「그렇게 보여? 난 아닌데…… 참, 선배 내 술 실력 잘 모르겠구나! 오호호호.」

두 사람이 어느 작은 목로주점에 마주 앉았다.

겉으로는 웃고 있는 명희의 얼굴이 왠지 그리 밝아 보이질 않았다. 석구가 명희의 얼굴을 보며 물었다.

「기분이 별로인 것 같은데 무슨 일이라도 있는 거야?」

「일? 무슨 일?」

명희가 되물었다. 그리고 다시 잔을 비웠다.

「너무 많이 마시는 거 아냐?」

「미안하지만 술값 좀 내 주고, 선배 먼저 가 줄래?」

「그런 게 어디 있니? 술은 내가 사고, 마시긴 너만 마신다고? 그거 요즘 새로 생긴 주법이니?」

석구가 웃으며 잔을 비웠다.

「내 얼굴 보기 싫다며?」

「참, 그러고 보니 오늘 민규 자식 안 보이던데…… 왜? 설마 너희들도 무슨 문제 있는 거니?」

석구가 명희를 보며 물었다. 명희의 행동으로 봐서도 전 같지 않은 행동에 조금은 석연치 않은 예감을 느낄 수 있었다.

「그 자식, 요즘 부잣집 계집애 뒤꽁무니 따라다니느라고 정신없는데…… 나한테 신경 쓸 여유 있겠어?」

명희가 푸념 섞인 말투로 조금은 혀 꼬부라지는 소리를 내며 말하고는 다시 잔을 비웠다.

그 모습을 보는 석구의 마음도 그리 좋지가 않았다.

그날 명희는 꽤 많은 술을 마셨다.

석구는 명희를 택시에 태워 그녀의 집 근처까지 데려다 주었다. 명희는 그 당시 그리 크지 않은 연립 형 작은 아파트에서 혼자 지내고 있었다.

명희가 집으로 들어가는 것을 확인하고 나서야 석구는 발길을 돌렸다. 명희와 마신 술기운이 석구도 조금은 균형을 잃게 했다. 그 모습을 이따금 지나는 자동차의 불빛이 확인해 주고 있었다.

누군가가 그의 어깨를 스치고 지나간다. 거리에는 많은 젊은이의 다정한 모습이 보인다. 모두가 행복한 모습들이다.

석구가 한동안 방향 감각을 잃은 채 밤길을 마냥 걷고 있었다.

그런데 얼마 후 그가 정신을 차려 보니, 자신이 서 있는 곳은 뜻밖에도 경아의 집 근처였다. 석구가 고개를 흔들어 정신을 가다듬어 본다.

이때 한 대의 승용차가 강렬한 불빛을 석구에게 쏟아 부으며 지나갔다.

석구가 한쪽 전주에 몸을 기댄 채 약간은 초점 잃은 눈으로 경아의 방 창문 쪽을 올려다본다. 경아의 방에는 그때까지 불이 켜져 있지 않았다.

석구가 주머니를 뒤져 담배를 찾았다. 그리고 빈 담배 갑을 구겨서 아무렇게나 던지고 고개를 떨어뜨리고는 방금 오던 약간 비탈진 길을 되돌아 터벅터벅 걸어서 내려간다.

다음날, 석구가 아침 일찍 회사로 출근하기 위해서 준비를 하고 있다.

할머니에게 홍 여사가 말했다.

「복학할 때까지 즈이 아버지 회사에 출근한대요.」

「아니, 그동안 못한 공부는 어떡하고?」

「틈틈이 도서관에 가서 공부하면 돼요.」

「그려, 공연히 군대 제대했다고 빈둥빈둥 술이나 마시는 것도 보기

안 좋아. 회사에 나가서 여러 사람도 만나고 그러는 것도 공부여.」

성미가 이층에서 쪼르르 내려왔다.

「오빠, 회사에 나간다고?」

「넌 시험 본 건 어떻게 잘 본 거야? 또 망친 게야?」

할머니가 성미에게 다그쳐 묻는다.

「할머닌 기억력도 좋으셔.」

「요런, 요거 말하는 것 좀 보게! 요것이 이 할미가 어느새 기억상실증이라도 걸렸으면 하는 말투구나? 고얀 것!」

「할머니 그런 건 아니고…… 오호호호.」

김 과장이 석구를 데리고 건설 현장 자재과 사무실로 들어왔다. 그리고 다른 직원들에게 석구를 소개했다.

물론 석구와 윤 화장과의 관계를 다른 직원들에게는 당분간 모르는 것으로 했다. 그래서 석구와 윤 회장과의 관계는 김 과장 외엔 아무도 알지 못했다.

자재과 사무실에는 세 명의 남자 직원과 여 사원 한 명, 이렇게 총 네 명의 직원이 근무하고 있었다.

이상신 기사가 석구를 자재 창고로 안내했다. 꽤 넓은 창고에는 많은 자재들이 쌓여 있었고, 또 다른 자재를 가득 실은 대형 화물차에서 몇 명의 공원들이 자재를 내려 쌓고 있었다.

그들 사이에 석구가 합류했다.

성미가 서너 명의 또래 친구들과 복잡한 시내거리를 조잘거리며 걸어오고 있다. 길모퉁이에서 친구들과 헤어진 성미가 혼자 온갖 액세서리를 펼쳐 놓고 팔고 있는 리어카에서 머리핀을 고른다.

이때 누군가 성미를 불렀다. 화사한 옷차림을 한 윤희였다.

「어머, 윤희 언니!」

성미가 마음에 없는 것과 달리 반갑게 윤희에게 다가간다.

「학교에서 지금 오는 거야? 우리 어디 가서 맛있는 거 먹고 갈까?」

성미와 윤희가 마주한 곳은 어느 고급 제과점이다.

「요즘 오빠 뭐해?」

「회사에 나간대요, 아빠 회사에.」

「학교는?」

「다음 학기 때까지겠죠, 뭐. 언닌 여기서 요즘 뭐해요? 외국 유학도 마쳤다면서요?」

「응, 그냥……. 오빠는 제대도 했다면서 연락도 없는 거야?」

「뭐가 그리 바쁜지, 요즘도 12시 땡인 걸요.」

「'땡'이라니?」

「늦게 들어온다고요.」

윤희가 재미있게 웃는다.

성미는 윤희가 안겨 준 고급 케이크 상자를 한 아름 들고 집으로 돌아와 할머니 방으로 들어온다.

「할머니! 할머니!」

「왜 또 호들갑인 게야? 누가 또 쫓아와?」

「아냐, 아냐. 그게 아니고, 이것 좀 봐.」

성미가 들고 온 상자를 할머니 앞으로 내민다.
「그게 웬 게야?」
「할머니 생각이 나서 내가 샀지.」
「요것아, 행여 이 할미 생각나서 샀것다. 도대체 어디서 난 게야?」
「실은 할머니, 오늘 학교에서 오는데 윤희 언니가 나한테 사준 거야.」
「윤희? 윤희가 누구여?」
「아이, 거 있잖아. 내동 마나님인가 그 할망구 딸.」
「그래. 근데 그 처녀가 왜 너한테 이런 걸 다 사서 보내 줘?」
「이유가 있지.」
「이유라니? 무슨 이유?」
「그런 거 있어.」
「요것이 이 할미를 놀리는 게야?」
「할머니, 나 닦고 올게.」
성미가 쪼르르 밖으로 나갔다.
성미가 나가고 나면 할머니가 앞에 놓인 케이크 상자를 한쪽으로 밀어 놓는다.

석구가 근무하고 있는 현장 사무실에 윤희가 찾아왔다.
두 사람이 한 커피숍에 마주 앉았다.
「그동안 상당히 예뻐졌네.」
석구의 말에 윤희가 눈을 흘기며 그동안 찾아 주지 않은 것에 대한 불평을 늘어놓으면서도 별로 싫지 않은 얼굴이다.
「석구 오빠, 오늘 우리 집에 가는 거 알지?」

「윤희 집엘?」

「석구 오빠 제대한 거 알고 있는데, 한 번도 오지 않는다고 엄마가 보고 싶어 하는 거 몰라?」

「오늘은 그렇고…… 이번 주말쯤에 찾아뵙지, 뭐.」

「오늘은 왜?」

「오늘 약속이 있어. 회사에서 회식이 있거든.」

「핑계가 좋다.」

석구가 커피 잔을 비웠다.

윤희가 돌아가고 난 후, 회사에서 직원들과 회식을 하고 좀 늦은 시간에 집으로 돌아오면서 석구가 택시에서 내린 곳은 의외로 경아의 집 앞이었다.

석구가 한동안 망설이다 용기를 내서 인터폰을 눌렀다. 잠시 후 안으로부터 서산 댁의 목소리가 들리는가 싶더니, 이내 조용했다.

그때 집안 거실에서는 서산 댁이 인터폰을 듣고, 경아 어머니 한 여사에게 석구의 이야기를 하고 있었다.

「밖에 웬 젊은 남자가 큰아가씨를 찾는데요.」

「누가 누굴 찾아?」

한 여사가 서산 댁의 말에 의아해 하며 인터폰을 든다.

「누구예요? 이 시간에?」

인터폰에서 석구의 음성이 들렸다.

「예, 저는 윤 석구라고 하는 사람입니다. 경아 씨를 좀 만나고 싶어서 왔습니다.」

한 여사가 남자의 목소리에 말을 잇지 못하고 있는데, 이층에서 경아가 내려온다.

「너 요즘 밖에서 무슨 짓하고 다니는 거니?」

경아가 어머니의 말에 눈을 크게 뜨고 얼굴을 살핀다.

「밖에서 무슨 짓을 어떻게 하고 다니기에, 이 늦은 시간에 집에까지 남자가 찾아오게 해?」

「그게 무슨 말씀이세요? 남자라니요?」

「못난 것!」

한 여사가 경아에게 인터폰 송수화기를 넘긴다.

경아가 어리둥절한 표정으로 어머니의 눈치를 살피며 송수화기를 받아 들었다.

한편 문 밖에서는 석구가 기척 없는 인터폰에 귀를 세우고 있었다. 그때 한 대의 승용차가 밝은 불빛을 석구에게 향해 쏟으며 달려와 문 앞에서 멈춰 섰다.

석구가 하던 동작을 멈추고는 팔을 들어 자동차 불빛을 막으며 한쪽으로 몸을 비켜선다. 이어 멈춰선 차에서 민 사장과 미애가 내린다.

석구가 몸을 내밀어 다가오는 민 사장과 미애 앞으로 다가선다.

민 사장이 그런 석구를 아래위로 살피며 눈을 치켜떴다.

「누구요, 거기?」

미애가 재빨리 몸을 돌려 아버지 등 뒤로 숨는다.

「경아 아버님 되십니까?」

「그런 젊은인 뉘신가?」

「늦은 시간에 죄송합니다. 경아 씨를 만나고 싶어 찾아온 윤 석구라는 사람입니다.」

「이 늦은 시간에 말이요? 보아 하니, 술도 좀 한 것 같은데?」

「죄송합니다. 조금 마셨습니다.」

「죄 송이고 뭐고, 이 늦은 시간에 남의 집을 찾아오는 사람이 술까지 마시고…… 사람도 없는 문 앞에서 이게 무슨 행동이신가? 남의 눈도 있는데. 누구를 찾아왔던 간에 다음에 날이 밝은 후에나 와도 와요.」

민 사장이 미애에게 눈짓으로 문을 열라고 하고는 석구에게 불쾌한 얼굴을 남기고 안으로 들어갔다.

석구가 잔뜩 풀이 죽은 모습을 하고 닫힌 철문을 한동안 바라보고 있었다.

민 사장이 거실에 들어오니, 한 여사가 경아를 앞에 놓고 다그치고 있었다. 민 사장이 경아를 쏘아보고는 한 여사를 안방으로 불러들인다.

경아가 불안한 얼굴로 고개도 들지 못하고 마치 죄인처럼 서 있었다. 두 사람이 방으로 들어가고 나면, 경아가 초조한 얼굴로 몸 둘 바를 몰라 서성거린다. 미애가 경아의 팔을 잡고 호들갑을 떤다.

「언니, 밖에 그 사람 그때 편지하던 그 군인 맞지?」

경아가 말없이 불안한 얼굴을 하고 이층 자기 방으로 올라갔다. 미애가 경아의 뒤를 따라 올라갔다.

방으로 들어온 경아가 커튼 사이로 어두운 창밖을 살폈다. 거기에 이미 석구의 모습은 보이지 않았다.

「맞지? 언니? 윤 석구라는 그때 군인? 그치?」

미애가 다그쳐 물었다. 경아가 고개를 돌려 그런 미애를 쏘아본다.

「근데 그 사람, 술주정뱅이 아냐? 오늘도 술 마신 것 같던데.」

「무슨 소리야 그게?」

「술 냄새가 풀풀 나던데, 뭐.」

「너 이제 그만 나가줄래?」

「아빠한테 오늘 혼쭐났는데.」

「아빠가?」

「응, 지금쯤 혼쭐나서 도망쳤을 걸. 오호호!」

「나도 잘 모르는 사람이야. 그러니까 너도 이제 네 방으로 건너가.」

「혹, 아직까지 문 앞에서 기웃거리고 있는지도 모르는데, 내가 한번 나가 볼까? 오호호.」

「얘가 …… 」

한편, 안방에서는 민 사장이 한 여사를 다그치고 있었다.

「임자는 집에서 애들한테 신경은 쓰고 있기나 하는 게요?」

「그게 무슨 말씀이세요?」

민 사장이 웃옷을 벗어 침대 위로 던지며 한심스럽다는 눈으로 바라본다.

한 여사가 눈치를 살피며 벗어 놓은 옷을 집어서 장롱 안에 걸었다.

「다 큰딸이 둘씩이나 있는 집에! 밤늦게 남자가 찾아오게 하고 말이야!」

「그 사람…… 큰애한테 물어봤는데, 그 애도 잘 모르는 사람이래요.」

「잘 모르다니? 모르는 남자가 큰애 이름까지 얘기하면서 찾아?」

「큰애를 알고 있대요?」

「이런, 사람하고는.」

석구 집에 윤희가 잘 포장된 큼직한 과일꾸러미를 들고 찾아왔다.

윤희가 들고 온 과일바구니를 영숙에게 건네주고, 할머니에게 인사를 했다.

방에 누워서 카세트에서 흘러나오는 불경을 듣고 있던 석구 할머니가 누운 채 윤희를 바라본다.

「안녕하셨어요? 할머니. 자주 찾아뵙지 못해서 죄송해요. 여전히 건강하시죠?」

「윤희 처녀가 이 늙은일 뭔 볼일이 있다고 자주 와! 이렇게라도 보면 됐지.」

「나오셔서 과일 좀 드세요.」

「이 늙은이 걱정 말고, 어이 나가서 놀다가 가.」

거실 소파에서 홍 여사와 윤희가 과일을 놓고 차를 마시고 있다.

홍 여사가 벽시계를 본다.

「오늘은 좀 늦나 보네.」

「성미는 아직 학교에서 안 왔나 봐요?」

윤희가 생각 없는 말을 한다.

「안 오긴 벌써 들어왔다가 나갔지. 요즘 무슨 일이 그리 바쁜지, 원…….」

윤희가 손목시계를 보며 조금은 짜증스럽고 지친 얼굴이다. 그녀가 벌써 자리를 지키고 있는 시간이 한 시간을 훌쩍 넘기고 있었다.

그러나 그 날도 석구는 경아 집 철문 안을 기웃거리고 있었다.

때 마침 학교에서 돌아오던 미애가 석구를 발견한다. 그리고 그가 지난번 밤에 언니를 찾아왔던 석구임을 알아차린다.

「누구세요?」

석구가 무슨 나쁜 짓이라도 하다 들킨 사람처럼 짐짓 놀래서 몸을 돌려 미애를 바라본다.

그리고 석구도 지금 자기 앞에 서 있는 학생이 경아의 동생이란 것쯤은 알 수 있었다. 지난번 민 사장 뒤에 숨어서 석구를 보고 있던 모습이 생각났다. 석구가 멋쩍은 웃음을 지으며,

「학생이 경아 동생인가?」

라고 묻는다. 미애가 이에 질세라, 또다시 되묻는다.

「거긴 누구시냐고요?」

「난 지난번에 봐서, 안면이 있는데…… 학생은 그렇지 아닌가 보지?」

「우리 언니, 지금 집에 없어요.」

미애가 쌀쌀스럽게 쏘아대듯 말하고는 인터폰을 눌렀다.

「잠깐! 그럼 언니는 언제쯤 들어오니?」

「오늘 늦을 거예요. 그리고 아마 아빠하고 같이 올걸요? 우리 아빠 아시죠?」

「그래? 그럼 이것 좀 언니 돌아오면 전해 줄 수 있을까?」

석구가 주머니에서 메모가 적힌 작은 쪽지를 미애에게 내밀었다.

「그쪽이 직접 언니한테 주세요.」

미애가 여전히 쌀쌀스럽게 쏘아 대고는 열린 문안으로 들어갔다.

석구가 민망한 듯 내밀었던 손을 들이지 못하고 미애가 사라진 문 안쪽을 바라보고 있었다.

그런데 갑자기 안으로 들어갔던 미애가 다시 얼굴을 내밀더니, 석구의 손에서 쪽지를 빼앗듯 낚아채서 들고는 다시 안으로 사라졌다.

석구가 당황하면서도 이내 밝은 얼굴을 한다.

일요일 오후 커피숍에서 석구가 누군가를 기다리는 듯 연신 입구 쪽에 시선을 둔 채 앉아 있다.

젊은 한 쌍의 연인이 다정스럽게 들어와 자리하고 앉는다.

석구가 벌써 물 두 컵을 비우고 있다.

한편, 그 시간 경아는 방에서 피아노를 치고 있었다.

미애가 화들짝 들어온다. 그리고 경아를 보고는 소리친다.

「언니! 아직 안 나갔어?」

그러나 경아는 말이 없다.

「언니~ 이!」

미애의 소리에 경아가 동작을 멈추고 미애를 빤히 쳐다본다. 왜 소릴 지르냐는 투다.

「언니, 혹시 남자 기피증 있는 거 아냐? 아님, 석녀든가?」

「너, 말조심 못해?」

그 말에는 경아도 얼굴을 붉히며 큰 소리로 대꾸하며 미애를 쳐다봤다.

「그것도 아니면, 어떻게 이럴 수 있어? 싫든 좋든 만나보고, 싫음 싫다, 좋으면 좋다, 싫은 건 이렇고 이래서 싫고…… 확실히 말을 해 줘야지. 이것도 저것도 아니고, 이렇게 별 반응 없이 있으니까, 그 군인 아저씨도 마음을 정하지 못하고 매일 찾아오는 거 아냐. 무슨 이런 언니가 다 있냐?」

「넌 왜 그렇게 그 사람한테 관심이 많은 건데? 그렇게 하고 싶으면 네가 나가서 나는 조금도 관심 없다고 얘기 좀 해 줄래?」

「언니, 정말 이상하다. 언니 나이쯤 되면 남자들이 쳐다봐 주지 않아서 안달들이라고 하던데…… 언니, 이건 오만도 아니고 무관심도 아냐. 그건 상대방을 아주 무시하는 거라고! 못됐다, 정말.」

그때까지도 커피숍에서는 여전히 석구가 자리를 지키고 앉아서 연신 담배만 피워 대고 있었다.

너무 오랜 시간 동안 자리하고 앉아 있는 것이 미안했던지, 석구가 다시 주스 한 잔을 시켜서 마시고 있다. 그리고 초조한 마음으로 한참을 더 그 자리에 앉아 있었다. 어느새 밖에는 어둠이 서서히 내리기 시작하고 있었다.

석구가 어둠 속 많은 사람들 속으로 묻히고 있다.

경아와 미애가 모처럼 시내를 나왔다.

맛있는 것도 사먹고, 조용한 커피숍에서 차도 마셨다. 그리고 오랜만에 극장구경을 한다. 미애는 뭐가 그리 좋은지, 쉴 새 없이 조잘거리며 경아에게 말을 시켰지만, 경아는 기껏해야 피시 웃는 게 전부다.

「언니, 우리 어디 가서 아주 저녁까지 먹고 들어갈까?」

미애가 손목시계를 힐긋 보고 싫다는 경아를 끌고 토촌(土村)이라는 전통 한식집으로 들어갔다. 실내 인테리어가 아주 토속적인 분위기였다.

「네가 이런 데는 어떻게 알고 온 거니?음식 값도 꽤 비싼 집 같은데?」

「언닌 그런 걱정 말고 맛있는 거나 시켜.」

잔잔하게 흘러나오는 음악이 한층 분위기를 더해 주고 있었다.

미애가 언니를 자리에 두고 카운터 옆 공중전화가 있는 곳으로 갔다. 그리고 어딘가에 전화를 한다.

수화기 너머에서는 이내 석구의 집 영숙의 목소리가 나왔다. 미애가 석구를 찾은 것이다.

그리고 잠시 후, 석구의 목소리가 흘러나왔다. 미애가 속삭이듯 말했다. 실은 석구와 미리 약속된 일이었고, 석구에게서 미리 자금도 두둑이 챙겼던 터다.

미애가 다시 경아가 앉아 있는 자리로 와서 앞쪽에 자리하고 앉았다. 그리고 이내 푸짐하게 잘 차려진 음식이 나왔다.

「너 아버지한테 용돈 얼마나 받아서 이렇게 쓰고 다니니?」

「언닌 그런 걱정 말라니까. 그냥 열심히 먹기나 해. 그리고 그 사람 말이야.」

미애가 경아의 얼굴을 살핀다.

「또 무슨 말을 하려고?」

「석구라는 그 군인 아저씨 말이야. 나 그 군인 오빠 집 안다.」

「네가 그 사람 집을 어떻게 알아?」

지난번 밤늦게까지 경아의 집을 서성거리다 풀이 죽어서 돌아가던 석구의 모습을 보고 미애가 뒤를 밟았던 것이다. 물론 석구는 그 사실을 전혀 알지 못하고 있다.

「집도 아주 크고, 나쁜 사람 같지는 않아 보였어. 언니, 한번 만나 봐라.」

「네가 그 사람이 좋은지 그렇지 않은지, 어떻게 그렇게 잘 알아?」

「그럼 언닌 그 사람이 나쁜 사람 같아서 싫은 거야?」

「아냐, 그건.」

「그럼? 왜 안 만나는 건데?」

「이제 그만 일어나자. 너무 늦은 것 같다.」

「아냐, 언니. 조금 더 있다가 가자. 아직 이렇게 먹을 것도 가득 남아 있는데!」

미애가 호들갑을 떨며 언니를 잡는다.

「집에서 엄마가 기다리셔. 얼른 일어나자.」

「아냐, 그런 걱정은 하지 않아도 괜찮아. 내가 좀 전에 집에 전화해서 언니하고 조금 늦는다고 얘기 했는걸.」

그때 석구가 문으로 들어오고 있었다.

미애가 조마조마한 마음으로 기다리던 석구를 보고는 반갑게 눈짓을 했다.

「어머! 언니, 저기 좀 봐!」

미애가 놀란 토끼눈을 하고 경아에게 말했다. 경아가 두리번거리며 누군가를 찾고 있는 석구를 보고, 적지 않게 놀라는 모습이다.

그리고 이내 두 사람이 눈을 마주쳤다. 석구가 우연히 만난 듯 경아를 발견하고는 크게 입을 벌리고 다가온다.

「경아 씨가 여긴 어쩐 일이십니까? 그러고 보니 동생분도 함께 왔군요?」

「군인 오빠가 여긴 어쩐 일이세요?」

미애가 시치미를 떼고 능청을 떤다. 경아가 미애의 눈치를 살피며 쏘아본다.

「나 이젠 군인 아닌데…….」

미애가 얼굴을 돌려 딴청을 부린다.

「누구 만날 분 있으세요?」

「네, 그런데 아직 오지 않은 모양입니다. 여기 좀 잠시 앉아도 되겠습니까?」

석구가 손목시계를 보며 능청을 떨고 경아의 대답도 듣기 전에 경아 앞에 앉았다. 그러자 경아가 자리에서 일어났다.

「아니, 왜 벌써 가시게요? 왜 저 때문에 그러십니까?」

「아니에요. 그러잖아도 지금 막 일어나려던 참이었어요. 많이 드시고 천천히 가세요.」

경아가 미애에게 일어나라는 눈짓을 했다. 석구가 난처한 얼굴을 하고 일어나 경아의 팔을 잡았다.

「이렇게 그냥 가시면 제가 너무 미안하지 않습니까. 조금만 앉아서 더 드시고 가십시오. 저 때문이라면 제가 일어나겠습니다.」

「아니에요. 많이 먹었어요. 시간도 너무 늦었고…….」

경아가 미애에게 빨리 일어나라는 눈짓을 한다.

「언니, 조금만 있다가 가자. 군인 오빠도 만났는데.」

미애가 석구의 말을 받아 언니의 팔을 잡았다.

「이렇게 어렵게 이런 곳에서 경아 씨를 만났는데, 그냥 가시면 제가 너무 섭섭하지 않습니까. 오늘은 제가 두 사람을 위해서 멋진 추억을 만들어 드리고 싶습니다. 한 번만 기회를 주십시오.」

경아가 다른 사람들의 눈을 의식해서인지 마지못해 다시 자리에 앉았다.

미애가 두 사람을 보며 연신 킥킥거리며 웃는다.

토촌(土村)을 나온 세 사람은 같은 건물에서 전통 차(茶)만을 팔고 있는 별도의 이층으로 자리를 옮겼다.

경아도 석구에 대한 경계의 눈빛이 조금은 누그러져 있는 듯했다. 거기에는 미애의 중간 역할이 큰 몫을 했다.

이날 석구는 정말 모처럼만에 그렇게 만나고 싶던 경아와 즐거운 시간을 보낼 수 있었다.

돌아오는 길에 무엇인가 경아에게 작은 선물이라도 주고 싶었지만 경아가 끝내 거절하는 바람에, 안타깝게도 다음 기회로 밀 수밖에 없었다.

오늘 이렇게 경아를 만나서 짧은 시간이지만 함께할 수 있었다는 게 한없이 즐겁고 행복했다. 그러나 석구는 경아와 다시 만난다는 약속 없이 그녀의 모습을 뒤로하고 헤어지는 수밖에 없었다.

석구 회사로 윤희가 다시 찾아왔다. 늘 그랬듯이 그날도 꽤나 화사한 옷차림이다.

석구를 본 윤희의 얼굴이 싸늘하게 굳어 있었다. 그 얼굴에서 석구가 조금은 긴장이 됐다.

「석구 오빠, 정말 왜 그래?」

「무슨 말이야, 그게?」

윤희의 눈이 날카롭게 빛나고 있었다.

「지난번 약속은 건성으로 한 거야?」

「미안해. 친구들과 만나는 바람에 깜박했어.」

그날 윤희에 끌려 석구는 내동 윤희의 집으로 갔다.

혈색이 좋아 보이는 윤희 모친이신 내동 마님께서 특유의 몸짓으로 반갑게 석구를 맞았다.

「그동안 보지 않은 사이에 많이 의젓해졌구먼.」
「죄송합니다. 자주 찾아뵙지 못해서…….」
「아냐, 젊은 사람이 만나볼 사람도 많았을 텐데. 그래, 집에도 모두들 별일 없으시고?」
「네, 덕분에 별일 없이 모두 잘 지내고 계십니다.」
「요즘엔 어머니께서도 뜸하시네.」
「제가 모시고 한번 찾아뵙겠습니다.」
「그래. 모처럼 내 집에 왔으니 맛있는 거 해달라고 하고, 천천히 놀다 가도록 해.」

미리 준비라도 했는지 식탁에는 꽤나 많은 음식이 차려져 있었다.

식사를 끝내고 윤희가 이층 자기 방으로 석구를 끌었다. 넓은 침실은 윤희의 외형과는 달리, 무엇 하나 정돈된 게 없이 너저분했다. 여기저기 아무렇게나 흩어져 있는 옷가지며 잡동사니가 넓은 방안에 어지럽게 널려 있었다.

방안으로 석구를 끌고 들어온 윤희가 대뜸 석구를 끌어안았다. 그리고 석구의 입술을 찾았다. 윤희의 몸은 뜨거웠다.

생각지 않았던 윤희의 행동에 석구가 당황해서 윤희의 팔을 잡는다.
「석구 오빠가 내 방에 들어온 첫 번째 남자인 거 알지?」

윤희가 뜨거운 입김을 쏟고는 석구에게 안기며 미소를 띤 얼굴로 흐느적거리며 콧소리를 내고 있었다.
「그만 내려가지. 어른들 계신데…….」
「자긴 뭐가 이렇게 시시하니? 난 준비돼 있는데.」

석구가 윤희의 어깨를 흔들어 밀어내며 방을 나왔다. 윤희가 토라진 얼굴로 거친 숨을 몰아쉬고, 방안에 잠시 동안 입술을 깨물고 서 있었다.
그날 석구가 윤희의 집을 나선 시간은 저녁 늦은 시간이었다.
집으로 오는 동안 차 안에서 마님의 말이 자꾸 마음속에 부담으로 남았다.
「이제 군대도 마쳤으니 장가도 들어야지?」
윤희와 석구 얼굴을 보면서 은근히 석구의 대답을 유도했다. 그 말은 윤희를 남달리 곱게 봐 달라는 말이기도 했다.

석구의 집 문 앞에 미애가 서성거리고 있었다. 때마침 외출에서 돌아오던 홍 여사가 승용차에서 내려 미애를 본 것이다.
「우리 성미 친군가?」
미애가 홍 여사를 보고 좀 당황한 표정으로 꾸벅 목 인사를 했다.
그리고 미애가 성미가 아닌 석구를 찾아왔다는 말에 의외라는 듯 미애를 아래위로 살핀다.
「우리 큰애를……?」
미애가 머뭇거리자,
「아직 학생인 듯 한데 우리 큰애를 어째서 찾지?」
라고 묻는다. 홍 여사의 눈에는 의심이 가득하다.
「할 얘기가 있어서요.」
「아직 들어오지 않은 모양인데, 할 얘기란 게 뭐요? 내가 얘기는 할 테니까 해 봐요.」
미애가 메모가 적힌 쪽지를 홍 여사에게 건네고는 빠르게 자리를 떠났다.
잠시 미애의 모습을 보던 홍 여사가 안으로 들어간다.

그날 석구는 새 학기에 복학을 준비하기 위해서 아버지 회사 일을 접고, 학교 도서관에 모습을 보였다. 후배였던 현주가 반갑게 석구를 반겼다.

「석구 선배, 이제 학교 나오는 거야?」

「남은 시간은 때워야 하는 거 아닌가?」

「그럼 이젠 나하고도 졸업 동기가 되는 거잖아?」

현주가 싫지 않은 얼굴로 웃어 보였다.

그리고 명희 소식도 얘기했다. 명희는 지금 제천 중학교에 교사로 가 있다고 했다.

언젠가 명희가 쓸쓸히 웃으며 한 말이 생각났다.

'그 자식, 요즘 돈 많은 집 여자하고 연애한대.'

마음의 상처가 명희를 그곳까지 내몰았구나 생각했다.

석구는 문득 경아 생각이 났다. 생맥주 한 잔 하자는 현주와 헤어진 석구가 버스에 올랐다.

집에 돌아온 석구가 책상 위에 놓인 미애의 쪽지를 풀어 본다. 별 제과점에서 일곱 시에 기다린다는 내용이었다.

그러나 그때 이미 시간은 일곱 시에서 삼십 분이나 지나고 있었다.

석구가 허겁지겁 제과점으로 달려갔지만, 거기에 이미 미애의 모습은 없었다.

집으로 전화라도 하고 싶었지만, 너무 늦은 시간이라 그날은 그냥 마음을 접을 수밖에 없었다.

그리고 다음날, 그 제과점에서 석구와 미애가 만나고 있었다.

학생복 차림의 미애는 아직 소녀티가 가시지 않은 순진하고 명랑해 보이는 학생이었다. 연신 미소를 짓고 있는 미애의 얼굴에서 석구는 경아의 모습을 그려 본다.

「어제 많이 기다렸지?」

「조금요.」

「집에 할머니 계신가?」

「우리 할머니, 되게 무섭죠?」

석구가 피시 웃는다. 전에 미애한테 전화했을 때, 마침 할머니가 전화를 받고 혼쫄났던 기억이 있었다.

「언니는 집에 있나?」

「우리 언니, 언제부터 알았어요?」

「글쎄…… 참 오래됐는데, 언니가 무슨 얘기 안 해?」

「우리 언니가 좀 그래요, 맹하고 답답해요. 피아노 치는 것 외에는 할 줄 아는 게 아무것도 없다니까요. 우리 형부 될 사람, 고생은 각오해야 할 거예요. 아마 밥도 형부 될 사람이 해다 바쳐야 할지도 모르고요. 오호호.」

미애가 한동안 떠들어 대고는 주스 잔을 비웠다. 그런 미애가 재미있는지, 석구가 연신 웃는다.

「사실, 이건 비밀인데요. 우리아빠도 우리 언니 때문에 걱정이 많아요.」

「걱정? 무슨…….」

「시집 못 갈까 봐, 그게 걱정이래요.」

「시집을 못 가다니, 왜?」

「사실 내가 생각하기에도 좀 그래요. 어떤 때 보면 남자 기피증이라도 있나 봐요. 도무지 남자한테는 관심이 없다니까요. 저~ 혹시 오빠도 그렇게 생각 안 하세요?」

「글쎄, 그런 생각 한 번도 해 본 적은 없는데…….」

「피~ 그런데 그렇게 편지를 하고도 답장 한 장도 못 받았어요?」

「그거야… 내가 언니 마음에 안 들어서겠지.」

「피~ 마음도 편하셔. 언제 저의 집에 한번 오세요. 우리 아빠가 석구 오빠를 좋아할지, 누가 알아요?」

「그야 미애가 도와만 준다면 내 용기를 내서 한번 찾아갈게.」

집으로 돌아온 미애가 경아의 방을 찾았다.

경아는 여전히 피아노 앞에 앉아서 미애가 들어오는 것조차 모른 채 피아노를 치고 있었다.

미애가 석구이야기를 숨 쉴 사이 없이 조잘대지만 경아는 여전히 관심 없는 표정이다. 미애가 경아 귀에 대고 큰 소리로 외쳤다. 그때서야 마지못해 피아노에서 손을 놓고 미애를 바라본다.

「나 오늘 석구오빠 만났다.」

「석구 오빠라니, 누가 네 오빠야?」

「언니, 정말 몰라서 묻는 거야?」

「너 지난번 일도 네가 한 짓이란 거 알았지만, 앞으로 두 번 다시 또 그런 짓 하면 그땐 정말 나한테 혼날 줄 알아.」

「어머! 그걸 어떻게 알았지? 그 사이에 나 모르게 둘이서 만난 거 아냐?」

「쓸데없는 소리 그만하고, 얼른 나가지 못해?」

「나 오늘 석구 오빠하고 맛있는 거 먹었는데…….」

「난 관심 없으니까 함께 맛있는 걸 먹든지 둘이서 데이트를 하든지, 네 마음대로 해.」
경아는 남의 말 하듯 하고는, 다시 피아노에 손을 올렸다.
미애가 경아의 손을 잡으며,
「언니 정말 이상하다. 정말 그 사람이 싫은 거야? 아니면 남자는 무조건 다 싫은 거냐?」
하고 묻는다.
「난 정말 아무에게도 관심 없어.」
경아가 다시 피아노를 친다. 그 모습을 보고 있는 미애의 얼굴이 굳어진다. 정말 언니는 남자를 모두 싫어하는 것일지도 모른다는 생각이 들었다. 그리고 피아노에 심취해 있는 경아의 모습이 왠지 슬프게까지 보였다.
미애가 피아노 건반을 두드리고 있는 경아의 손을 잡았다. 그리고 다짐이라도 하듯 묻는다. 정말 언니의 마음을 알 수가 없었다.
「언니 정말 그 오빠한테만 관심 없어?」
「얘가 왜 이래? 그렇다니까.」
「그럼 앞으로는 내가 석구 오빠를 만나도 언니한테 조금도 미안한 거 없는 거다?」
「너 지금 무슨 소리하는 거야?」
「왜? 그건 싫어?」
「난 처음부터 그 사람 관심 없었으니까 네가 그 사람을 만나든 말든 네 마음대로 하라고 했잖아.」
「언니 정말 못됐다. 언니 정말 여자 맞아? 그것도 꽃다운 나이에,

혹시 언니 정말…… 석녀 아냐?」
「얘가 못하는 소리가 없어, 정말!」
「그런데 어떻게 그렇게 남자한테 관심이 없어? 그것도 언니를 그토록 좋아하고 사랑한다는 사람한테?」
「넌 왜 그렇게 그 사람한테 관심이 많은 건데?」
「언니, 그러지 말고 한번 만나 봐라. 내가 보기에도 참 멋있고 좋은 사람 같아 보였어. 정말 언니를 좋아하는 것 같아 보였단 말이야. 응?」
「내가 그 사람을 만나지 않는 건 내가 그 사람이 좋고 나빠서가 아니야. 사실 난 솔직히 자신이 없어.」
「뭐가? 뭐가 자신이 없어? 그 사람은 언니가 좋다는데. 언니를 사랑한다는데…….」
「만나서 할 말도 별로 없고. 그냥 무섭기도 하고.」
「무섭다니? 그 오빠가 언니를 잡아먹기라도 한데? 언니, 정말 우습다. 남자 만나는 거 별거 아냐! 그냥 만나서 차도 마시고 맛있는 것도 함께 먹고 좋은 영화도 보고…… 그렇게 하면 되는 거야.」
「어떻게 처음 만나는 사람하고 무얼 먹고 구경을 하고 그러니?」
「이런 숙맥 언니! 누가 처음부터 그러래? 한 번 만나고 두 번 만나면 그럴 수도 있다, 그거지. 혹시 누가 알아? 만나다 보면 나중엔 오히려 언니가 자꾸 만나자고 할지. 오호호호!」
「너 정말…….」
「하여간 난 언니한테 얘기한 거다. 오늘 빵 얻어먹은 값은 한 거야. 알았지? 오호호호.」
미애가 한바탕 조잘대고 방을 나갔다.

미애가 나가자, 경아의 표정이 이내 굳어졌다.

석구에게 뺨을 맞던 생각이 났다.

'야! 네가 그렇게 잘났니? 이 편지가 너한테 그렇게 하찮은 걸로 생각한 거야? 나쁜 계집애! 그래, 네가 얼마나 잘났는지 어디 두고 보자.'

경아가 커튼을 걷고 창문을 연다. 그리 차지 않은 바람이 들어와 경아의 긴 머리를 흔들고 있다.

잠시 고개를 돌려 거울을 본다. 화장기 하나 없는 하얀 얼굴에 유난히 검은 눈썹, 조금은 앞쪽으로 나온 듯싶은 이마, 아직도 솜털이 가시지 않은 뽀얀 귀볼……. 정말 오랜만에 자신의 얼굴을 거울로 유심히 보는 것 같았다.

경아는 그동안 학교와 집밖에 몰랐다. 다람쥐 쳇바퀴 돌 듯 피아노에만 매달렸지, 정작 자신의 몸에는 별 신경이 없었다.

긴 머리를 두 손으로 쓸어 올리고는 옷장에서 검은색 얇은 외투를 꺼내 입었다. 그리고 모처럼 정말, 얼마만인지 모르는 외출을 했다. 그것도 혼자 서였다.

경아가 무작정 버스에 올라 내린 곳은 남산이었다.

한여름 무수한 나뭇잎을 자랑스럽게 달고 있던 나무들도 지금은 앙상히 가지의 살을 드러내고 차가운 바람에 울고 있었다.

경아가 계단을 올라 식물원으로 들어갔다.

온실 안은 밖과는 달리 훈훈했다. 많은 열대 식물들이 온실 지붕을 덮고 있었고, 자주 보기 힘든 많은 열대지방의 꽃들이 한창 피어 있었다.

이날 외출은 여러 가지로 경아의 마음에 많은 안정을 주는 듯했다. 돌아오는 길에 몇 권의 책과 털실 장갑 두 개도 사 들고 왔다.

한편, 석구의 집 주방에서는 석구 할머니와 영숙이 마주앉아서 콩을 고르고 있다.

「오늘 저녁엔 이 콩 몇 알 넣고 밥 좀 해봐, 에휴~ 옛날엔 보리밥에 이런 콩 몇 알만 넣고 밥을 해도 그렇게 보리밥 입 넘기기가 부드러웠는데, 왜 그때는 그렇게 먹고 싶은 게 많았던지…… 그저 생각난다는 게 온통 먹는 것뿐이었어. 요즘 사람들한테 그 얘기하자면, 날밤을 꼬박 새도 모자랄 거여. 그리고 왜 그렇게 밤은 또 길었던지…… 배고픈 시절에 밤 긴 것도 고역 이였어.」

오전에 외출했던 홍 여사가 큼직한 쇼핑백을 들고 들어왔다.

할머니가 코에 걸려 있는 안경 너머로 홍 여사가 들고 온 쇼핑백을 쳐다본다.

「그건 뭐여?」

「오는 길에 어머님 드리려고 굴비 좀 사 봤어요.」

「그래? 그거 마침 잘 됐구먼. 콩밥에 굴비라면 다른 찬 없이도 제격이지.」

홍 여사가 굴비 세트가 들어 있는 쇼핑백을 연숙에게 넘기고 방으로 들어가 외출복을 갈아입고 나온다.

다음날 윤 회장은 부산 건설현장으로 출장을 떠났다.

석구가 밖으로 나오면 성미가 재빨리 다가와 석구의 팔을 낀다. 석구가 힐긋 성미를 보고 피시 웃는다.

「왜? 너 용돈이 필요하구나?」

「역시 우리 오빤 통하는 게 있다니까. 그렇지만 오늘은 공짜는 아니니까 너무 억울하게 생각할 것까지는 없고.」

「또 무슨 소릴 하려고?」

「글쎄, 무슨 소린지는 두고 보면 알 거고……. 음~ 그런데 오빠, 미애가 누구야?」

'미애' 라는 소리에 석구가 걸음을 멈추고 성미를 본다.

「네가 미애를 어떻게 알아?」

「오빠 애인? 그런데 좀 거시기 하더라. 아직 학생이던데? 그것도 내 또래의 고등학생?」

「네가 미애를 어떻게 아냐니까?」

「뭘 그렇게 놀라시지? 그냥 갈까 보다.」

석구가 지갑을 꺼내 잡히는 대로 성미에게 돈을 건넨다.

성미가 입을 벌려 좋아하며 돈을 받아 들고는 메모 한 장을 석구에게 내밀었다. 그리고 뒷걸음질로 손을 들어 보인다.

「고마워, 오빠! 다음에 그런 편지 같은 거 많이 보내라고 그래. 내가 틀림없이 오빠한테 전해 줄 거라고…… 알았지? 오호호.」

성미가 뜀박질로 도망치듯 사라진다.

미애가 보낸 쪽지였다. 오늘 저녁에 기다린다는 내용이었다.

석구가 쪽지를 주머니에 넣고 빠른 발걸음으로 버스 승강장 쪽으로 간다.

이날 석구가도서관에서 조금 일찍 나와 미애와 약속된 별 제과점으로 갔다.

한편, 같은 날 오후 성미가 집에서 샤워를 하고 욕실에서 수건으로 머리를 말리며 나오는데 거실에 있는 전화벨이 울린다.

성미가 수화기를 집어 든다. 여자의 목소리였다. 석구를 찾는 전화였다. 그것은 명희의 전화였다. 성미가 아직 들어오지 않았다고 하자, 명희가 다시 전화하겠다고 하고 전화를 끊었다.

성미가 수화기를 놓고 돌아서려는데, 다시전화벨이 울렸다. 이번에는 혜진 할머니 전화였다.

성미가 '혜진 할머니 하는 소리를 방에서 들으신 할머니가 성미가 부르기도 전에 어느새 방에서 허둥대듯 나와 성미에게서 수화기를 뺏어 들고 큰소리로 떠들기 시작했다.

「그간 통 소식이 없는 걸로 봐서 이 늙은이 놔두고 혼자 먼저 갔나 했구먼. 우라질!」

「예끼! 몹쓸 할망구, 빨리 죽으라는 소리 보담 더하구먼. 그래 그동안 어떻게 지낸 거여? 건강은 여전하구?」

「늙은이가 건강하면 얼마나 건강하누. 그저 자리에 드러눕지 않았으니 괜찮나 하는 게지. 임자도 여전하지?」

두 노인들의 전화 통화는 한동안 계속됐다.

성미가 자기 방에서 거울을 보며 몸단장을 하고 작은 가방 하나를 집어 들고 조심스럽게 나오며 할머니 동정을 살핀다. 그때까지도 할머니는 전화기를 붙들고 떠들어 대고 있었다.

성미가 발소리를 죽여 밖으로 빠져나간다.

석구와 미애가 제과점에 마주앉았다. 미애가 메뉴 판을 들여다보며 이것저것을 주문을 한다.

「그걸 미애 혼자서 다 먹을 수 있어?」

「그런 건 오빠가 걱정 안 해도 되고요. 저 오빠, 미안하지만 계산부터

해 줄래요?」

「계산? 왜? 혹시 미애한테 계산이라도 하라고 그럴까 봐서?」

「설마, 오빠가 그럴 리가 있겠어요. 요까짓 거, 얼마나 된다고.」

「그런데 왜 계산부터 하라고 해?」

「오빠는 계산만 하시고 얼른 저쪽 길 건너편에 있는 로즈로 가 보세요.」

「로즈? 로즈라니?」

「참, 오빠 아이큐가 얼마예요?」

「아이큐?」

「아이, 시간 없어요. 어서 가 계세요. 빨리요.」

성미가 시계를 보며 다그친다. 석구가 얼떨결에 자리에서 일어났다.

「그럼 내가 다시 올 때까지 여기서 기다리고 있어!」

「여기 일은 신경 끄시고, 계산이나 확실하게 하고 가세요. 오호호.」

석구가 영문도 모른 채 제과점을 나가고, 이어 미애의 친구들이 기다렸다가 우르르 몰려 들어왔다. 그리고 가져온 한 아름의 빵과 생과자를 게걸스럽게 먹으며 조잘댄다.

한편 로즈 커피숍에 들어선 석구가 안을 돌아보며 살핀다. 그러나 낯익은 얼굴은 어디에도 없었다.

석구가 출입문이 잘 보이는 한쪽으로 가서 자리를 잡고 앉았다. 시계를 본다. 시간은 오후 여섯 시가 지나고 있었다.

여 종업원이 물 컵을 놓고 주문을 받았다. 석구가 담배를 꺼내 무는데, 문 쪽으로 경아의 모습이 나타났다.

무릎 아래까지 내려온 검은색 스커트에 상의는 엷은 핑크 색에 물방울 무늬가 수놓인 화사한 털옷을 입고 있었다. 그리고 한쪽 팔에는 그리 크지 않은 손가방을 들고 있었다. 아름다운 모습이었다.

순간 석구는 가슴이 멈추는 듯 숨이 막히는 것 같았다. 그리고 자기도 모르게 자리에서 벌떡 일어났다. 목구멍에 침이 말라 목안까지 아픔이 찾아왔다. 몇 번인가 침을 넘겨보지만, 이미 목안은 타서 침이라곤 눈곱만큼도 없는 듯했다.

석구를 발견한 경아가 순간적으로 놀라는 모습을 보이더니, 이내 몸을 돌려 밖으로 나가려 했다. 석구가 재빨리 몸을 일으켜 밖으로 나가려는 경아의 팔을 잡았다. 그러자 경아가 놀란 눈으로 석구를 쏘아보며 석구의 팔을 뿌리치고 나갔다.

석구가 그 앞을 막았다.

그 순간에 석구는 입 속으로는 수없이 많은 말을 했지만, 그 말들은 한마디도 입 밖으로는 나오질 않았다.

「우리 어디 가서 얘기 좀 해요.」

석구가 이 말 한마디를 하기까지는 정말 셀 수 없는 많은 시간이 흐른 것만 같았다. 경아가 아무 말도 하지 않은 채 거친 숨만 몰아쉬고 있었다.

그리고 한참 만에 정말 한참 만에 경아가 시선을 먼 곳에 둔 채,

「시간이 참 한가하신가 봐요?」

입을 열었다.

석구가 최고의 용기를 내서 그녀의 팔을 잡고 가까운 카페에 들어섰다. 자리에 앉은 석구가 초조한 나머지 담배를 피워 문다.

담배 연기에 경아가 가늘게 기침을 했다. 석구가 서둘러 담배를 재떨

이에 비벼 끄며 미안한 얼굴을 한다.
두 사람은 그렇게 말없이 얼마를 앉아 있었다. 이들의 침묵을 깬 것은 차 주문을 받으러 온 여 종업원이 앞에 다가서고 나서였다.
두 사람은 서로 얼굴만 보고 있었다.
「아가씨, 우선 시원한 물 한 잔만 주시겠습니까?」
잠시 후 종업원이 놓고 간 물 컵을 단숨에 마신 석구가 멋쩍은 듯 경아를 보고 씽긋 웃는다.
그 모습이 어이가 없었던지, 경아도 입가에 보일까 싶게 작게 미소를 짓는다.
「하실 말씀 없으시면, 이제 일어나시죠.」
석구의 가슴이 다시 꽉 막혀 오는 것을 느꼈다. 하고 싶은 말이 많았다. 그러나 도무지 말이 입 밖으로 나오질 않는다. 그냥 경아의 얼굴을 보고 있는 것만으로도 행복했다. 그런 경아가 지금 일어나자고 한다.
이대로 영원히 함께 있고 싶은데, 그녀는 나의 이런 마음을 조금도 알아주지 못하는 게 너무나 섭섭했다.
「앞으로는 동생에게 이런 일 만들지 마세요.」
「저와 함께 있는 게 그렇게 불편하십니까?」
「제가 있을 자리가 아니잖아요.」
「자리가 아니라니요?」
「그동안 제 뜻을 이미 아셨을 테고…… 자꾸 이러시는 거, 서로 시간 낭비밖에 더 있겠어요.」
「경아 씨는 정말 제가 그렇게 싫으신 겁니까?」
「제가 거기를 싫고 좋고 할 이유가 어디 있어요. 저는 앞으로 할 공부가 많아요. 그리고 지금 누구를 좋아할 마음도 없고요.」

「그럼 제가 경아 씨 공부하는데 무슨 장애라도 된다는 말씀이신가요?」

「그만 일어날게요.」

그녀가 일어나 석구를 보지도 않고 나가 버렸다.

집으로 돌아온 석구가 방에 틀어 박혀 그날을 어떻게 보냈는지 모른다. 꿈속에서라도 보일까 싶어서 눈을 감아 보지만, 도무지 잠도 오지 않았다. 더욱이 어떤 약속도 없이 헤어졌으니 언제 다시 만날지도 알 수 없다는 조바심이 석구의 마음을 더욱 무겁게 했다.

집으로 돌아온 경아 역시 마음이 편치만은 않았다.

경아가 들어오자 기다렸단 듯 미애가 뒤따라 경아 방으로 들어왔다. 그리고 언니의 얼굴을 살핀다.

그런데 의외로 경아가 미애의 얼굴을 똑바로 보질 못했다.

「언니, 오늘 그 사람 만났어? 어땠어?」

미애가 언니를 경계하며 조심스럽게 묻는다.

경아가 얼굴을 돌려 미애를 쏘아보자, 미애가 움찔한다.

「너, 또 앞으로 그런 짓 할래?」

「왜? 잘 안 됐어?」

「뭐가? 뭐가 잘 되고 안 되고 해?」

「그 오빠가 무슨 말 안 해? 할 말이 무지하게 많다고 그러던데?」

「너 정말!」

「언니! 언니 그 오빠 정말 멋지지? 지금까지 어디서 뭐했어? 지금까지 함께 있다가 오는 거야? 맛있는 거 많이 먹었어?」

미애가 대답도 없는 경아에게 한참을 떠들어 댔다. 경아가 그런 미애를 어이없어 바라본다.

한참을 떠들어 대던 미애가 별 재미가 없었던지 입을 삐죽거리고 방을 나간다.

대학가 소주방에서 석구와 명희가 만나고 있다.

「학교 공부는 잘돼?」

「공부? 잘하고 있지. 청주에 가 있다는 얘기 들었어. 그래 거기 생활은 어때?」

「나 청주에 가 있다는 거 알았으면서 전화 한 번 안 하니?」

「말, 말아. 나이 들어 공부하려니까 도통 머리가 굳어서 돌아가질 안돼. 죽을 맛이다.」

「애 늙은이 같은 소리 하고 있네.」

「네가 보기에도 그렇지?」

「잔소리 그만하고, 술이나 마시자.」

명희가 술잔을 비웠다.

「청주에 가서 술만 배웠니? 그리고 하필 왜 거기까지 가서 근무하는 거야? 여기서도 할 수 있었을 텐데…….」

명희가 씁쓸히 웃었다.

「왜? 거기가 어때서?」

「어떤 것보다는 친구들도 그렇고, 거긴 네 연고지도 아니잖아?」

「아이들이 좋아, 순진하고. 선생님들도 좋고…… 그리고 누구보다

그 애들이 나를 좋아해 주니까, 그게 정말 좋고. 여긴 좀 시끄럽다. 어디 조용한 곳으로 갈까?」

「왜? 일부러 여기서 만나자고 했는데……. 옛날 생각도 나고 그리고 앞으로는 다시 이런 곳에 언제 오겠니? 그래서 여기로 오자고 했는데, 왜 별로야?」

「글쎄…….」

「무슨 말이 그러니?」

「내 생각이 그래. 요즘 자꾸 자신이 없어지고. 몸도 자꾸 쪼그라드는 것 같아.」

「너 말마따나 지방에 가 있더니, 아줌마 같은 소릴 하는구나?」

명희의 얼굴에는 어딘가 어두운 그림자가 덮고 있는 듯했다.

명희가 다시 잔을 비웠다. 그리고 석구를 보고 피시 웃는다. 그 웃음에 어쩐지 힘이 없어 보였다.

「민규 소식은 듣고 있니?」

명희가 말없이 다시 잔을 들어 석구의 잔에 부딪친다.

지금도 명희의 마음속에는 민규와의 시간이 남아 있는 듯했다.

석구는 더 이상 민규 얘기를 하지 않았다. 석구도 조금은 명희의 마음을 알 것도 같았다.

그날 석구는 술이 취한 명희를 여관까지 데려다 줬다. 명희의 집이 남영동 쪽에 있었지만, 벌써 오래 전부터 명희는 그 집을 나와 혼자 생활하고 있었다.

명희와 헤어져 돌아오는 길에 석구가 다시 경아의 집을 찾았다.

경아의 이층 방 창에는 불이 켜져 있었다.

하지만 석구는 경아의 집 문을 열지 못했다. 그냥 한동안 불 켜져 있는 창을 바라보다가 돌아오는 게 전부였다.

석구가 어머니와 함께 내동마님을 만나기 위해 윤희의 집을 찾았다.

마님이 값나가는 가구로 치장된 안방에서 키 작은 책상을 앞에 놓고 앉아 안경 너머로 장부책을 살피다가, 두 사람이 왔다는 아줌마의 소리에 무거운 몸을 일으켜 응접실로 나왔다.

그때까지 응접실 한 곁에 서있던 홍 여사와 석구에게 소파에 앉으라는 손짓을 하고 앞쪽으로 앉았다.

일하는 아줌마가 마님에게는 대추차를 그리고 홍 여사와 석구에게는 홍차와 커피를 들고 와서 놓는다.

「이제는 아주 의젓한 청년이구먼.」

「덩치만 컸지, 아직도 철부진 걸요.」

「자주 찾아뵙지 못해서 죄송합니다.」

「그래, 요즘 다시 학교에 나간다고?」

「네.」

「아주 훌륭히 커 줬어.」

마님이 키 큰 벽시계를 본다. 시간은 오후 여섯 시가 조금 지나고 있었다.

「가만 있자, 얘가 들어올 때가 됐는데…….」

윤희를 기다리는 눈치다.

「따님은 열심히 학교 일 잘 하고 있죠?」

「그 얕은 지식으로 누굴 가르친다고 하는 건지, 원…….」

「아니, 왜요? 아주 세련되고 곱던데요.」
「그래, 윤 사장 회사는 여전하구?」
「저야 뭐 아나요.」
「그 보담도 오늘은 내 젊은 친구 좀 보고 싶어서 보자고 했어. 올해 나이가…… 우리 애 보담 한 살이 위라고 했던가?」
「그, 그런가요.」
홍 여사가 석구 얼굴을 보며 말했다.
「요즘 우리 애 만난 적 없나?」
「지난번에 집에 한 번 와서 봤습니다.」
「그래? 자주 만나서 사람 좀 만들어 봐. 뭘 하러 매일처럼 밖으로만 쏴 다니는지 도무지 알지를 못해. 쯧쯧.」
석구에게는 그리 편한 자리가 아니었다.
준비된 저녁을 먹고 가라는 마님의 성화를 마지못해 간단히 하고 홍 여사와 석구가 자리에서 일어났다. 그때까지 윤희는 집에 들어오지 않았다.
돌아오는 길에 차 안에서도 모자간에는 별로 말이 없었다.
「마님께선 널 달리 보시는 것 같더구나.」
석구가 어머니를 본다.
석구도 어느 정도의 눈치가 없는 것은 아니었다. 그것을 석구는 일부러 겉으로 내색을 하지 않고 있을 뿐이었다.
중간에서 석구는 볼일이 있다는 핑계로 먼저 차에서 내렸다.

경아의 집 거실에 전화벨이 울렸다.
주방에 있던 서산 댁이 나와 특유의 사투리로 전화를 받는다.

석구가 경아를 찾는다. 경아도 미애도 아직 들어오지 않았다고 했다.

서산 댁의 전화 받는 소리를 듣고 할머니가 방에서 나와 서산 댁의 얼굴을 살핀다.

「누굴 찾는 전화야 이 시간에?」

「저……. 아가씨를 찾는데유.」

「애들 누굴?」

「둘 다유.」

「어느 누가 애들을 둘씩이나 찾는다는 게야?」

「저, 젊은 총각 같아유.」

「어느 싱거운 놈이 애들을 둘씩이나 찾누. 전화기 이리 내봐! 도대체 누군데 이 시간에 애들을 찾는 게야?」

공중전화 부스에서 전화를 하고 있던 석구가 할머니 목소리에 움찔한다.

「저…… 저는 윤 석구라고 하는 사람입니다. 경아 씨를 만나고 싶어서 전화했습니다.」

석구의 말에 할머니는 지금 집에 없다는 짤막한 말만 남기고 전화를 끊었다.

석구가 허탈한 마음으로 전화를 놓고 부스를 나오지만, 어디를 가야 할지 발길이 떨어지질 않았다. 왠지 별안간 외로움이 몰려왔다.

석구가 다시 부스 안으로 들어가 다시 전화 다이얼을 찍는다.

할머니가 냉장고에서 보리차를 꺼내 마시다가 이가 시리다며 다시 집어넣고 주방으로 가서 밖에 놓아 둔 보리차를 마신다.

「이제 조금만 차가워도 이가 시려서 목구멍엘 못 넘기겠으니, 이제 갈 때가 다 된 게야.」

「할머니, 무슨 그런 무서운 말씀을 하세유? 사장님께서 들으시면 섭섭해 하시라구유.」

「어미는 몇 시 배로 온다고 했어?」

「얼추 올 때 됐시유. 다섯 시 배로 온다고 하셨는데유.」

서산 댁이 벽시계를 보며 말했다.

이날 홍 여사는 영종도에 살고 있는 석구의 외삼촌 집을 찾았다.

외삼촌 큰아들 근식이 그곳 농협에서 근무하고 있었다. 그 근식의 혼인 이야기가 있는 모양이었다.

성미와 용숙이가 하교 길에 명동을 두리번거리고 있었다. 여기저기 기웃거리기도 하고 리어카에 진열된 액세서리를 만져 보며 깔깔대고 큰소리로 웃고 장난스럽게 시시덕대고 있었다.

윤희가 호화롭게 장식된 꽤 큰 미용실 거울로 방금 손질한 머리를 만지며 옷매를 둘러보고 있다. 그리다 거울 속에 들어온 성미의 모습을 본다. 윤희가 밖으로 나와 성미를 불렀다.

그리고 셋이서 어느 제과점 안에 앉았다. 실내장식이 꽤나 호화롭게 꾸며져 있는 고급 제과점이었다. 의자며 탁자도 고급스러웠고, 열대어가 한쪽 벽을 온통 차지하고 있었다.

키 큰 식물들도 보였고, 군데군데 유명화가의 그림이 조화롭게 배치되어 있는 고급스러운 실내 분위기였다.

이어 탁자에 여러 가지의 생과자며 크림이 푸짐하게 나왔다.

성미가 조금은 얻어먹기가 미안했던지, 윤희를 보며 한마디 한다.

「언니, 요즘 정말 꽤 예뻐졌다.」

윤희가 성미를 보고 피식 웃었다. 성미가 미안해서 하는 말인 걸 잘 알지만, 싫지 않은 눈치다.

「먹고 모자라면 더 주문해.」

「고마워요, 언니.」

「고맙긴. 친구인가 보지?」

용숙을 보며 윤희가 말했다.

「네, 같은 반.」

「전 용숙이라고 해요. 고마워요, 잘 먹을게요.」

「그래, 많이 먹어. 다른 거 필요하면 말하고.」

「언니도 좀 드세요.」

「난 생각 없어. 너희들이나 많이 먹어. 오빠 요즘 학교에 다시 나간다고 했지? 공부 많이 하나 보지?」

「공분 무슨…… 술 마시느라 바쁘지.」

「술? 그야 오랜만에 만나는 친구들이 많으니까 그렇겠지. 요즘도 자주 술 마시고 들어오나?」

「그럼요, 어제도 마시고 들어온 걸요. 공부하기 싫으니까 술로 때우는 건지. 치! 군대에 가서 술 마시는 것만 배우고 왔나 봐요.」

윤희는 시켜 놓은 주스에 손도 대지 않고 자리에서 일어났다.

「왜? 언니 먼저 가려고요?」

윤희가 나가고 나자 용숙이 성미에게 기다렸다는 듯 호들갑을 떨며 다그쳐 물었다.

「얘, 얘! 누구니, 저 언니?」

「응, 윤희라고, 우리 오빠 혼자 좋아하는 언니야.」

성미가 남의 얘기하듯 말하고 생크림을 손가락으로 찍어서 입 속에 집어넣는다.

「야! 정말 멋쟁이다. 저 언니가 너희 오빠를 좋아한단 말이지? 그것도 혼자? 어머! 어머! 그럼 저 언니가 혼자 짝사랑하는 거야?」

「네가 왜 호들갑이니? 안 믿어지니?」

「너희 오빠 그렇게 멋쟁이니?」

「그래, 너도 우리 오빠 만나고 싶니?」

성미와 용숙이 한동안 킬킬대고 웃으며 생크림을 먹는다.

석구가 경아 집 동네슈퍼에서 담배를 사고 잔돈을 들고 나와 공중전화 박스에서 전화를 하고 있다. 다이얼을 돌리는 석구의 손이 익숙하다.

누군가의 음성이 들리고, 이어 경아의 목소리가 수화기를 타고 들렸다.

반가운 목소리였다. 공연히 가슴이 쿵덕거린다.

조금은 망설이는 듯싶게 수화기에서는 잠시 말이 없었다. 그리고 두 사람은 동네에서 그리 멀지 않은 작은 찻집에 마주앉았다.

생각지도 않았던 석구의 부름에 경아의 옷차림은 간단했다.

「반가워요.」

석구의 음성이 조금은 떨리고 있었다.

「바로 들어가 봐야 해요. 하실 말씀 있으시면 얼른 하세요. 그리고 이렇게 집에까지 찾아오시면, 제가 힘들어져요.」

「그러게, 경아 씨가 저한테 전화를 좀 해줘요. 그러면 제가 집에까지 찾아오는 일은 없을 것 아닙니까.」

경아가 어이없다는 듯 석구를 바라본다.
「앞으로 다시 저희 집에 찾아오지 마세요. 그 말씀을 드리려고 오늘 나온 거예요.」
「왜요? 제가 경아 씨를 찾아오는 게 부담스러우세요?」
「부담이라기보다 이유가 없잖아요. 절 찾아오실…….」
「이유가 없다니요? 그럼 아무 이유 없이 제가 경아 씨를 찾아온다고 생각하세요?」
경아가 말을 잇지 못하고 고개를 숙인 채 손가락으로 들고 있는 손수건을 꼬고 있다.
석구가 입술이 타는지 물 컵을 들어 반쯤 마셨다.
「지난번에도 말씀드렸지만, 전 졸업을 해도 다시 공부를 해야 해요.」
「그건 유학을 간다는 말이군요?」
경아의 움직임이 잠시 멈췄다.
「거기도 지금 학생인 걸로 알고 있는데, 이렇게 한가롭게 절 만날 시간이 있으세요?」
「지금 졸업반이고, 군대도 갔다 왔습니다.」
「그래서요?」
경아가 석구를 빤히 보며 말했다.
「그래 서라니요?」
「그래서 그럼 결혼이라도 하실 생각이신가요?」
「제가 결혼을 한다면 그건 경아 씨와 할 겁니다.」
경아가 어이없어 피시 웃었다.
「물론 지금 당장 경아 씨에게 결혼을 약속하자는 건 아니지만, 경아 씨가 제 마음을 받아 줄 때까지 자주 만나고 싶습니다.」

「제 마음이 그럴 생각이 없다는 데도요?」

「경아 씨가 외국으로 공부를 가도 언젠가는 돌아올 거 아닙니까?」

「그래서요? 그때까지 저를 기다리기라도 하겠다는 말씀이세요?」

「물론입니다. 왜 제 말이 안 믿어지세요?」

「사실 제가 오늘 이렇게 거기를 만나는 것도 그쪽이 저에 대한 마음을 접어주기를 바라는 마음으로 나온 거예요. 전 지금 이성으로서 남자를 만날 처지가 되질 못해요.」

「처지라니요? 무슨 처지를 말하는 겁니까?」

「저는 아는 게 아무것도 없어요. 남자에 대해서 뿐 아니라, 사회생활도요.」

「그건 또 무슨 말이에요? 제가 경아 씨에게 뭘 그렇게 바랬나요?」

「시간이 많이 지났어요. 그만 들어갈 게요.」

그녀가 자리에서 일어났다. 석구가 경아의 얼굴을 보며 단호하게 말했다.

「저는 경아 씨에게 바라는 것은 아무것도 없습니다. 그리고 경아 씨가 하고자 하는 일에 추호도 걸림돌이 될 생각도 없고요. 이것은 앞으로도 변하지 않을 겁니다.」

경아가 석구의 단호한 말에 조금은 부담스러웠는지 다시 자리에 앉았다. 그리고는 석구의 얼굴에서 시선을 돌리며 작은 목소리로 말했다.

「제가 지금 그쪽 마음을 멀리 하려는 것은 그쪽의 마음이 못 믿어서가 아니에요. 단지 그럴 만 한 제 입장이 되질 못해서 그래요. 그렇게 한가하지도 않고요.」

「그럼 경아 씨는 제가 한가하고 할 일이 없어서 이렇게 찾아다닌다고 생각하세요?」

경아가 말없이 석구를 바라본다.

「제가 경아 씨를 하루 이틀, 아니 그 흔한 미팅 한 번으로 만나서 제 마음을 믿어 주길 바라는 건 아니잖습니까?」

「먼저 일어날게요.」

경아가 다시 자리에서 일어났다.

「우리 언제 다시 만날 수 있는 거죠?」

석구가 경아의 뒷모습을 보며 더 이상 입을 열지 못했다. 가슴이 답답하게 아려 왔다.

경아가 집 인터폰을 누르는데 뒤에서 미애의 목소리가 들렸다.

경아가 뒤를 돌아다본다.

「언니, 어디 갔다 오는 거야?」

「으~ 응. 누구 좀 만나고 오는 거야.」

「누구?」

「들어가자.」

경아가 말끝을 흐리며 열린 문 안으로 들어섰다. 미애가 뒤따르며 다그쳐 묻는다.

「누굴 만나고 오는 건데? 그 군인 오빠?」

경아가 발을 멈추고 돌아서서 미애를 본다.

「너…….」

「어머! 진짠가 보다, 언니 그치?」

경아가 이층으로 올라가 방문을 닫아 버린다.

집에 들어온 석구가 침대에 벌렁 누우며 생각했다.

방 안 천장으로 경아의 얼굴이 가득 떠올랐다. 다소곳한 얼굴, 언제나처럼 화장기 없는 맑고 깨끗한 얼굴, 그리고 그림처럼 깊게 새겨진 쌍꺼풀, 거기에 길게 늘어진 긴 머리까지도 석구에게는 모두가 아름답게만 보였다.

그렇게 말고 깨끗한 얼굴로 봐서는 분명 경아는 이슬만 먹고 사는 사람 일 것만 같게 생각됐다.

석구의 식구들이 식사를 하고 있다. 그런데 성미의 식사하는 모습이 영 시원치가 않다.

거실에 있는 전화기가 울렸다. 성미가 기다렸다는 듯 수저를 놓고 거실로 뛰쳐나간다.

이러한 성미의 행동에 모두가 시선을 돌려 주목한다.

「저게 밥 먹는 게 영 시원치 않을 걸 보면, 또 어디서 주전부리한 게야.」

윤희의 전화였다. 성미가 상냥하고 밝은 목소리로 받는다.

「어머, 언니! 집이에요? 오빠요? 오빠는 아직 인데…… 그러게요. 어디서 또 술타령이겠지, 뭐……. 알았어요, 언니! 오빠 들어오면 전화하라고 할게요.」

전화를 끊은 성미가 다시 주방으로 들어온다.

「누굴 찾는 전화데 그렇게 상냥하니?」

할머니가 성미를 보며 묻는다.

「윤희 언니.」

「그 처녀가 이 시간에 누굴 찾아?」

「누군? 오빠 찾는 거지.」

「그런데 넌 왜 들어온 오라비를 안 들어왔다고 그래?」

성미가 오빠를 본다.

「그럼 오빠, 들어왔다고 전화할까? 오빠도 그 언니 전화 받고 싶지 않지?」

「저 애가 지금 무슨 소릴 하는 게야?」

홍 여사가 성미와 석구를 번갈아 보며 성미의 말뜻을 찾는다.

석구가 아무 대꾸 없이 식사를 한다.

「나 오늘 그 언니 만나서 맛있는 거 실컷 얻어먹었는데.」

성미가 수저를 놓으면서 할머니를 본다.

「어쩐지 저것이 밥 뜨는 게 시원치가 않다 했더니만.」

할머니가 혀를 차며 성미에게 눈을 흘긴다.

「넌 왜 밖에서 그런 것 얻어먹고 다니고 그래?」

홍 여사가 핀잔을 준다.

「내가 뭐 사 달라고 했나? 그 언니가 끌고 가서 사 주는 걸, 그럼 그냥 싫다고 나와?」

「네가 지금 그런 거 길거리에서 얻어먹고 다닐 나이야? 엉덩가 남산만 해갖고! 쯧쯧.」

「엄만, 사실 나도 그 언니 마음에 안 들어.」

「네가 무슨 맘에 들고 안 들고 가 있어?」

「너무 사치스럽단 말이야. 무슨 패션 쇼하는 모델도 아니고, 하고 다니는 거 보면 영 아닌 거 있지. 그런 여자가 오빠하고 결혼하면 손에 물이나 묻히려고 하겠어?」

「네가 그런 걸 왜 신경 써? 별…….」

경아 방에 어머니가 오렌지주스 잔을 쟁반에 받쳐 들고 들어왔다.

피아노를 치고 있던 경아가 환하게 웃으며 본다.

「좀 쉬어 가면서 하면 안 되니?」

「미애는 아직 안 들어왔어요?」

「들어오기가 무섭게 뛰쳐나가는 애 아니냐. 그런데 너 참 요즘 만난다는 사람, 누구야?」

「만나긴요. 그냥 한두 번 만난 것뿐이에요.」

「미애 얘기로는 자주 만난다고 하던데?」

「신경 쓸 일 아니세요. 그리고 다시 만날 일 없을 거고요.」

「그래, 나야 널 믿는다만 세상이 어디 내 맘 같니? 혹 전에 밤중에 집에까지 찾아왔던 그 군인 아니니?」

「맞아요. 아직 학생이래요. 얼마 전에 군대 다녀와서 복학했고.」

「그럼 꽤 된 사람 아니니? 어디 사는 뭐 하는 집 사람인지는 알고?」

「그런 거 잘 몰라요. 거기까지 알고 싶은 사람도 아니고요.」

「그게 무슨 말이야? 알고 싶지가 않다니?」

경아가 별 뜻 없이 피시 웃었다.

한 여사는 경아가 석구와 깊이 사귀고 있는 걸로 아시는 모양이었다.

어머니는 무엇인가 더 묻고 싶은 표정인 듯했으나 경아의 대수롭지 않은 대답에 말문을 닫았다.

「매사에 행동 잘하고, 몸조심해.」

「걱정 마세요. 그런 관계 아니에요.」

「어서 그만 쉬도록 해라.」

어머니가 빈 주스 잔을 들고 나갔다.

편지를 돌려주려던 날, 그 허탈해 하는 모습에 순간적으로 자기의 뺨을 때리던 석구의 모습을 생각한다.

지금까지 그 어느 누구에게도 심지어 부모님한테도 매라고는 단 한 번도 맞아 본 기억이 없는 경아에게는 도저히 잊을 수 없는 기억이다.

그것도 잘 알지도 못하던 남자에게라면 더욱 쉽게 잊을 수 없는 것도 당연했다. 그런데 그 기억이 그다지 마음의 상처로 남아 있지 않을 뿐만 아니라 별로 싫지 않은 감정으로 기억에 남아 있는 것에 경아 스스로도 믿기지가 않았다.

경아 방에서 나온 어머니가 거실로 내려오는데, 민 사장이 피곤한 모습으로 들어왔다.

「어디 불편하세요? 쌍화탕이라도 데워 드릴까요?」

민 사장이 할머니 방으로 가서 문을 반쯤 열고 인사를 한다.

민 사장의 얼굴에 어머니 얼굴이 우울해진다.

시내 고층 빌딩 앞에 검은색 승용차 한 대가 정차한다. 그리고 윤 회장이 내려 안으로 들어간다.

윤 회장이 사무실에 들어오고 김 부장이 뒤따라 들어와서 서류를 내 민다.

「사업 설명회가 몇 시라고 했어?」

「두시입니다, 회장님.」

윤 회장이 사무실 한쪽에 서 있는 대형 괘종시계를 본다. 괘종시계에는 흰 글씨로 '축 발전'이라는 글이 새겨져 있고, 그 밑으로 전직 대통령의 이름이 적혀 있었다.

「그럼 서둘러야겠구먼.」

「준비는 다 해 놨습니다. 바로 가시면 되십니다, 회장님.」

윤 회장이 몇 군데 전화를 하고는 김 부장을 앞세우고 나갔다.

석구가 현주와 교문을 나오는데, 한쪽으로 윤희가 빨간 승용차를 세우고 기다리고 있었다. 그리고 석구를 보자 손을 흔들었다.

이를 본 현주가 웃으며 석구의 등을 밀었다.

「타.」

윤희가 석구를 태우고 교외 쪽으로 내달렸다.

「이 시간에 어딜 가려고?」

「왜 내가 석구 오빠 납치라도 할까 봐서 그래?」

「별 소릴…….」

윤희의 유난히 큰 귀걸이가 반짝이며 흔들리고 있다. 머리는 위쪽으로 틀어 올려있고, 긴 목에는 진주 목걸이가 반짝거린다.

석구가 별 표정 없이 앞만 바라보고 앉아 있다.

「오빠 요즘 술 많이 한다면서?」

「많이 하긴, 그냥 친구들하고 어울리다 보면.…….」

「그런데 왜 나는 그런 자리에 한 번도 안 불러주지?」

「윤희가 어울릴 자리가 되나? 그냥 친구들하고 소주 한 잔 하는 자린데…….」

「난 왜? 소주 마시면 안 되는 거야?」

「윤희가 어떻게 그런 데서 소주를 마셔?」

「그래? 그럼 그동안 날 위해서 혼자만 소주 마셨다는 거네?」

윤희가 불만에 찬 눈으로 석구를 힐긋 보고는 차에 속력을 낸다.

「어딜 가는 건데?」

「소주 마시러.」

석구가 윤희의 얼굴을 살핀다. 조금은 흥분된 모습이다.

「차는 어쩌고 술을 마셔?」

윤희가 석구의 말에는 대꾸 없이 차를 몰았다. 그리고 잠시 후 어느 허름한 술집으로 석구를 끌고 들어갔다.

술집에 들어온 윤희가 소주를 시켜서 마시기 시작했다. 술 마시는 모습이 무슨 작정이라도 하고 마시는 사람처럼 미간을 찌푸려 가면서 연신 서너 잔을 혼자 따라서 마셨다.

「무슨 짓이야?」

윤희가 희죽하고 웃는다.

「무슨 술을 그렇게 마셔……. 취하려고?」

「그러잖아도 오빠 앞에서 취해보고 싶어서 마시는 거야.」

「차는 어쩌고? 안 되겠다. 이제 그만 일어나자.」

석구가 잔을 뺏어 내려놓는다. 그리고 자리에서 일어나 윤희를 잡는다.

「오빠가 지금 내 걱정하는 거야 아니면 차 걱정하는 거야? 오빠가 술 안마셨으니까 나 좀 데려다 주면 되겠네?」

석구의 손을 뿌리치고 다시 술을 입에 털어 넣는다. 그리고 이내 발그레해진 얼굴로 석구를 바라보며 싱겁게 웃었다.

「아~ 소주 마시고 취하니까 참~ 좋다! 오호호.」

윤희가 어울리지 않게 소녀처럼 소리 내서 웃는다. 그런 윤희를 석구가 바라본다.

「오빠 지난번에 우리 집에 왔다면서?」

「응, 어머니하고.」

「그런데 좀 기다렸다 나 만나고 가면 안 돼? 그렇게 바빴어?」

「나도 그랬고, 어머니께서 바쁘다고 하셔서.」

「핑계가 좋다.」

윤희가 다시 술잔을 비우려 하자, 석구가 잔을 뺏는다.

「이거 왜 이래! 석구 씨. 왜 요즘 나를 피하는 거지?」

윤희가 술기운이 도는지 석구에게 섭섭한 감정을 털어놓았다.

「석구 오빠, 나한테 정말 그럴 수 있어?」

「벌써 취했어. 그만 일어나자.」

「옛날에는 이러지 않았잖아?」

「……?」

「옛날에는 우리 집에도 잘 오고, 나랑 함께 여행도 갔었잖아!」

석구가 윤희를 처음 만난 것은 고등학교 2학년을 막 올라가서다.

어머니와 함께 내동 집을 찾아간 적이 있었다. 그때 거기서 처음으로 윤희를 만났다. 그 당시 윤희는 처음 고등학생이 돼 있을 때였다.

그리고 고등학교 2학년일 때 오빠가 살고 있는 미국에 간 후 대학을 다니고 있다고 했다. 그 후 방학 기간을 이용해서 한국에 들어올 때면 몇 번 만난 적이 있었다.

고등학교를 다니던 중에 일찍이 외국에 나가 있던 관계로 이곳에는 마음을 주고 지낼 만한 친구가 별로 없던 윤희로서 석구의 모습은 호감을 갖기에 충분했다.

그동안 석구 역시 호리호리한 키에 조금은 서구의 물에 들어서일까. 지금까지 보아온 같은 또래에서 느끼지 못하던 어딘지 모르게 세련된 듯하고 오랜 친구처럼 허물없이 상냥하게 대하는 윤희의 모습에서 색다른 친근감을 느끼고 있었다.

「석구 오빠는 다 잊은 거야?」

「이제 그만 일어날까?」

「벌써? 왜 나하고는 소주 마시는 것도 내키지 않아서 그래?」

「벌써 취한 것 같은데.」

석구가 윤희를 부축한다. 그러자 윤희가 석구를 밀치고 혼자 일어나려다 쓰러진다. 밖은 어느새 어두워져 있었고, 외진 곳이어서 그런지 조용했다.

석구가 윤희를 어깨에 올리고 윤희의 승용차에 밀어 넣는다. 그리고 차를 몰았다. 처음부터 석구는 운전을 할 생각으로 술을 입에 대지 않았던 것이다.

차가 윤희의 집 앞에서 정차한다. 몹시 취한 윤희가 뒷좌석에 쓰러져 무겁게 잠이 들어서 늘어졌다.

석구가 문 앞으로 가서 인터폰을 눌렀다. 일하는 아줌마가 나와 술이 취해 늘어져 있는 윤희를 보고 화들짝 놀라는 모습을 한다. 그리고 기겁을 해서 다시 안으로 들어갔다.

석구 생각으로는 윤희를 집 안에 두고 그냥 오려던 참이었는데, 사정이 이렇게 되고 보니 어쩔 수 없이 윤희를 들쳐 메고 안까지 들어가는 수밖에 없었다.

윤희를 들쳐 메고 들어와 소파에 눕히고 나오려는데, 마님이 나왔다. 그리고 소파에 늘어져 있는 윤희를 보고는 눈을 크게 뜨고 석구를 본다.

「이게 어떻게 된 건가?」

「술이 좀 취했습니다.」

「근데 자네는 멀쩡한데 어디서 이렇게 혼자 술을 마셨단 게야?」

「……?」

「쯧쯧! 다 큰 여자애가 이게 무슨 추태야. 어이 그 얘 방으로 좀 눕히게.」

석구가 윤희 방으로 들어가 침대에 눕히고 일어나려는데 그때까지 눈을 감고 있던 윤희가 화들짝 석구의 목을 끌어안았다. 그리고 입술을 더듬었다.

석구가 몸을 빼어 보지만, 윤희는 어디에 그런 힘이 있었던 건지 그에 팔에서 빠지질 않았다.

「석구 오빠! 사랑해! 나 좀 안아 줘 봐.」

「이렇지 마! 그만 좀 쉬고 있어.」

그 소리에 윤희가 석구의 목에서 팔을 놓고 토라져서 돌아눕는다.

응접실에 나오니, 마님이 소파에 늘 즐겨 마시는 대추차를 앞에 놓고 앉아 있었다.

「그럼 저는 이만 가보겠습니다.」

「어떻게 하고 있어, 애는?」

「지금 자고 있습니다.」

「에그, 쯧쯧…….」

「다음에 다시 찾아뵙겠습니다.」

석구가 나가려 하자 마님은 석구를 잠시 세우고는 안방으로 들어갔다. 그리고 나와서 석구에게 차비 하라고 수표 한 장을 내밀었다. 석구가 극구 거절했지만, 마님이 억지로 석구의 주머니에 수표를 넣었다.

밖에 나온 석구가 택시를 타고 율목동에 내렸다.

경아의 방 하늘색 커튼 사이로 불빛이 새어 나오고 있었다. 그리고 피아노 소리도 가늘게 들린다.

석구가 인터폰을 누를 용기가 나지 않아 잠시 동안 경아의 피아노 소리를 들으며 집 앞을 서성거리고 있다.

전신주 위 가로등 불빛이 석구의 머리 위로 쏟아져 내린다.

다음날 석구가 선배가 운영하고 있는 이사벨 치과를 오랜만에 찾았다.

접수처에 안면 있는 미스 송이 석구를 보자 반갑게 인사했다.

「원장님 안에 있습니까?」

미스 송이 안쪽을 보며 잠시만 기다리라고 했다.

석구가 자리를 잡고 앉으려는데, 안으로부터 치료를 끝낸 손님과 선배가 함께 나온다.

그런데 선배와 나온 손님은 뜻밖에 경아와 할머니였다.

석구가 놀란 눈으로 두 사람을 본다.

「아니! 이거 경아 씨가 여길…….」

석구를 본 경아 역시 몹시 당황하여 난처한 얼굴을 한다.

「아시는 분들이신가?」

선배의 말에 석구가 말을 못하고 경아와 할머니를 바라보고 있다.

경아가 석구의 얼굴을 보지 못하고 할머니 뒤에 몸을 돌린다. 할머니도 석구와 경아의 얼굴을 번갈아 보면서 어리둥절해 하는 모습이다.

「젊은이, 우리 애를 아는 사이인가?」

「네! 잘 알고 있습니다.」

석구가 분명한 어투로 대답했다. 그러자 경아 할머니께서 경아를 바라본다.

「어서 가세요, 할머니.」

「가시죠. 할머니, 제가 차를 잡아 드리겠습니다.」

「아니에요. 아버지께서 차 보내실 거예요.」

경아가 석구의 말을 막으며 할머니를 부축하고 나섰다.

「하여간 밖으로 나가시죠.」

석구가 앞장서서 경아 할머니를 모신다.

얼떨결에 따라나서는 할머니, 그리고 경아의 난처해하는 얼굴.

그러나 석구는 정말 오래전부터 알고 있는 할머니를 대하듯 밝고 상냥한 표정이다. 계단을 내려오면서도 경아 할머니는 석구를 유심히 바라본다.

밖으로 나오자 기다렸다는 듯 하얀색 승용차가 다가와 멈췄다. 그리고 기사가 나와 할머니를 공손히 차 뒷좌석으로 모신다. 그리고 그 옆으로 경아가 자리했다.

차는 이내 미끄러져 사라졌다. 그때까지 경아는 석구에게 단 한 번도 눈길을 주지 않았다.

석구가 멀리 사라지는 경아가 타고 있는 승용차를 바라보며 혼자 멋쩍게 손을 흔들었다. 그리고 한동안 그 자리에 말뚝처럼 서 있었다.

차안에서 할머니가 경아에게 다그쳐 묻는다.
「그 젊은이는 누군 게야?」
「……?」
「그 젊은이는 너를 잘 아는 눈치던데?」
다그쳐 묻는 할머니의 물음에 마지못해 주눅 든 목소리로 대답한다.
「그냥 전에 한 번 만났던 사람이에요.」
「전에 라니, 무슨 대답이 그려?」
「집이에요, 내리세요. 할머니.」
「아니 얘가 묻는 할미 말엔 대답 않고, 어인 딴 소야 딴소리가!」
집에 들어온 할머니가 경아 어머니를 불러 세운다.
「너도 여기 좀 앉고.」
이층으로 올라가려던 경아가 할머니의 부름에 마지못해 소파에 불안한 얼굴을 하고 앉는다.
「치과에는 잘 다녀오셨어요?」
「치과고 뭣이고, 그리 좀 앉아 봐.」
할머니의 얼굴이 씰룩거렸다.
「왜 그러세요. 어머님? 밖에서 무슨 언짢은 일 있으셨어요?」
어머니가 할머니의 상기된 얼굴을 보며 엉거주춤 소파에 앉는다. 그리고 연신 경아의 얼굴을 살핀다.
경아가 고개를 떨어뜨리고 두 손을 앞으로 모은 채 무슨 죄인처럼 말없이 앉아 있다.
「애미는 얘들이 밖에서 무슨 짓을 하고 다니는지 알고 있는 게야?」
「그게 무슨 말씀이세요. 어머님?」

어머니가 경아를 보며 할머니에게 무슨 일이 있었냐는 듯 눈을 준다.
「다 큰 여자애가 밖에서 무슨 행동거지를 하고 다니기에 벌건 대낮에 남자가 앞을 막고 나서는 게야?」
「무슨 말씀이세요. 남자라니요?」
할머니가 경아를 흘겨보며 대답을 기다린다. 어머니도 경아를 보며 무슨 일이냐고 물었다.
「할머니 말씀이 무슨 얘기야? 남자라니?」
「치과에서 그 사람 본 걸 그러시는 거예요.」
「그 사람이라니?」
「전에 집에 왔던…….」
「전에 사람? 그럼 전에 밤에 집에 찾아왔다던 그 군인이라는 젊은이 말이냐?」
경아가 말없이 고개를 숙인다.
「아니, 그럼! 애미도 알고 있었던 게야?」
「네, 전에 큰애를 찾아서 집에 한 번 왔던 일이 있어요. 하지만 큰애 말로는 그 후로는 만나는 일이 없다고 하던데…… 그 사람을 거기서 보셨어요?」
「집엘 찾아와?」
「네, 그냥 전에 한 번…….」
「그 젊은이 하는 행동으로 봐서는 한 번 본 말투가 아니던데?」
어머니가 경아를 본다.
「여자가 몸 처신을 잘해야지, 행여 남자들한테 가벼이 보이지 말고.」
할머니가 자리에서 일어나 방으로 들어갔다.

「뭐가 어떻게 된 거야? 그 사람이 거기엔 왜 있어?」
「그걸 내가 어떻게 알아요.」
경아의 마음도 혼란이 왔다. 왜 그 자리에 석구가 있었는지 그리고 하필 할머니 앞에서 아는 채를 해서 자신을 난처하게 했는지, 석구의 행동에 적지 않은 미움이 생겼다.

그 시각, 석구는 선배와 술집에 마주하고 앉았다.
「경아, 아니 좀 전에 그 손님들 선배 치과에 자주 오는 분들입니까?」
「그럼. 그런데 자네 그분들을 어떻게 알지?」
「좀 알고 있는 분들입니다.」
「그래? 그분들 우리 병원 단골들이신데, 그 미스 민이나 할머니 그리고 민 사장까지…… 아, 참! 그리고 작은 여학생도 있지, 아마?」
「오늘 선배님 찾아오길 정말 잘한 것 같네요.」
「그건 또 무슨 말이야?」
「그냥 그런 게 있습니다.」
「사람 싱겁긴, 자네 혹시 그 미스 민 좋아하고 있는 거 아냐?」
「선배님이 보기에 그렇게 보였습니까?」
「그래서 이렇게 기분이 좋아 보이는군.」
석구의 얼굴이 환하다.
집에 돌아서도 석구가 여전히 기분이 좋다. 경아 할머니한테 우연이긴 하지만 자신을 보였다는 게 앞으로 경아를 만나는 일에 후원자가 되지 않을까 하는 막연한 생각이 들었다.

한편 이와 반대로 경아의 마음은 편치가 않았다.

공연히 할머니한테나 어머니에게까지도 제대로 눈을 마주치지 못하고, 달리 무슨 말로 설명할 수도 없었다.

어머니가 방금 세탁소에서 배달된 경아의 외출복을 들고 경아 방에 들어왔다. 거울 앞에 앉아 있던 경아가 어머니를 보고는 자리를 돌려 앉는다.

「오늘은 강의 없는 날이니?」

「아니에요. 지금 나가려던 참이에요.」

「어디 몸이라도 불편한 건 아니고?」

들고 온 외출복을 한쪽으로 놓는다.

「아뇨, 괜찮아요.」

「그런데 왜 밥 먹는 게 시원치가 않아? 얼굴도 그렇고?」

어머니가 경아의 눈치를 살피며 물었다.

「어머니 나 졸업하면 외국 나가서 공부 더 하고 싶어요.」

「그 얘긴 전에도 한 얘기지만 난 걱정이 되는구나.」

「걱정이라니요?」

「네 나이가 언제까지 그냥 있는 것도 아니고, 그러다 혼기라도 놓치면 해서 하는 말이다.」

「어머닌 무슨 그런 걱정을 하세요?」

「그럼? 걱정이 안 돼?」

경아가 다시 어머니의 표정을 살피며 의자에 앉는다.

「네가 외국 나가서 공부하겠다는 거, 그거 막을 생각은 없다. 하지만 네가 하겠다는 공부, 그게 어디 하루 이틀에 끝나는 것도 아니고……

그렇다고 네가 그 공부 끝날 때까지 항상 네 나이가 그대로 있을 것도 아니잖니? 그래서 하는 말이 다만, 내 생각에는 네가 한 살이라도 더 먹기 전에 좋은 사람 만나서 가정을 꾸리고 살았으면 하는 생각이 드는구나. 아버지 생각도 그러실 거고…… 그게 엄마 아버지께도 제일 큰 효도라는 건 아니니?」

「어머니는 벌써 무슨 그런 걱정을 하세요. 제 나이가 지금 몇이나 됐다고요.」

「그래, 네 나이가 적어서? 그리고 요즘 네가 이따금 만난다는 그 젊은이 말인데, 네 생각은 어떤 거니?」

「어머니는 지난번에 말씀 드렸잖아요. 아무 관계도 아니라고.」

「그렇게 얼렁뚱땅 말고, 네 참 생각을 듣고 싶어서 그래!」

「정말 아니에요. 어머니가 생각하시는 그런 얘기해 본 적 없어요.」

그 후로 석구는 하루가 멀다 하고 선배 치과엘 들렀다. 혹시 경아의 모습이라도 다시 볼 수 있을까 싶어서였다.

그러나 경아의 모습은 그 이후로 보이질 않았다.

「야, 이거 후배 한 놈 때문에 단골손님 잃어버리는 거 아니니?」

「그거 무슨 섭섭한 말을 하십니까? 두고 보십쇼. 앞으로는 이 후배 때문에 경아 씨 식구는 말할 것도 없고 우리 집 식구들도 제가 한꺼번에 모시고 올 참이니까요.」

「그래? 어디 내 기대해 보지.」

석구가 선배와 맥주 한 잔을 하고 집으로 돌아오니, 윤희가 할머니 방에 와 있었다. 할머니가 그리 반갑게 대하지 않는다는 것을 알고 있는지 올 때마다 할머니가 좋아할 선물을 들고 오는 것을 잊지 않았다.

이날도 할머니께 과일 한 바구니를 들고 와서는 손수 과일을 깎아서 할머니에게 건네고 있다가 석구의 목소리에 방에서 나왔다.

「오늘은 일찍 들어오네?」

「어쩐 일이야?」

「지난번에 나 실수 많이 했지? 미안해, 그 대신 오늘 저녁은 내가 제대로 한 번 쏠게.」

「저녁은 무슨, 집에 들어왔는데 집에서 먹으면 되지.」

「어머님, 저 오빠하고 저녁 먹고 들어올게요. 그래도 되죠?」

윤희가 안쪽에 대고 큰 소리로 말하고는 석구의 팔을 끌었다.

그리고 미리 예약이라도 했는지 어느 고급 식당으로 석구를 안내했다.

잠시 후 정말 흔한 말로 상다리가 휠 정도로 가득 차려진 음식이 나왔다. 그리고 거기에 전통 한주(韓酒)라는 술도 한 병 나왔다.

「오빠 한 잔 하고 나도 한 잔 줘.」

「이걸 다 누가 먹는다고 이 많은 걸 시켜?」

「별도로 특별히 시킨 건 아니고, 이렇게 기본으로 나오는 거야.」

실내 분위기도 장난이 아니었다. 수십 가지의 골동품에 웬만한 역사박물관을 연상케 하는 실내 장식들이 한 개 층을 완전히 메우고 있었다.

「오빠 졸업하면 뭐 할 거야?」

「뭘 하다니?」

「아버님 회사에 다시나갈 거야?」

「글쎄…….」

「오빠 졸업하면 우리 어디 여행 좀 다녀오자!」

「여행? 무슨 여행?」
「오빠 아직 해외엔 못 나가 봤잖아? 그러니까 나하고 유럽으로 한…… 한 달 만 다녀오자!」
「내가 무슨 해외엘 나가? 그럴 시간도 없고.」
「오빠가 대답만 하면 모든 준비는 내가 다 알아서 할게. 그럴 수 있지?」
「그 얘기는 다음에 하지.」
석구의 대답이 시원치 않자, 윤희의 표정이 잠시 굳어졌다.
「난 오빠가 좋아할 줄 알았는데…… 좀 섭섭하네.」
「졸업도 아직 남았고 그리고 아버지 생각도 아직 모르고…….」
「혹시 오빠 요즘 딴 여자 만나고 있는 거 아냐?」
「그게 무슨 뜻이지?」
「그걸 몰라서 묻는 거야 정말?」
두 사람이 밖으로 나왔을 때는 어느덧 거뭇거뭇 주위에는 땅거미가 지고, 거리에는 네온의 화려한 불빛들이 피어나기 시작했다.

다음날 이사벨 치과 선배에게서 전화가 왔다.
경아 할머니가 치과에 온다는 연락이 왔다는 것이다.
석구가 예약된 시간 한 시간 전부터 미리 와서 자리를 차지하고 앉아 있었다. 미스 송에게 줄 귤 한 봉지도 사 들고 왔다. 별일도 없이 자주 드나드는 미안함에서다.
「경아도 함께 온다고 했습니까?」
「글쎄 그건 잘 모르지. 누구하고 올지는. 하지만 항상 혼자 오시지는 않았으니까, 누구하고 함께 오는 건 틀림없을 거야. 왜? 그 미스 민이 오지 않을까 봐서 걱정되나?」

석구가 시계를 본다. 조금 후면 경아와 만날 수 있다는 생각에 벌써부터 가슴이 쿵쾅대기 시작했다.

오후 세 시가 조금 지나자 계단에 발자국 소리가 들렸다. 석구가 문 쪽을 본다.

그런데 경아 할머니를 모시고 오는 사람은 경아가 아니고 미애였다.

석구를 본 미애가 먼저 동그란 눈으로 소리 질렀다.

「어머! 석구 오빠 아냐? 오빠가 여긴 어쩐 일이세요?」

석구가 미애 어깨 너머로 시선을 준다. 경아를 찾는 눈치다.

「오빠, 우리 할머니!」

「어! 안녕하셨어요. 할머니?」

지난번에 뵌 기억이 있는 터라 석구는 허리까지 굽혀 인사했다.

「여기가 젊은이 직장인가?」

할머니가 석구와 미애를 번갈아 보고 나서 묻는다.

「아, 아닙니다.」

「할머니, 오빠야. 석구 오빠. 언니…….」

미애가 하려던 말을 끊고 석구를 바라본다.

「어서 이쪽으로 들어오세요. 할머니.」

석구가 정중하게 할머니를 안으로 모신다.

「그런데 석구 오빠가 여긴 어쩐 일이에요? 벌써부터 이가 아프세요?」

「그건 아니고 잘 아는 선배 병원이야. 그런데 언니는?」

「언니요?」

「미애, 너도 이 젊은일 알고 있는 게야?」

할머니가 미애에게 다그쳐 물었다.

「응, 할머니. 석구 오빠라고 언니 친구야.」

「큰애 친구?」

할머니가 석구의 얼굴을 한동안 바라본다.

「할머니 이쪽으로 들어오세요.」

미스 송이 할머니를 안으로 모셨다.

「젊은이 이 늙은이 나올 때꺼정 거기서 좀 기다리고 있어. 내가 할 말이 있을 것 같아서 그래.」

「알겠습니다. 얼른 치료받고 나오세요.」

할머니가 안으로 들어가고, 석구가 미애를 한쪽 소파로 앉힌다.

「왜 오늘은 언니가 안 왔지?」

「언니는 지금쯤 교수님 만나고 있을 걸요.」

「교수님을? 교수님은 왜?」

「언니 또 공부하러 외국 나간대요.」

「그래? 그게 그 얘기였구나.」

「그럼 오빠도 알고 있는 거야?」

석구가 잠시 생각했다.

'전 졸업하면 다시 공부를 해야 해요. 그게 3년이 될지 얼마가 될지 저도 몰라요. 그러니까 그쪽에서도 제게 마음 쓰지 말고 공부 열심히 하세요. 그리고 좋은 여자분 만나세요.'

잠시 후 석구가 할머니를 어느 식당으로 모셨다. 물론 거기에는 미애의 역할이 한 몫을 했다. 그리고 열심히 석구를 할머니에게 소개했다.
「할머니, 석구 오빠가 언니 많이 좋아한다.」
「많이 좋아한다니? 그게 무슨 얘기야?」
「아이, 할머닌 좋아하는 것도 몰라? 사랑한다고. 사랑 말이야, 할머닌.」
「요 쪼끄만 게 이 할미를 놀리는 게야?」
「정말이야, 할머니! 언니를 무척 사랑하는 오빠야.」
「미애 말대로 경아를 좋아하고 있습니다. 그것도 아주 많이요.」
「아닌 밤중에 홍두깨라더니 이게 무슨 해괴한 말들이야? 늙은이 앞에 놓고?」
「죄송합니다. 할머니, 이렇게 이런 곳에서 제 뜻을 말씀드리게 돼서요.」
「도대체 우리 큰애는 언제 어디서 만난 거요?」
「아주 오래전입니다.」
「오래됐다니? 그 애가 언제 그럴 틈이 있었어?」
「할머닌, 사람 만나는데 무슨 하루 종일 걸리나. 오다가다 만날 수도 있는 거지.」
「네 년은 가만있지 못해! 할미 얘기하는데 왜 톡톡 나서는 게야, 나서길.」
미애가 입을 삐죽 내밀었다.
「그래 양 부모님은 다 계시고?」
「네, 경아 할머니쯤 되시는 할머니도 계십니다.」
「젊은이 할머니는 든든하시겠구먼.」
경아 할머니의 말 속에는 아들 하나 없는 섭섭한 당신의 마음이 담겨 있는 듯싶었다.
「그래, 아버님은 뭘 하시나?」

「건설업을 하십니다. 어머님은 집에 계시고.」

이날 할머니는 석구에게 관심이 있었던지, 이것저것 꽤 많은 것을 물으셨다.

그리고 미애가 때때로 분위기를 이어주는 바람에 석구도 별 어색함 없이 대화를 이어 나갈 수 있었다.

할머니의 눈치를 봐서 석구가 경아를 만나는 것에 큰 거부감은 없어 보이는 느낌이었다. 석구는 미애 할머니를 정중하게 대했다.

집에 돌아온 미애가 콩닥거리며 급하게 경아를 찾는다.

그러나 그때까지 경아는 집에 들어오지 않은 상태였다.

미애가 다시 쪼르르 내려와 주방에서 식사준비를 하고 있는 엄마의 팔을 잡고 안방으로 들어간다.

「엄마, 나 오늘 그 사람 만났다.」

「그 사람? 누굴 말하는 거야?」

「아이, 그때 그 군인 오빠.」

「군인? 그 그럼 그 젊은이가 오늘도 거기 있었어?」

「오늘도? 그럼 엄마도 그 오빠 만났어?」

「지난번 언니가 할머니 모시고 병원에 갔을 때도 거기 있었다던데.」

「정말? 그때 언니도 거기서 석구 오빠를 만났대?」

「그런데 그 젊은이는 왜 매일 거기엔 있다던?」

「응, 그 치과병원 원장 선생님이 석구 오빠를 아주 잘 아는 선배래.」

「그래, 할머니도 그 젊은이 만난 거야?」

「그럼, 얘기도 했는걸.」

「무슨 얘길?」

「오호호, 얘기만 한 줄 알아? 할머니하고 나한테 맛있는 것도 사 줬는걸.」

어머니가 어이가 없는지 미애의 얼굴을 뚫어져라 본다.

「뭘 사줘?」

「불고기, 그것도 아주 근사하고 맛있는 집에 가서.」

「그걸 할머니께서 잡수셨단 말이야? 이도 좋지 않으신 데?」

「그럼, 그리고 그 오빠가 할머니한테 뭐라고 했는지 알아? 언니를 좋아한다고 했단 말이야.」

「할머니한테 그런 말까지 했단 말이야?」

「응, 언니를 사랑한다고 그것도 아주 많이 오호호.」

「그래, 그런 얘길 듣고 할머닌 뭐라고 하셨어?」

「뭐 별 얘기 안 했어.」

「뭐야? 그런 얘길 잠자코 듣고 있으셨단 말이야?」

그때 밖으로부터 누가 들어오는 소리가 났다.

「언니 들어온다.」

미애가 발딱 일어나 나갔다. 아빠와 경아가 들어오고 있었다.

미애가 언니의 손을 잡아끌고 이층 방으로 쪼르르 올라가서 수다를 떨기 시작한다. 미애가 떠들어 대는 소리를 듣고 있는 경아의 얼굴이 굳어졌다.

다시 할머니한테 끌려가서 무슨 말을 들을지 생각하니, 벌써부터 가슴이 방망이질이다.

한동안 혼자 떠들어 대던 미애가 경아의 반응이 별로 없자, 싱거워졌는지입을 닫고 경아 얼굴을 빤히 보며 살핀다.

경아가 불안한 얼굴을 하고 있는데, 문에서 노크소리가 났다. 경아의 가슴이 덜컹한다. 어머니였다. 경아가 불안한 얼굴을 하고 고개를 들어 어머니를 본다.

어머니 뒤를 따라 아래층으로 내려오면, 거실에 아버지와 할머니가 앉아서 무슨 죄인처럼 풀 죽어 내려오는 경아를 보고 있다. 미애도 뒤를 따라 내려온다.

「어이 이리와 앉아 봐!」

할머니의 목소리는 의외로 조용했다.

경아가 눈을 들어 어머니의 표정을 살핀다. 어머니의 표정도 조용하다.

「애미도 그리 좀 앉고.」

어머니가 아버지 옆자리에 앉았다.

「넌 네 방에 가서 공부는 하지 않고 왜 거기에 그렇게 앉아 있는 게야?」

할머니의 말에 미애가 입을 내민다.

「할머닌, 난 이 집 식구 아닌가.」

「할머니 말씀 안 들려?」

미애가 투덜거리며 마지못해 자리에서 일어나 이층으로 콩당거리며 올라가다가 중간에 서서 귀를 쫑긋 세운다.

「그래. 다들 모인 게지?」

할머니가 경아를 보며 말했다.

「그 젊은이 말로는 진작부터 너를 알고 있었다는데, 도대체 지난번 네 얘기는 무슨 얘기야?」

「어머님 실은…….」

어머니가 옆에서 거들 생각으로 말을 막지만, 할머니의 시선은 어머니에게 없었다.

「그래, 애미가 어디 할 얘기 있으면 해봐! 애미도 진작부터 알고 있었던 게야? 이 늙은이만 깜깜했지. 모두들 알고 있었던 게야. 도대체 이 집 어른이 누구여? 어째서 나만 모르는 일들이 밖에서 생기는 게야?」

「어머님 그게 아니고…….」

어머니 말에 이번에는 아버지가 큰소리를 냈다.

「지금 어머니 말씀이 도대체 무슨 얘기야?」

민 사장이 한 여사를 보며 역정에 가까운 목소리로 말한다.

「아범도 모르고 있었던 게군.」

민 사장이 경아와 한 여사를 번갈아 쳐다본다.

이층 계단에 목을 빼고 있던 미애가 살금살금 발소리 죽이고 내려와 언니 옆에 조용히 앉는다.

「오늘 어머님께서 치과 병원에 가셨다가 그 젊은이를 만나셨던 모양이세요.」

「젊은이라니? 누굴 얘기하는 거야?」

경아가 아무 말 못하고 있자, 미애가 언니의 옆구리를 쿡! 찌른다.

그리고 속삭이듯 말했다.

「언니, 무슨 얘기 좀 해봐.」

「그때 젊은이가 누구야?」

아버지의 다그침에 미애가 말한다.

「아빤. 그때 그 군인 오빠 있잖아.」

「……?」

「전에 밤에 집에 큰애를 찾아왔던 젊은이 얘기예요.」

한 여사가 얘기했다.

「아니 그럼, 요새도 그 젊은이를 만나고 있었다는 얘기야?」

「아니에요, 아버지! 지난번에 할머니 모시고 병원에 갔다가…….」

경아가 용기가 생긴 듯 또렷한 음성으로 말을 했다.

「그럼 어머님 말씀은 무슨 얘기야?」

「그 오빠가 할머니한테 언니를 사랑한다고 그랬어. 오호호.」

미애가 재미있다는 듯이 조잘거렸다.

「요건 언제 여기 와서 또 말참견이야?」

「나도 알건 다 안다, 뭐.」

「다들 쓸데없는 얘기는 그만들 하고…… 그래, 큰애 너 얘기 좀 들어보자. 너 요즘도 그 젊은이를 만나고 있는 게야?」

할머니 말에 경아의 얼굴이 순간 달아올랐다. 더욱이 식구들의 시선이 자신에게로 모여드는 것에 한없이 몸이 쪼그라드는 듯했다.

「젊은이 부친이 건설업을 한다던데?」

「아니, 그런 걸 어머니께서 어떻게 아세요?」

아버지도 할머니의 얘기가 믿어지지 않으신 모양이셨다.

「왜? 이 늙은이는 아무것도 몰랐으면 속 시원하겠어?」

「나도 들었는걸. 석구 오빠 집에 할머니도 계시고, 나만 한 여자 동생도 있다고 하던데.」

「네년이 할머니 모시고 별짓을 다 하고 다녔구나.」

어머니가 미애에게 눈을 흘겼다.

「할머니, 그 오빠 멋지지? 얼굴도 잘생겼지, 그치?」

「가만있지 못해, 너!」

「내가 보기에는 그리 못돼 먹은 집 자손 같지는 않더라. 요새 젊은이 같지 않게 어른 모실 줄도 알고, 한마디로 말해서 내 마음에는 그다지 나쁜 젊은이로 보이지는 않았다는 얘기야. 이 얘긴 나중에 다시 하자.」

할머니가 일어나서 방으로 가면서 한마디 한다.

「뭐니 뭐니 해도 양쪽 부모 앞에서 자란 자식은 뭔가 달라도 다른 법이야. 다시 만날 의향이면, 한번 집에 데려와 봐.」

06 가는 세월

어느덧 12월 마지막 달이 지나가고 있었다.

제천에 가 있는 명희와 석구가 어느 작은 술집에 마주앉았다. 명희의 얼굴이 전에 비해 많이 밝아 보였다.

「요새 재미 좋은 모양이지?」

「내가……?」

「얼굴이 좋아 보여서.」

「그렇게 보아 주니 고맙다.」

명희가 손으로 얼굴을 만지며 어색한 웃음을 지어 보인다.

「그래, 학교생활은 할 만해?」

「이제 졸업이네?」

석구의 말에 명희가 딴청을 한다.

「어쩌다 보니 여기까지 왔네.」

석구가 남의 말 하듯 내뱉고는 술잔을 비웠다. 명희가 어딘지 모르게 쓸쓸해 보이는 석구의 얼굴을 보고 있다.

「졸업하고 뭐 할 거야?」

「글쎄다, 돈이나 벌건지, 그것도 아니면 괴나리봇짐이라도 지고 김삿갓 흉내 내고 유람이나 해 보던가.」

「팔자 좋은 소리 하고 있네.」

명희도 술잔을 비우고 석구의 잔에 그리고 자기의 잔에도 술을 채웠다.

술기운이 좀 들자 명희의 얼굴이 흐트러지는 모습이다.

「그런데…… 그런데 정말 어쩌면 전화 한 번 없니?」

「누군? 넌 왜 전화 한 번 못하니?」

「내가 전화하면? 네가 받기나 하고?」

「하긴 그렇다. 집에 있는 시간도 많지 않고.」

「뭐가 그렇게 늘 바쁘니?」

명희의 말에 석구가 싱겁게 웃는다.

그날 명희는 꽤 많은 술을 마셨다. 모처럼 올라와서도 집에 갈 생각은 없는 눈치였다.

석구가 잘은 모르지만 명희에게는 집안에 말하기 싫은 사연이 있다는 느낌을 전부터 갖고 있었다. 그러나 내색은 하지 않았다. 명희 역시 집에 대한 이야기는 별로 한 기억이 없다.

술집에서 나온 명희가 손을 흔들고 조금은 균형 감각을 잃은 걸음으로 어둠이 내리기 시작한 거리 저쪽으로 사라져 갔다.

그 모습을 한동안 보고 있던 석구가 두 손을 주머니에 넣고 버스 정류장 쪽으로 발길을 돌린다.

달리는 버스 안에서 서구는 방금 전에 헤어진 명희를 잠시 생각했다.

'난 얼마 전에만 해도 내가 누구를 좋아하면, 그 상대도 분명 날 좋아

할 거라는 착각으로 살아왔는데…… 그런데 말이야. 지금처럼 이렇게 내 자신이 초라하고 참, 별 볼일 없는 존재라는 현실이 너무 싫어. 아무리 생각해도 지금까지 세상을 잘못 살아온 것 같아. 내 자신이 너무 외딴 곳에 내동댕이쳐진 것 같아.'

석구는 명희 마음이 왜 그렇게까지 허무에 차 있는지를 알 길이 없었다. 그 옛날 밝고 명랑했던 명희의 모습만이 석구의 기억 속에 있을 뿐이다.

학창시절 여름 MT를 떠났을 때, 석구와 명희가 한 파트너가 되어서 즐거운 시간을 보냈던 생각이며, 캠프파이어 때 석구의 어깨에 얼굴을 묻고 곤하게 잠들던 그 맑고 청순했던 모습이 떠오른다. 겨울 MT 때는 스키를 타며 함께 엎어져 뒹굴던 추억들이며, 함께 등산 갔을 때의 모습까지도 생생히 기억에 남아 있다.

석구가 혼자 피식 웃는다. 지금 자신의 현실을 생각해 보면, 석구의 마음 또한 지금 누구의 마음을 읽고 있을 처지는 아니다. 적지 않은 세월을 혼자 그리워하며 보고 싶어 하고 있는 사람을 생각하면, 자신도 밝은 마음으로 누구를 위로할 처지도 아니다.

어떻게 보면 자기 자신의 초라함이 더 클지도 모른다고 생각했다.

한편 석구와 헤어진 명희가 찾은 곳은 그 옛날 엄마 아빠와 함께 단란한 세월을 보냈던 홍제동 집 앞이었다.

이층집으로, 옛날 집을 새로 손질한 흔적이 있는 집이었다. 안쪽 한 쪽으로 라일락 정원수가 담 넘어 까지 가지를 넘고 있었고 뒤뜰 쪽으로 제법 키 큰 감나무가 잎 잃은 채 벽 쪽으로 앙상히 그림을 그리듯 짧은 겨울 해를 넘겨받고 그림자 그림을 그리고 있다.

명희가 조금은 중심을 잃은 모습으로 문 앞으로 와서 낯선 집에 온 사람처럼 안을 기웃거린다.

집 안은 조용했다. 이따금 나뭇가지를 흔들고 지나가는 한겨울의 바람소리가 을씨년스럽게까지 느껴졌다.

그 옛날 자기가 생활했던 이층 방에는 지금까지도 여전히 불이 켜져 있었다.

차가운 겨울바람이 명희의 긴 머리를 엉클이고 지나갔다. 그녀가 옷깃을 여민다.

아버지 이름의 문패가 걸려 있던 자리는 비어 있었다. 아버지의 문패를 잡고 있던 굵은 못이 녹이 슨 채 아직도 남아 있었다.

명희가 아버지 문패가 걸려 있던 자리를 어루만져 봤다. 허전했다. 자신도 모르게 눈물이 주르르 흘러내리기 시작했다.

그녀가 터져 나오려는 울음을 두 손으로 틀어막고 발길을 돌려 방향 없이 내달리기 시작했다.

아직 겨울 방학이 한참이었으나, 명희는 친구의 집에서 하루를 보내고 다음날 청주로 내려오고 말았다.

비포장도로를 달리는 버스 안에서 명희가 버스와 함께 심하게 좌우로 심하게 흔들린다.

멀리 산에는 하얀 눈이 보였고 논이며 밭에도 많지 않은 눈들이 음지쪽으로 옹기종기 모여 햇살을 피하고 있었다.

버스가 정차하고 손님이 타고 내릴 때면 찬바람과 함께 흙먼지가 차안으로까지 밀려 들어왔다.

먼지를 뒤로하고 달리면, 저만치 이층짜리 그리 크지 않은 하얀 건물이 보인다. 그곳이 명희가 근무하고 있는 학교 건물이다.

명희가 버스에서 내렸다. 낯익은 아이들이 명희를 알아보고 인사를 하고, 동네 아낙네들까지 명희를 알아보고 인사를 했다. 명희의 얼굴이 좀 전과는 달리 밝아 보였다.

잠시 후 명희가 도착한 집은 파란 페인트가 칠해진 지붕 없는 철문에 그 옆으로 작은 쪽문이 나 있는 전형적인 시골집이다.

안으로 들어서면 꾀 넓은 앞마당이 있고, 한쪽으로 과일 나무 서너 그루가 볏짚으로 밑 부분이 덮여 있고, 몇 그루의 식물들이 더 보인다.

명희가 툇마루가 있는 자기 방으로 오르는데, 마루에 웬 편지 한 통이 놓여 있었다. 명희는 편지를 집어 들고 방으로 들어간다.

방 안이 밖과는 달리 훈훈했다. 주인집 새댁이 연탄을 시간 맞춰 갈아 넣은 모양이다.

그리 크지 않은 명희의 방에는 책상과 책장 그리고 간이용 옷장이 전부였다. 책상 위에는 아버지와 함께 찍은 사진 한 장이 작은 액자에 넣어져 놓여 있다. 그런데 그 사진을 잘 들여다보면, 아버지 옆으로 잘린 듯한 공간이 있는 것이 보인다. 분명히 그 자리에는 또 한 사람이 함께 있었던 듯싶었다.

물론 그 옆의 사람은 지금의 어머니 모습이었을 것이다. 그것을 명희가 일부러 가위질했을 흔적이다.

편지는 바로 그 어머니에게서 온 편지였다. 명희가 잠시 망설이다 편지를 뜯는다.

"명희야, 어미다.

지난번에 네 편지를 보고 많은 것을 생각했구나. 이번 겨울 방학 때는 꼭 네가 한번 찾아줄까 싶어서 많이 기다렸다.

그러나 며칠이 지나도록 네가 보이질 않아서 원하지 않을 글을 적어 보낸다. 너도 이제 조금은 이해할 나이가 됐다 싶어서 용기를 내서 변명 같은 글을 적는구나. 먼저 네가 조금만 마음을 열어줬으면 한다. 지금도 네 마음에 원치 않은 상처를 주게 된 것이 늘 마음이 아프고 부끄럽게 생각한다.

염치없는 부탁인 줄 알지만, 네가 이제는 좀 이 어미를 이해해 줬으면 한다. 모든 걸 하루 이틀 사이에 마음을 풀 수는 없겠지만 오해가 있다면 만나서 얘기하자. 우리가 서로 언제까지 원망만 하면서 살 수만은 없지 않니.

시간 되면 한번 집에 오렴. 혹시나 네가 올까 싶은 마음에서 지금도 여전히 그 집에서 그냥 살고 있단다.

그럼, 있는 동안 항상 몸조심하고 늘 건강하길 바란다."

편지를 읽고 있는 명희의 손이 떨렸다.

그리고 다 읽고 난 편지를 떨리는 손으로 찢어서 휴지통에 처박아 버린다. 흥분한 나머지, 얼굴이 붉어지고 숨소리까지 거칠다.

명희가 그래도 분이 안 가시는지 다시 휴지통을 집어 들고 밖으로 나갔다. 그리고 휴지통에서 찢어진 편지들을 다시 꺼내 놓고 성냥불을 그어 불을 지른다. 검게 타고 있는 편지를 보는 명희의 눈에서는 눈물이 쏟아진다.

명희가 고등학교를 다니던 때였다.

친구인 은숙이와 함께 다른 친구에게 연락할 일이 있어서 작은 동네의 어느 다방 안으로 들어섰다. 그때만 해도 공중전화가 흔하지 않은 때였다.

밖에서 들어온 탓인지 다방 안은 꽤나 어둡고 침침했다.

명희가 한쪽 구석 쪽에 설치된 공중전화를 찾았다. 그리고 쪽지를 보며 전화번호를 돌린다. 몇 번의 신호음이 들려왔다.

처음에는 어두웠던 다방 안이 차츰 명희의 시야에 들어오기 시작했다. 한쪽으로 중년 남녀가 앉아서 다정하게 대화를 하는 모습이 보였다.

남자의 얼굴이 보였고, 여자는 등을 보이고 앉아 있었다. 남자가 열심히 말을 하면, 여자는 고개를 숙인 채 앉아서 남자의 말을 듣기만 하고 있었다.

잠시 후 웃음 띤 얼굴로 고개를 든 여자를 본 명희가 눈을 의심해서 다시 확인한다. 그리고 그 순간 뜻하지 않은 모습을 본 명희가 입을 다물지 못하고, 한 손으로 입을 틀어막고 다른 한 손에 들고 있던 송수화기가 힘없이 전화기에 매달린다. 그리고는 가슴을 움켜쥐고 밖으로 뛰쳐나왔다.

밖으로 뛰쳐나온 명희가 터져 나오려는 울음을 한 손으로 틀어막고 은숙이도 보지 않은 채 뜀박질로 골목 속으로 사라졌다.

버스에 오른 명희의 눈에서는 한없는 눈물이 쏟아진다.

「아빠…….」

명희의 입에서 소리 없이 나오는 한마디, 다방에서의 여자는 다름 아닌 명희 어머니였다.

그 당시 명희는 하루아침에 아버지를 잃고 어머니와 단 둘이 살고 있었다. 그때 명희가 중학교 때였으니까 벌써 10여 년 전의 일이다.

그렇게 어머니만을 믿고 살아온 명희에게 어머니가 낯선 다른 남자와 함께 앉아 있다는 것은 도저히 이해할 수 없는 충격적인 모습이었다.

더욱이 어머니와 지금 마주 앉아 있는 사람은 다름 아닌 명희 아버지와 한동안 함께 회사에서 근무하고 있었다는 사실에 어머니에 대한 배신감은 이루 말할 수 없이 컸다.

그날 이후로 한동안 명희의 모습은 보이질 않았다. 물론 학교에도 나타나지 않았다.

친구 은숙에게 명희 어머니로부터 명희를 찾는 전화도 여러 번 있었다. 그러나 은숙 에게까지도 명희의 소식은 없었다.

그때부터 명희의 방황은 한동안 이어졌다.

12월의 마지막 주말.

연말 분위기를 탓인지, 거리에는 많은 사람들로 붐비고 있었다.

상점 안에는 온갖 물건들이 가득 쌓여 있고, 오가는 사람들의 팔에도 선물꾸러미가 들려져 있다. 거리에는 크리스마스 음악들이 흘러 넘쳤고, 오가는 모두가 행복한 얼굴들이다.

미애와 경아의 얼굴도 그 속에 있었다.

미애와 경아가 어느 백화점 안으로 들어섰다. 백화점 안에도 많은 사람들로 넘쳤다.

미애는 마냥 즐거운지 어린 아이들처럼 여기저기를 다니며 물건들을 고르고 있다. 그리고 그중 몇 개를 집어 들고 온다. 이날 미애는 워크

맨을 샀고, 경아는 CD 몇 장을 구입했다. 그리고 속옷 하나씩도 구입했다.

돌아오는 길에 미애에게 끌려 햄버거 가게에 들어갔다. 햄버거를 먹으면서도 미애는 무엇이 그리 좋은지 킥킥거리며 연신 입을 다물지 못했다.

같은 날, 석구도 레코드 가게 안에서 레코드판을 만지고 있었다.

그러나 음악에 대한 지식이 별로 없는 석구가 고를 수 있는 판이 무엇이 있겠는가? 그냥 이것저것을 만지며 가게 안을 둘러보는 게 고작이었다.

한참 만에 언젠가 경아가 연주하던 피아노곡이 생각나서 그 곡이 들어있는 판 한 장을 사 들고 나왔다.

밖으로 나오니 어둠이 내리기 시작한 거리에 하나둘 눈발이 내리기 시작했다.

석구가 두 팔을 들어 눈을 받아 본다. 그리고 길게 숨을 몰아쉰다.

그러던 중 석구가 급하게 공중전화 박스를 찾았다. 그리고 전화번호를 누른다.

바로 경아 집 전화번호다. 그러나 그 시간, 경아는 집에 없었다.

석구가 실망해서 수화기를 놓고 나오는데 등 뒤에서 낯익은 목소리가 들려 왔다. 윤희였다.

「어머! 석구 오빠!」

하늘에서는 좀 전보다 눈발이 많이 내리고 있었다.

잠시 후, 석구와 윤희가 조용한 카페에서 마주 앉았다.

윤희는 언제나처럼 화사한 의상을 입고 있었다. 큼직한 귀걸이가 귓불을 조금은 무거운 듯싶게 매달려 있다. 윤희가 양주와 과일 안주를 시켰다.

석구가 맥주를 마시겠다고 했지만, 윤희는 곱게 눈을 흘긴다.

「오늘같이 좋은날에 석구 오빠를 만났는데 맥주로 되겠어?」

윤희는 생각하지도 않은 곳에서 석구를 만난 것에 꽤나 흥분하고 있는 듯 환한 얼굴이다. 연거푸 양주 서너 잔을 마신 윤희가 양주잔을 석구에게 내밀었다.

「석구 씨!」

윤희가 그동안 석구를 오빠라고 부르던 호칭을 바꿔서 불렀다. 석구가 윤희의 뜻밖의 호칭에 한동안 윤희를 바라본다.

「오호호. 왜 내가 '석구 씨'라고 부르니까 어색해?」

「윤희한테 그렇게 불리니까 좀 그러네.」

「나, 앞으로 '석구 오빠'라고 안 하고 '석구 씨' 라고 부른다?」

석구가 말없이 술을 마신다.

「석구 씨, 지난번 내 이야기 생각해 봤어?」

「지난번 이야기라니?」

「유럽에 여행 가자는 거?」

석구가 말없이 술잔을 채우고 있다.

「이제 졸업도 얼마 안 남았잖아?」

「여행을 꼭 나하고 함께 가야 해?」

「왜? 석구 씨는 나하고 여행가는 거 싫어?」

「싫고 좋고 문제가 아니고, 지금 난 그럴 생각이 없어서 그래.」

석구가 다시 술을 마신다.

「졸업하면 결혼도 해야 할 것 아냐?」

「……?」

「군대도 갔다 왔고, 학교도 졸업하고 나면 결혼하는 거 당연한 거 아냐?」

「그런 생각은 아직…….」

「아무튼 갔다 와. 내가 석구 씨 아버님께 얘기할게.」

「글쎄…….」

「내가 다 알아서 할게. 석구 씨는 그냥 그렇게만 알고 있어.」

윤희가 한동안 많은 이야기를 한다. 밖에는 그 사이에 제법 많은 눈이 쌓여 있었다.

윤희와 헤어진 석구가 혼자 작은 포장마차로 들어가서 몇 잔의 술을 더 마시고 나왔다. 포장마차에서 나오니 이미 눈발은 그쳤고, 많은 사람들이 거리로 쏟아져 나온 듯 온통 사람들로 넘치고 있었다.

경아에게 전화라도 하고 싶었지만 용기가 나질 않았다.

경아 방으로 할머니가 들어왔다.

「무슨 일이세요, 할머니?」

「무슨 일이고 뭐고, 이렇게 허구한 날 피아노만 두들기고 있으면 시집은 언제 가누?」

경아가 피식 웃는다.

「웃지 마라, 이것아. 너는 생전 젊을 줄 알아? 그래 요새는 그 젊은인 만난 게야?」

「내가 그 사람을 왜 만나요, 할머니.」

「쯧쯧! 네 나이가 지금 몇인 줄은 아누?」
「할머닌!」
「이 할미 말 건성으로 듣지 마, 이것아. 여자는 뭐니 뭐니 해도 좋은 사람 만나서 애 낳고 조용히 잘 사는 게 부모한테 가장 큰 효도하는 게야.」
할머니가 나가고, 경아가 다시 피아노를 만진다.
경아가 잠시 동작을 멈추고 일어나 커튼을 젖히고 창밖을 내다본다. 밤사이 쌓인 눈이 정원의 나무들을 덮고 있었다.
한동안 멍하니 밖을 보던 경아가 커튼을 닿고 침대로 가서 길게 눕는다.
사실 경아에게 석구의 그림자는 별로 진하지 못했다. 사실 경아는 남자에 대한 관심이 별로 없다. 아니, 그럴 여유가 없었다는 게 맞을지도 모른다.
그녀의 머릿속에는 온통 독일 유학에 대한 기대로 가득했다.
경아는 전날 사온 CD를 오디오에 넣고 볼륨을 조정하고 헤드폰을 귀에 꽂았다.

미애가 공중전화에서 석구의 집으로 전화를 하고 있었다.
석구 할머니가 전화를 받는다.
「저, 거기…… 석구 오빠, 지금 집에 있나요?」
「아직 안 들어왔는데, 처녀는 누군가?」
할머니 목소리에 미애가 찔끔한다.
「아, 아니에요. 다음에 다시 전화하겠습니다.」
미애가 황급히 수화기를 놓고 전화 부스를 나왔다. 목소리로 봐서, 언젠가 석구가 얘기하던 할머니라는 것을 느낄 수 있었다.

석구가 집에 들어오니, 할머니가 석구를 방으로 불렀다.

「아까 때 웬 아가씨한테서 전화 왔던데…… 너 아는 여잔 게야?」

「여자라니요? 언제요?」

「아직 앳된 목소리던데.」

석구가 잠시 생각했다. 그리고 다그쳐 묻는다.

「언제쯤 왔었어요?」

「이놈이 할미 묻는 말에는 대답 없이 웬 딴소리야!」

방으로 들어온 석구가 경아의 집에 전화를 했다. 서산 댁의 목소리가 들려 왔다.

「안녕하십니까? 저 윤석굽니다. 경아 씨 집에 있습니까?」

잠시 후 들려오는 전화 목소리는 미애였다.

「오빠?」

「어! 미애? 언니는?」

「그 보담 오빠 나 좀 만나, 지금.」

한 시간 후 석구와 미애가 한 햄버거 집에서 만났다.

「오늘 미애가 우리 집에 전화했어?」

「네.」

「왜? 집에 무슨 일 있어?」

「일은 무슨, 오빠 요즘 우리 언니 안 만나요?」

「안 만난 게 아니고 못 만났지. 그런데? 언니한테 무슨…….」

「엄마 아빠가 언니 시집보낸대요.」

「뭐라고? 언제? 누구하고?」

「지금 당장은 아니고, 언니 졸업하면 유학 가기 전에 시집을 보내려나 봐요.」

「내가 어떻게 해야 하지, 그럼?」

「그걸 내가 어떻게 알아요? 오빠가 알아서 해야지.」

「난 오빠가 우리 언니하고 결혼하는 거 좋은데.」

「미애가 날 좀 도와줘.」

집에 들어온 석구가 잠이 이루지 못한다.

뜬눈으로 밤을 보내다시피 한 석구가 다음날 마음을 굳게 먹고 경아를 만나기 위해서 미애가 일러준 경아가 피아노레슨을 받고 있다는 교수님 집 앞에서 아침부터 진을 치고 기다리고 있었다.

그때까지 방학 기간이라 경아는 교수님에게 직접 피아노 지도를 받고 있는 중이라고 했다.

집 안에서는 간간이 피아노 연주 소리가 들리고 있었다.

석구가 점심 끼니도 거른 채 교수님 집 길 건너편에서 경아가 피아노레슨이 끝나기만을 기다렸다.

그날따라 날씨가 제법 쌀쌀했다. 석구가 두 손을 바지 주머니에 넣고 자꾸 어깨 속으로 들어가는 목을 이따금 길게 뽑고 문에서 눈을 떼지 못한다.

경아의 피아노 지도는 오후 세시쯤이 돼서야 끝났다. 경아의 모습을 보고 석구가 기다렸다가 앞으로 나섰다.

석구의 모습을 본 경아가 흠칫 놀래는 표정으로 발걸음을 뒤로 물린다. 그리고 말없이 한동안 석구를 본다. 어쩐 일로 여길 왔느냐는 눈치다.

석구가 경아의 팔을 덥석 잡았다.

「어디 가서 우선 식사부터 해요.」

그리고 두 사람은 그리 크지 않은 이층 중국집으로 들어갔다.

「춥고 배고프다고 하는 말, 오늘 정말 절실히 느꼈습니다.」

석구가 푸념인지 불평인지 자리에 앉으며 말했다.

「여긴 어떻게…….」

「조금도 반가운 표정은 아니군요?」

경아가 석구를 빤히 본다.

「결혼하실 거라고요?」

「결혼이라니요? 누가 그런 얘길…….」

「아닌가요?」

「어디서 누구한테 무슨 말을 들으셨는지 모르지만, 전 지금 결혼이란 걸 생각해 본 적도, 그리고 더욱이 그럴 마음도 없어요. 제가 전에 말씀 안 드렸던가요? 저는 앞으로도 공부를 더 해야 한다고…….」

「그래서요? 그래서 제가 언제 경아 씨 공부 더 한다는 뜻에 반대라도 한다고 했습니까? 경아 씨 피아노 공부하는데 저도 적극 도울 생각입니다.」

「무얼 어떻게 돕겠다는 거예요? 그리고 내가 공부하는데, 왜 거기 도움을 받아야 하죠?」

「아직까지도 제 이름을 모르는 겁니까? '거기'가 뭡니까, '거기'가? 제 이름은 '윤 석구'입니다. 석구, 돌 석(石) 자가 아니고 클 석(碩)에 아홉 구(九), 윤 석구(尹碩九)란 말입니다.」

석구가 섭섭한 마음에 자기도 모르게 큰소리로 말했다. 석구는 지금까지 허기진 배에 추위에 떨며 기다린 자신에게 경아의 말이 너무하다는 생각이 들기도 했다. 석구의 말에 경아도 조금은 미안한 생각이 들었는지, 입을 다물었다.

잠시 후 들어온 음식을 석구는 경아에게 먹으라는 말도 없이 게걸스럽게 먹어 치웠다. 그때까지도 석구의 마음은 경아의 행동에 많이 섭섭한 모양이었다.

「나도 거기 표정을 봐서 내가 시킨 이 음식을 먹을 것 같지 않아 구태여 먹으라고 할 기분이 아니군요. 정말 너무하다는 생각 안 드십니까? 저하고 만난 게 어제오늘 됐습니까? 정말 그렇게 제가 미우신 겁니까?」

「죄송해요, 제가 석구 씨를 멀리 하는 건 석구 씨 마음을 몰라서 그러는 게 아니에요. 정말 저는 지금 이성으로서 남자를 만날 사정이 못돼요.」

그녀가 고개를 숙인 채 작은 목소리로 말했다.

「잘 알았습니다. 그 음식 안 드실 거죠?」

경아의 대답이 없을 거라는 것을 뻔히 아는 석구가 경아 앞에 놓인 음식을 앞으로 끌어놓고 먹는다.

석구가 게걸스럽게 먹고 있는 모습을 보고 있던 경아의 입에서는 자기도 모르게 소리 없이 웃음소리가 새어 나왔다. 그리고 아침부터 자기를 기다리고 있었나 싶었다.

음식을 깨끗이 비운 석구가 경아를 보며 말했다.

「내가 그동안 생각을 많이 잘못한 것 같습니다. 내가 처음 경아 씨를 봤을 때 누구보다 경아 씨가 인정 있고 남을 생각하는 마음을 갖고 있는 여자라고 생각했는데…… 정말 실망이 큽니다. 그만 일어나겠습니다.」

석구가 자리에서 일어나 음식 값을 계산하고 뒤도 돌아보지 않고 밖으로 나갔다.

어느새 짧은 겨울 해는 지고 거리에는 어둠이 내리고 있었다. 석구는 문밖에서 추위에 떨며 기다린 자신에게 조금도 반가운 모습을 보이지 않은 경아가 너무나 섭섭하고 그녀의 앞에서 너무나 초라한 자신의 행동에 더 이상 그녀 앞에 앉아 있을 수 없었다.

한참 만에 석구가 뒤를 돌아봤다. 저만치 뒤처져서 경아가 고개를 숙인 채 땅을 보고 걸어오고 있었다.

석구가 잠시 발을 멈추고 기다렸다. 그리고 경아가 다가오자 추위에 떨고 있는 듯싶은 그녀에게 자신의 갈색 점퍼를 경아의 몸에 덮어 주었다.

경아가 조금은 놀라는 기색이었지만 거부하지는 않았다.

「잠시지만 함께 있는 게 거북하면, 전 여기서 혼자 가겠습니다.」

석구가 경아의 눈치를 살폈다. 그러나 경아는 아무 말도 하지 않았다.

석구가 다시 앞에서 걷고 경아가 조금 전처럼 뒤처져서 걷고 있다.

큰길로 나온 석구가 택시 하나를 세워서 경아를 안으로 밀었다. 그리고 운전기사에게 돈을 주며 집까지 잘 부탁한다는 말도 했다.

「제 옷은 나중에 미애에게 보내 주세요. 그럼…….」

석구가 손을 흔들었다.

그때서야 경아는 석구의 웃옷이 자신의 어깨에 걸쳐 있다는 사실을 알고차창에 얼굴을 내밀고 석구를 찾는다. 그리고 석구를 불러 본다.

그러나 그녀의 목소리는 경아의 목구멍을 넘지 못했다.

경아와 헤어진 석구가 풀이 죽은 모습으로 공중전화 부스로 들어가서 누군가에게 전화를 했다.

「응. 나, 석구.」

수화기에서는 청주에 있는 명희의 목소리가 나왔다. 뜻밖의 석구의 전화를 받은 명희가 반갑다는 눈치다.

「웬 일이야? 나한테 전화를 다 하고?」

「응, 그냥 해보고 싶어서, 네 생각도 나고……. 술 한 잔 하고 싶은데 너무 멀지?」

「선배 술 취했구나?」

「아니.」

「그런데 나한테 전화를 다 해? 그런데 말소리가 왜 그렇게 힘이 없지?」

「내일 명희한테 놀러갈까?」

「온다면야, 나야 환영이지. 왜? 무슨 일 있어?」

그날 석구는 술 한 잔 없이 맨 정신으로 집에 들어왔다. 그리고 방 안에서 꼼짝도 하지 않았다.

한편, 경아가 석구의 웃옷을 쇼핑백에 넣고 집으로 들어왔다.

쪼르르 미애가 나온다.

「언니! 그거 뭐야?」

경아가 말없이 이층으로 올라가 방으로 들어갔다. 그리고는 안에서 방문을 소리 나게 잠가 버린다.

「언니!」

미애가 문을 두들겨 보지만 경아의 방문은 열리지 않았다. 방문을 몇 번 흔들다가 나중에는 발로 문짝을 차기까지 했다. 하지만 여전히 안으로부터 아무런 반응이 없었다.

「언니 그랬단 봐라, 내가 석구 오빠 만나서 다 얘기할 테니까.」

문 밖에서 미애가 떠들자, 경아가 문을 확! 열고는 미애의 팔을 잡아 안으로 끌어들였다. 그리고 미애를 쏘아본다.

언니의 행동에 미애가 놀란 토끼 눈을 하고 뒤로 물러섰다.

「왜 그래?」

「너 언제 어디서 석구 씨 만났어?」

「내가 뭘?」

「너 정말 말 못해?」

「그래, 만났다. 왜?」

「너 그 사람 만나서 무슨 얘기했어?」

「무슨 얘긴 무슨 얘기?」

「너 왜 쓸데없는 얘기하고 다니고 그러니?」

「언니 오늘 석구 오빠 만났어? 그래서 선물 받은 거야? 어디 좀 봐, 이거야?」

미애가 쇼핑백을 집으려 하자 경아가 재빨리 낚아챘다. 그리고 문을 열고 미애의 팔을 잡고 나가라고 소리쳤다. 얼떨결에 밀려나온 미애가 발로 문을 걷어찼다.

「씨~ 지가 말 안 하면 내가 모를 줄 알고? 내 전화만 하면 당장 알 수 있다.」

미애가 자기 방으로 들어갔다.

경아가 피아노 앞 의자에 주저앉았다.

석구가 한 말들이 머리를 휘 젓는다 그리고 그 쓸쓸히 멀어지던 모습이 눈앞을 막았다. 경아가 몇 번이고 고개를 크게 좌우로 흔든다.

그리고 일어나서 석구의 옷옷을 쇼핑백에서 꺼냈다. 그리고 옷을 살핀다. 그러다 옷을 들고 화장실로 들어간다.

작은 그릇에 물을 담고 옷의 주머니를 뒤져 소지품을 꺼낸다. 주머니에는 얼마의 잔돈하고 만년필 그리고 쪽지가 들어 있었다.

그 쪽지는 미애가 전해 줬던 쪽지였다.

경아가 옷에서 나온 석구의 소지품을 한쪽으로 가지런히 올려놓고 옷을 물에 넣고 정성스럽게 손빨래를 하기 시작했다.

다음날 석구는 청주에 있는 명희의 자취집을 찾았다.

석구를 본 명희가 반갑게 맞는다.

「오면서 내가 먹을 건 미리 사왔다.」

석구가 이것저것 들어있는 큼직한 백을 내려놓으며 멋쩍게 웃는다.

「이런걸 뭐 하려 들고 다니니? 대충 먹을 건 집에도 있는데…….」

두 사람이 방으로 들어온다. 방안은 깨끗했고 온기가 가득했다.

「방이 훈훈하고 좋은데?」

「네가 무슨 손님이라고 내가 대충 치우긴 했는데… 오호호호. 오는데 지루하진 않았어?」

「지루하긴. 내가 요새 있는 거라곤 시간밖에 더 있니? 하하하.」

석구가 한쪽으로 자리를 잡고 앉았다.

「이거 여자 혼자 사는 방에 남자가 들어오니까 좀 그렇다… 야. 하하하.」

「너한테 내가 여자로 보이긴 보이니?」

명희가 웃는다.

잠시 후, 명희는 나름대로 준비한 밥상을 들고 들어왔다. 보기에도 꽤나 정성이 보이는 밥상이었다.

「야! 너 매일 이렇게 해먹고 사니?」

「그래, 너한테 여자이고 싶어서 준비 좀 했다. 그러니까 많이 먹어나 줘라, 알았지.」

명희가 환하게 웃었다.

석구는 명희와 마주 앉아 밥을 먹으면서 '이 여자가 경아였으면 얼마나 행복할까?' 하는 상상을 해 본다.

그날 늦도록 두 사람은 술도 마시고 재미있는 추억을 하나 더 만들었다. 저녁에는 주인집 아저씨와 아주머니까지 합석까지 해서 즐겁게 보낸 것이다. 모처럼 만에 석구는 모든 것을 잊고 마음이 홀가분한 기분으로, 그렇게 즐거운 하루를 보냈다.

석구는 그날 안채에 비어 있는 작은 방에서 하루를 보냈다.

그리고 다음날 다시 서울로 돌아오는데 석구를 따라 올라온 명희는 저녁 늦게까지 친구들과 어울려 즐거운 하루를 보냈다.

친구들과 헤어진 석구와 명희가 잠시 밤길을 걷고 있었다.

「넌 어디로 갈 거야?」

「호텔 갈 처지는 못 되고, 아무 데고 하루 보내면 되지, 뭐.」

「그렇게 숙녀가 아무 곳에서 자면 되니?」

「뭐가?」

「그만 이제 홍제동 집으로 들어가지 그래? 이제 세월도 많이 지났잖아.」

「비싼 술 먹고, 술 깨는 소리 더 할래, 너?」

석구가 명희를 보고 씁쓸히 웃었다. 명희의 상처가 꽤나 크다 싶었다.

한동안 말없이 두 사람은 그렇게 밤길을 걸었다.

「나 그냥 결혼이나 할까 봐.」

한참 그렇게 걷고 있던 명희가 무슨 체념이라도 한 사람처럼 한숨을 쉬며 말했다.

「그래? 누구 좋은 사람 있어?」

「좋은 사람? 어떤 사람이 좋은 사람인데?」

「그야 서로 사랑할 수 있고 믿을 수 있는 사람이면…….」

「사랑? 나 그런 거 믿지 않은지 오래 됐다.」

「그럼 사랑도 없이 결혼을 한단 말이야?」

「이 세상에 정말 죽고 못 살게 사랑하면서 사는 부부가 얼마나 될까?」

명희가 다시 씁쓸히 웃는다. 명희의 말에 석구도 선뜻 답하기엔 자신이 없었다.

이사벨 치과에 경아 할머니가 예약도 없이 찾아왔다.

김 원장이 경아 할머니를 보고는 연락도 없이 웬 일이냐고 물었다.

「오늘은 치료받자고 온 건 아니고, 원장 선생하구 잘 아는 선후배라고 하던데…… 그 젊은이 요즘 여기 안 오나?」

경아 할머니의 말에 석구를 찾는다는 걸 알아차린 김 원장이 웃으며 말했다.

「아, 미스터 윤 말씀이시군요?」

「그러니까 미스터 윤인가 윤 씬가 그런 거 몰라도 되고… 요즘 여기에 안 오는 게여?」

「글쎄요… 요즘은 뜸하네요. 왜요, 할머니? 제가 연락 한 번 할까요?」

「아, 아니 그럴 필요까지는 없고, 그냥 요즘 얼굴이 보이질 않아서 해본 소리요.」

「미스터 윤 오면, 할머니 오셨다 갔다고 전해 드리죠.」

「아니 됐어요. 그만 수고들 해요.」

할머니가 돌아간 후, 김 원장이 석구에게 연락했다. 방에서 전화를 받고 있는 석구의 마음이 착잡했다.

「아니, 왜? 반가운 소식 아닌 거야?」

선배의 말에 석구는 무어라 할 말이 없었다.

이미 경아에게 다시는 만날 일이 없다고 하지 않았는가. 그런 마당에 경아 할머니의 출현은 석구에게 있어서 공연한 마음에 혼동만 올 뿐이었다.

석구가 싱겁게 김 원장의 전화를 끊고 억지로 책을 펼쳐 든다. 그러나 석구의 머리에 책의 글이 들어올 리가 없었다.

방에서 나온 석구가 성미를 찾았다.

「왜, 오빠?」

「아버지 들어오셨냐?」

「아직, 왜?」

「그럼 너 나가서 술 좀 사다 줄래?」

「술? 무슨 술?」

「응, 요 앞 슈퍼에 가서 맥주 두 병만 사다 줄래?」

「술은 술집에서 마시는 거 아냐?」

「너는 왜 그렇게 말이 많아. 오빠가 시키면 그냥 사 오면 되지.」

성미가 삐죽 입을 내밀고 밖으로 나갔다. 석구가 술을 혼자 마시며 경아의 모습을 그리고 있다. 그리고 이내 경아에게 한 말을 후회도 해본다.

새벽녘에 겨우 잠에 들었지만, 한 번 잠에서 깨어난 후에는 도저히 다시 잠을 잘 수가 없었다. 그가 일어나 밖으로 나왔다. 아직 어둠이 가시지 않은 늦겨울의 아침바람은 꽤나 차갑게 살 속을 파고들었다.

추리닝에 달린 모자를 눌러쓰고 약간 비탈진 길을 달려 소공원에 다다랐다. 그 이른 시간에도 신문 배달이며 우유를 배달하는 젊은 사람들의 외침이 차가운 새벽바람을 녹이고 있었다.

그 후로 한동안 경아의 집에 석구의 모습은 보이지 않았다.

그러던 어느 날, 석구의 집 앞에 미애가 나타났다.

미애의 손에는 큼직한 쇼핑백이 조금은 무겁게 들려져 있었다. 잠시 망설이던 미애가 떨리는 손으로 인터폰을 누르려고 손을 가져간다.

이때 등 뒤에서 느껴지는 인기척에 미애가 하던 동작을 멈추고 돌아본다. 성미였다.

「누구세요?」

성미가 미애의 모습을 아래위로 살피며 묻는다. 미애가 당황해서 뒤로 물러섰다.

「누굴 찾아왔어요?」

「저…….」

미애가 말끝을 흐리며 성미를 본다. 성미도 미애의 모습에 무언가 느낌이 오는지 살피고는 이내 실망하는 눈치다.

「혹시 그쪽이 우리 오빠 여자친구?」

성미의 말에 미애가 어이없어 하며, 들고 있던 쇼핑백을 성미에게 내민다.

「이것 좀 석구 오빠한테 전해 주실래요?」

성미가 미애를 빤히 보고만 있자, 미애는 들고 있던 쇼핑백을 성미 발밑에 내려놓고 말없이 그대로 돌아서서 사라진다.

성미가 한동안 미애의 뒷모습을 바라보다가 자신의 발밑에 놓인 쇼핑백을 들고 안으로 들어갔다.

석구 방에 들어온 성미가 들고 온 백을 침대 위에 성의 없이 놓고 석구를 본다.

「오빠, 요즘 여자 만나?」

「무슨 소리야 그게? 그건 뭐고?」

석구가 성미가 들고 온 쇼핑백을 집어 들었다. 그리고 안의 내용물을 꺼내 본다.

쇼핑백 안에는 지난번 경아 어깨에 걸쳐 줬던 웃옷이 깨끗이 빨아서 깔끔하게 손질된 채 들어 있었다.

「너 이거 어디서 들고 온 거야?」

석구의 말에 성미가 코웃음을 친다.

「오빠 정말 실망이다. 그런 꼬맹이하고 연애나 하고…….」

「이거 어디서 들고 오는 거냐고?」

석구가 소리친다.

「어머! 왜 이래? 오빠가 직접 받지 못해서 섭섭한 거야? 집 앞에서 웬 꼬맹이 여자애가 오빠한테 전해 주라고 하고 달아나더라? 그렇게 아쉬우면 지금이라도 당장 나가 보시던지. 아마 지금쯤 십 리는 갔을 걸?」

석구가 밖으로 뛰쳐나간다. 문 밖으로 나온 석구가 사방을 둘러보며 미애의 모습을 찾았다. 그러나 어디에도 미애의 모습은 보이지 않았다.

찬바람이 가볍게 걸치고 나온 석구의 몸을 흔들었다. 석구는 옷은 물론 양말도 없는 맨발에 슬리퍼를 끌고 있었다.

석구는 한참을 좌우를 살피며 미련을 버리지 못하고, 그 자리에 서서 추위에 떨고 있었다.

이 모습을 길 건너편 모퉁이에서 얼굴만을 내밀고 경아와 미애가 보고 서 있다. 석구의 행동을 보고 있는 경아의 마음이 왠지 무거웠다. 그리고 공연히 눈가에 이슬이 맺힌다.

「언니, 정말 너무하는 거 아냐? 저렇게 언니를 찾고 있는데…….」

경아가 눈물을 보일까 봐 얼굴을 돌리며 미애를 끌고 돌아왔다.

방으로 들어온 석구는 쇼핑백에서 꺼낸 웃옷의 주머니를 뒤지기 시작했다.

혹시 경아의 쪽지라도 있을까 싶어서였다. 그러나 주머니에서 나온 것은 전에 들어 있던 얼마의 잔돈과 만년필이 전부였다.

석구가 실망스러운 표정으로 창밖을 본다. 잔설이 정원수 밑에서 마지막 모습을 하고 있었다.

한편, 집으로 돌아온 경아의 마음도 무겁기는 마찬가지였다.

미애 혼자만 보낼 걸, 공연히 따라갔던 자신을 후회했다. 추위에 떨며 발을 구르고 짧지 않은 시간동안 서 있던 석구의 모습이 머리에서 떠나 질 않았다.

잠시 서성거리던 경아가 책상 의자에 앉아서 책상 맨 밑 서랍을 열었다.

거기에는 석구가 군대에 있을 때 하루도 빠지지 않고 보냈던 편지들이 차곡차곡 쌓여 있었다. 언젠가 석구에게 내밀었던 편지들이었지만, 지금껏 그 많은 편지들을 버리지 못하고 간직하고 있었던 것이다.

그것은 무슨 미련이 있어서라기보다는 막상 버리려고 했어도 경아의 마음에 그런 모진 행동을 할 용기가 나질 않았다. 한동안 그 편지들을 보고 있던 경아가 그 많은 편지들 중에서 한 통을 꺼내 들었다. 그때까지도 그 많은 편지들은 단 한 통도 개봉되지 않고 있는 상태였다.

그 편지 한 통을 꺼내서 떨리는 손으로 뜯고 있었다.

"경아, 오늘도 경아를 생각하며 무사히 하루를 보냈답니다.

오늘 이곳에는 많은 비가 내렸어요. 오늘 야외 훈련에서 철조망 통과 훈련을 하는데 등줄기로 흙탕물과 모래가 들어가서 얼마나 고생을 했는지 모릅니다. 지금도 등줄기가 얼얼해요. 엄살이 너무 심했나요.

다른 동료들이 애인에게서 온 편지들을 받고 좋아하는 모습이 너무 부럽군요. 나에게도 언젠가는 그런 날이 있겠지요? 기다려 봅니다.

경아! 경아 씨는 지금쯤 더 많이 아름다워졌겠지요? 보고 싶습니다. 내용 없는 빈 봉투라도 경아 씨 편지를 받고 싶습니다. 오늘도 기다려 봅니다. 안녕!

석구 올림."

편지를 읽고 난 경아의 얼굴이 붉어져 있었다.

난생 처음으로 남자의 편지를 읽은 것이다. 그것도 자기를 좋아한다는, 아니 많이 보고 싶다는 이성의 편지이고 보면 그동안 피아노 앞에만 앉아서 모든 걸 잊고 살아온 지금까지의 자신의 마음에 동요가 무어라 표현할 수 없는 감정으로 솟아나고 있었다.

경아가 읽고 난 편지를 다시 제자리에 놓고 일어나 거울 앞으로 가서 자신의 모습을 살핀다. 늘 보는 얼굴이지만 오늘따라 유난히 붉어진 거울 속 자신의 얼굴을 보고 알 수 없는 흔들림을 느꼈다.

맑고 고운 얼굴에 몇 개의 여드름이 돋아나 있었다.

하얀 드레스

07

명희의 자취하고 있는 집으로 오 선생이 찾아왔다. 그리고 돌아오는 주일에 음성에 있는 부모님 집으로 명희를 인사시키고 싶다고 했다.

그동안 여러 차례 명희의 의사를 물었을 때 확실한 말을 하지 않은 것에 대한 나름대로의 명희의 생각을 확신하고 있는 눈치였다.

명희가 좀 더 시간이 필요하다는 말로 그 날의 만남은 끝냈다.

오 선생이 돌아간 후에 혼자 남은 명희가 방에서 잠시 생각에 잠긴다. 작은 들창 너머로 논길이 보였고, 그 양쪽으로 키 큰 느티나무가 길게 줄서 있는 게 들어왔다.

「이게 아니었는데…….」

명희가 한숨인지 한탄인지 길게 숨을 토하며 중얼거렸다.

그렇게 많은 꿈과 희망을 안고 공부를 했고, 누구보다도 자신만만했던 그녀가 아니었던가. 그런 그녀의 처지가 지금 자기가 생각하기에도 너무 초라하게 느껴졌다.

겨우 시골 학교의 선생에 초라한 자취방에서 별 희망도 없이 하루

하루를 보내고 있는 자신이 너무 비참하다는 생각까지 들었다.

명희가 꿈 많던 대학시절의 앨범을 펼쳤다.

'모두들 행복하게 살고들 있겠지? 행복? 행복이란 과연 무엇일까? 자기가 하고 싶은 일을 하며 즐겁게 사는 게 행복일까?'

그녀가 잠시 눈을 감는다. 어렴풋이 난생 처음으로 행복이란 것을 느껴 봤던 민규와의 지난 시간을 그려 본다.

'그것도 추억이라고……?'

명희가 힘없이 웃고 앨범을 접는다.

그 해 구정(舊正)을 며칠 남긴 어느 날, 아침부터 방금이라도 눈[雪]이 쏟아질 듯 하늘은 무겁게 검은 구름으로 드리워져 있었고, 바람도 별로 없는 날씨였다.

석구가 모처럼 그동안 입지 않던 진한 감색의 코트를 걸치고 거리로 나왔다. 거리에는 많은 사람들로 넘쳐나고 있었다.

석구가 어느 레코드 가게 안으로 들어간다.

그러나 음악에 대한 지식도 음악에 별로 관심도 없던 석구가 여기까지 들어온 것은 순전히 혹시라도 경아의 모습을 볼 수 있을까 하는 기대감에서였다.

그가 한참 만에 겨우 집어든 레코드는 피아노 독주 전집 한 장이었다. 거기에는 언젠가 경아가 연주했던 곡이 들어 있었다. 지난번에 구입했지만, 다른 음악을 아는 곡이 없는 석구로서는 다시 그 곡을 고르는 수밖에 없었다.

석구가 판을 들고 밖으로 나오니, 어느 사이에 밖에는 눈발이 날리고 있었다.

석구가 고개를 들어 하늘을 본다. 눈송이가 석구의 얼굴에 떨어져 녹아내렸다. 차갑게 눈 녹은 물이 석구의 마음을 움츠린다.

그런 석구의 눈으로 낯익은 모습이 들어왔다. 경아였다. 분명 석구의 앞으로 경아가 오고 있었다. 석구가 입을 다물지 못하고 경아의 모습에 시선을 쫓는다.

경아는 방금 석구가 나온 레코드점 안으로 들어갔다. 석구가 다급히 경아의 뒤를 따라 레코드점 안으로 들어가, 다짜고짜 경아의 팔을 잡았다.

석구의 행동에 경아가 당황해서 본다. 그리고 그도 적지 않게 놀라는 모습이었다.

「석구 씨!」

석구의 가슴이 쉴 새 없이 요동치고 있었다. 그리고 순간적으로 생각했다. 오늘은 경아를 놓아 주지 않을 것처럼…….

경아를 끌고 밖으로 나왔다. 좀 전보다 눈발이 많이 굵어져서 내리고 있었다. 석구가 경아의 손을 잡고 냅다 뛰었다.

그리고 그들이 들어선 곳은 경아를 만난 곳에서 그리 멀지 않은 고궁이었다. 고궁 안에는 많은 젊은이들이 눈 속을 걷고 있었다.

어느새 빛바랜 잔디가 있던 위에는 제법 내린 눈으로 하얗게 덮였다. 거기에 석구와 경아의 발자국이 잔디 위로 수를 놓으며 걷고 있었다.

경아의 어깨에 그리고 머리에도 눈이 쌓였다. 경아가 여전히 고개를 숙이고 입을 다문 채 또박또박 발걸음을 옮기고 있었다.

석구가 경아를 본다. 그리고 입고 있던 코트를 벗어 경이의 어깨에 걸쳐준다.

경아가 고개를 들고 석구를 바라본다.

석구가 입가에 웃음을 지어 보인다. 경아도 따라서 입가에 미소를 지었다. 그 웃음은 석구로서는 처음으로 보는 모습이기도 했다. 무척이나 아름다웠다. 이 고궁에 모인 그 어느 연인보다도 아름다웠다.

「고마워요.」

경아의 작고 낭랑한 목소리였다. 석구가 얼마나 듣고 싶어 하던 말이었던가.

눈발은 두 사람의 만남을 축복이라도 하듯 휘날려, 두 사람 머리 위에 소복이 쌓이고 있었다. 두 사람은 그 눈발을 피하지 않고 맞고 걸었다.

한참 만에 석구가 경아의 손을 잡고 내리는 눈발을 피해 한쪽 모퉁이로 내달린다.

석구가 고개를 들어 하늘을 본다. 눈발이 얼굴을 향해 쏟아져 내리고 있었다.

경아의 머리 위에 소복이 쌓인 눈을 석구가 가볍게 털어 준다. 그녀의 까만 머리에 눈 녹은 물이 방울방울 이슬처럼 맺혀 있었다.

석구가 목에 감고 있던 청색 갈색 바둑무늬가 수놓아진 목도리를 풀어서 경아의 머리에 있는 물기를 닦았다. 그리고 두 손으로 머리를 감싸서 곱게 빗어 내렸다.

그런 석구의 모습을 아무 반응 없이 까만 눈동자를 깜박거리며 바라본다. 석구가 그런 사랑스러운 경아의 얼굴을 따스한 손으로 감싸 준다. 매우 부드러웠다.

발그레한 경아의 얼굴에서 혈관이 발딱이며 움직였다. 경아가 사르르 눈을 감는다. 쏟아지는 눈발이 두 사람의 모습을 다른 사람의 시선을 막아주고 있었다.

그녀의 입에서 하얀 그리고 뜨거운 입김이 흘러나온다. 석구가 참을 수 없는 감정을 그녀의 입술에 살포시, 자신의 입술을 덮는다.

그때까지 석구의 행동을 말없이 보고만 있던 경아가 순간 석구의 차가운 손을 마주잡고 석구의 목을 감싸고 석구의 입에 자신의 입김을 불어넣었다. 뜨거웠다.

그 순간, 석구는 호흡이 정지되는 것을 느꼈다.

경아의 뜨거운 입김이 가슴속까지 파고들었다. 석구는 온몸이 감전이라도 된 듯 굳어져서 꼼짝도 할 수 없었다.

경아는 석구의 가슴에 얼굴을 묻고 참았던 숨을 몰아쉬듯 연신 뜨거운 입김을 석구의 가슴속으로 쏟아 붓고 있었다.

그녀의 숨소리가 석구의 가슴에서 발딱거린다. 뜻하지 않았던 경아의 행동에 석구는 꿈을 꾸듯 몽롱한 정신으로 발딱거리는 경아의 가슴을 힘껏 안았다. 순간 경아가 숨이 막히는지 '윽!' 하고 신음 소리를 냈다.

두 사람의 입에서 하얀 입김이 한꺼번에 쏟아져 나왔다. 세차게 쏟아지는 눈발이 두 사란의 이런 모습을 남으로부터 경리를 해주고 있었다.

석구는 처음으로 행복이란 것이 이런 것이라고 생각했다.

경아는 그렇게 한동안 석구의 목을 놓지 않았다. 이대로 언제까지나 영원히 굳어 있고 싶었다. 이 세상 그 무엇도 부럽지 않았다.

석구는 너무 행복해서 눈물이 나올 것만 같았다.

'오! 주여, 정말 감사합니다. 이 여인을 제게 주신 것에 너무 감사합니다. 이 행복, 영원히 지키겠습니다. 오! 주여!'

물론 석구는 주님은 고사하고 교회 문턱에도 가 본 기억이 없다.

석구는 정말 행복했다. 그리고 두 팔을 벌려 쏟아지는 눈발을 받으며, 경아의 손을 잡고 어린아이처럼 뜀박질을 한다.

경아도 석구의 손을 잡고 마냥 행복하다. 이 세상에 이보다 더 황홀한 행복은 어디에도 없을 것만 같았다.

그렇게 두 사람은 서로를 놓지 않고 눈 위를 걸었다.

두 사람이 밟아놓은 흔적이 이내 쌓이는 눈에 묻히고 만다.

이날 어떻게 경아를 놓고 왔는지도 모른다. 집으로 돌아온 석구가 마냥 행복한 얼굴을 하고 있다. 입가에 저절로 웃음이 나왔고, 한 번 터져 나온 웃음은 가시지 않았다.

경아와의 그 황홀하고 벅찬 감정이 그때까지도 머리에서 떠나질 않았다.

「이런 게 사랑일까?」

혼자 중얼거려 본다. 이런 말로 표현할 수 없는 행복의 감정을 '사랑'이라는 짧은 단어 하나로 표현하기에는 너무나 부족하다고 생각됐다.

한편, 집으로 돌아온 경아 또한 석구의 따스한 가슴이 잊히지 않았다.

그때까지도 경아의 목에는 석구가 감싸준 목도리가 둘러져 있었다.

경아가 거울 앞에 다가선다. 얼굴은 아직도 붉게 물들어 있었고, 가슴으로는 쿵쾅대는 소리가 밖으로 나와 남들에게 들킬 것만 같았다.

경아가 목에서 목도리를 풀어 곱게 접어서 한족으로 놓는다. 그리고 석구에게서 받은 레코드를 플레이에 올려놓고 헤드폰을 귀에 덮는다.

그리고 살포시 눈을 감았다. 귀에 들리는 음악소리가 마치 석구의 속삭임처럼 들렸다. 그동안 느껴 보지 못했던 행복에, 경아는 딴 세상에 온 것만 같았다.

신에게 미안한 생각까지 들었다. 마치 신이 있다면, 자신의 행복을 질투를 할 것만 같았다.

그동안 이런 행복을 모르고 살아온 자신이 후회스럽기까지 했다.

또 보고 싶었다. 방금 헤어졌지만, 여전히 지금도 곁에 있기라도 한 듯 두리번거려 찾는다. 꿈을 꾸는 것만 같았다.

그 후로 석구와 경아의 만남은 수를 더했다. 아니, 하루도 만나지 않으면 잠에 들 수 없었다.

인천행 전철 안에 석구와 경아가 창가에 마주 앉았다. 마주 보는 두 사람의 얼굴이 마냥 행복하다. 차창 밖으로는 저물어 가는 겨울 풍경이 빠르게 지나고 있었다.

얼마 후, 두 사람은 월미도 바닷가의 몰디브라는 이층 레스토랑 창가 쪽에 자리하고 앉았다.

통유리로 된 커다란 창 너머로 겨울 바다가 한눈에 들어왔다. 멀리 작은 섬이 들어왔고, 거대한 외항선들도 저 멀리 희미하게 보였다.

한 무리의 파도가 밀려와 방파제에 부딪쳐 커다란 물보라를 만들며 흩어진다. 경아가 환한 얼굴로 겨울 바다를 보고 있었다.

홀에는 다른 창가 쪽으로 젊은 남녀 한 쌍이 앉아 있을 뿐, 별로 손님도 눈에 보이지 않았다.

실내 분위기는 고풍스러운 장식들로 되어 있었고, 한쪽으로 큼직한 풍차 그림이 입체적으로 조각되어 한쪽 벽면을 덮고 있었다.

여 종업원이 다가와 인사하고 주문을 받았다. 석구가 종업원을 세우고 작은 귀엣말로 무엇인가 속삭인다.

잠시 후 홀에는 피아노곡이 흘러나왔다. 언젠가 경아가 연주했던 바로 그 곡이었다. 경아가 그 음악소리에 석구를 바라본다.

「경아 씨와 꼭 한 번 와 보고 싶었어요.」

「여기에 자주 오시나 봐요?」

「전에 여름 방학 때 덕적도로 피서 와서 그때 한 번 왔었어요. 어때요? 겨울 바다도 그런 대로 운치가 있죠?」

경아가 웃어 보였다. 그녀의 유난히 하얀 치아가 보기 좋았다.

「우리, 나가서 바다 구경해요.」

두 사람이 방파제 위를 걷고 있었다. 어느덧 짧은 겨울 해가 서쪽 하늘을 넘어 수평선 속으로 숨고 있었다. 붉게 물든 저녁노을이 더 없이 아름다웠다.

그 속을 두 사람이 나란히 걸었다. 그 모습이 마치 한 폭의 그림 같았다.

경아의 보랏빛 머플러가 바람에 흩날린다.

「바람이 춥죠?」

경아가 석구를 보며 미소 짓는다. 석구가 그녀를 살포시 안았다.

갈매기 한 쌍이 두 사람의 머리 위를 돌아 멀리 날아가고 있다.

쌀쌀한 날씨 탓인지 경아의 집 앞은 조용했다. 이미 사방은 어두워져 있었고, 이따금씩 불어오는 바람에 전신주의 가로등이 흔들리고 있었다.

석구가 곧 헤어질 경아와의 만남이 아쉬운지 경아의 손을 놓지 않고 그때까지 잡고 있었다. 꼭 잡고 있는 두 사람의 손에는 땀이 흥건히 젖어있었다.

「이제 그만 가 보세요.」

「조금만 더 이렇게 있고 싶은데.」

그녀가 어린아이처럼 웃었다. 그녀의 하얀 이[齒]가 가로등의 불빛을 받아 반짝 빛을 냈다. 경아가 전신주에 몸을 기댄다. 그리고 석구의 얼굴을 빤히 바라본다. 그녀의 까만 눈이 촉촉이 빛을 발했다.

석구가 그런 그녀를 와락 끌어안았다.

「사랑해! 경아!」

「정말?」

「영원히! 이 세상이 끝날 때까지…… 아니, 우리가 죽은 후에라도 난 다시 저세상에서도 경아만을 사랑할 거야.」

「고마워요, 석구 씨!」

그녀가 석구의 목을 끌어안았다. 그녀의 입에서는 뜨거운 입김이 쏟아지고 있었다. 그 입김을 석구는 남김없이 빨아들여 가슴속에 차곡차곡 쌓았다. 그녀의 입에서는 뜨겁고 달콤한 샘물이 쉴 새 없이 솟아 나왔다.

석구가 미친 듯 그녀의 입술을 핥고 있었다. 그녀의 거친 숨소리와 함께 끊임없이 달콤한 샘물을 석구의 입에 쏟아 부었다.

한참 만에 그녀가 얼굴을 돌려 석구의 가슴에 얼굴을 묻는다.

「행복해요!」

「나도 행복해. 우리 영원히 이렇게 행복하자.」

「고마워요.」

석구는 무척이나 행복했다. 이렇게 아름답고 귀한 경아를 낳아 준 그 부모에게 감사했다.

그녀의 가슴이 쉴 새 없이 팔딱거리며 뛰고 있었다.

석구는 그녀의 작은 입속에서 이렇게 달콤한 샘물이 흘러나온다는 게 믿어지지 않았다. 그 샘물은 새벽이슬처럼 맑고 달콤했다. 그런 두 사람의 머리 위에는 촉수 낮은 가로등 불빛이 흐리게 비추고 있을 뿐이었다.

잠시 후 경아가 숨을 가다듬고 석구의 얼굴을 똑바로 보지 못한 채 문 쪽으로 달려가 안으로 사라졌다. 그리고 이내 얼굴을 내밀고 석구에게 웃음을 준다.

잠시 후 그녀의 방에 불이 켜졌다. 그때까지도 석구는 그 자리에 음직임 없이 서 있었다.

경아가 커튼을 열고 밖을 내다봤다. 그리고 그때까지 서 있는 석구를 보고 손을 들어 보였다. 그리고 그만 가라는 손짓을 했다.

석구가 좋아서 어린애처럼 팔을 흔들고 껑충껑충 뒷걸음질로 비탈진 길을 내려오고 있다.

이날 이후 두 사람은 하루가 길게 만남이 이어졌다. 그만큼 두 사람의 사랑도 깊어만 갔다.

석구가 부모님에게 인사하기 위해서 경아를 집으로 함께 왔다.

경아를 처음 보신 석구 할머니가 경아에게서 좋은 인상을 받으셨는지 매우 흡족해 하셨다.

「저 녀석이 매일 밖에서 술이나 마시고 다니는 줄만 알았더니, 어느

새 이리 고운 처녀를 만나고 있었던 게야?」

「집에 부모님은 다 계시고?」

석구 어머니가 경아를 보며 물었다.

「네, 할머니하고 동생도 함께 지내고 있습니다.」

경아가 고개를 숙인 채 작은 소리로 말했다.

「그래, 부친께서는 무슨 일을 하시나?」

할머니께서 경아에게서 눈을 놓지 않고 물었다.

「목재상을 하고 계십니다.」

석구가 먼저 말을 했다.

「목재상이라면?」

「집 지을 때 사용되는 목재 말예요.」

이날 경아가 석구의 부모님과의 첫 만남은 좋은 만남으로 이어졌다.

석구의 집을 나온 경아가 긴장된 몸을 풀린 듯 깊은 호흡을 했다.

「많이 힘들었죠?」

석구가 경아의 눈치를 살피며 위로의 말을 했다.

「부모님께서 좋게 보아 주셔서 고마웠어요.」

「앞으로도 많이 사랑해 주실 겁니다.」

얼마 후 경아의 졸업기념 피아노 독주회도 무사히 끝이 났다.

그리고 경아는 지도 교수님과 독일 유학문제로 바쁜 나날을 보내고 있었다.

「독일에 가면 얼마나 있다가 오게 됩니까?」

석구가 헤어져야 한다는 아쉬움으로 묻는다. 경아가 대답 대신 웃어 주었다.

「기다려 주시는 거죠?」

석구가 말없이 경아를 살포시 안았다.

「사랑해요!」

「석구 씨! 보고 싶을 거예요.」

「열심히 하고 무사히 돌아와요.」

한동안 두 사람의 모습은 하나가 돼서 그 자리에 한참을 그렇게 서 있었다.

헤어진다는 게 너무 아쉬웠다.

그 후, 경아의 집으로 석구가 찾아왔다.

마침 그날이 경아 할머니의 생신이라 경아의 집에는 아버지 회사에서 이 실장과 김 과장이 함께 와서 술상을 받고 있었다.

그 자리에 석구가 함께했다. 석구가 경아 아버지 회사에서 근무하고 있는 이 실장과 김 과장에게 처음으로 자신을 소개했다.

「윤 석구라고 합니다. 경아 씨를 좋아하고 있는 사람입니다. 앞으로 자주 찾아뵙겠습니다. 좋게 좀 봐 주십시오.」

두 사람이 석구를 보고 있었다. 민 사장이 말없이 술잔을 비운다.

「그럼 이 젊은이가 사장님께서 말씀하시던 큰따님 남자 친구라고 하시던…….」

여전히 민 사장은 말이 없었다.

「그래 부친께선 무얼 하고 계시는가?」

이 실장이 석구를 보며 물었다.

「건설 회사를 하십니다.」

「건설 회사?」

「계림 산업이라고, 아파트 건축을 하고 계십니다.」

석구의 말에 세 사람이 동시에 눈을 크게 뜨고 석구를 바라봤다.

「계림 산업? 그럼…… 그 윤상익 회장님께서 하시는 그 계림산업이 젊은이 부친이 하시는 회사란 말이신가?」

「네, 혹시 저희 아버지를 아십니까?」

세 사람은 더욱 놀라는 모습을 했다. 누구보다도 민 사장의 얼굴이 굳어지는 것을 느꼈다.

「이 계통에서 윤상익 회장을 모르는 사람이 어디 있겠는가? 정말 반갑구먼.」

민 사장이 술잔을 비웠다. 민 사장의 손이 가늘게 흔들린다.

사실 경아 아버지도 석구의 집에 대해서는 그간 아는 게 별로 없었다. 그저 경아를 따라다니는 청년이 요즘 젊은이 같지 않게 진실해 보여서 호감을 갖고 묵인하고 있었던 게 전부였다.

그런데 그 젊은이가 당시 잘 나가는 굴지의 건설 회사 아들이라는 말에 적지 않게 놀란 것이다.

민 사장이 슬며시 일어나 밖으로 나갔다.

석구가 이 실장과 김 과장 잔에 술을 채웠다. 이 실장도 처음과는 달리 몸을 낮추며 석구에게 술을 권했다.

석구가 일어나 할머니 방으로 가고, 다시 민 사장이 들어와 자리에 앉았다. 두 사람이 민 사장의 얼굴을 살핀다. 여전히 민 사장의 얼굴은 굳어 있었다.

잠시 후, 민 사장이 얼굴을 풀며 두 사람에게 술잔을 권했다.
「저 젊은이가 윤 회장 아들이라면, 앞으로 사장님께서는 어떻게 되시는 겁니까?」
김 과장이 민 사장의 얼굴을 살피며 말했다.
「윤 회장과 사돈만 되신다면 우리 회사는 정말 더할 나위 없이 좋은 후원자가 생기는 겁니다. 안 그렇습니까, 사장님?」
이 실장이 흥분까지 하며 말했다.
「그런 집에서 우리 애를……? 가당하기나 한 일이겠소.」
「그럼 사장님께서는 저 젊은이가 계림회사 자제라는 걸 지금까지 모르고 계셨습니까?」
「내가 공연한 욕심을 부렸나 봅니다. 진작 알았다면…….」
「그게 무슨 말씀이십니까? 사장님 따님이 어째서요? 그 인물에 또 남들이 알아주는 피아노 전공을 하고 있지 않습니까?」
「그게 무슨 내세울 자랑이라고…….」
민 사장도 석구가 그저 평범한 집 자제이길 바랐는지 모른다.
경아 역시 지난번 석구의 집을 찾았을 때 자세히 살피지는 못했지만, 처음 보는 큰 저택에 응접실 내부의 분위기를 보아서 자신이 생각했던 그런 보통 가정은 아니라는 것을 느꼈었다. 그런데 막상 석구 부친이 그런 큰 회사를 운영하고 있다는 것은 알고 마음속으로 무거운 부담으로 다가왔다.
「진작 왜 얘기하지 않았어요?」
「무슨 얘기요?」
「아버지께서 석구 씨 얘기를 듣고 많이 불편해 하세요.」

「그게 무슨 말이에요? 불편해 하시다니?」

「아버지께서는 석구 씨가 그냥 보통 가정의 평범한 남자이기를 바라시는 거예요.」

「무슨 말도 안 되는 생각이세요. 내가 어느 집 사람이라는 게 무슨 상관이에요. 경아 씨도 혹시 그런 생각하고 있는 건 아니죠?」

경아가 할 말을 잃었다. 경아도 석구의 가정 사정을 알고는 적지 않은 마음에 부담이 되는 것이 사실이었기 때문이다.

경아가 석구의 얼굴을 바라본다. 그리고 어제와 달리 자신이 한없이 작아져 있는 것을 느꼈다.

「석구 씨 집에서는 제 집에 대해서 잘 알지 못하시잖아요.」

「지난번에 할머니한테 다 얘기하지 않았어요? 뭐 더 할 남은 얘기라도 있는 거예요?」

경아가 석구의 얼굴을 피한다.

「할머니께서도 경아 씨한테 만족해 하셨고……. 뭐가 문제예요?」

사실 생각해 보면, 그때 할머니한테 무슨 얘기를 어떻게 했는지 경아로서도 기억이 없었다.

「자신이 없어요.」

「자신이라니? 무슨 자신요?」

「제가 공연한 욕심을 갖는 것 같아요.」

「쓸데없는 생각 말아요. 내가 경아 씨를 이렇게 사랑하고 있는데, 무슨 그런 말도 안 되는 걱정을 해요.」

홍 여사가 내동 집을 찾았다.

마님이 특유의 몸짓을 하며 거실로 나와 소파에 앉는다.

「어쩐 일이야, 전화도 없이?」

아줌마가 마님에게 모과차를 놓고 갔다.

「밖에 나왔던 참에 잠시 들렀어요. 여전히 건강하시죠?」

「늙은이가 건강하면 얼마나 건강 하려고, 자리에 누워 있지 않으면 건강한 게지. 윤 회장은 여전히 바쁘시고?」

「저야, 뭐 아나요.」

「요즘 회사가 잘 돌아가는 거야, 윤 회장 뜸한 걸 보면?」

「저도 그 양반 얼굴 보기 힘든 걸요.」

이층에서 윤희가 외출복 차림으로 내려왔다. 윤희가 홍 여사를 보고 반갑게 인사했다.

「어딜 나가는 참인가 보구먼?」

「석구 오빠 집에 있어요?」

「글쎄, 집에서 나온 지가 좀 되어서…….」

그날, 석구는 경아와 스키장에 있었다.

지난번 내린 눈으로 스키장에는 많은 눈이 쌓여 있었고, 사람들로 붐볐다.

석구와 달이 경아의 스키 실력은 형편없었다. 아니, 실력이랄 것도 없었다. 지금까지의 모습을 보아서는 스키는커녕 이런 곳에 와 본 기억도 없는 듯싶었다.

한동안 눈 속을 뒹굴던 두 사람이 휴게실에 들어와 커피를 마시고 있다.

「많이 춥죠?」

「추운 건 모르겠고, 엉덩이만 얼얼해요.」
경아가 입을 막으며 웃었다.
「처음엔 누구나 다 그래요. 다음번에는 잘될 거예요.」
「전 아마 다음에도 안 될 것 같은데요.」
「아니, 왜요?」
「사실 이런 데, 오늘이 처음이거든요. 공연히 저 때문에 석구 씨까지 즐거운 시간이 못 돼서 죄송해요.」
「난 이렇게 경아 씨랑 함께 있는 것만으로도 행복한데, 무슨 그런 말이 다 있어요.」
「정말 미안해요.」
석구가 싫다는 경아를 다시 잡고 일어났다.
돌아오는 고속버스에서 피곤한 듯 잠이 들어 있는 경아의 얼굴을 한동안 보고 있는 석구, 그 모습이 너무나 아름다웠다.
한동안 경아의 얼굴을 보고 있던 석구가 살포시 경아의 이마에 입맞춤을 한다. 여전히 잠 속에 있는 경아, 정말 행복했다.
어두운 창문에 두 사람의 모습이 한동안 비치고 있었다.

모처럼 만에 석구가 윤희를 불렀다.
「웬 일이야. 석구 씨가 날 먼저 다 찾아주고?」
「무슨 차 마실래?」
윤희가 커피를 시켰다. 그러나 석구는 한동안 말이 없었다.
「지난번 얘기한 거, 결심한 거야?」
「그 얘기보다 나 오늘 윤희한테 할 얘기가 좀 있어서 만나자고 했어.

난 윤희를 정말 내 동생처럼 생각하고 있고, 이 생각은 앞으로도 변함 없을 거야.」

순간 윤희의 얼굴이 굳어진다.

「그러니까 뭐야? 그 말은 날 동생 이상으로는 생각하지 않겠다는 말로 들리는데…… 지금 그 얘기야?」

「나도 윤희의 그 발랄하고 구김살 없는 성격이 좋아. 하지만 그건 어디까지나 윤희가 내 친동생 같고 또 선배로서 갖고 있는 마음이지, 다른 마음으로 생각해 본 적은 없어. 나도 윤희가 어떤 마음으로 날 대하고 있는지 잘 알아. 그래서 말하는 거야.」

순간 윤희의 얼굴이 붉어지기 시작했다. 그리고 석구를 쏘아본다.

「석구 씨 여자 생긴 거야? 누구? 명희 선배?」

「그래서 말인데, 앞으로도 지금처럼 날 오빠처럼 찾아줬으면 해. 그 이상도 그 이하도 아닌……」

「나 그런 얘기 듣고 싶지 않아. 그리고 석구 씨가 다른 어떤 여자 만나는 거? 그런 거, 나 상관 안 해. 내 마음은 내가 갖고 있으니까.

오늘은 더 이상 들을 말이 없을 것 같네. 나 그만 일어날게.」

윤희가 자리를 박차고 일어났다.

그녀가 나가고 나서도 석구는 한동안 그 자리에 앉아 있었다. 석구가 손목시계를 본다. 시간은 오후 세 시가 지나고 있었다.

석구가 카운터로 가서 경아에게 전화를 했다.

개학을 맞은 명희가 출근을 하기 위해서 집을 나서고 있었다.

그런데 오 선생이 급한 걸음으로 명희에게 다가왔다.

「지금 출근하시는 겁니까?」

「학교로 가시지 않고, 여긴 어쩐 일이세요?」

「김 선생님하고 함께 가고 싶어서 앞 정류장에서 미리 내렸습니다.」

명희와 오 선생이 아직 추위가 가시지 않은 들길을 나란히 걸었다.

지난번 오 선생의 집을 찾은 후, 두 사람의 모습은 남들의 눈을 의식하지 않았다. 명희도 마음을 비운 듯 오상배 에게 호감을 보였다.

석구가 아버지와 모처럼 만에 한자리에 앉았다.

「이제 곧 졸업이구나?」

「네, 그래서 아버지한테 청을 하고 싶어서요.」

「청? 그래, 무슨 청?」

「제 여자 친구 얘긴데요. 그 친구가 이번에 졸업을 하면 독일에 유학을 간답니다.」

「지난번 피아노 한다는 그 여자 얘기냐?」

「네, 그래서 그 친구 유학 떠나기 전에 결혼 약속이라도 하고 싶습니다.」

「약속? 그러니까 약속이라면 그럼 약혼이라도 미리 해두자는 얘기냐?」

「아버지 허락해 주세요.」

「그런 얘기라면 할머니하고 어머니와 얘기하는 게 낫지 않겠니? 난 그 뜻에 따를 테니까.」

「고맙습니다. 아버지.」

「녀석 아주 혼이 나갔구나. 허허허!」

석구가 경아를 만나 아버지와의 이야기를 했다.

경아가 좀 당황하는 눈으로 석구를 보며, 아직 마음의 준비가 되지 않았다고 했다. 그러나 석구의 고집에, 부모님의 뜻을 묻겠다고 대답했다.

이렇게 해서 그로부터 보름 후에 졸업을 했고, 다시 보름 후에 두 사람은 양가 부모님과 가까운 친지들만을 모시고 형식에 가까운 약혼식을 올렸다.

그리고 경아는 유학 준비로 바쁜 나날을 보낸다.

운명運命

08

이날, 경아는 지도 교수님은 만나기 위해 좀 늦은 오후에 집을 나서면서 석구의 전화를 받는다.

「교수님 만나고 나서 전화하는 거, 잊지 않았죠?」

「연락할게요. 지금 어디 계세요?」

「부산이에요. 식사는 했죠?」

「석구 씨는요?」

「내 걱정은 말아요. 그럼 어서 다녀와요. 그리고 이따 전화하는 거 잊지 말아요.」

경아가 교수님 사무실에 도착한 시간은 교수님과의 약속 시간인 오후 네 시를 조금 넘긴 시간이었다. 그때까지 교수님은 사무실에 나타나지 않았다.

경아가 손목시계를 보고 소파에 앉아서 잠시 시간을 가졌다.

오후부터 찌푸린 날씨 탓인지 3월의 해가 저물어 넓은 교정에는 학교 건물의 그림자가 을씨년스럽게 길게 드리워지고 있었다.

경아의 마음이 초조해지기 시작했다.

잠시 후 사무실 전화가 울렸다. 경아가 기다리기라도 한 듯 수화기를 집어 들었다.

교수님의 전화였다. 누구를 만나고 있다며, 곧 도착할 테니 잠시만 기다리고 있으라는 전화였다.

경아가 조금은 안도하며 자리를 지키고 앉아 있었다. 그로부터한 시간이 지나서야 교수님은 바쁘게 들어왔다.

「경아 양, 오래 기다렸지?」

「저 때문에 바로 퇴근도 못하시고 오신 거예요?」

「그래, 마음 정리는 다 된 거고?」

「걱정이 많아요. 잘하고 올 수 있을지.」

「경아 양은 잘하고 올 거야. 비자는 다음 주쯤 나올 거야.」

「교수님이 고생 많으셨어요. 고맙습니다, 교수님.」

「고맙긴, 오히려 내게 경아 양 같은 훌륭한 제자가 있다는 게 보람이지. 경아 양은 틀림없이 좋은 피아니스트가 돼서 돌아올 거야.」

「교수님의 은혜로 생각하고 있어요.」

「내가 조금 일찍 왔으면 식사라도 해야 하는 건데…… 어떡하지, 섭섭해서? 아직 시간 있으니까 다음으로 약속하지?」

「제가 떠나기 전에 한번 식사대접 할게요.」

「그래. 오늘은 너무 늦었지?」

밖으로 나오니, 거리에는 이미 어둠이 깔려 있었고, 봄비가 보슬보슬 내리고 있었다.

경아가 택시를 잡기 위해 큰길가로 나왔다. 그러나 경아가 기다리는 택시는 좀처럼 나타나질 않았다.

경아가 어둠 속에서 손목시계를 본다. 시간은 저녁 일곱 시가 넘어가고 있었다.

경아가 길가까지 나와서 택시를 잡기 위해 손을 들어 보인다.

한참 후, 택시 한 대가 경아 옆으로 정차했다.

「밤에 그렇게 도로까지 나오시면 어떡합니까? 위험하게…… 더욱이 이런 한적한 장소에다 비까지 내리는데.」

「죄송해요, 아저씨. 제가 좀 급해서 그랬어요.」

경아를 태운 택시가 밤길을 달린다. 차창 밖으로는 아무것도 보이지 않았다. 초조한 경아가 연신 시계를 들여다본다. 긴장된 그녀의 얼굴이 차창 유리에 반사돼서 검게 나타났다. 그 모습이 무슨 유령이나 혹은 마녀처럼 비쳐졌다.

한편, 경아 집에서는 경아 어머니가 거실에서 벽시계와 비 뿌리는 정원을 내다보며 초조하게 경아를 기다리고 있었다.

'얘가 왜 이렇게 늦는 거야. 올 시간이 지났는데…….'

거실에 전화벨이 울렸다. 한 여사가 수화기를 집어 들고 다급하게 묻는다.

「큰애니?」

한 여사의 기대와는 달리 전화에서는 석구의 음성이 들렸다.

「경아 들어왔습니까?」

「자네, 지금 거기가 어딘가?」

「아침에 아버지하고 부산에 내려와 있습니다.」

「그랬구먼, 그런데 무슨 일인지 우리애가 아직 집엘 안 들어오고 있어. 웬일인지 모르겠구먼. 도통 이런 일이라고는 없는 애인데…….」
「교수님께는 연락해 보셨습니까?」
「글쎄, 좀 늦게 떠나긴 했다는데…….」
「그럼 좀 더 기다려 보세요. 어디 누구 만나고 오는 길이겠지요.」
「비까지 내리고 있는데…….」
여전히 경아 어머니의 얼굴은 불안하다.

이 시간, 경아를 태운 택시가 어둠의 빗길을 빠르게 달리고 있었다.
잠시 후 승용차가 심하게 흔들리는가 싶더니 급하게 정차했다. 경아의 몸이 앞으로 쏠렸다가 뒤로 젖혀진다. 운전기사도 크게 놀라서 핸들에 고개를 묻고 잠시 말이 없었다.
「아저씨! 왜 그러세요? 무슨 일이에요?」
잠시 고개를 묻고 있던 기사가 정신을 차린 듯 고개를 들고 차 밖으로 나갔다. 차는 뒤 타이어 한쪽이 펑크가 나 있었다.
기사가 펑크 난 타이어를 발로 툭툭 차며 투덜거렸다.
「젠장! 여기서 펑크가 나면 어쩌자는 거야, 에이! 재수 더럽게 없네. 쓰블!」
기사가 짜증스러운 얼굴로 담배를 피워 물었다. 봄비는 여전히 부슬부슬 내리고 있었다.
경아가 근심스러운 얼굴로 차창 밖으로 고개를 내밀고 말했다.
「아저씨 무슨 일이세요? 차가 고장 난 거예요?」
기사가 피우던 담배를 신경질 적으로 뱉으며 퉁명스럽게 한마디 했다.

「천상 다른 차로 갈아 타셔야 되겠소.」
「아니, 왜요? 아저씨?」
「이 차 펑크 난 거 안 보이세요?」
기사가 펑크 난 타이어를 발로 차며 경아 얼굴도 보지 않은 채 비 내리는 어두운 밤하늘을 올려다본다.
「쓰블! 비는 왜 이렇게 내리는 거야? 젠장.」
「아저씨, 그러면 어떡해요?」
경아가 차에서 내려 발을 동동 굴리며 안절부절못하고 다그쳐 묻는다.
「아저씨, 어떻게 빨리 좀 해 보세요?」
「죄송합니다. 다른 차를 잡아 드릴 테니까 좀 기다려 보세요.」
경아가 연신 시계를 본다.
「이 시간에 여기에 다른 차가 있겠어요? 어서 빨리 좀 해 보세요.」
「좀 기다리세요! 지나는 차가 분명 있을 거예요.」
기사가 경아가 다그치자 짜증이 나는지 목소리를 높였다.
이때, 한 대의 승용차가 빠르게 스치고 빗속을 지나쳐 갔다.

이 시간, 경아의 집에서는 식구들이 거실에서 자리를 잡지 못하고 서성거리며 테이블 위에 있는 전화기를 응시한 채 누구한사람 입을 열지 않았다.
「시방 꺼정도 무슨 연락 없는 거여?」
경아 할머니가 방에서 나오며 다급하게 물었다.
그러나 여전히 조용하다.
「이게 무슨 조화인 게야? 내내 이런 일은 없었던 애가? 아, 이렇게 꿀 먹은 벙어리처럼 서 있지들만 말고, 어떻게 무슨 조치를 좀 취해봐들!」

여전히 경아 어머니가 서성거리며 한곳에 발을 놓지 못하고 입술을 깨물고 안절부절못한다.

「나쁜 놈의 자식! 집에서 기다릴 생각도 해야지! 전화 한 통 없이, 에잇! 그런데 작은애는 왜 또 이렇게 늦는 거야?」

경아 아버지가 쏟아내듯 내뱉고는 안방으로 들어간다.

커다란 괘종시계가 열 시를 울리고 있었다.

「엄마! 왜 이 시간까지 문이 열려 있어?」

미애가 들어오며 호들갑이다.

「넌 도대체 어딜 이렇게 밤늦도록 쏴 다니는 거야, 다 큰 계집애가?」

「엄만 오늘 과 모임으로 늦는다고 미리 얘기했는데도…….」

미애가 분위기를 살피며,

「왜 여기에 나와 계세요, 할머니?」

하고 묻는다.

「너도 언니 어디에 가 있는지 모르는 게야?」

「언니? 언니는 오늘 교수님 만나고 온다고 했는데……. 그럼 언니 아직도 집에 안 들어온 거야, 엄마? 교수님한테는 찾아왔었대?」

「교수님과 헤어진 게 한참이라는데…….」

한 여사가 혼잣말처럼 중얼거리고는 주방으로 들어가서 속이 타는지 물을 마신다.

한편 어두운 도로에서는 기사가 타이어를 갈아 끼우느라고 분주하고, 그 옆에서 경아가 찢어진 비닐 조각으로 비를 피하며 발을 동동 구르고 서서 연신 손목시계를 들어다본다.

길가로 검은 승용차 한 대가 질주해 달려간다.

「아저씨! 언제쯤 되는 거예요, 네?」

「이 아가씨, 참! 지금 이렇게 일하는 거 안 보이는 거요? 그렇게 비 맞고 밖에 있지 말고, 안에 들어가 앉아 있어요. 내가 차를 잡으면 부를 테니까.」

「언제면 다 되냐고요, 아저씨?」

기사가 대꾸 없이 하던 일을 계속한다.

이때 한 대의 승용차가 빠르게 지나가는가 싶더니, 이내 정차하고는 후진하면서 이들의 곁으로 다가와서 멈췄다.

「무슨 일이십니까?」

조수석에 앉아 있는 사내가 차창 문으로 목을 내밀고 물었다.

경아가 사내를 본다. 삼십대 초반의 사내가 입가에 여유 있는 웃음을 보이며 타이어를 갈고 있는 기사를 보고는,

「펑크가 난 모양이군요? 이런, 아가씨는 어디까지 가십니까? 같은 방향이면 타십시오. 가시는 길까지 모셔다 드리겠습니다.」

사내가 경아를 바라보고 차분하고 조용한 목소리로 말했다. 경아가 경계의 시선으로 사내를 보고 나서,

「아니에요. 다 고쳐가요. 이 차 타고 갈 거예요.」

하고 대답한다.

「그러십니까? 그런데 비도 오는데 차에 들어가서 계시지 않고, 그렇게 비를 맞고 서 계십니까? 감기 드시겠습니다.」

사내가 걱정이라도 되는 듯 한마디하고 천천히 출발했다. 그때

타이어를 갈아 끼우고 있던 기사가 일어나서 막 떠나는 차를 세웠다.

「아가씨, 웬만하면 저 차 타고 먼저 가시죠. 이 차는 시간도 좀 걸릴 듯싶소. 그리고 이차 차고지가 여기서 반대쪽에 있거든요. 교대시간도 다 됐고요. 이왕이면 그렇게 하시죠? 죄송합니다.」

떠나려던 승용차가 다시 후진으로 경아의 옆으로 다가섰다. 그리고 조금은 다그치듯 말했다.

「타시려면 어서 타세요. 아가씨, 가는 방향에서 내려 드리고 우린 바로 가야 합니다. 우리도 시간이 별로 없거든요.」

경아가 머뭇거리며 시계를 본다. 어느새 시간은 열시를 훌쩍 넘기고 있었다.

경아가 사내들의 모습을 살피며 다급한 마음에 뒷좌석으로 올랐다.

승용차는 이내 빗속을 달리기 시작했다.

밖으로는 아무것도 보이지 않았다. 멀리 이따금 질주해 가는 자동차들의 불빛만 경아의 눈으로 쏟다져 들어왔다가 사라지기를 반복했다. 차창유리에는 빗물이 방울 되어 마치 눈물처럼 길게 흘러내리고 있었다.

승용차는 더욱 속도를 내며 달렸다. 경아가 불안한 얼굴로 밖을 살피지만 밖으로는 어둠만 보일 뿐이다.

「아저씨! 지금 어디로 가시는 거예요?」

경아가 밖을 계속 내다보며 불안한 얼굴을 한다.

그러자 조금 전과는 달리 조수석에 앉아 있는 사내가 차 안 뒷거울로 경아의 동태를 살피며 입가에 야릇한 웃음을 띠어 보였다.

경아의 얼굴이 불안해진다. 경아의 까만 눈동자가 더욱 크게 보인다.

「아저씨들 누구세요?」

「이 아가씨가 왜이래? 우리가 아가씨를 잡아먹기라도 할까 봐서 그래?」

순간, 경아의 눈이 겁에 질린다.

「아저씨! 차 좀 세워 주세요. 네?」

경아가 차 문을 흔들어 본다.

「아저씨! 저 좀 내려 주세요! 네? 아저씨!」

조수석 사내가 피우던 담배를 차창 밖으로 튕겨 버리고 돌아서서 경아를 보며 능글맞게 웃었다.

경아가 겁에 질려서 몸을 움츠린다.

「아저씨! 제발 저 좀 내려 주세요! 네? 아저씨!」

「그래. 내려 줄 테니까 잠시만 조용히 앉아 있어. 여기는 안 돼.」

사내들이 재미있다는 듯 웃었다.

경아는 두려움에 더욱 몸을 떨고 있었다. 그리고 두 손으로 차 문을 흔들어 본다.

「이봐, 아가씨! 그렇게 힘 빼지 말고 얌전히 좀 있으라고 잡아먹지 않을 테니까. 으흐흐흐.」

「아저씨들 대체 뭐하는 사람들이세요?」

「그런 것까진 알 필요 없고! 그러게 그런 반반한 얼굴에 왜 밤늦게 쏴 다녀, 쏴 다니길……. 집에 얌전히 있다가 시집이나 갈 것이지. 누구 좋은 일 시키려고, 안 그러니? 으흐흐흐.」

사내들이 무슨 좋은 먹이라도 앞에 놓고 있는 듯 연신 능글맞게 웃으며 시시덕거리며 떠들어 댔다.

순간, 경아가 운전을 하고 있는 사내의 뒷머리를 잡고 늘어졌다.

그러자 차가 좌우로 크게 흔들리며 얼마를 못가서 한쪽에 급정거를 한다.

그리고 운전을 하던 사내가 몸을 일으켜 경아의 뺨을 후려쳤다.

「이년이 누굴 죽이려고 환장을 했나! 이 쓰블년이!」

사내가 씩씩거리며 분이 안 풀리는지 경아의 머리채를 잡아당겼다.

「너, 정말 죽고 싶어? 엉? 이 썅년! 또 한 번 귀찮게 지랄했다가는 아주 여기서 죽는 수가 있어! 쓰블년!」

경아가 이를 악물고 사내의 손목을 물었다. 이에 사내가 비명을 지르며 경아의 목덜미를 내려쳤다. 경아가 '윽!' 소리를 내고 늘어진다. 사내가 상처 난 손을 움켜쥐고 씩씩거리며 다시 차는 급발진으로 내달리기 시작한다.

한편 경아의 집에서는 식구 모두가 넋 나간 듯 멍하니 앉아 있고, 미애가 어딘가로 연신 다이얼을 돌려 대고 있다. 그리고는 힘없이 수화기를 내려놓는다.

「왜 그려? 큰애 만난 친구들이 없다고들 해?」

미애가 대답 대신 고개를 힘없이 끄덕거렸다.

「이게 도대체 어떻게 된 일이야. 얘가 지금 어디에 가 있다는 거야.」

한 여사가 다시 자리에서 일어나 창문 밖을 보며, 불안한 나머지 입가에 가져다 댄 손톱을 씹는다.

「아무래도 무슨 일이 난 게야. 얘, 아범아, 어서 경찰서에 연락해 봐아, 어서!」

민 사장도 속이 타서 물 컵을 비운다.

「혹, 윤 서방 만나고 있는 거 아닐까?」

「그 젊은이 지금 부산 내려가 있어요.」

「부산?」

「그러잖아도 초저녁 때 전화 왔었어요. 그리고 그런 일이 있으면 무슨 연락이 있었죠. 그럴 애들도 아니고요.」

「그럼 애가 대체 어딜 갔다는 게야?」

주방에서는 서산 댁이 한쪽에 쪼그리고 앉아서 맥을 놓고 있다.

그 시간, 경아는 사내들에게 끌려서 어느 야산에 내동댕이쳐진다.

경아가 필사적으로 힘을 다해 발버둥을 쳐보지만, 사내들은 별 힘들이지 않고 산등선까지 끌고 와서 내던져 버렸다.

그리고 그중 한 사내가 능글맞게 웃으며 경아를 내려다본다.

비에 젖은 경아의 몸은 물에 빠진 사람처럼 몰골이 말이 아니었고, 상의는 반쯤 찢겨져서 속살이 뽀얗게 드러나 있었다.

경아가 이를 악물고 무섭게 사내를 쏘아본다.

「뭘 그렇게 째려봐? 이년아!」

사내가 금방이라도 달려들 것처럼 경아 앞으로 다가서며 웃옷을 벗어서 내던졌다.

경아가 사방을 둘러본다. 진흙처럼 어두운 사방에는 키 큰 나무들의 앙상한 가지만이 바람결에 흔들리고 있을 뿐, 구원의 손길은 어디에도 없어 보였다.

경아가 체념이라도 한 듯 눈을 감아 버린다. 그리고 입술을 깨문다. 경아의 앙다문 입술에서는 이내 붉은 피가 흘러내렸다.

가늘게 내리고 있는 빗물이 경아의 얼굴을 간질이며 흐르는 눈물과 함께 뺨 위로 흘러내리고 있었다.

「왜? 좀 더 앙탈을 부려 보시지 그래? 이렇게 쉽게 순순히 포기하면 재미가 없잖아. 으흐흐흐.」

사내가 허리를 숙여 경아의 상체를 잡아챘다.

아래쪽에서 망을 보고 있던 또 다른 사내가 경아와 있는 사내를 향해 작은 목소리로 톤을 높여 다그쳤다.

「짜샤! 뭐하고 있는 거야? 빨리 끝내지 못하고…… 무슨 뜸들이고 있냐, 인마!」

순간 경아가 눈을 크게 뜬다. 그리고 사내의 얼굴에 힘을 줘서 침을 내뱉었다.

「이 악마보다도 더러운 놈들! 난 약혼자가 있는 몸이란 말이다. 이놈들!」

「어쭈! 이년 봐라? 기 쓰고 자빠져 있네! 약혼자가 있다고? 어, 그래? 그거 아주 잘됐네. 시집가기 전에 한 번쯤 경험해 보는 것도 그리 나쁘지 않지. 안 그러냐? 으흐흐흐!」

사내가 경아의 머리채를 잡아서 내던진다. 그대로 나동그라지는 경아.

「그래 조금은 그렇게 앙탈을 부려야, 계집 맛이 나지. 으흐흐흐.」

경아가 필사적으로 몸을 일으켜 두 손으로 기어서 도망을 쳐본다. 그러나 사내의 억센 손이 경아의 상의를 잡아챘다.

순간 쏟아지는 경아의 앞가슴. 경아가 순간적으로 몸을 움츠리며 앞가슴을 감싼다. 그리고 눈에서는 독이 서리듯 불을 발했다.

「짜샤! 정말 날 샐 참이야?」

다른 사내의 다그치는 소리가 다시 들려왔다.

그러자 초조해진 사내가 경아의 상체를 잡아당겨 능글맞은 웃음을 지어 보이며 한쪽 손으로 경아의 하체를 더듬었다. 경아가 몸을 틀어 기를 쓰며 몸을 뺀다.

그러나 사내의 손이 경아의 하의를 끌어 당겼다. 그러자 경아의 하의가 힘없이 찢어져 나갔다. 이에 놀란 경아가 몸을 틀어 빼고는 산등선을 엉금엉금 기어오른다. 그러나 사내가 다시 비에 젖은 경아의 몸을 잡아 젖힌다.

「그렇게 힘 뺄 필요 없어, 썅! 순순히 조용히 있으면 잡아먹지는 않을 테니까 얌전히 좀 있어! 쓰블년아!」

사내가 경아의 얼굴 가까이 입술을 댄다. 경아가 다시 사내 얼굴에 침을 내뱉는다.

「짐승만도 못한 놈!」

사내가 다시 경아의 뺨을 후려친다..

「이년이 정말! 너 여기서 죽어볼래? 엉?」

사내가 한손으로 경아의 머리를 잡고 한쪽 손으로 자신의 하의를 벗는다.

경아가 머리를 잡고 있는 사내의 팔을 옆에 있던 돌을 집어서 내려찍는다.

순간 사내가 비명을 지르며 경아의 하의를 힘껏 벗겨 버린다. 경아의 몸은 빗물과 흙으로 범벅이 된 상태다.

경아가 있는 힘을 다해 위쪽으로 엉금엉금 기어오른다. 사내가 다시 알몸이 된 경아의 발목을 잡는다.

그 순간, 경아가 비명을 지르며 몸을 날려 옆에 있는 커다란 바위에 자신의 머리를 내려찍는다.

「억! 이런 썅년!」

사내가 경아의 머리채를 잡아당겼다. 그리고 이내 주춤하며 들었던 경아의 머리채를 떨어트렸다. 힘없이 늘어지는 경아의 머리채.

경아의 머리에서는 붉은 피가 흘러 얼굴을 뒤덮고 있었다.

사내가 눈을 크게 치켜뜨고 뒷걸음질을 한다.

「이런, 지독한 년!」

사내가 겁에 질려 뒷걸음질을 치다가 장애물에 걸려 나뒹굴고 만다. 다시 몸을 일으킨 사내가 허둥대며 뒤도 돌아보지 않고 산 아래로 내달리기 시작했다.

산 아래쪽에 있던 사내가 정신없이 씩씩거리며 내달려오는 사내를 보고는 다그친다.

「뭘 그렇게 오래하구 지랄이야. 인마! 대강하고 오지 않고.」

그러나 사내가 대답 없이 아래쪽으로 내달리며,

「잔소리 그만 하고 빨리 내려와 인마!」

하고 소리친다.

「왜 그래, 짜샤? 무슨 일이야?」

그러나 사내는 숨을 몰아쉬며 차를 세워 둔 산 아래쪽으로 내달린다.

「이 새끼, 혼자 재미보고 왜 지랄이야?」

뒤에 있던 사내가 뒤따르며 불평이다.

「이 새끼야, 잔소리 말고 어서 여기를 떠!」

사내가 뒤도 돌아보지 않고 세워진 차에 오른다. 영문을 모르는 사내가 운전석에 오른다.

「짜샤! 그 계집에는 어떻게 된 거야? 무슨 일이야?」

「어서 밟기나 해! 새끼 더럽게 말 많네!」

사내가 급하게 차를 몰고 내달린다. 사내들의 몸은 온통 땀과 빗물로 흠뻑 젖어 있었다.

비는 더욱 세차게 내리고 있었다.

아! 이렇게 경아는 처참한 모습으로 산 속에 버려지고 말았다.

이 시각, 경아의 집에서는 식구들이 지친 모습으로 제각각 질서 없이 아무렇게나 흩어져서 늘어져 있을 뿐, 누구 하나 입을 여는 사람이 없었다.

경아 어머니는 훌쩍거리고 있었고, 할머니도 넋이 나가서 소파에 고개를 젖히고, 멍하니 초점 잃은 눈으로 허공을 바라보고 있었다.

다만 키 큰 괘종시계의 초침소리만 적막을 깨고 유난히 크게 들리고 있다. 이렇게 경아의 집 밤은 지루하게 날이 밝았다.

다음날 아침, 일찍 경아 아버지가 관내 경찰서를 찾았다. 그리고 어제의 일을 설명하고 간밤에 발생한 사건 · 사고의 현황을 물었다.

그러나 지난밤 사건에 경아 또래의 사고 소식은 접수된 게 없다고 했다.

경아 아버지가 조금은 안심이 되는지 깊은 한숨을 몰아쉬고 한쪽 소파에 주저앉는다.

「사장님, 집에 가셔서 기다리고 계십시오. 우리가 소식 들어오는 대로 연락드리겠습니다.」

안면이 있는 김 형사가 경아 부친에게 말한다.

한편, 부산 건설현장 사무실에 아침 일찍 전화벨이 울린다.

한참 만에 당직 근무자가 전화를 받아 들었다.

「네, 안 기사입니다.」

전화에서는 미애의 울먹임이 들려왔다.

「저, 누구십니까? 여기는 건설현장입니다. 전화 잘못하신 것 같습니다.」

안 기사가 수화기를 내려놓으려는데, 전화에서는 미애의 울먹이는 소리가 다시 흘러나왔다.

「여기 서울이에요. 석구 오빠 좀 바꿔 주세요.」

미애가 울먹이는 소리로 석구를 찾고 있었다.

안 기사가 선뜻 미애의 말뜻을 알아차리지 못하고 우물거리고 있다.

그때, 간밤에 늦도록 술을 마신 얼굴로 석구가 사무실로 들어서고 있었다.

사실 석구 역시 지난밤의 경아 생각으로 잠을 설치고 있었다. 그래서 경아 집으로 전화라도 해볼 생각으로 이른 아침에 사무실로 나오던 참이었다.

그런데 안 기사가 수화기를 들고 엉거주춤하고 있는 모습을 보고는 무슨 일이냐고 물었다. 잘못 걸려온 전화 같다는 안 기사의 말을 듣고 수화기를 넘겨받았다. 그런데 뜻밖에도 그 전화기 너머에서는 미애의 목소리가 들려 왔다.

석구의 목소리를 들은 미애가 소리까지 내며 울기 시작했다.

「무슨 일이야? 왜 그래, 처제?」

「언니가, 언니가 어제 집에 안 들어왔어요. 오빠!」

「뭐야! 그게 정말이야? 언니가 집엘 안 들어오다니?」

그 순간, 석구는 무엇인가 무거운 것이 가슴속에서 쿵 하고 떨어지는 것을 느꼈다.

미애는 여전히 울기만 했다.

「미애! 울지 말고 말 좀 해봐. 언니가 집엘 안 들어왔다니? 그럼……?」

미애가 소리까지 내며 울고 있다.

「알았어! 기다려 내가 바로 올라갈게. 알았지?」

수화기를 내려놓은 석구가 전후 사정없이 밖으로 뛰쳐나갔다. 안 기사가 영문을 몰라서 물끄러미 석구의 뒷모습을 보고 있다.

아침에 비는 그쳐 있었지만, 날씨는 여전히 찌푸린 채였다. 석구가 그 길로 공항으로 내달렸다. 비행기를 타고 오는 짧은 시간에도 석구의 머릿속에는 온갖 불길한 생각으로 가득했다.

「아니야, 그럴 리가 없어, 친구 집에 있을 거야. 그리고 지금쯤은 집으로 들어와 있을 거야.」

석구가 스스로 마음을 위로해 본다. 그러나 여전히 불안한 마음은 떨칠 수가 없었다.

경아 집은 초상집, 그 이상이었다. 경아 아버지 민 사장이 줄담배를 피워 대며 자리에도 앉지 못하고 거실 안을 서성거리며 초조한 마음을 감추지 못하고 있었다. 할머니는 아예 방에 자리하고 누워 있었고, 미애는 자기 방 책상에 엎어져 훌쩍거리고 있었다.

집안은 발소리 하나 없이 조용하고 적막함만이 감돌았다.

잠시 후, 이 적막을 깨고 석구가 들이닥쳤다.

「아버님!」

이렇게 부르고 나서 석구는 집안 분위기를 살핀다.

「경아! 경아는요? 경아, 들어왔죠? 어디 있었대요?」

석구가 다그쳐 물었다. 그러나 누구 하나 입을 여는 사람 없이 조용했다.

석구의 얼굴을 본 경아 어머니가 복받쳐 오르는 울음을 감추지 못하고 손으로 입을 막으며 주방 쪽으로 몸을 숨긴다.

석구가 무슨 확인이라도 하려는 듯, 이층 경아 방으로 뛰어 올라갔다.

그러나 경아 방에 경아의 모습은 없었다. 석구가 방문을 소리 나게 닫고는 미애 방문을 열었다. 미애가 책상에 머리를 박고 울음에 지쳐 눈을 뜬 채 멍한 상태로 앉아 있었다. 그러다 석구를 보자 벌떡 일어나 석구에게 매달리며 엉엉 소리 내서 운다.

「언니는? 언니 어디 있어?」

미애가 울며 고개를 절래절래 흔든다.

「오빠! 언니 좀 찾아 줘, 우리 언니! 언니 좀 찾아줘요, 응? 오빠!」

「그래, 그래, 걱정하지 마! 내가 언니 찾아올게.」

석구는 눈앞이 아찔했다. 이게 무슨 일일까? 도대체 경아는 지금까지 어디에 있단 말인가? 미애 방을 나온 석구가 거실에 내려오니, 민 사장이 허탈한 모습으로 테이블에 있는 전화기만을 응시한 채 눈의 초점을 잃고 있었다.

「아버님! 이러고 계시면 어떡해요. 무슨 대책을 좀 찾아보세요.」

석구가 소리치자, 민 사장이 석구의 얼굴도 제대로 바라보지도 못한 채 자리에서 천천히 일어난다.

「아버님!」

석구의 외치는 목소리를 듣고 방에 누워 있던 할머니가 후닥닥 나왔다. 그리고 석구의 두 손을 잡고 울먹인다. 입술을 덜덜 떨기까지 했다.

「그려! 윤 서방, 우리 큰애 보지 못한 거여? 정말 같이 있었던 거 아녀?」

「할머니!」

「우리 큰애 어디 간 걸까? 빨리 좀 찾아봐, 응? 윤 서방, 윤 서방! 이 늙은 이 소원이네. 어떻게 해봐, 어서 좀 찾아봐!」

「할머니!」

석구의 얼굴도 울상이다. 석구가 일어나 주방에서 울고 있는 경아 어머니를 잡고 다그친다.

「어머님! 어떻게 된 거예요? 경아한테서는 지금까지 정말 아무 연락 없었습니까?」

그러나 한 여사 역시 입을 막고 눈물만 흘리고 있다.

「이렇게 울고들 만 계시면 어쩌자는 거예요. 어떻게 찾아들 보셔야지요.」

이때 거실에 있는 전화벨이 길게 울렸다.

석구가 급하게 뛰쳐나가 수화기를 집어 든다.

「여보세요!」

식구들이 우르르 한쪽으로 몰려든다. 그러나 누구 하나 입을 열지는 않았다. 석구가 전화를 받고 있는 모습에 모든 시선이 쏠려 있었다.

「어디요? 네, 맞습니다……. 예, 알겠습니다.」

수화기를 내려놓고 석구가 식구들을 둘러본다.

「무슨 전환가?」

할머니가 석구의 얼굴을 보며 떨리는 목소리로 물었다.

석구가 민 사장의 얼굴을 바라보고 나서 고개를 떨어뜨린다. 석구의 얼굴은 이미 백지장처럼 하얗게 질려 창백해져 있었다.

「다녀와서 말씀드리겠습니다.」

석구가 급하게 밖으로 나갔다. 민 사장이 그 뒤를 따라나섰다.

석구가 시립 병원까지 오는데는 그리 많은 시간이 걸리지 않았다.

응급실 문 앞에는 양쪽으로 전경의 모습이 보였고, 두 명의 간호사가 급히 빠져나오고 있었다.

석구가 그들 사이를 지나 안으로 들어갔다. 안에는 담당 형사와 흰 가운을 입고 있는 의사가 보였다.

「민경아 씨 보호자 되십니까?」

담당 형사인 듯싶은 사람이 물었다. 석구가 그렇다고 하자 어떤 관계냐고 물었다.

「제 약혼자입니다.」

석구의 얼굴을 바라보던 형사가 조금은 어두운 얼굴을 하고,

「안됐군요. 좋은 소식이 아닌 것 같아서…….」

라고 말했다.

석구는 이미 각오를 한 듯 숨을 몰아쉬고 형사를 따라 안쪽으로 들어갔다. 그 앞으로 이동용 침대가 보였고, 침대 위에는 흰 천으로 덮여진 시신(屍身)인 듯 한 물체가 보였다.

「확인해 보십시오.」

석구가 눈을 감고 떨리는 손으로 흰 천을 들어 올렸다. 석구는 천을 올리고도 석구는 한동안 눈을 뜨지 못했다.

「아시는 분…… 맞습니까?」

담당 형사의 말에 석구가 천천히 눈을 떠서 본다. 거기에는 분명 엇

그제까지 자기와 대화를 하고 헤어진 경아의 모습이 눈도 감지 못한 채 처참한 모습으로 누워 있었다.

순간 석구에게는 숨이 끊어지는 아픔이 몰려왔다. 그리고 눈동자가 흐려졌다. 석구가 다시 눈을 감는다. 그리고 온 몸에 뼈마디가 한꺼번에 우르르 무너지듯 그 자리에 스르르 무너져 내리고 말았다.

때맞춰 온종일 찌푸리던 하늘에서는 순간 천둥소리까지 내며 비가 쏟아지기 시작했다. 그리고 이내 빗줄기는 한 여름 소나기를 방불케 하듯 무섭게 쏟아져 내린다. 그 빗속을 석구가 미친 듯 날뛰며 헤매고 있다.

비에 흠뻑 젖은 석구는 허공을 향해 메아리 없는 소리를 질러 대고 있다.

「우~ 우~ 우!」

뜻도 모를 소 울음소리가 가슴속으로부터 터져 나왔다.

그가 얼마를 달렸을까. 난생 가 보지도 않고 기억에도 없던 어느 조그마한 성당 안 성모상 앞에 두 무릎을 꿇고 두 손을 합장한 채 울부짖듯 외쳐 대고 있었다.

"오~ 주여!

어떻게 이런 일이 있을 수 있습니까! 어떻게 이럴 수가 이럴 수가!

오~ 주여! 진정 신이 계시다면, 어떻게 우리에게 이런 일이 있을 수 있단 말입니까! 어떻게 얻은 우리의 사랑인데…….

그렇게 곱고 맑은 얼굴에 벌레 한 마리 해치지 못하는 우리 경아에게 이런 참혹한 일이 있을 수 있단 말입니까!

오~ 주여! 도저히 믿어지지가 않습니다. 믿을 수가 없습니다. 믿고 싶지가 않습니다. 이건 아닙니다. 이것은 분명히 주께서 잘못하신 겁니다. 실수하신 거라고요!

오~ 주여! 으~ 흐흐흑! 이게 꿈이라면 더 이상 저를 시험하지 마시고 꿈에서 깨어나게 해주십시오! 오~ 주여! 이게 진정 꿈이 아니라면 저 또한 경아 곁으로 데려다 주십시오! 주여! 주여!"

석구가 빗물이 고인 땅에 엎어져 뒹굴며 피를 토하듯 몸부림을 친다.

한동안 몸부림치며 통곡하던 석구가 무슨 생각에서인지 자리에서 벌떡 일어났다. 그리고 어딘지 모르게 빗속을 달리기 시작했다.

뒤늦게 병원에 도착한 민 사장. 어느 정도의 각오는 하고 있었지만 민 사장은 막상 경아의 모습을 확인하자 주체할 수 없는 슬픔에 스르르 무너진다. 눈앞에 아무것도 보이질 않았다. 한참 후 겨우 중심을 잡고 담당 형사의 사무실에서 형사와 마주 앉았다.

「무어라 위로의 말씀을 드려야 할지……. 정말 안 되셨습니다. 따님이 많이 곱던데…….」

형사가 형식적인 말로 입을 열었다. 민 사장은 두 눈을 감은 어떤 움직임도 없었다.

「사고 현장은 사람들의 발길이 원래 뜸한 곳이라서, 자칫했으면 장기화가 될 뻔한 사건이었어요. 그 위쪽에 있는 암자(庵子) 같은 작은 용궁사(龍宮寺)라고 하는 절이 하나 있는데, 마침 그 절에 불공을 드리려고 올라가던 여자 신도 한 분이 골짜기에서 발견하고 연락을 해서…… 외형으로 봐서는 그리 험한 성폭행을 당한 것 같지는 않고, 다만 상의가 심하게 찢겨진 걸로 봐서 피해인의 반항이 심했던 것 같습니다. 다행이 하의는 모두 찢겨져 있었습니다만…… 피해자의 반항에 밀어 버린다는 게 그만 바위에 머리를 다친 게 치명적 사망 원인인 걸로 생각됩니다. 아무튼 자세한 사인(死因)은 부검을 해 봐야만 정확한 판명이 나올 것 같습니다.」

「그러실 필요 없습니다.」

한동안 형사의 말을 듣고 있던 민 사장이 두 눈을 감은 채 무겁게 입을 열었다.

「네? 그게 무슨……?」

민 사장이 눈을 뜨고 자리를 고쳐 잡았다.

「우리 애는 제가 잘 압니다. 제 뜻대로 해 주세요.」

「그렇다고 해도 수사상…….」

「그 어린 몸에 칼을 대서 두 번 죽이는 일은 하고 싶지 않습니다. 그렇게 처리해 주세요.」

민 사장이 천천히 자리에서 일어난다. 자리에서 일어나던 민 사장이 휘청하더니 중심을 잃는다. 형사의 도움으로 겨우 중심을 잡은 민 사장이 발길을 놓았다. 그에 눈이 붉게 충혈 되어 있다.

뒤늦게 소식을 전해들은 경아 집에는 철문이 굳게 닫친 채 전화기 코드까지 모두 뽑아 놓고 침묵 속으로 빠져들었다.

할머니가 당신 방에서, 어머니는 어머니 방에서 머리를 싸매고 누워 있었고, 울다 지친 미애가 눈물이 마른 채 정신 나간 사람처럼 의자에 쭈그리고 앉아서 멍한 상태로 초점 잃은 눈으로 창밖을 바라보고 있었다.

주방에선 서산 댁이 손을 놓고 한쪽 구석에 서 있다.

이 모든 사실은 다음날 아침 신문을 통해 석구의 집에도 전해진다.

먼저 윤 회장이 신문을 보고 크게 놀란 얼굴을 했다. 그리고 급하게 부산현장으로 전화를 했다.

석구의 표정을 살피기 위해서였다. 그러나 이미 석구는 부산에 없었다.

「아니! 그럼 이놈이 벌써……!」

윤 회장이 홍 여사를 불러 경아 집으로 전화를 넣어 보라고 했다. 그러나 전화는 연결되지 않았다.

「받지를 않네요.」

홍 여사가 무거운 얼굴로 짧게 말했다.

「지금 그 상황에 무슨 정신으로 전화를 받겠는가.」

「그럼 앞으로 그 애들 일은 어떻게 되는 거예요?」

홍 여사가 걱정스런 얼굴로 윤 회장을 보며 말했다.

「뭐가?」

「애들 결혼문제요!」

윤 회장이 대답 대신 깊은 한숨을 몰아쉬며 자리에서 일어났다.

「이놈이나 찾아봐. 필경 그 집에 가 있을 게야.」

「세상에 어떻게 이런 일이…….」

홍 여사가 신문을 들여다보며 어이없어 고개를 흔들었다.

할머니가 홍 여사의 말을 듣고 크게 놀라서 믿기지 않는 얼굴을 한다.

「그게 무슨 소리인 게야? 그 처녀가 변을 당하다니? 어디서 무슨 변을 당해?」

「저도 방금 신문을 보고…….」

「아니! 그럼 그 얘기가 모두 사실이라는 게야? 정말 신문에까지 나왔단 말이지? 어유~ 그럼 이 일을 어쩌누! 쯧쯧! 큰애도 알고 있는 게야?」
「글쎄, 아직 연락이 없어서…….」
「어유~ 세상이 왜들 이 지경들인 게야. 어서 큰애부터 찾아봐.」
할머니가 혀를 차며 고개를 절레절레 흔들었다.
다음날까지도 석구의 모습은 어디에서도 볼 수가 없었다.

석구가 나타난 곳은 의외로 관할 구청 호적계다.
석구가 돌연 경아와의 혼인신고 서류를 접수하고 있었다.
그때까지 경아의 사고 소식을 접하지 못한 구청에서 석구가 신청한 혼인신고는 별다른 제약 없이 접수처리 됐다.
경아 집으로 석구가 찾아왔다. 한 이틀 사이에 석구의 몰골은 말이 아니었고, 심한 감기로 연신 기침까지 해대고 있었다.
석구를 본 미애가 달려와서 얼굴을 묻고 서럽게 울음부터 터트렸다.
「오빠! 이제 우리는 어떻게 해?」
「아버님은?」
「몰라, 나도 아빠 얼굴 본 지 언젠지 몰라.」
「어머님은?」
「몰라, 몰라!」
미애가 도리질을 치며 울기만 했다.
석구가 안방으로 경아 어머니를 찾았다. 석구를 본 경아 어머니가 누운 채 고개를 돌렸다. 석구를 볼 면목이 없는 듯싶었다.
「어머님! 뭣 좀 드시고 기운을 찾으셔야죠.」

한 여사가 말없이 연신 눈물을 흘렸다.

「어머님께서 기운을 차리셔야지, 할머니도 그러시고, 그리고 미애가 있지 않습니까. 어서 일어나세요. 이러시고 계시면 정말 끝이 없으십니다.」

한 여사가 소리까지 내며 훌쩍거리기 시작했다.

석구가 어머니한테 마실 것 좀 드리라고 미애에게 이르고 밖으로 나왔다. 미애가 쫓아 나와서 가지 말라고 매달렸지만, 다시 오겠다는 약속을 하고 집을 나왔다.

다음날, 경아가 마지막으로 떠나는 자리에도 민 사장은 나타나지 않았다.

실신하다시피 울부짖는 경아 어머니를 미애가 함께 끌어안고 있었다.

그리고 그리 길지 않은 시간에 경아의 육체는 한 줌의 재가 되어 작은 상자에 담겨 나왔다. 그 유해(遺骸) 상자를 끌어안은 석구가 누구에게도 말 한마디 없이 어디론가 사라졌다.

그리고 석구가 나타난 곳은 경아가 마지막으로 처참한 모습에 눈도 감지 못하고 쓰러져 있던 곳에서 그리 멀지 않은 작은 절[寺]인 용궁사(龍宮寺)를 찾아왔다.

그리고 그곳에 경아의 유해 상자를 놓고 노(老) 주지스님 앞에서 혼자 혼인식을 했다.

전날 찾아와서 간청을 했을 때 한참을 망설이던 스님이 석구의 애틋한 사랑에 결국 승낙을 받았던 것이다.

의외로 석구의 모습은 냉정했다. 그러나 얼굴은 백지장처럼 창백했다.

마치 살아 있는 경아와 결혼을 하듯 석구는 흐트러짐 없이 담담한 모습으로 식을 마쳤다.

석구는 돌아오는 길에 전에 경아와 함께 왔던 월미도에 위치한 몰디브 레스토랑을 찾았다. 홀 안은 그때와 변한 것이라고는 하나도 없었다. 단지 오늘은 경아와 함께 아닌 것 말고는, 저녁노을도 그때와 같았고 수평선 위로 오가는 작은 배들의 모습도, 그리고 커다란 외항선의 모습들도 그때나 다름없이 고요하게 물 위에 떠 있었다.

「오실 손님 계십니까?」

여 종업원이 다가와 작은 미소를 지으며 물었다.

석구가 쓸쓸히 웃으며 커피와 늘 경아가 마시던 오렌지 주스를 시킨다. 그리고 경아와 함께 들었던 피아노곡을 청해서 들으며 한동안 대형 유리창 너머를 표정 없이 바다만을 바라보고 있었다.

탁자 위에 커피가 싸늘하게 식어 가고 있었다.

그 유리창으로 경아의 모습이 그려진다. 언제나처럼 환한 그 모습으로, 석구가 밖으로 나왔다. 주위는 어느덧 어두워져 있었고, 찌푸린 날씨 탓인지 쌀쌀한 바닷바람에 사람들의 모습도 별로 보이지 않았다.

그곳을 나온 석구가 하인천역에서 서울행 전철에 올랐다.

석구가 경아의 집을 찾았다.

서산 댁이 문을 열어 주었다. 서산 댁이 초췌한 석구의 얼굴을 보며 근심스럽게 물었다.

「그동안 어디 계시다 오세요? 젊은이 집에서도 많이 찾으시던데?」

「아버님은 어디 계세요?」

석구가 서산 댁의 물음에는 관심 없이 물었다.

석구의 목소리를 듣고 미애가 이층에서 내려왔다. 그동안 미애의 얼굴도 몰라보게 핼쑥해져 있었다.

「어머님은?」

미애가 안방으로 눈을 돌린다.

방에는 미애 어머니가 누워서 눈을 감고 있었다. 석구가 조용히 방을 나온다. 그리고 할머니 방으로 들어갔다. 할머니가 머리에 흰 띠를 동여매고 눈을 감은 채 석구의 목소리에 몸을 돌린다.

「할머니, 뭐 좀 드셨어요?」

할머니가 소리 없이 눈물을 흘리신다. 석구가 할머니 손을 꼭 잡았다. 따스한 손등에서는 맥박이 가늘게 발딱거리고 있었다.

「우리 경아 어쨌어?」

「네, 할머니. 잘 있습니다.」

「잘 있다니? 어디에 잘 있어?」

「제가 꼭꼭 숨겨놨어요 할머니. 이제 일어나셔서 식사 좀 하세요. 그래서 기운을 차리셔야죠.」

「젊은이 애썼어. 고마워. 앞으로는 젊은이도 볼 수 없겠군.」

「그게 무슨 말씀이세요. 뵐 수가 없다니요?」

「어이 그만 가 쉬어. 우리 애 명이 거기까지인 걸 어쩌겠어.」

다시 흐느낀다.

석구가 이층 경아 방을 열었다. 경아 방에는 그때까지도 경아의 체취가 가득했다.

경아가 쓰던 모든 물건들도 경아가 있을 때와 변함없이 그대로였다. 그때까지 누구 한 사람 경아 방을 드나들지 않은 듯싶었다.

「우리 집이 너무 조용해. 그래서 무서워.」

「바보 같은 소리, 무슨 그런 말을 해? 조금도 달라진 건 없어. 그 대신 미애가 할머니, 어머님께 잘해 드려야 해. 나도 앞으로 자주 찾아올게.」

「앞으로도 석구 오빠 정말 우리 집에 올 수 있는 거야?」

「그럼.」

「정말이야?」

석구가 미애의 볼에 눈물 자국을 닦아 주며 힘없이 웃는다.

석구가 초췌한 모습으로 집으로 돌아왔다.

영숙이 놀란 눈으로 석구를 아래위를 보고는 안쪽에 대고 큰 소리로 홍 여사를 부른다.

영숙의 목소리에 홍 여사와 할머니가 방에서 나온다.

「넌 도대체 어떻게 된 애니?」

홍 여사가 석구를 보며 다그쳤다. 할머니가 핼쑥해진 석구의 얼굴을 만지며 측은해 한다.

「네 꼴이 이게 웬일이야. 어디서 뭘 하고 있다 왔기에 이 모양인 게야. 어휴, 얘 이 얼굴 좀 봐라. 죽 한 끼도 못 먹은 게야.」

「죄송해요, 올라가서 좀 쉴게요.」

석구가 이층으로 올라갔다. 할머니와 홍 여사가 석구의 뒷모습을 어이없어 바라본다.

성미가 이층에서 쪼르르 내려왔다.

「엄마 오빠 지금 들어왔어?」

방으로 들어온 석구가 옷도 벗지 못하고 침대에 널브러져서 눈을 감았다.

성미가 문을 열고 고개를 내민다. 그러다 석구를 보고 그대로 문을 닫는다.

석구가 다음날 사무실에서 아버지 윤 회장 앞에 앉았다.

「얼굴 꼴이 그게 뭐야?」

「아버지, 드릴 말씀이 있습니다.」

윤 회장이 석구의 얼굴을 살핀다.

「저 서울에서 근무하겠습니다.」

「무슨 말이야, 그게?」

「그렇게 해 주십시오.」

「네놈 심정은 알겠다마는…… 이 애비 생각으로는 나가서 있는 게 마음 편해. 마음 정리하는데도 그렇고. 아예 당분간 중동 현장에 나가 있든지.」

「여기 있겠습니다.」

「그 얘기는 좀 더 두고 생각해 보자.」

「그렇게 해 주십시오, 아버지.」

「이놈이! 그 처자도 없는데 여기서 뭘 어떻게 하겠다는 거야?」

「다른 뜻은 없습니다. 그냥 여기서 근무하고 싶습니다. 그렇게 하게 해 주십시오.」

「잔말 말고, 당분간 부산에 내려가 있어!」

「싫습니다. 전 여기 있겠습니다.」

「아니, 이놈이!」

사무실을 나온 석구가 민 사장 사무실을 찾았다.

민 사장이 등을 보인 채 창밖을 보고 담배만 피워 대고 있었다. 그 뒤를 석구가 고개 숙인 채 말없이 한동안 서 있었다.

잠시 후 민 사장이 등을 보인 채로 말했다.

「그동안 자네 고생 많았네. 그리고…… 그리고 앞으로는 내 집은 물론 여기 찾는 일은 없었으면 하네.」

「그게 무슨 말씀이십니까? 아버님!」

「그게 우리를 도와주는 일이야. 물론 자네한테도 그렇고.」

「저는 그럴 수 없습니다.」

「그럴 수 없다니?」

민 사장이 등을 돌려서 석구를 본다.

「아직도 제 마음에는 경아의 흔적이 그대로 남아 있는데 아버님은 벌써 경아를 잊으신 겁니까? 그래서 저까지 내치려 하십니까?」

「이런 딱한 사람을 봤나. 그걸 지금 말이라고 하는 건가?」

「저는 경아가 있을 때나 지금이나 조금도 변한 게 없습니다. 앞으로도 아버님 집이나 여기도 예전처럼 올 겁니다.」

「못난 사람.」

「제 마음은 항상 경아와 함께일 겁니다. 그리고 지금 이 마음은 앞으로도 절대로 달라지지 않습니다.」

「그런 쓸데없는 생각은 하루빨리 버리는 게 자네에게도 좋아. 물론 당분간은 마음 쓰이겠지만, 하지만 곧 그렇게 될 게야. 또 그래야 하고.」

「아니요, 그런 일은 절대 없습니다.」

석구가 단호하게 말했다.

「그런 오기 부릴 때가 아닐세.」

석구가 민 사장 사무실을 나왔다. 갈 곳이 없었다. 아니, 가고 싶은 곳이 없었다. 그냥 어딘가에 숨어 버리고 싶었다.

모든 사람들이 자기를 버린 것만 같았다. 경아가 보고 싶었다. 그 누구라도 부둥켜안고 엉엉 소리 내서 울고 싶었다.

하늘을 봤다. 4월의 푸른 하늘에 흰 구름이 가볍게 흘러가고 있었다.

그러나 석구의 마음은 한없이 무겁고 답답했다.

무작정 버스에 올랐다. 그리고 얼마 후 석구는 용궁사에 와 있었다.

법당 안에 엎어져 한없이 울었다. 그래도 여전히 가슴속이 답답했다.

한참 만에 밖으로 나오니 스님이 다가와서 합장한다. 스님을 보니, 그제야 석구는 오늘 한 끼도 제대로 먹지 못한 허기가 한꺼번에 몰려오는 것을 느꼈다.

그 당시 용궁사에는 양희라고 하는, 나이가 좀 먹어 보이는 처녀가 있었는데 몸이 좋지 않아서 휴양을 하면서 노스님의 뒷일을 봐주고 있었다.

석구가 허기를 채울 것을 부탁하자, 잠시 기다리라고 하고는 잠시 후 따뜻한 밥을 지어서 들고 왔다.

용궁사에 오면 석구의 마음이 한결 편안해지는 것을 느낀다. 마치 경아와 함께라도 있는 듯 그렇게 마음이 푸근했다.

그래서 그 후로도 마음이 울적할 때면 자주 혼자 찾아오곤 했다.

며칠 후, 석구는 인천 연희 지구 아파트 건설 현장에 나와 있었다. 집에서 출퇴근이 가능했지만, 그냥 현장에 있는 숙소에서 지내기로 했다.

그 즈음 미애도 그동안의 충격에서 조금은 벗어나서 학교를 나가기 시작했다. 그러나 미애한테는 예전과 달리 많은 변화가 생겼다. 그렇게 명랑하던 미애였지만, 그 후로는 말도 별로 없었고 친구들과의 어울림도 적어졌다. 그렇게 늘 혼자 있는 시간이 많아졌다.

미애가 밖에서 들어오자, 석구에게서 전화가 왔다. 서산 댁이 전화를 받아 때마침 들어오는 미애에게 건넸다.

서산 댁에서 수화기를 넘겨받은 미애가 한동안 말은 하지 않고 수화기를 귀에 대고 듣고만 있었다.

「그냥 그러고 계세요.」

한참 만에 한마디 하는 미애의 목소리에는 힘이 없었다.

「목소리가 왜 그래? 어디 아픈 거야?」

석구가 걱정스러운 듯 물었다.

「그만 끊을게요.」

미애가 석구의 말도 듣기 전에 수화기를 내려놓는다. 그리고 이층 방으로 올라갔다.

다시 전화벨이 울렸다. 서산 댁이 수화기를 들었다. 석구의 목소리다.

「미애가 왜 그래요?」

「속상해 죽겠어요. 젊은이, 집에 좀 왔다 가요.」

다음날 석구가 미애 집을 찾았다. 전에 없이 집 쪽문이 열려 있었다.

「대문이 왜 열려 있어요?」

「큰아가씨 그일 후부터 사모님께서 문을 늘 열어 놓으세요.」

서산 댁이 힘없는 목소리로 말했다.

집안은 여전히 조용했다. 할머니는 할머니 방에, 어머니는 어머니 방에, 숨소리 하나 없이 그대로 누워 있었다.

석구가 들어오는 것을 보고 미애 어머니가 몸을 일으켰다.

「이렇게 누워만 계시면 어떻게 해요? 이제 일어나셔서 식사 좀 하시고 그러세요. 미애가 있고, 제가 있잖아요.」

「회사 일도 바쁠 텐데 뭐 하러 집에는 와요.」

미애 어머니가 헝클어진 머리를 손질했다.

「아버님은 회사에 나가셨죠?」

미애 어머니가 어렵게 몸을 일으켰다.

미애는 자기 방에서 꼼짝하지 않고 의자에 앉아 있었다. 이제는 눈물까지 말랐는지, 그렇게 맥없이 석구가 들어오는 것도 인식하지 못하고 움직임 없이 그렇게 멍하게 앉아 있었다.

「학교는 다녀오고?」

미애가 천천히 고개를 돌려 석구를 봤다. 그리고 이내 눈에서 눈물이 주르륵 흘러내린다. 석구가 미애 어깨를 잡아 준다.

「석구 오빠! 우리 어떻게 해?」

석구가 어깨를 토닥거렸다.

「내려가자. 어머니가 식사 준비하셨을 거야.」

「우리 엄마 일어나셨어?」

석구가 미애를 데리고 내려왔다.

어머니가 주방에서 모처럼 식사 준비를 하는 모습이 보였다. 서산 댁 얼굴에도 오랜만에 생기가 돌았다.

「엄마!」

「어서 할머니 모시고 나와.」

이날 오랜만에 식구까지 함께 미애 식구가 식사를 했다. 특히 할머니는 석구가 잊지 않고 찾아와 준 것에 너무나 고마워 하셨다.

민 사장도 전에 없이 이날은 좀 이른 시간에 집에 들어왔다. 민 사장 얼굴이 그동안 눈에 띄게 많이 상해 있었다.

석구를 본 민 사장이 표정 없이 굳은 얼굴로 안방으로 들어갔다. 뒤이어 미애 어머니가 따라 들어갔다.

「젊은이 성화에 어머님께서 식사 좀 하셨어요.」

미애 어머니가 민 사장의 눈치를 살피며 말했다.

「저놈이 내 집엔 무슨 일로 온 게야?」

「제 딴엔 걱정이 돼서……?」

「걱정은 무슨 걱정? 임자도 괜한 생각 말아요.」

「당신도 식사 좀 하셔야죠?」

민 사장이 말없이 침대에 쓰러졌다. 유난히 얼굴에 핏기가 없어 보였다.

가냘파진 민 사장의 가슴이 빠르게 팔딱거리며 뛰고 있었다. 그 모습을 보는 미애 어머니의 가슴이 미어졌다.

잠시 후 밖으로 나온 미애 어머니의 표정을 읽고 석구가 안방으로 들어온다. 여전히 민 사장이 두 눈을 꼭 감은 채 반듯하게 누워 있었다.

석구가 무슨 말을 하려 했지만, 무슨 말을 어떻게 해야 할지 몰라 그냥 방을 나오고 말았다.

석구가 밖으로 나오는데 미애가 따라 나왔다.

「우리 미애, 어디 가서 얘기 좀 할까? 이제 대학생도 됐으니까 생맥주 한 잔 쯤은 할 수 있지?」

석구와 미애가 호프집에 마주 앉았다.

「많이 힘들지?」

「이제 앞으로는 석구 오빠 볼 수 없는 거예요?」

「왜 볼 수가 없어 이렇게 지금도 함께 있잖아.」

「언니도 없는데…… 오빠는 떠날 거고, 그렇게 되면 다시 오빠가 우리 집에 올 이유가 없잖아요?」

「우리 미애가 그런 생각까지 하고 있었어?」

「모든 게 다 사실인 걸요.」

「언니는 없어도 집에 오면 언니의 모습이 있고, 언니의 체취가 내게는 있으니까 전에처럼 늘 이렇게 미애하고 다른 식구들과도 함께 있을 거야.」

「오빠! 나는 요즘 집이 무섭고 허전해. 사람 사는 집 같지가 않아.」

「그래, 그럴 수 있어. 하지만 앞으로 차차 좋아질 거야. 그러니까 미애가 그런 생각 빨리 잊고 잘해야지. 내말, 무슨 뜻인지 알지?」

석구가 미애와 함께 백화점에 가서 옷을 사줬다.

「대학생이 된 기념이야.」

미애가 좋아서 어쩔 줄을 몰라 한다. 그러다 이내 시무룩해진다.

「왜 그래?」

「언니가 보고 싶어요.」

윤 회장 사무실에 윤희가 찾아왔다.

밖에서 들어오던 윤회장이 윤희를 맞는다.

「어쩐 일이야? 윤희 처녀가 사무실까지?」

「지나던 길에 뵙고 싶어서 잠시 들렀어요. 건강하시죠?」

「윤희 처녀가 나 같은 늙은이가 보고 싶을 리는 없고…… 우리 놈 지금 인천에 내려가 있는 모양인데,」

「알고 있어요. 아버님. 그래서 이번 주쯤 한 번 내려가려고요.」

「어머니께서도 여전하시지?」

「네, 요즘은 전화도 없으시고…… 섭섭해 하시는 것 같으세요.」

윤희가 가늘게 웃으며 말했다.

김 부장이 결재 서류를 들고 들어온다.

「아버님, 그럼 다음에 석구 오빠하고 찾아뵐게요.」.

석구 사무실에 오랜만에 명희에게서 전화가 왔다.

결혼을 한다는 전화였다. 석구가 진심으로 축하한다는 말을 전했다.

전화를 받고 난 석구가 잠시 생각을 한다. 자기에게까지 청첩장 없이 전화를 한 걸 보면 필시 다른 그 누구에게도 청첩장 같은 건 없을 듯 싶었다.

석구는 예전에 민규가 명희와 자주 만나고 있을 때 명희 생일날 한 번 민규와 함께 찾았던 명희의 옛집을 찾았다. 명희 어머니가 낯익은 석구를 잊지 않고 알아봤다.

그때 명희 어머니는 그 집에서 '김지웅'이라는 남자와 함께 살고 있었다. 석구가 명희의 결혼 얘기를 했다.

하나밖에 없는 딸의 결혼 소식을 남의 입을 통해 듣게 된 명희 어머니는 이내 눈시울을 붉히며, 흐르는 눈물을 닦는다. 지금 함께 살고 있는 새 남편이 그렇게 다른 곳으로 이사 갈 것을 청했을 때도 언젠가는 명희가 모든 오해를 풀고 찾아오리라는 생각으로 지금까지 집을 지키고 살고 있었는데, 결국에는 다른 사람에게서 딸의 결혼 소식을 듣게 됐으니 그 섭섭한 마음이 오죽했을까.

이날 처음으로 석구는 두 모녀간의 오해의 발단을 명희 어머니에게서 듣게 된다.

명희가 중학교 1학년일 때, 그러니까 1978년도 제1차 오일쇼크가 있던 해에 명희 아버지께서 경영하시던 내열(耐熱) 벽돌 공장이 부도가 났다. 그렇게 하루아침에 실의에 빠진 명희 아버지는 매일 술로 나날을 보내고 있었다.

그것은 회사 부도로 그동안 피땀으로 키워온 회사에 대한 아쉬움과 미련보다는, 회사를 이 지경에까지 몰아넣은 남 전무에 대한 배신감이 더 컸다.

그 당시 회사를 함께 이끌고 있던 남 전무, 그러니까 명희 외삼촌인 남 용현 전무가 회사 재정에 깊이 관여하면서 일이 커졌다. 남 전무가 회사 자금으로 개인 사채 놀음을 하면서 자신의 주머니를 채우더니, 막상 회사가 어려움에 처하자 이번에는 회사 어음까지 남발해 가며 자신의 이익 챙기기에 급급했던 것이다.

이 사실을 늦게 눈치 챈 김 지웅 상무가 남 전무를 만나서, 회사가 어려운 이때 사적인 행동을 접고 함께 이 어려운 시기를 이겨 낼 방안을 모색하기 위해서 남 전무가 그동안 개인적으로 적립한 자금을 회사에 환원할 것을 간곡하게 부탁했다.

그러나 남 전무는 오히려 김 상무에게 모든 잘못을 덮어씌우고, 하루아침에 회사를 내팽개치고 떠나고 말았다.

그때까지 회사 재정을 전무에게 일임하고 일에만 매달리던 명희 아버지는 결국 회사를 부도라는 최악의 선택에 내몰리고 말았다.

그리고 그 당시 김 상무와 남 전무가 자주 만나는 것을 알게 된 명희 아버지는 김 지웅 상무도 남 전무와 함께 회사를 어렵게 만들고 있는 것으로 오해를 했던 것이다.

그래서 집에 들어온 명희 아버지가 술 취한 상태에서 김 상무를 함께 원망하는 소리를 듣게 된 명희가 현재 아버지가 된 김 지웅을 좋게 받아들일 리가 없었다.

그 후 믿었던 남 전무와 친구 김 지웅 상무의 배신감에 얼마 동안 울분을 참지 못하고 술로 세월을 보내던 명희 아버지가 결국에서는 자신의 목숨을 스스로 끊고 말았다.

명희 아버지가 죽기 얼마 전 지웅이 그간의 모두 사실을 얘기하고 다시 재기할 것을 종용했지만 명희 아버지가 결국 마지막 선택을 하고 만 것이다.

사실 명희 아버지와 지웅은 대학 동기다. 그래서 함께 회사를 운영해 왔고, 그 당시 자금이 여유롭지 못하던 명희 아버지가 외삼촌을 끌어들이면서 결국 일을 망치고 말았던 것이다.

그런데 지금도 명희는 상무로 있던 지웅이 남 전무와 함께 회사를 망쳤고, 그 일로 아버지까지 잃게 된 걸로 믿고 있다는 것이다.

그래서 명희 어머니가 아무리 말을 해도 지웅과 함께 살고 있는 현실에서는 어머니의 말을 명희가 그대로 믿는다는 것은 그리 쉬운 일이 아닐 것이다. 그게 무엇보다도 명희 어머니로서는 마음을 아프게 하고 있는 듯했다.

명희가 결혼하는 날, 석구가 미애와 함께 제천을 찾았다.

명희가 식장에 들어올 때 신부의 손을 잡아줄 사람이 마땅치 않아서 자신이 자취하고 있는 주인집 아저씨가 대신 명희의 손을 잡고 식장에 들어섰다. 신랑이 학교 교장선생님을 권했지만 명희가 받아 들이 지 않았다.

이 모습을 먼발치에서 보고 있는 명희 어머니의 가슴이 찢어졌다.

끝내 명희 어머니는 명희와 얼굴을 마주하지 못한 채 쓸쓸히 식장을 떠나고 말았다.

이날 명희의 모습은 의외로 환했다. 명희가 석구와 함께 온 미애를 재미나게 보며 웃었다.

「너도 속물은 속물이구나?」

「속물이라니? 그게 무슨……?」

석구가 미애와 명희를 번갈아 보며 물었다.

「아냐, 참 예쁘다고.」

석구가 명희의 말뜻을 알아듣고는 피식 웃는다.

「어! 우리 미애? 처제야. 우리 처제. 어때, 예쁘지?」

미애가 석구의 얼굴을 본다.

「석구 선배, 언제 도둑장가 들었어? 처제는 또 뭐야?」

「응, 그렇게 됐어.」

「어머! 정말인 거야?」

미애가 어이없는 얼굴로 말없이 돌아서서 사라진다.

「그런 속 보이는 거짓말 말고, 어서 가 봐. 진짜 가 버리면 어쩌려고 그러니? 그런데 애인치곤 너무 좀 그렇다. 아니니? 오호호호. 하긴 남자들은 다 도둑놈들이라고 하지 않니?」

「그래, 무슨 생각하고 있는지 알만 하다. 그건 그렇고 여기 어딘가에 너희 어머니가 와 있을지 모르는데…… 너 못 봤니?」

석구의 말에 명희가 정색을 하고 석구를 쏘아본다.

「나 어제 너희 어머니 만났다. 이제 너도 결혼도 했는데, 찾아보는 게 어때?」

명희가 무거운 얼굴로 돌아섰다.

「넌 왜 쓸 때 없는 짓을 하고 그러니?」

석구가 집으로 돌아오는 고속버스 안에서 곤히 잠들어 있는 미애의 얼굴을 보고 있다.

언젠가 스키장에서 돌아오면서 잠들었던 경아의 모습을 보던 생각이 떠올랐다. 그리고 그때서야 비로소 미애가 경아를 많이 닮았다는 사실에 경아의 얼굴을 그려 본다.

석구가 창밖으로 시선을 돌렸다. 오후의 따스한 햇살이 차창을 통해 쏟아져 들어왔다.

그 햇살이 싫지 않았지만, 미애의 얼굴에 닿는 햇살을 덮기 위해 차창 커튼을 풀었다.

고급 승용차 한 대가 석구의 집 앞에서 정차하고, 윤희가 큼직한 선물 가방을 들고 내려 안으로 들어갔다.

홍 여사가 이층에서 내려오며 윤희를 맞는다.

「그동안 안녕하셨어요?」

「어서 와요.」

윤희가 들고 온 물건을 영숙에게 건네며 냉장고에 넣으라고 이른다.

「뭘 그런 걸 사들고 와요. 그냥 오면 어때서…….」

「별거 아니에요. 조기 몇 마리하고 과일 좀 샀어요. 할머니는요?」

「응, 방에 계실 거야.」

할머니가 방에 누워서 회심곡 카세트를 틀어 놓고 들으며 입 속으로 중얼거리며 따라 외우고 있다.

윤희가 들어와 인사를 하자, 마지못해 일어나 앉으며 별 관심 없는 표정으로 건성으로 대답한다.

「할머니 나오셔서 과일 좀 드세요.」

「지금은 생각 없고 나중에 먹을 테니, 어이 윤희 처녀나 많이 먹어.」

윤희와 홍 여사가 차를 마시고 앉아 있다.

「석구 오빠는 요즘도 그렇게 바빠요?」

「그러게, 요즘엔 집에도 잘 안 들어오고 거기서 있는 시간이 많아. 참, 오빠 결혼한다면서? 미국에선 나왔나?」

「결혼할 때쯤 나오겠죠 뭐.」

「마님께서 좋아하시겠네?」

「좋긴요. 결혼식만 여기서 하고 다시 바로 나갈 텐데요.」

「이제 마님 연세도 그렇고 그냥 여기서 함께 살지 않고서?」

「오빠는 미국이 좋은가 봐요. 성미는 아직 학교에서 안 돌아왔어요?」

「고게 뭐가 그렇게 늘 바쁜지…….」

홍 여사가 벽시계를 보며 말끝을 흐렸다.

「한참 그럴 나이잖아요. 오빠 결혼식 때 오실 거죠?」

「그럼, 가야지.」

「그럼, 오늘은 그만 가 볼게요.」

「큰애 들어오면 왔었다고 얘기할게.」

윤희가 돌아가고 얼마 지나지 않아서 석구가 들어왔다.

「방금 윤희 처녀 왔다 나갔는데 못 만났니?」

「아니요, 윤희가 왜요?」

「그 처녀가 무슨 볼일 있어서 왔겠어.」

「성민 아직 이에요?」

「고것도 뭐가 그리 매일 바쁜지……」

「내일 아침에 갖고 갈 옷 좀 준비해 주세요.」

「집에 와서 입고 가면 되지, 무슨 준비를 하누.」

신흥목재 사무실에 민 사장과 이 실장이 서류 한 장을 앞에 놓고 서로 얼굴을 바라보며 말을 잇지 못하고 있었다.

「이게 어떻게 된 일이야?」

민 사장이 서류를 들여다보며 믿기지 않는 듯 다시 살핀다.

「글쎄 저도…… 따님 사망 신고를 하려고 신청을 했는데, 따님께서 이미 사장님 호적에서 빠져 있었습니다.」

「그 애가 어떻게 내 호적에서 빠져 있어? 이게 말이 되는 일인가?」

「하지만 거기 내용을 자세히 보시면…….」

거기에는 경아가 이미 민 사장 호적에서 윤 석구와 혼인 관계로 석구의 집으로 옮겨져 있었고, 이내 사고사로 처리되어 있었다.

민 사장이 어이없는 현실에 눈을 감는다.

사실 그날 민 사장이 차마 자신의 손으로 경아의 사망 신고를 할 용기가 나질 않아서 이 실장을 시켜 경아의 사망 신고를 의뢰했던 참이었다.

그런데 뜻밖에도 지금 앞에 놓인 서류에서처럼 경아는 이미 석구와 혼인 신고가 되어 있었고, 이내 경아가 사고사 한 것으로 처리되어 되어 있었다.

서류를 본 민 사장이 놀라지 않을 수 없었다. 서류를 잡은 손이 떨리고 있었다. 민 사장은 분명 석구의 짓이란 것을 의심하지 않았다.

「사장님, 그럼 큰따님께서 그 젊은이와 혼인을 했다는 얘기가 아닙니까?」

민 사장이 입을 꾹 다문다. 온 몸이 무너져 내리는 것을 느낀다.

어느 한적한 교외의 토담으로 지어진 전통 한옥 주점, 그리 넓지 않은 실내에 통나무를 다듬어서 만든 식탁이 자리 잡고 있었다. 벽면에는 몇 점의 풍속화가 걸려 있고, 한지로 깔끔하게 발라진 들창 사이로 오후의 햇볕이 따스한 느낌으로 들어오고 있었다.

들창 너머로 보이는 앞마당에는 여러 가지 토속적인 물건들도 보였다.

그 한쪽에 민 사장과 석구가 마주 앉아 있다.

한동안 침묵이 흘렀다. 민 사장이 말없이 몇 대의 담배를 연이어 피우문다. 민 사장의 입술이 파르르 떨리고 있었다. 석구에게는 시선도 없이 한가로이 병아리를 끌고 모이 줍는 씨암탉을 멍하니 한동안 바라본다. 석구가 왠지 불안한 마음으로 두 손을 모으고 앉아 있다.

잠시 후 민 사장이 석구를 뚫어져라 바라본다. 이어 떨리는 손으로 담뱃재를 끄고 천천히 입을 열었다.

「복잡한 장소에서 할 얘기가 못 되는 것 같아서 여기서 보자고 했네.」

「……?」

「자네, 요즘 무슨 짓하고 다니는 건가?」

석구가 고개 들어 민 사장을 본다. 경아의 일을 묻는 듯했다.

「자네, 요즘 제정신 갖고 살고 있나?」

「그게 무슨 말씀이십니까. 아버님?」

「이게 자네 짓이 아니란 말인가?」

민 사장이 서류 봉투를 내밀었다.

석구가 서류를 들여다본다. 석구와 경아의 혼인신고 서류였다.

「이게 어떻게 된 건가?」

순간, 석구의 얼굴이 굳어졌다.

「제가 한 일 맞습니다. 저 경아와 혼인식도 했고, 혼인신고도 했습니다.」

「뭐가 어쩌고 어째? 혼인식을 해?」

「네!」

「혼인이 무슨 애들 장난쯤으로 생각하는 겐가? 자네 혼자서 무슨 혼인식을 했다는 게야?」

「그러니까 아버님도 앞으로 저를 사위로 믿어 주십시오.」

「자네 정말 어떻게 된 거 아닌가? 그걸 지금 말이라고 하는 게야?」

민 사장이 술잔을 비운다. 석구가 다시 잔에 술을 채웠다.

「그래, 내가 자네 심정을 모르는 바는 아니지만, 이건 아닐세. 아무리 죽고 못 사는 사람도 눈에서 멀어지면 마음이 멀어지는 게 인지상정(人之常情)이란 말도 못 들었는가? 아무리 욱하는 젊은 혈기라고 해도 이건 있을 수 없는 일이란 말일세. 그런데 어쩌자고 이런 엄청난 일을 자네 혼자 한 건가?」

민 사장이 말없이 연신 술잔을 비웠다.

「저는 잘못한 거 없습니다. 저는 경아와 결혼을 약속했고, 그 약속을 지킨 것뿐입니다. 그리고 지금의 제 마음은 앞으로도 변함없이 아버님, 어머님을 모시겠습니다.」

「이런 정신나간사람! 당장 가서 이 서류 정리해!」

「아버님!」

「못난 사람 같으니라고……. 이 사실을 자네 집에서 알게 되면 아마 모르긴 해도, 자넬 제정신으로 보시지 않을 걸세. 아~! 도대체 이 일을 어쩌면 좋단 말인가?」

이날 늦게 민 사장이 몹시 취한 상태에서 석구의 부축을 받으며 집으로 돌아왔다.

민 사장의 모습을 본 미애 어머니가 몹시 놀래서 안방으로 민 사장을 눕히고 나서 석구와 마주 앉았다.

「젊은이는 어디서 저 양반을 만난 거요?」

「제가 아버님 모시고 약주 한 잔 했습니다.」

「그런데 어째서 저 양반만…….」

「아버님 기력이 많이 약해지신 것 같으세요.」

「왜 안 그러시겠는가. 그래, 저녁은?」

「할머님은요?」

「식사를 통 못하셔서 지금 링거주사 맞고 주무시는 중이셔.」

다음 날 저녁, 민 사장으로부터 석구와 경아와의 일을 전해들은 경아 어머니가 크게 놀란다.

「이 일을 그럼 앞으로 어떻게 해야 하는 거예요?」

민 사장이 말없이 긴 한숨을 내뱉는다.

「그 젊은이가 어쩌자고 그런 엄청난 일을…….」

「못난 놈!」

그날 밤 두 사람은 한동안 잠을 이루지 못하고 뒤척이고 있었다.

창밖으로 바람소리가 들리는가 싶더니, 이내 빗방울 떨어지는 소리가 들렸다.

「비가 내리나 봐요.」

경아 어머니가 혼잣말처럼 말하며 자리에서 일어났다.

민 사장이 자리를 고쳐 누우며 억지로 잠을 청해 본다.

거실에 나온 한 여사가 유리창에 흘러내리는 빗방울을 바라보며, 어두운 창밖을 본다. 바람에 흔들리는 나뭇잎 소리가 마치 경아의 속삭임으로 들린다. 한여사의 두 눈에서는 눈물이 흐르고 있었다.

한 여사가 이층으로 올라가 경아 방문을 연다. 방안에서 별안간 찬바람이 밀려 나왔다.

한 여사가 불도 켜지 않은 채 아직 자리를 차지하고 있는 경아 침대에 가서 손으로 어루만진다. 침대에는 아직도 경아의 체온이 남은 듯 따스함이 느껴지는 것 같았다. 한 여사가 침대에 머리를 묻고 한동안 소리 죽여 흐느낀다.

잠시 후, 고요한 밤공기를 흔들고 '쿵!' 하고 소리가 나는가 싶더니, 할머니의 목소리가 집안을 흔들었다.

「야! 이것아 잠 좀 자자. 허구한 날 밤중꺼정 피아논가 뭐시깽이를 쳐

대면 잠은 언제 잘 거여! 엉? 이 못된 년아, 냉큼 그치지 못해?」

할머니 소리에 놀란 한 여사가 동작을 멈추고 귀를 세운다. 그리고 급히 거실로 내려왔다. 거실에는 이미 민 사장이 나와 있었다.

불도 없는 거실에서는 할머니가 씩씩거리며 이층 계단을 엉금엉금 기어오르며 소리치고 있었다.

한 여사가 서둘러 거실에 불을 켰다.

「무슨 일이세요 어머님? 왜 이러세요?」

할머니가 하던 동작을 계속하며 한 여사 말에는 대꾸가 없다. 한 여사가 할머니를 잡았다.

「주무시다 말고 왜 이러세요, 어머님?」

「놔라! 가뜩이나 피곤해 죽겠는데, 저것이 잠도 안자고 밤중꺼정 저렇게 피아노만 두들겨 대고 있으니 어디 잠을 잘 수가 있는 게야! 못된 년! 가라는 시집은 안 가고 저렇게 피아노 앞에만 붙어서 두들겨 대고 있으면, 언제 집에서 손자 우는 소리를 들을 게야! 아, 냉큼 올라가서 그만 그치게 하지 못해?」

민 사장과 한 여사가 서로 어이없는 얼굴로 바라보며 말을 잇지 못한다.

「어머님! 무슨 피아노 소리가 들린다고 이러세요? 이 집에 이제 피아노 칠사람, 없어요. 어머님!」

한 여사가 이내 눈시울을 적신다.

이 모습을 보고 있는 민 사장이 고개를 좌우로 흔든다. 그리고 말없이 안방으로 들어가 버렸다.

「아니, 네 귓구멍에는 저 쿵쾅대며 두들기고 있는 피아노 소리가 안 들린다는 게야?」

「알았어요, 어머님. 제가 올라가서 그만하라고 할 테니까 어서 들어가 주무세요.」

한 여사가 할머니 팔을 잡고 방으로 모신다. 할머니는 연신 알 수 없는 말로 구시렁거리며 뒤뚱뒤뚱 방안으로 들어간다.

방으로 들어와 자리에 눕히려고 하자, 할머니가 …눈을 가늘게 치켜뜨고 빤히 미애 어머니를 쏘아본다. 그리고 이내,

「네년이 시켰지? 이 늙은이가 밥만 먹고 잠만 처질러 잔다고 잠 못 자게 하려고 시킨 게야!」

하고 소리친다.

「어머님! 왜 이러세요? 그만 주무세요.」

한 여사의 가슴이 메어진다. 가슴속으로부터 뜨거운 무엇이 올라와 목구멍을 막았다.

「아녀, 틀림없이 네년이 시킨 게야! 네 두 년들이 날 아주 말려 죽일 심사로 작당을 해서 밤마다 저 지랄을 하고 있는 게야. 나쁜 년들! 내 요것들을 당장 요절을 낼 참이야!」

할머니가 다시 자리에서 벌떡 일어난다.

「어머님! 제발 이렇지 좀 마세요. 저도 힘들어요. 어머님!」

「뭐가 어쩌고 어째? 힘이 들어? 요런 앙큼한 것! 내가 늙었다고 네 년들 속셈을 모르는 줄 알고, 흥! 어림없지. 이 늙은이 빨리 죽으라고 밤마다 고사 지내는 거 다 알고 있어, 요것들아.」

「어머님!」

한 여사가 소리치고 울먹이며 밖으로 나온다.

천둥 번개가 한바탕 요란한 소리를 내더니, 이내 빗줄기가 무섭게 쏟아진다.

밖에는 서산 댁과 미애가 놀란 눈으로 방에서 나와 문 앞에 서 있었다.

「엄마! 할머니 왜 저러셔?」

한 여사가 터져 나오는 울음을 참으려는 듯 손으로 입을 막고 방으로 들어가 버렸다.

민 사장이 침대에 걸터앉아 빗물이 흐르는 창밖을 무거운 얼굴로 보고 앉아 있다. 한 여사가 들어와 침대에 얼굴을 묻고 흐느낀다.

「이 일을 어쩌면 좋아요, 여보!」

민 사장이 여전히 말이 없다. 그리고 일어나 밖으로 나간다.

다음날. 할머니를 병원으로 모시려 했지만, 할머니는 어제 일은 까맣게 잊은 듯 멀쩡했다. 오히려 병원으로 모시려는 민 사장에게 어미를 정신병자로 취급한다며 호되게 꾸짖기까지 했다.

「무슨 일 있으면 연락해요. 내 나가는 길에 병원에 들러 보리다.」

민 사장이 하는 수 없이 불안한 얼굴을 하고 회사로 나갔다.

어머니도 근심스러운 표정으로 서 있을 뿐 말을 잇지 못한다.

그날 오후, 미애가 석구에게 전화를 했다. 그리고 지난밤의 일을 말한다. 그리고 석구가 오후 늦은 시간에 미애 집을 찾았다.

「할머니는 좀 어떠세요?」

다그쳐 묻는 석구에게 미애 어머니가 그때까지 식사도 하지 않고 주무시고 있다고 했다.

석구가 할머니 방문을 열었다. 할머니가 반듯하게 누워서 링거를 맞고 있었다. 할머니 얼굴이 그동안 몰라보게 야위어 있었다.

한동안 할머니 얼굴을 바라보던 석구가 소리 없이 일어나서 나온다.

그런데 별안간 할머니가 눈을 번쩍 뜨더니 석구를 불러 세웠다.

「이게 누구여? 윤 서방 아녀?」

할머니가 어디서 그런 힘이 솟았는지 벌떡 자리에서 일어나는 바람에, 링거걸이에서 링거 병이 방바닥에 떨어져 소리 내며 부서져 산산조각 난다.

「할머니!」

「어휴! 우리 윤 서방, 언제 온 거여? 큰애도 함께 온 거여?」

할머니가 방문이 떨어지도록 세게 밀고 거실로 뛰쳐나온다. 미애 어머니와 미애가 놀라서 나왔다.

「어디 있어? 큰애 어디 있는 게야?」

「어머님!」

한 여사가 할머니를 잡았다. 할머니 팔에는 주사 바늘이 매달려서 따라다니고 있다. 석구가 할머니를 잡는다.

「할머니, 진정하세요. 저 여기 있어요.」

석구가 할머니 얼굴을 바라본다. 할머니가 어린애처럼 웃으며 석구를 잡는다.

「어휴! 윤 서방, 어디 갔다 이제 왔누? 우리 아가 잘 놀지? 어디 아픈데는 없고? 그런데 왜 얼굴이 이리 핼쑥해진 거여? 우리 큰 고것이 윤 서방 속 썩인 게여?」

석구의 얼굴을 쓰다듬는 할머니의 눈가에는 눈물이 그렁하게 매달려 있었다.

「아니에요. 잘 지내고 있어요.」

「그런데 큰애는 왜 같이 안 왔어?」

「다음에는 꼭 같이 올게요, 할머니.」

「나쁜 년! 외손주 봬 준다는 게 벌써 언젠데 지금꺼정 얼굴 코빼기 하나 없이…… 고얀 년! 이젠 사랑 놀음에 이 늙은 할미가 보기 싫은 게야. 나쁜 년!」

할머니가 다시 뒤뚱뒤뚱 방으로 들어갔다.

미애가 방에서 훌쩍거리다가 석구가 들어오자 자리에서 일어나 석구에게 매달린다.

「오빠! 우리 할머니, 왜 저러시는 거야?」

석구가 무슨 말을 해야 할지 몰랐다. 석구도 난생 처음 당해 보는 일이었기 때문이기도 했다.

「할머니께서 언니가 많이 보고 싶으셔서 그러실 거야.」

「할머니가 무서워, 석구 오빠!」

「바보같이 그런 말이 어디 있어!」

「오늘밤에도 또 저러시면 어떻게 해?」

「내일쯤 병원에 모시고 가야지.」

석구가 미애를 데리고 밖으로 나왔다. 미애의 불안해하는 마음을 달래 주고 싶은 생각에서였다.

그날 모처럼 만에 미애와 함께 경아가 있는 용궁사를 찾았다. 미애가 언니 앞에서 엉엉 소리 내서 울었다.

법당에서 나온 미애가 석구에게 매달린다.

「오빠, 여기 자주 왔어?」

석구가 미애를 보고 싱겁게 웃는다.

돌아오면서 길가 주막에 들렀다. 마주 앉은 석구와 미애는 파전과 막걸리를 시켰다.

「미애, 막걸리도 마실 줄 알아?」

미애가 어린 아이처럼 피식 웃는다.

「이런데서 석구 오빠하고 술 마시는 거 처음이다, 그치?」

미애 얼굴이 이내 밝아보였다.

「벌써 취한 건 아니지?」

「취하긴, 요깟 막걸리 먹고 취하나?」

미애가 다시 술잔을 비웠다.

「그만하고 들어가자. 어머님이 기다리실 텐데…….」

「오빠, 이제 나하고 석구 오빠하고는 뭐가 되는 거야?」

「그게 무슨 말이지?」

「내가 석구 오빠한테 뭐냐고?」

「우리 처제가 정말 많이 취한 모양이구나.」

「처제? 처제가 뭐야?.」

술이 취한 미애를 부축하고 오솔길을 걸었다.

미애는 그때까지도 무슨 말인가 알 수 없는 말로 투덜거리며 석구의 어깨에 몸을 의지한 채 비틀거리며 걸었다.

석구가 미애를 부축하고 길가로 나와 버스에 올랐다.

시내에서 내린 석구와 미애가 다시 택시를 기다린다.

그때, 승용차 한 대가 이들 두 사람 앞에 멈추어 섰다. 그리고 차창

문이 스르르 열리더니, 윤희의 얼굴이 보인다.
「석구 씨! 여기서 뭐해?」
윤희가 석구와 석구의 팔에 매달려 있는 미애를 보고 순간적으로 얼굴이 굳어지더니, 이내 표정을 바꾼다.
「집에 가는 길이면 타. 데려다 줄게.」
「아니, 여기서 그냥 택시 타고 갈게. 먼저 가.」
다시 윤희의 얼굴이 굳어진다.
「아가씨께서 술 취한 것 같은데 그러지 말고 어서 타.」
윤희가 조금은 빈정대는 듯 말한다. 석구가 잠시 망설이다가 미애를 차에 태우고 그 옆으로 앉았다.
이 기회에 자신에 대한 윤희의 감정을 확실히 해둬야 할 것 같았다.
윤희가 뒷거울로 미애의 모습을 살핀다.
「그런데 그 아가씨는 누구야?」
윤희가 뒷거울로 석구의 얼굴을 살피며 물었다.
「참, 윤희는 처음이지? 우리 처제야.」
석구가 '처제'라는 말에 유난히 힘을 줘서 말했다. 순간, 윤희의 눈이 날카롭게 빛을 발한다.
「처제?」
「응, 미애라고…….」
「오호호호!」
윤희가 믿을 수 없다는 듯 웃었다.
「그 사이에 도둑장가라도 들었나 보지? 오호호호.」
「왜? 믿어지지 않아? 나 약혼한 건 알고 있었지?」

「그럼, 지난번 사고로 죽은 그 여자 동생을 말하는 거야?」

「나 경아하고 결혼했어.」

「어디로 갈 거야? 석구 씨 집? 아니면……?」

윤희가 석구의 말에는 관심 없이 앞을 보고 말했다. 그리고 차의 속력을 낸다.

「바쁘면 아무 데서 내려 줘.」

「아니.」

윤희가 더욱 속력을 내서 밟는다.

「율목동으로 가 줄래, 그럼.」

윤희가 핸들을 급하게 꺾었다. 차가 심하게 한쪽으로 쏠린다. 그 사이 미애가 가늘게 눈을 뜨고 석구를 본다.

「석구 오빠! 여기가 어디야?」

윤희가 날카로운 눈으로 미애와 석구를 번갈아 쏘아본다.

「이제 거의 다 왔어. 집이야.」

미애가 다시 석구의 어깨에 머리를 기댄다. 그 모습이 굉장히 자연스럽다. 윤희가 이 모습을 보고 싸늘하게 웃음 짓고 액셀을 힘껏 밟는다.

차는 로터리를 지나 신흥동 쪽으로 달리고 있었다.

「저기 우회전 커브에서 좀 내려 줘.」

윤희가 뒷거울로 석구 어깨에 기대 어 자고 있는 미애를 본다.

「그 애 집이 거긴가 보지?」

「거기서 조금만 걸어 들어가면 돼.」

차가 우회전해서 고급주택들이 밀집해 있는 안쪽으로 꺾어 들어갔다. 그리고 미애 집 앞에서 정지했다.

「고마워, 조심해서 가.」

석구가 미애를 차에서 끌어내리며 말했다.

「아니, 나 여기서 석구 씨 기다릴 테니까 그 여자 놓고 빨리 나와.」

윤희가 석구를 보지도 않은 채 굳은 얼굴로 명령하듯 말했다. 순간 석구가 동작을 멈추고, 등을 보이고 있는 윤희의 어깨를 본다.

「시간이 길어질지도 모르는데…….」

「상관없어. 나올 때까지 있을게.」

윤희가 쌀쌀하게 말끝을 남기고 차 문을 닫았다. 그리고 가방에서 선글라스를 꺼내서 쓴다.

석구가 그 모습을 뒤로하고 미애를 안고 약간 비탈진 잘 포장된 아스발트 길을 올라간다.

그리고 한참 후에 다시 나타났다. 그때까지 윤희는 그 자리에 있었다. 석구가 잠시 망설이다가 차에 오른다.

윤희가 불쾌한 얼굴을 하고, 석구가 차에 오르자 급하게 액셀을 밟는다.

석구와 윤희가 어느 카페에 마주 앉았다.

윤희가 양주 몇 잔을 연거푸 마신다. 석구가 불안한 얼굴로 윤희를 본다.

「무슨 술을 그렇게 마셔. 차는 어쩌려고?」

「지금 죽은 여자 동생을 만나서 어쩌자는 거야?」

「무슨 말을 듣고 싶어?」

윤희가 고개도 들지 않고 연신 술잔을 비웠다. 석구가 앞에 놓인 술잔을 밀어 놓고 자리에서 일어난다.

「다음에 만나자. 오늘은 너하고 얘기할 기분이 아니다.」

「앉아!」

윤희가 명령이라도 하듯 쏟아냈다. 그녀의 눈이 날카롭게 빛났다.

「너 이게 무슨 행동이니?」

「석구 씨 수준이 겨우 그것밖에 안 됐어?」

윤희의 얼굴이심하게 일그러진다. 석구가 일어나 윤희의 팔을 잡는다. 윤희가 석구의 팔을 세차게 떨쳤다.

「약혼했던 여자가 죽어서 없으니까, 이제 그 동생을 언니 대타로 만나시겠다고?」

「함부로 말하지 마!」

석구의 입술이 파르르 떨린다. 그리고 윤희를 그대로 두고 밖으로 나왔다. 석구가 나간 후에도 윤희는 혼자 몇 잔의 술을 더 마신다.

다음날 석구가 용궁사(龍宮寺)를 다시 찾는다.

그 시각, 석구의 집에는 윤희가 찾아왔다. 그리고 석구와 미애의 일을 꺼낸다.

「우리 애가 그 처녀를 왜 만나?」

「석구 오빠 말로는 처제라고 하면서…….」

「그게 무슨 말이야? 처제라니? 아니, 결혼도 안 한 애가 무슨 처제야, 처제는?」

「저도 그냥 하는 소리로 듣기는 했지만…… 두 사람이 술집에서 나오는 걸 보고, 혹 어머님께서는 알고 계시나 싶어서 말씀드리는 거예요.」

「도대체 무슨 소릴 하는 건지, 알 수가 없구먼.」

그날, 석구는 집에 들르지 않고 바로 연희 지구 현장으로 내려갔다.
그리고 다음날, 홍 여사가 석구가 일하고 있는 현장에 찾아왔다.

그런데 이날 점심 무렵 민 사장이 윤 회장을 만나고 있었다.
어느 한식집에 자리하고 마주 앉았다. 상에는 간단한 술상이 차려져 있다. 민 사장이 먼저 와서 주문했던 것이다.
민 사장이 무슨 죄인처럼 불안한 모습을 한다.
두 사람이 이례적인 인사를 주고받는다. 윤 회장이 보기에도 민 사장의 얼굴이 많이 달라져 있는 것을 느꼈다. 민 사장의 얼굴은 이전과는 달리 많이 야위어 있었다.
「그동안 마음고생이 얼마나 많으셨습니까?」
민 사장이 말을 잇지 못한다.
「진작 찾아뵙고 위로의 말씀이라도 드렸어야 했는데, 그만……. 실은 민 사장님 얼굴 뵙기가…….」
「잘 알고 있습니다. 말씀만이라도 감사히 생각하겠습니다.」
「어떻게 하겠습니까. 세상이 너무 험하다 보니 좋은 인연이 못된 듯 싶습니다.」
「죄송합니다. 공연히 저희 자식 일로 심려를 끼쳐 드려서…….」
「그게 어디 죄송할 일입니까. 저희 역시 가슴 아픈 일이죠.」
「실은, 드릴 말씀이…….」
「무슨 일이십니까?」

윤 회장이 불안한 자세로 머뭇거리는 민 사장을 보며 물었다.

「이런 말씀을 어떻게 드려야 할지……. 자제분한테서 듣기에는 시간이 좀 걸릴 듯싶고, 제가 알고 있는 마당에 그냥 있기도 인사가 아닌 듯싶어서 말씀드리고 어떤 조치를 취해야 할 것 같은 생각에 만나 뵙자고 했습니다.」

「무슨 말씀이신데 그러십니까?」

윤 회장이 조금은 굳은 얼굴로 민 사장의 얼굴을 바라본다.

민 사장은 그때까지도 얼굴을 들고 윤 회장의 얼굴을 제대로 보지 못하고 있었다. 한참 만에 민 사장이 떨리는 목소리로 말을 꺼냈다.

「윤 군이 저희도 모르는 사이에 죽고 없는 우리 애하고 절에 가서 혼례를 올리고 혼인신고까지 한 모양입니다.」

그 순간, 윤 회장의 얼굴이 붉어지며 눈이 커졌다.

「지금…… 무슨 말씀을 하시는 겁니까?」

「회장님께서 많이 놀라시리라 생각됩니다. 저희도 그랬으니까요. 그러니 이 일을 어떻게 수습했으면 좋겠습니까?」

「아니, 그런 일이 가능한 일입니까?」

「저희도 요 근래에 그런 사실을 알고 윤 군에게 타일러 봤는데…….」

「이게 어디 타일러서 될 일입니까? 어허! 이런…… 기가 차서, 참.」

윤 회장이 어이가 없어서 고개를 들어 천장을 본다. 그리고 한숨을 토했다.

한편, 석구를 찾은 홍 여사가 대뜸 석구에게 윤희에게서 들은 이야기를 했다.

「너 지금에 와서 그 집 작은 처녀를 만나는 이유가 뭐야?」

한참 만에 석구가 어머니의 얼굴을 보며 말했다.
「미애는 그냥 제 처제일 뿐입니다.」
「뭐가 어쩌고 어째? 처제라니? 누가 누구 처제란 거야?」
「저…… 경아와 혼인했습니다. 그러니까 미애가 처제란 말입니다.」
「이런 미친놈이, 누가 누구하고 혼인을 해?」
「더 드릴 말씀이 없습니다. 그러니 그만 올라가세요.」
「이놈이 미쳐도 단단히 미쳤구나!」
「어머니 마음대로 생각하세요.」
석구가 자리에서 일어난다. 홍 여사가 옆에 놓인 손가방을 들어 석구에게 내던졌다.
「너, 이 사실을 아버지께서 아시는 날에는 네 명대로 못살 줄 알아! 미친 놈! 안 되겠다. 지금 당장 나하고 올라가자.」
「전 지금 갈 수 없습니다.」
「뭐가 어쩌고 어째? 못 올라가? 이런 쓸개 빠진 놈!」

한편, 민 사장과 헤어져서 회사로 돌아온 윤 회장이 김 기사에게 소리쳤다.
「당장 인천에 내려가서, 그놈 끌고 오라고 해!」
석구가 윤 회장실에 도착한 시간은 오후 늦은 시간이었다. 그때까지 윤 회장은 퇴근도 미루고 자리를 지키고 있었다.
석구가 들어오는 것을 본 윤 회장이 대뜸 한쪽에 세워져 있던 골프채를 들어 석구의 어깨를 내려쳤다.
석구가 '억!' 하고 쓰러진다. 윤 회장이 골프채를 한쪽으로 내던진다.

「이놈이! 요즘 너 무슨 짓하고 다닌 게야?」

윤 회장이 석구에게 서류 한 장을 던졌다. 석구와 경아의 혼인 확인서다.

「너 이놈의 자식! 이게 어떻게 된 건지, 말 좀 해봐!」

「제가 했습니다.」

「,뭐? 했습니다. 그걸 지금 말이라고 하고 있는 게야!」

「저 지금도 경아를 사랑하고 있습니다. 그래서 결혼도 했고 혼인신고도 한 겁니다.」

「뭐가 어쩌고 어째? 그래도 이놈의 자식이!」

윤 회장이 다시 골프채를 치켜들었다. 석구가 그 자리에 무릎을 꿇었다.

「아버지께서 때리시는 거, 조금도 두렵지 않습니다. 그리고 제가 한 일에 대해 후회도 없습니다.」

「이놈이 정말 정신이 어떻게 된 놈 아냐? 네놈이 지금 한 짓이 어떤 짓인지나 알기나 하고 하는 소리야?」

「잘 알고 있습니다.」

「알고 있어? 어휴! 이놈의 자식이 무얼 잘했다고 꼬박꼬박 말대꾸야, 말대꾸가!」

윤 회장이 탁자 위에 놓여 있는 재떨이를 집어서 석구를 향해 던졌다. 재떨이로 맞은 석구의 이마에서 붉은 피가 주르르 흘러내린다.

그때 여 비서의 다급한 목소리를 듣고 김 부장이 달려 들어왔다.

「회장님! 무슨 일이십니까?」

김 부장이 석구의 이마를 보고는 눈이 휘둥그레진다.

「아니! 이게 어쩐 일이십니까?」

김 부장이 석구를 잡아 일으킨다.

「그놈의 자식 당장 끌고 가서 정신병원에 처넣어 버려!」

윤 회장이 흥분해서 소리쳤다.

김 부장이 석구를 밖으로 데리고 나왔다. 그리고 병원으로 가자고 했지만, 석구가 김 부장의 팔을 뿌리치고 나가 버렸다.

회장실에 남은 윤 회장이 가쁜 숨을 몰아쉬며 소파에 등을 눕힌다. 유 비서가 물 컵을 들고 들어와서 테이블에 놓고 나간다.

석구를 데리고 나갔던 김 부장이 다시 들어왔다. 윤 회장이 눈을 감은 채 깊은 상념에 잠긴다.

「회장님, 너무 흥분하지 마십시오.」

「내가 자식을 잘못 키웠어.」

윤 회장이 여전히 눈을 감은 채 한숨 속에 말했다.

「윤 군도 무슨 생각이 있어서 한 일일 겁니다. 너무 상심 마십시오.」

「생각은 무슨 놈의 생각! 생각이 있는 놈이 그따위 짓을 해? 정신 나간 놈의 자식! 아무래도 내가 세상을 헛살았어!」

이윽고 집에 돌아온 석구가 옷 몇 가지를 가방에 챙겨 넣고 다시 나온다.

석구의 얼굴을 본 할머니가 소스라치게 놀라며 석구를 붙잡았다.

「아니, 네 얼굴이 왜 이래? 무슨 일이 있었던 게야?」

거즈로 상처 부위만 겨우 가려진 사이로 붓기가 역력했다.

「별거 아니에요, 할머니.」

「별것이 아니라니? 이렇게 눈가까지 부었구먼. 누가 이렇게 한 게야?」

「저 그만 갈게요, 할머니.」

「이 몸으로 어딜 간다고? 안 되겠다. 김 박사를 부르자.」

할머니가 석구를 끌었다. 석구가 겨우 할머니를 달래고 밖으로 나온다.

홍 여사는 석구가 나가고 잠시 후에 돌아왔다. 집에 돌아온 홍 여사가 방 안으로 들어갔다. 영숙이 홍 여사의 얼굴을

피고 주스 잔을 들고 들어왔다. 홍 여사가 넋 나간 사람처럼 침대 한 쪽에 앉아 있었다.

「혹시 어디 불편한 데라도 있으세요, 사모님?」

홍 여사가 자리에서 일어나 겉옷을 벗어 옷장에 넣는다.

「좀 전에 도련님 들어왔다가 나갔어요. 그런데…….」

홍 여사가 영숙을 본다. 영숙이 눈치를 보며 한 번 뜸을 들이고는 어렵사리 말을 이어 나간다.

「도련님 이마가…….」

「이마가 왜?」

「많이 다친 것 같던데…….」

「다쳐?」

석구가 경아 집에 들어왔다. 석구의 얼굴을 본 경아 어머니가 눈을 크게 뜨고 몹시 놀란 모습을 한다.

「그 얼굴이 왜 그래요? 그리고 그 가방은…….」

「별것 아니에요. 저 경아 방에 좀 올라갈게요.」

서구가 한 여사의 대답도 듣기 전에 가방을 들고 이층 경아 방으로 성큼성큼 올라갔다.

경아의 방.

방안은 경아가 살아 있을 때와 다름없이 깔끔하고 잘 정돈되어 있었다. 경아가 쓰던 물건들도 모두 제 자리에 그대로 놓여 있고, 경아의 사진도 한쪽 벽에 그대로 걸려 있었다.

다만 경아와 함께 찍었던 석구의 사진만큼은 그 자리에 보이질 않았다.

「앞으로 저 당분간 여기서 지내겠습니다.」

석구의 말에 적잖이 놀라는 한 여사.

「여기서 지내다니? 그게…….」

「저 어머님 사위입니다. 법적으로도 그렇고 제 마음도 그렇고요.」

「내 어제 미애 아버지한테 대충 얘기는 들었네만, 아무리 생각해도 내 생각으로도 그 일은 젊은이가 잘못 생각한 것 같아요.」

「아닙니다. 저는 조금도 잘못했다는 생각도, 후회도, 없습니다.」

「아무리 우리 애하고 약혼까지는 했다지만, 그 애는 지금 이 세상 사람이 아닌 건 사실이잖아요.」

「물론 알고 있습니다. 그리고 경아와 함께 아버님 어머님께 문안은 드릴 수는 없지만, 여기에 경아의 흔적이 남아 있지 않습니까. 경아의 체취가 이 방 안에 가득하고, 또 경아의 모습이 이 사진 속에 있고, 경아의 손때 묻은 피아노도 그리고 무엇보다도 제 가슴속에 경아의 따뜻한 입김이 항상 함께 숨 쉬고 있습니다. 그러니까 어머님께서도 저를 내치지 마세요.」

한 여사가 말을 잇지 못하고 눈물을 감추며 밖으로 나가 버렸다.

석구가 들고 온 가방을 열더니, 경아와 함께 찍은 작은 사진 액자를 꺼낸다. 그리고 액자를 책상 위에 놓고 잠시 들여다본다. 밝게 웃고 있는 경아의 모습이다.

몇 가지 물건들을 정리하고는 그 길로 인천 현장으로 내려갔다.

민 사장이 술을 좀 마시고 늦은 시각에 집에 들어왔다. 한 여사가 민 사장의 눈치를 살핀다.

「저녁은요?」

「대충……. 어머님은?」

「저녁 때 눌은밥 끓인 것 좀 드시고 지금 주무세요. 그런데…….」

한 여사가 민 사장의 눈을 피하며 말을 더듬는다.

「무슨 얘기야?」

「오늘 저녁 때, 그 젊은이 왔다 갔어요.」

「젊은이라니? 누굴 말하는 거야?」

「……?」

「아니! 그놈이 또 왔었단 말이요?」

「집에서 무슨 일이 있었는지…….」

민 사장이 한 여사의 얼굴을 살핀다.

「이마가 많이 다친 것 같았는데…… 병원에도 안 간 것 같더라고요.」

민 사장이 문득 낮에 윤 회장 만난 일이 생각났다. 사실 그 일로 온종일 마음이 무거워서 좀 이른 시간에 회사를 나와 이 실장과 술 한 잔 하고 들어오는 길이다.

「집을 나왔는지, 웬 가방까지 들고 와서는…….」

민 사장 마음이 불안했다.

「못난 놈!」

「큰애 방에서 한참을 있다가 갔어요.」

자리에서 일어난 민 사장이 이층 경아 방으로 올라왔다. 말끔히 치워진 방 안에는 석구의 옷까지 걸려 있었다. 책상 위에는 환하게 웃는 경아와 석구의 사진이 놓여 있었고, 석구의 물건도 보였다. 마치 경아와 함께 사는 방처럼 보였다.

민사장이 눈을 지그시 감는다. 그리고 길게 한숨을 몰아쉰다.

"이 일을 어쩔꼬.……. 앞으로 뭘 어쩌려고 이런 짓을…….”

그날 밤, 잠을 이루지 못하고 뒤척이던 민 사장이 자리에서 일어나 경아의 방에 다시 올라간다. 방 안에서는 여전히 경아의 체취가 나는 듯했다.

민 사장이 방 안에 있는 석구의 물건을 집어서 큼직한 가방에 쑤셔 넣는다.

그리고 잠시 방안을 둘러본다. 그러더니 이번에는 경아의 물건들을 다시 집어넣는다. 민사장이 경아의 물건까지 치우고는 방안을 둘러보고 나서 방문을 잠그고 나온다.

다음날 출근을 하면서 민 사장이 한 여사에게 다짐했다.

「앞으로 그놈 오더라도 큰애 방에 절대로 올라가지 못하게 해요.」

「여보!」

「임자도 쓸데없이 그놈한테 미련 같은 것, 두지 말고…….」

민 사장이 나가고 한 여사가 경아 방에 올라간다. 그러나 이미 방문이 굳게 잠겨 있었다. 한 여사가 문손잡이를 움켜잡고 하염없이 흐느낀다.

그 날 이후, 한동안 석구의 모습은 보이질 않았다. 그렇게 연희 지구 현장에서 바쁘게 지내고 있었다.

어느 주말에 미애가 현장으로 석구를 찾아왔다.

「오! 처제! 웬일이야, 여기까지?」

「그동안 잘 지냈어요?」

「그럼, 나야 잘 지내고 있지. 그러잖아도 오늘쯤 집에 올라가려고 했는데 마침 잘 왔어. 가만 있자…… 여긴 아직까지 우리 처제가 갈 만한 곳이 별로 없는데, 어쩌지? 이렇게 귀한 우리 숙녀님을 길거리에서 기다리게 할 수도 없고…….」

「제 걱정 마시고 어서 들어가서 일 끝내시고, 이 옷 갈아입고 나오세요.」

미애가 들고 있던 큼직한 쇼핑백을 내밀었다.

「이게 뭐야?」

「석구 오빠 속옷이에요.」

「내 속옷? 이걸 처제가 준비해 왔단 말이야?」

「그걸 왜 내가 해요. 엄마가 손질한 거예요.」

잠시 후, 석구가 승용차를 몰고 나타났다.

「석구 오빠 차 샀어?」

「아니, 회사 차야.」

올라오는 길에 몇 가지 선물을 장만한 석구가경아의 집을 찾았다.

석구를 본 한 여사가 반갑기는 했지만, 한편으로 불안한 얼굴을 한다. 민 사장의 다짐이 생각났기 때문이다.

「올라왔으면 집으로 바로 가지 않고, 여긴 뭐 하러 또 와요?」

「할머님은 좀 어떠세요?」

한 여사가 대답 없이 주방 쪽으로 들어갔다.

석구가 경아 방을 열려는데, 문이 열리지가 않았다. 몇 번을 흔들고 있는데 미애가 석구의 손을 잡는다.

「아빠가 잠가 놨어요.」

「아버님이? 아버님이 왜?」

석구가 아래층으로 내려오는데, 때마침 민 사장이 들어오고 있었다.

「아버님! 저 왔습니다.」

석구의 목소리에 잠시 머뭇하고는 석구를 쏘아본다.

「자네, 이리 좀 와서 앉아보게.」

석구 앞에 미애가 앉는다. 한 여사가 한쪽으로 서서 불안한 얼굴을 한다.

한참을 말이 없던 민 사장이 입을 열었다.

「지금부터 내 얘기 잘 듣게. 난 자네가 정말 보기가 싫어!」

「아버님! 전 아버님 사위입니다.」

「난 자네 그 소리도 듣기 싫고! 사위는 무슨 놈의 사위?」

「아버님!」

「듣고 싶지 않다고 하지 않나! 딸이 없는데 무슨 놈의 사위야, 사위가! 아닌 말로 자네가 우리 애하고 살림이라도 차렸나? 아니면 내 집에서 함께 하룻밤을 지내길 했나? 그런데 어떻게 사위야?」

「제가 아직 어려서 잘은 모릅니다만, 우리 할머니 말씀으로는 옛날에 혼인을 하고 첫날밤도 못 치르고 징병에 끌려간 신랑을 기다리며 평생을 혼자 살다간 사람도 있다고 들었습니다.」

「자네 지금 나하고 옛날이야기 하자는 건가?」

「하여간 저는 경아와 혼인을 했고 혼인신고까지 한 엄연한 아버님 어머님의 사위가 아닙니까?」

「누가 자네한테 그따위 짓을 하라고 했어? 그게 그렇게 자네 혼자서 했다고 해서, 자네 말대로 되는 일인가 말이야!」

「저는 경아를 사랑합니다. 절대로 순간의 기분에 따라서 한 행동이 아닙니다. 그러니 아버님! 제발 저를 인정해 주십시오.」

「뭐라고? 그래도 이 사람이!」

민 사장이 테이블 위 재떨이를 집어 들었다.

「여보!」

「아빠!」

한 여사와 미애가 기겁을 해서 민 사장을 잡는다. 재떨이를 들고 있는 민 사장의 손이 부들부들 떨리고 있었다.

「어휴! 이런 답답한 사람을 봤나! 그래 네놈이 죽고 없는 우리 애, 그 애 사진이라도 끌어안고 살참인가? 얼빠진 사람 같으니라고……. 자네가 이러는 거, 우리한테도 못할 짓이란 걸 왜 몰라! 어휴~! 이런 정신 나간 사람이 또 있나……. 당장 나가! 그리고 내일 당장 호적 정리하고, 다시는 내 집 앞에 얼씬도 하지마라!」

민 사장이 자리를 박차고 일어났다.

「그래요. 이제 그만 집으로 들어가요.」

한 여사가 타이르듯 말했다. 석구도 더 이상 앉아 있을 수 없었는지 밖으로 나왔다. 미애가 문 앞까지 따라 나왔다.

「아빠가 왜 그렇게 오빠를 미워하는지 모르겠어요.」

「그만 들어가, 또 올게.」
「오빠!」
미애가 선뜻 자리를 뜨지 못한다.
이 모습을 이층 창문에서 보고 있는 민 사장이 몸을 돌린다.
「못난 사람. 도대체 어쩌자는 건지…….」

밖으로 나온 석구가 갈 곳을 찾지 못한다.
한참을 차 안에 그렇게 앉아 있었다. 경아의 방 창문에는 불빛이 없었다.
차가 석구의 집 앞에서 멈춰 선다. 석구가 차에서 내리지 않고 망설이고 있을 즘 택시 한 대가 석구 앞에서 정차하더니 성미가 내렸다.
석구가 내려서 성미를 불러 세웠다.
「오빠!」
성미가 환하게 웃으며 다가온다.
「넌 어딜 이렇게 늦게 다니니?」
「언제 왔어?」
석구가 성미를 앞세우고 집 안으로 들어갔다.
석구를 본 홍 여사가 석구를 끌고 조용히 이층 석구 방으로 들어갔다.
「넌 도대체 어떻게 된 거니?」
「아버지 들어오셨어요?」
「왜? 아버지가 겁나긴 하니?」
「먹을 것 좀 있으면 주세요. 배고파요.」
「지금껏 끼니도 못 찾아 먹고 다니는 거야?」

「그렇게 됐어요.」

「못난 놈.」

석구가 자재과 조 과장과 술집에 마주앉았다.

「어쩐 일이야? 윤 대리가 날 다 만나자고 하고?」

「과장님하고 언제부터 술 한 잔 하고 싶었는데, 오늘에야 자리했습니다. 죄송해요.」

「그랬어? 윤 대리가 나한테 신세진 일도 없는데…… 하여간 고맙군.」

조 과장이 술잔을 들었다.

「그럼 우선 한 잔 하지.」

「네.」

석구가 술잔을 내려놓고, 조 과장의 얼굴을 살핀다.

「다음 달부터 마감 들어가죠?」

「일 공구부터 들어가지. 그건 왜?」

「실은 과장님께 부탁이 좀 있습니다.」

「나한테? 윤 대리가 나한테 무슨 부탁?」

「제 친구 부친께서 목재상을 하고 있는데, 그래서 마감 자재를 좀 써주실 수 없을까 해서요?」

「그쪽 자재는 현재 일신에서 들어오고 있는데…… 사실 그 문제는 내 소관이 아닐세. 그 얘기라면 부장님한테 먼저 얘기가 있어야 할 걸세.」

「알고 있습니다. 하지만 물건이 일신 한 군데서만 들어오는 건 아니잖습니까?」

「글쎄. 하여간 나야, 물건만 틀림없이 제 날짜에만 들어오면 상관은 없지만 그동안 그쪽하고 관계가 많아서…….」

「제가 부장님께도 말씀을 드리겠습니다. 그러니까 과장님께서 그렇게 아시고 협조 부탁드리겠습니다.」

며칠 후 석구가 조 과장과 신흥의 이 실장 그리고 김 과장을 조용한 술집에 함께하는 자리를 만들었다.

세 사람이 인사를 나누고 나서 이 실장이 조 과장에게 감사의 말을 했다.

「과장님께서 여러 가지로 힘써 주셨다는 얘기 들었습니다. 정말 감사합니다.」

「저야, 여기 윤 대리가 부탁을 해서 부장님께 말씀드린 것뿐입니다. 그리고 좀 섭섭하게 생각되실지 모르지만, 처음에는 들어올 자재는 그리 많지 않을 겁니다. 그동안 거래하던 곳이 있고 해서…….」

「잘 알고 있습니다. 그래도 과장님 현장에 저희 물건이 들어가게 된 것만으로도 저희 회사로서는 큰 발전이고 영광입니다. 정말 감사합니다.」

김 과장이 고마운 마음으로 머리를 조아렸다.

석구가 별도로 이 실장과 김 과장을 만나서 다짐을 했다.

「저희 현장으로 물건 들어오는 것을 민 사장에게는 말씀드리지 마세요. 그냥 다른 거래처를 확보했다고 하시고, 물건만 확실하게 보내 주시면 됩니다.」

「그야 여부가 있겠습니까. 그렇게 하겠습니다. 정말 감사합니다.」

이 실장이나 김 과장은 석구가 윤 회장 아들이란 사실을 알고 난 후로는 말을 놓지 않았다.

뜻하지 않은 큰 거래처를 얻은 신흥에서는 자재 확보에 나섰고, 공원들도 새로 모집해야 했다.

석구의 사무실에 인식이 찾아왔다. 인식은 석구가 군 복무할 때 같은 부대에서 근무하던 일 년 후배다.

두 사람이 현장 부근 작은 술집에 마주 앉았다.

「제대는 벌써 했을 테고…… 그래, 지금은 뭐해?」

「뭐하긴요, 이제 졸업 준비하고 있죠.」

「어! 그렇지 참? 그래 졸업 준비는 잘하고 있는 거야?」

「말도 마십쇼. 군대 제대하고 오니까, 이건 아주 왕따 아닙니까.」

「그러게 가끔 생맥주도 사고 그래. 그래야 그 재미로라도 같이 놀아주지.」

「그럴 만한 밑천이 어디 있습니까? 차비도 겨우겨우 얻어 쓰는 주제에…….」

「졸업하고 나면 이제 행정고시 봐야 하는 거 아냐?」

「고시가 어디 말처럼 그렇게 쉽습니까. 이제부터 고생바가지죠.」

「그럼 고시원에라도 들어가야지?」

「모르겠습니다. 술 좀 드십시오, 선배님.」

두 사람이 술잔을 비운다.

「그건 그렇고, 선배님 애인은 잘 있습니까? 혹시 벌써 연락도 없이 결혼까지 하신 건 아니죠?」

석구가 그 말에 힘없이 웃는다.

「선배님 퇴근이 몇 시입니까?」

「그건 왜?」

「선배님하고 같이 올라가게요. 설마 선배님 전철 타고 출퇴근하진 않으실 거 아닙니까?」

「어쩌지? 나 여기서 그냥 지내고 있는데…….」

「그래요? 그럼 집에는 안 가시는 겁니까?」

「응, 여기 일이 좀 바빠서.」

미애가 정말 오랜만에 어머니와 함께 시내를 나왔다.

연말을 맞은 시내에는 많은 사람들로 붐볐다.

여기저기서 크리스마스 음악이 흘러나왔고, 사람들의 손에는 저마다 선물 꾸러미가 들려져 있다.

어머니와 미애가 재래시장에서 생선도 사고 고기도 사고 그리고 과일이며 몇 가지 마른 생선까지 장만했다.

「엄마, 우리 저기 순대 좀 먹고 갈까?」

「엄마하고 이렇게 시장에서 이런 거 먹어 보는 거 정말 오랜만이다. 그치?」

미애가 어느새 어린애들처럼 얼굴에 밝은 웃음을 머금는다. 한 여사도 오늘만큼은 우울한 마음을 접고 미애의 행복해 하는 모습에 흐뭇한 마음이다.

「너, 내일 나하고 어디 좀 갈 수 있니?」

한 여사가 무거운 얼굴로 말했다.

「어딜?」

미애가 어머니 얼굴을 살핀다. 전에 없이 가라앉은 목소리에 무엇인가 힘든 말을 할 듯 한 표정이다.
「그냥 시간 좀 내 봐.」
다음날 한 여사가 몇 가지 음식을 준비하고 미애를 데리고 용궁사를 찾았다. 미애도 전에 석구와 한번 왔던 그 절이었다.
한 여사가 주지 스님을 만나 무슨 말인가 이야기를 하고 나서 스님의 안내를 받는다.
법당 안에 들어선 한 여사가 이내 서글피 흐느낀다. 미애도 언니 생각에 눈물이 흐른다.
「엄마!」
한 여사가 계속 흐느끼고 있었다.
미애는 목이 메어 말이 나오질 않았다. 마냥 눈물이 쏟아졌다.
그때서야 미애는 오늘이 언니 생일이라는 것을 생각해 냈다.
그렇게 긴 시간을 두 모녀는 말없이 흐느끼기만 했다.
법당을 나온 모녀가 절 뒷산 바위에 앉았다.
「엄마 왜 언니를 이 법당에 안치한 거야?」
「그 사람이 여기서 언니하고 혼례식을 올렸다는구나.」
「석구 오빠가 언니하고 여기서? 언제?」
미애는 석구가 언니와 결혼을 하고 혼인신고까지 했다고 말한 것을 상기했다.
「언니가 언제 왜, 우리도 모르게 여기서 결혼을 해?」
한 여사가 길게 한숨을 쉬었다.
「그게…… 언니가 죽고 난 후에 언니 사진을 놓고…….」
「그렇게도 할 수 있는 거야 엄마?」

「글쎄다. 나도 뭐가 뭔지 모르겠구나.」

「그럼 언니도 없는데, 석구 오빠 혼자서……?」

한편, 그날 석구는 삼목 도를 찾았다. 삼목 도는 석구가 경아를 마지막으로 보낸 곳이다. 경아의 분신이 흘러간 바다가 거기에 있었다.

그날따라 바람 한 점 없이 잔잔했다. 도시에서 느껴지는 화려한 연말 분위기는 없었다.

그저 한쪽으로 많지 않은 집들이 어촌 마을을 지키고 있을 뿐이었다. 저만치 소금밭에는 한 여름 건수를 품어 올리던 수차(水車)만이 차가운 겨울바람을 맞으며 을씨년스럽게 눈을 덮어쓰고 서 있었다.

석구가 코트 깃을 올리고 오솔길을 따라 걸었다.

석구가 고개를 들어 하늘을 본다. 잔뜩 찌푸린 하늘에서는 금방이라도 눈이라도 쏟아질 것만 같았다.

석구가 어느 허름한 술집으로 들어갔다.

잘 맞지 않는 문틈 사이로 바다 바람이 들어와, 한쪽 벽에 걸린 마지막 남은 한 장의 달력을 흔들고 있었다.

들창문 사이로 하나둘 눈발이 날리는가 싶더니, 이내 함박눈이 내리기 시작했다. 그리고 시끄럽게 사내들이 왁자지껄하며 서너 명의 어부인 듯싶은 나이 들어 보이는 사내들이 들어와 중앙에 연탄을 피워 놓은 둥근 술상 주위에 몰려든다.

「양희야! 여 술 좀 가져 온나!」

양희는 주모 강화 댁의 딸 이름인 듯했다.

키 큰 사내가 걸쭉한 목소리로 소리치면, 다른 사내들이 연탄불이 타고 있는 원형 술상에 나무의자를 끌어 놓고 자리를 잡는다.

「지게미 씨발, 날씨를 보니 내일 물질도 글렀구먼.」

조금은 뚱뚱해 보이는 키 작은 사내가 비린내 나는 털모자를 벗어서 한쪽으로 내던지며 투덜거렸다.

「그러게 말이여. 남들은 해 바뀐다고 고향노래들 하는데 이거야 원, 뭐 쥔 게 있어야 마누라 엉덩이라도 만지러 가지.」

「여기 동어 새끼 좀 올려놔 봐.」

깡마른 사내가 추위에 얼은 손을 연탄불에 녹이며 코를 훌쩍거렸다.

「삼길호 봉학이 요새 얼굴보기 힘드네?」

「그놈아 요즘 김포에선가 온 젊은 새 과부 치마폭 열기 바쁜 모양이던데.」

「쳇! 새 과부 좋아들 하시지 마시겨, 그 여편네 엉덩이 만진 사내가 어디 한둘인지나 들 아시가?」

강화 댁이 술 주전자를 놓으며 사내들을 힐끗 쳐다본다.

「우리 강화 댁이 질투 나나 베.」

사내들이 한바탕 웃는다.

「그런 구두쇠 땡감은 나도 실시다.」

「그럼 돈만 잘 쓰면, 싫지 않다는 얘기구먼?」

「그야 그렇지, 자네들 계집 그 구멍이 얼마나 깊은지 아는가들?」

「구멍?」

「그 구멍엔 댓 길 돛대가 다 들어가도 끝이 안 닿는다는 거여.」

「하하하!」

사내들이 침들을 튀기며 웃었다.

「그게 무슨 말들 이시가?」

강화 댁이 연탄불 위에서 익어 가는 동어를 뒤집으며 말참견을 한다.

「강화 댁이 정말 몰라서 묻는 거여?」

다시 사내들이 웃는다.

「지난겨울엔 박가 놈이 지 배 팔아서 옥선인가 그 여편네 구멍에 다 쑤셔 넣고, 지금 덕적 가서 남의 배타고 있지 않은 감.」

강화 댁이 말뜻을 알고는 사내들에게 눈총을 주고 자리를 뜬다.

사내들의 객쩍은 소리로 주점 안은 한동안 시끄러웠다.

석구가 밖으로 나오니 그새 내린 눈이 제법 발자국을 남길 만큼 쌓여 있었다.

한 여사가 집에 돌아오니, 할머니가 거실 소파에 나와 앉아 있었다.

「추운데 왜 나와 계세요? 방에 계시지 않고?」

「어멈아, 근데 왜 이층 큰애 방문은 잠가 놨어?」

「네에…… 그거요?」

한 여사가 말끝을 흐린다.

「미애는 어쩌고 혼자 들어오는 게야?」

「친구 만난다고 오다가 헤어졌어요.」

「글쎄, 어멈아. 아까 방에서 잠깐 잠이 들었는데, 꿈에 큰애가 보이더구나.」

「그러셨어요?」

「고것이 생시처럼 환하게 웃고는 이층 방으로 올라가는 게 아니겠어. 그 모습이 어찌나 생생한지…… 그래, 눈을 뜨고 큰애 방엘 가보니 문이 잠겨 있더구나. 어휴~ 몹쓸 것! 이 추운 한겨울에 어디서 어떻게 하고 있을꼬.」

한 여사가 오늘 절에 다녀오길 잘한 듯싶었다. 자기를 찾아준 게 고마워서 할머니 꿈에 나타난 건 아닐까 생각해 본다.

어머니와 헤어진 미애가 친구 용숙이를 만나 연말 분위기로 들떠 있는 명동에 나왔다.

둘이 사람들 사이를 헤집고 한 분식점에서 떡볶이와 김밥으로 허기를 채우고, 백화점 안으로 들어갔다. 백화점 안에는 많은 사람들로 붐볐다. 용숙이 애인에게 준다며 가죽 장갑을 고르며 미애에게 자랑을 한다.

미애도 잠시 망설이다 장갑 하나를 집어 들었다. 용숙이 애인 자랑을 하는 게 부러우면서도, 한편으로는 질투심이 생겼다.

「너 요즘 애인 생겼니?」

용숙이 미애가 선물을 고르는 것을 보고 의외라는 듯 물었다.

「왜? 난 애인도 없는 줄 아니?」

미애가 조금은 으쓱한 몸짓을 하며 장갑을 내밀었다.

「예쁘게 포장해 주세요.」

이들에게 작은 선물이지만, 마음은 한없이 흐뭇했다.

미애와 용숙이 백화점을 나오는데, 한쪽으로 묵직한 쇼핑백을 양팔에 들고 나오던 윤희가 미애를 보고 다가왔다.

「선물 사러 나왔나?」

윤희가 미애를 보며 빙긋 웃는다.

그러나 미애는 잠시 어리둥절했다. 지난번 석구와 술을 마시고 윤희의 차를 타고 집까지 왔지만, 미애는 그 기억이 선뜻 나질 않았다.

미애가 멍하니 보기만 하고 있으려니까 윤희가,

「왜? 나 모르겠어? 기억이 잘 안 나는 모양이지? 나 석구 씨 여자 친구, 윤희야.」

하고 말을 건데다. 그때서야 기억이 나는 듯 미애가 고개를 끄떡한다.

「선물 많이 샀어?」

윤희가 미애의 작은 선물포장을 보며 비웃기라도 하듯 반말로 말했다.

미애가 곱지 않은 눈으로 윤희를 힐긋 쳐다본다.

「나 오늘 석구 씨 만날 건데, 그날 이후에 석구 씨 만났었나?」

「먼저 갈게요.」

미애가 용숙의 팔을 끌고 자리를 떠났다.

집으로 들어온 미애가 심통이 나서 들고 온 선물 포장지를 내던지고 책상 의자에 무너지듯 주저앉았다.

'오늘 만나기로 했다고? 흥! 위선자, 뭐? 지금도 언니를 사랑하고 있다고? 쳇! 나쁜 자식! 도둑놈!'

미애가 경아의 방문을 열었다. 그러나 경아의 방문은 그때까지도 굳게 잠겨 있었다.

미애가 다시 방으로 들어와 거울 앞에 서서 자신을 본다. 어딘지 모르게 부족한 것만 같았다.

미애가 수건을 들고 샤워실로 들어갔다. 한참 만에 샤워 실에서 나온 미애가 머리를 만지고는 옷장에서 이것저것 외출복을 꺼내 놓고 입어본다.

그러나 마음에 드는 마땅한 외출복을 찾지 못한다. 미애가 실망해서 꺼내 놓은 옷들을 아무렇게나 다시 옷장에 쑤셔 넣고는 아래층으로 콩콩 내려왔다.

그리고 안방으로 들어가서는 대뜸 엄마에게 소리치듯 내뱉었다.

「엄마! 나 옷 사줘!」

난데없는 미애의 소리에 한 여사가 어이없다는 표정이다.

「나 외출복 한 벌만 사달란 말이야!」

「별 싱거운 년을 다 보겠네. 아닌 밤중에 홍두깨라더니, 밖에서 뭘 잘못 먹고 들어왔어? 별안간 하지 않던 웬 옷 타령은…….」

「나도 이제 대학생이라고. 다 큰 성인이란 말이야!」

미애가 휙! 나간다. 한 여사가 미애의 뒷모습을 한동안 보고 있다. 그리고 빙그레 웃으며 혼잣말로,

「저것도 이제 어느새 다 컸구나.」

중얼거린다.

결국 미애는 엄마를 졸라서 경아 방문을 열었다. 그리고 모처럼 만에 얼굴에 화장을 한다.

그리고 경아 옷으로 제 딴에는 한껏 모양을 내고 거울 앞에 서 본다. 그러나 왠지 어색하다.

미애가 백화점에서 사 들고 온 선물을 들고 밖으로 나간다. 그러나 자신이 들고 있는 선물 포장지가 한없이 초라한 생각이 들었다. 백화점에서 만났던 윤희의 큼직한 선물상자를 생각하니 초라한 마음이 더욱 커져만 갔다.

'나 오늘 석구 씨 만날 건데, 그 날 후에 미애도 석구 씨 만났었나?'

그 말을 생각하니, 더욱 자신이 작아지는 느낌이 들었다.

눈은 그쳐 있었고, 좀 전까지 내린 눈이 발목을 덮고 있었다.

미애가 석구를 찾아가려던 마음을 접고 지금까지 온 발길을 되돌린다. 약간 비탈진 길을 걸어 올라가는데, 승용차 한 대가 앞질러 미애 집 앞에서 멈췄다. 그리고 차에서는 석구가 내리고 있었다.

그 모습을 본 미애는 순간 뭉클하고 가슴에 무엇인가가 콱 막히는 것 같았다. 그리고 자신도 모르게 눈물이 주르르 흘렀다.

「석구 오빠!」

미애가 달려가다 그만 눈길에 미끄러지고 말았다.

석구가 달려와 미애를 일으켰다. 미애를 보는 순간, 전에 보지 못했던 미애의 모습에 조금은 어리둥절한 표정을 짓는다. 미애의 눈에는 눈물이 하나 가득 고여 있었다.

「많이 아픈 거야?」

미애가 석구의 품에 안긴다. 그리고 눈물을 왈칵 쏟는다.

「어딜 갔다 오는 거야? 이렇게 예쁘게 차려입고!」

미애는 석구의 품이 한없이 포근했다. 영원히 이렇게 있고 싶었다.

지금쯤 윤희라는 여자와 함께 있으리라고 믿었던 석구가 이렇게 자신을 품에 안고 있다는 게 믿기지 않게 고마웠고 기뻤다.

미애와 석구가 들어오는 것을 보고 한 여사가 움찔하고 놀라는 모습이다. 그리고 미애와 석구를 번갈아 본다. 마음으로는 석구가 한없이 반가웠지만, 내색을 할 수 없었다.

석구가 갖고 온 쇼핑백에서 물건을 꺼냈다. 그리고 식구에게 골고루 선물을 내밀었다.

「웬 걸 이렇게 들고 다녀요? 그냥 오면 어때서.」

「저 오늘 연말 보너스 많이 받았어요. 그래서 조금 준비했습니다. 아버님은 아직 안 들어오셨습니까?」

「요즘 회사 일이 많이 바쁘신 모양이야. 늘 늦으시는 게…….」

할머니는 석구가 내민 빨간 내복을 들고 멍하니 앉아만 있었다. 그리고 석구의 얼굴을 빤히 보더니,

「오늘도 혼자만 온 거여? 우리 큰애 안온 게야?」

묻는다.

「다음번엔 꼭 함께 올게요. 할머니.」

「고년은 이 할미가 보고 싶지 않은 게야. 그래서 코빼기도 안 보이지? 고얀 년!」

할머니가 입을 내밀고 자리에서 일어나 방으로 들어가 버렸다.

석구가 경아 방에 들어오니, 책상 위에 올려놓았던 사진 액자가 보이지 않았다.

순간 석구의 얼굴이 굳어진다. 그러다 이내 표정을 바꾸고, 갖고 온 꽃을 화병에 담아 책상 위에 올려놓는다.

그 모습을 보고 있는 미애의 마음이 무거워진다.

「오빠는 지금도 언니를 사랑해?」

「……왜?」

석구가 태연한 얼굴로 웃음을 지어 보인다.

「언니가 없는데, 어떻게 사랑을 해?」

「스님들은 부처님이 없어도 석가를 사랑하지 않나?」

「그런 게 어디 있어? 그럼 언니가 부처님이란 말이야?」

「나한테는 언니가 하느님이지.」

「피~ 말도 안 돼.」

석구가 몸을 돌려 미애의 얼굴을 부드러운 눈으로 바라본다.

「그런데 왜 그런 걸 물어보지? 사랑은 꼭 옆에 사람이 있어야만 할 수 있는 거라고 생각해? 사랑은 마음이야. 그리고 내 마음속엔 언니의 모습이 항상 함께 있거든.」

「오늘 오빠, 윤희라는 여자 만났어?」

「윤희? 처제가 윤희를 어떻게 알지?」

「오늘 오빠 만날 거라고 하던데.」

「아니, 지금 사무실에서 바로 오는 길인 걸. 윤희가 그랬어? 날 만난다고?」

「그 여자 오빠를 좋아하는 모양이던데, 그 여자하고 결혼할 거야?」

「그게 무슨 말이야? 결혼이라니……. 난 이미 언니하고 결혼했는데, 무슨 결혼을 또 해?」

「체, 그게 무슨 결혼이야?」

미애가 혼잣말로 중얼거렸다.

언제부턴가 미애는 석구를 언니의 남자가 아닌 또 다른 한 남자로 보고 있는 자신을 발견하고 스스로 놀라고 있었다.

한 여사가 들어온다.

「애 아버지 들어오기 전에 저녁식사 하고 가요.」

어느새 식탁에는 정성이 담긴 저녁상이 차려 있었다.

석구가 선물을 사 들고 집으로 돌아오니, 집에는 벌써부터 윤희가 와 있었다.

석구 부모님도 그동안 윤희를 그다지 탐탁하게 생각하지 않고 있었으나 석구가 경아 집을 드나들며 경아에 대한 미련을 버리지 못하는 것을 보고는 윤희의 존재를 받아들이는 쪽으로 체념하는 듯했다.

「사무실에서는 오전에 올라갔다고 하던데…… 지금까지 어디 있었어?」

윤희의 말에 석구가 건성으로 대답을 하는 둥 마는 둥 이층으로 올라갔다. 윤희가 방에까지 따라 올라왔다.

「석구 씨 주려고 나 선물 하나 샀는데…….」

윤희가 작은 상자 하나를 석구 앞에 내려놓는다. 석구가 말없이 윤희가 놓는 상자를 본다.

「안 열어 볼 거야?」

「뭘 그런 걸 사오고 그래? 나중에 볼게.」

「어서 열어 봐.」

윤희가 작은 상자를 석구 앞으로 내민다. 상자 안에는 손목시계가 들어 있었다. 보기에도 꽤나 값나가 보이는 것 같았다.

「뭐 하러 이런 걸사와?」

「그냥 석구 씨 주고 싶어서 샀어.」

윤희가 석구의 팔을 잡고 차고 있던 시계를 풀어 놓고 자기가 가져온 시계를 채워 주었다.

석구가 무표정한 태도로 윤희의 행동에 자신을 맡긴다. 윤희는 그런 석구의 행동에 흐뭇해하고 있었다.

「석구 씨, 나 이번에 미국 들어갈 때 석구 씨랑 함께 가고 싶은데.」

「미국엘?」

「응. 이번에 오빠 들어오기 전에 나갔다 오빠 결혼할 때쯤 들어오려고. 그래서 석구 씨랑 함께 가려고 부탁해 놨는데? 나도 좀 나가 있고 싶고…….」

「어머님은 어쩌고 또 미국엘 나가?」

「엄마야, 뭐…… 내가 있으나 없으나 지, 뭐. 석구 씨, 함께 갈 수 있지?」

「난 그럴 생각 없어.」

「그냥 여행 간다고 생각하면 되잖아.」

「내가 그럴 시간이 어디 있어?」

「시간 걱정은 하지 마. 이미 어머님 아버님께 말씀 드려서 허락도 받은 걸? 그리고 요즘 석구 씨 마음도 복잡하잖아?」

「그게 무슨 말이야? 복잡하다니…….」

「그걸 몰라서 내게 묻는 거야?」

「혼자 다녀와. 난 그럴 생각 조금도 없으니까.」

「석구 씨도 세상을 좀 넓게 살아라. 언제까지 이 좁은 땅에서만 살 거야? 지금이 두루마기에 갓 쓰고 사는 세상도 아닌데. 앞으로 좀 더 넓은 세상을 살아야 할 것 아냐?」

새해 들어서 민 사장의 회사도 많이 바빠졌다. 본격적으로 연희 지구 현장에 마감 자재들이 들어가기 시작했고, 회사도 많이 바빠졌다. 그래서 공원들도 충원하고 기계들도 새로 교체하고 장비도 새로 구입했다.

야적장에는 자재들이 쌓여 갔고, 관리직도 몇 명 더 새롭게 채용했다.

며칠 후, 윤 회장이 석구를 사무실로 불렀다.

「너 당분간 외국에 좀 나갔다 와!」

「외국이라니요?」

「마침 이번에 윤희 처녀가 미국에 나간다니까 함께 다녀오도록 해.」

석구는 지난번 윤희가 한 말이 생각났다.

「윤희와 함께 말입니까?」

「네놈 하는 행동을 봐서는 두 번 다시 마주 하고 싶지 않지만, 당분간 나가서 마음 고쳐먹고 들어와! 그땐 네놈도 지금 하고 있는 짓이 얼마나 미련한 생각인 줄 깨닫게 될 거야. 그러니 아무 소리 말고 당분간 나가 있어!」

「싫습니다. 전 나가지 않겠습니다.」

윤 회장이 눈을 부라리고 석구를 쏘아본다.

「제가 왜 윤희하고 외국엘 나갑니까? 저는 경아와 결혼을 한 몸입니다.」

「결혼이라니?」

윤 회장은 어이가 없는 표정을 짓는다. 무어라 할 말이 없었다. 그동안 조금도 변한 게 없지 않는가.

「이놈의 자식이 아직도 정신을 못 차리고…….」

윤 회장이 자리에서 벌떡 일어난다.

「이놈의 자식을! 정말 정신병원에라도 처넣어야 제정신 돌아올 놈인게야?」

「아버지!」

「잔소리 말고 그렇게 해! 」

윤 회장이 금방이라도 손이 올라갈 심산이다.

미애 할머니가 깨끗하게 새 옷에 입술에는 빨갛게 루주까지 바르고 얼굴에는 진하게 화장까지 한 모습으로 방에서 나온다.

이 모습을 본 한 여사의 눈이 휘둥그레진다.

「어머님!」

「나 밖에 좀 다녀와야겠다. 돈 좀 다오.」

「밖이라니요? 어딜 가시게요?」

「아무래도 요것이 이 할미가 보기 싫어서 안 오는 게야. 고얀 년! 내가 오늘은 고것을 찾아가서라도 당장 요절을 내서 끌고라도 올 참이니까, 그리들 알아!」

「어머님! 그게 무슨 말씀이세요?」

「아! 잔소리 말고 어서 돈이나 좀 내 봐!」

「어머님. 이러지 마시고 방에 들어가 계세요. 다음번엔 윤 서방이 데리고 온다고 하잖아요.」

한 여사가 할머니를 부축하고 방으로 모시려 하지만, 할머니는 막무가내다.

「놔라! 느이 것들이 작당을 해서 나만 쏙 빼고 밖에 서들 만나는 게야. 고얀 것들! 이제 이 할미가 늙었다고 괄시들 하는 모양인데, 느이 것들은 늙지 않고 평생 살 것 같으냐? 이것들아. 아, 어서 돈이나 내 놔!」

「어머님! 무슨 그런 말씀을 하세요?」

「할머니. 큰아가씨 집이 어딘 줄이나 아세요?」

서산 댁이 주방에서 나온다.

「집? 집이라고? 오라, 그러고 보니 요것들이 지금까지 이 할미한테는 고것이 살고 있는 집도 어딘지 일러 주지 않았구먼.」

「어머님! 다음번에 제가 모시고 갈 테니 오늘은 그만 들어가세요.」

「아니다. 내 걸어서라도 찾아갈 참이니까 돈 주기 싫으면 관둬라!」

할머니가 현관문 쪽으로 나간다. 한 여사가 기겁을 해서 팔을 잡는데, 문이 화들짝 열리며 때마침 미애가 들어온다.

「오! 그래, 너 마침 잘 들어왔다. 냉큼 앞장서!」

미애가 할머니를 보고 어머니를 본다.

「무슨 일이야, 엄마?」

「할머니 모시고 어서 들어가.」

어머니 말에 미애가 눈치를 채고 얼른 할머니 팔을 잡아끈다.

「할머니. 할머니 좋아하는 군고구마 사왔다. 방에 들어가서 같이 먹자, 할머니.」

미애가 먹을 것을 사왔다는 말에 할머니가 이내 어린아이처럼 행동이 달라진다.

새 학기에 들어서면서 미애도, 석구 동생 성미도, 이제 한 학년씩 올라 대학 이년생이 됐다.

그리고 그 즈음 석구도 연희 지구 현장에서 그리 멀지 않은 곳에 방 하나를 얻어서 혼자 생활하고 있었다. 어느 날 그곳에 대학을 졸업한 인식이 찾아왔다.

두 사람이 작은 술집에 마주 앉았다.

「이제 졸업해서 속 시원해?」

「모르겠습니다. 그런 얘긴 나중에 하고, 오늘은 선배님하고 술이나 마시려고 왔습니다.」

인식이 안주를 주문한다.

그날 인식은 석구의 방에서 함께 하루를 보내고 다음날 올라갔다.

한편, 새 학기가 시작되고 미애와 용숙이 교문을 나오는데 누군가가 미애에게 아는 척을 했다. 성미였다.

미애가 잠시 생각한다. 그리고 그가 석구의 동생 성미란 것을 알아본다.

「저 전에 본 적 있죠? 전에 집 앞에서 본 것 같은데…….」

「안녕하세요?」

미애가 공연히 기가 죽어 말끝을 흐린다.

「우리 학교에 다니고 있었어요? 그런데도 몰랐네. 우리, 어디 가서 얘기 좀 할까요?」

두 사람은 가까운 커피 점에 마주 앉았다.

「그러잖아도 한번 만나고 싶었는데…….」

성미의 말에 미애가 잠시 불안한 모습을 한다.

「요즘도 우리 오빠 자주 만나요?」

미애는 무슨 말을 어떻게 해야 할지 몰랐다.

「그쪽 집 때문에 지금 우리 오빠가 어디서 어떻게 지내고 있는지 알기나 하세요?」

미애가 성미의 얼굴을 잠시 바라본다.

「집 나가서 혼자 방 얻어 살고 있어요. 어차피 끝난 인연에 이렇게까지 집착하는 이유가 뭐예요? 도대체 어쩌자는 거예요?」

「그걸 저희 집 탓이라고 생각하세요?」

「그럼 뭐예요? 왜 지금도 그쪽 집을 찾아다니는데요? 요즘 세상에 결혼을 해서 살다가도 이혼을 하면 그만인데, 결혼한 것도 아니고 겨우 약혼한 걸 가지고 끝까지 오빠 인생을 잡고 있을 생각이세요? 더욱이 지금 그 여자는 이 세상에 없는 사람 아닌가요?」

미애의 얼굴이 파르르 떨린다.

「그런 얘기라면 저도 무어라 할 말이 없어요.」

「그럼 그 얘기는 그쪽 집에서 오지 못하게 하는데도 저희 오빠가 찾아간다는 말 같네요?」

「제가 대답할 얘기가 아니네요.」

미애가 자리에서 일어났다. 성미가 눈을 치켜뜨고 미애를 쏘아본다.

집으로 돌아온 미애가 신경질적으로 가방을 침대에 내던진다. 그리고 책상에 엎어져 흐느끼기 시작했다.

어머니가 들어왔다.

「왜 그래? 밖에서 무슨 일 있었던 거야?」

미애가 자리에서 일어나 침대로 가서 이불을 머리까지 뒤집어쓰고 흐느낀다.

「무슨 일이야?」

「몰라! 말하기 싫어, 나가!」

미애가 소리친다.

「석구 오빠 앞으로 우리 집에 오지 못하게 해!」

「아니 얘가……? 왜? 그새 싸움이라도 했니?」

「나가! 나가란 말이야!」

엄마가 한동안 서서 미애를 본다. 그러다 자리에서 일어나 밖으로 나간다.

그날 밤 한 여사가 잠자리에서 민 사장에게 낮에 있었던 미애의 행동을 얘기했다. 민 사장도 한숨만 쉴 뿐, 별다른 말은 없었다.

「이 일을 앞으로 어떻게 했으면 좋아요?」

「뭘 어떻게 해! 못난 놈!」

민 사장이 몸을 돌려 눕는다.

「그러니 찾아오는 사람을 내쫓을 수도 없고…….」

「모르긴 해도 머지않아 그쪽에서 법적인 문제까지 들고 나올게 뻔한데…….」

「법이라니요?」

「그놈이 한 짓을 법적으로 매듭짓겠다고 하겠지.」

「무슨 매듭을 어떻게?」

「필경 큰애를 두 번 죽이는 일이 될지도 모를게요. 나, 참…….」

「그러니 어쩌면 좋아요? 어떻게 우리가 해결하는 방법은 없는 거예요?」

「방법은 무슨 방법! 제 놈이 한 짓인데, 우리가 무슨 방법이 있어!」

민 사장이 자리에서 일어나 나간다.

거실로 나온 민 사장이 아직 어둠이 깔린 창가로 가서 문을 연다. 차가운 밤바람이 쏟아져 들어왔다.

한 여사가 뒤따라 나와 거실 전등을 켠다.

「아직도 밖에 바람이 차가운데, 왜 문은 열고 그러세요?」

민 사장이 등을 보인 채 아무런 미동도 없이 차가운 바람을 맞는다.

한 여사가 다가와 민 사장 옆으로 와서 문을 닫는다.

「감기 드세요.」

「못난 자식…….」

「누구 말이세요?」

「뭐가 그리 급해서 식구들 놔두고 혼자 그렇게 서둘러 갔누.」

「큰애 생각하세요?……. 그러고 보니 그 애 간지도 벌써 한 해가 다 되어 가네요.」

「저 문으로 환하게 웃으며 들어오던 모습이 생생한데…… 몹쓸 자식.」

민 사장의 눈이 흐려진다.

다음날, 미애가 오전 강의를 끝내고 인천행 전철에 올랐다.

늦은 4월의 봄 날씨치고는 제법 후덥지근하게 느껴졌다.

차창 밖으로 보이는 소사 역 등산에는 어느덧 복숭아나무에 꽃망울들이 산을 덮고 있었다.

오후 세 시쯤에서야 미애는 석구가 근무하고 있는 연희 지구 아파트 신축 현장에 도착했다.

미애가 경비실 근방을 서성거린다. 건축 자재를 가득 실은 트럭들이 미애 앞을 지나 안으로 들어가고 있었다.

그 물건들이 미애 아버지 회사에서 들어오는 건축 자재인 것을 미애는 알 리 없었다. 트럭을 안으로 보내고 나서 경비가 미애 앞으로 다가왔다.

「누굴 찾아오셨습니까?」

「저…… 석구 오빠 좀 만나러 왔는데, 아직 근무 시간이죠?」

「석구라면? 사무실에 있는 윤 대리를 찾으시나?」

「네.」
「잠깐 기다려 봐요. 내 연락해 보죠.」
잠시 후 밖으로 나온 석구가 미애 얼굴을 보고는 의외라는 듯 환한 얼굴을 하고 다가왔다.
「어쩐 일이야? 전화도 없이, 처제가 여기까지?」
「퇴근시간 되려면 아직 멀었어요?」
「이렇게 귀한 처제가 여기까지 왔는데, 지금 퇴근 시간이 문젠가? 잠시만 기다려. 내 옷 갈아입고, 금방 나올게.」
다시 나온 석구가 미애를 끌고 시내 쪽으로 나가려는 것을, 미애가 끌고 석구가 자취하고 있다는 집으로 왔다.
그리 크지 않은 방에는 책상 하나에 간이 옷장 그리고 벽에 걸린 거울이 전부였다. 책상 위에는 경아와 함께 찍은 사진이 액자에 담긴 채 놓여 있었다.
「여기가 오빠 혼자 살고 있는 집이야?」
「왜? 실망했지?」
「좀 그렇다.」
「잠만 자는 건데, 뭐.」
「밥은?」
「밥은 회사 식당에서 하고.」
석구가 쓸쓸히 웃는다. 미애는 그런 석구의 모습에 왠지 측은함이 생겼다.
「집에서는 왜 나왔어요?」
「나오긴, 그냥 왔다 갔다 하기도 번거롭고…… 그리고 여기 현장도 한 삼 개월 후면 끝날 거고.」

「여기 끝나면 다음은 또 어디로 가는 건데?」

「글쎄,…… 아, 잠깐만 기다려. 내가 나가서 먹을 것 좀 사올게. 집에는 먹을 게 하나도 없거든.」

석구가 나가고 미애가 혼자 방 안을 둘러본다. 그리고 이곳저곳에서 빨랫감을 챙겨 들고 밖으로 나갔다.

그리고 수돗가에 쪼그리고 앉아서 옷가지를 빨기 시작했다. 사실 빨래라곤 미애도 해본 기억이 별로 없다.

조금 후 밖에 나갔던 석구가 큼직한 비닐봉지를 들고 와서 미애의 모습을 보고는 화들짝 놀라서 미애 손을 잡아 일으켰다.

「뭐하는 거야, 지금? 이런 걸 처제가 왜 해?」

「다했는데, 뭐. 조금만 하면 끝나요.」

미애가 빨고 난 옷들을 줄에 걸었다. 석구가 서둘러 미애를 방으로 끈다.

「별로 먹을 것이 없어서 어쩌지? 차타고 조금만 나가면 식당 있는데, 밖으로 나갈까?」

「됐어요. 집에 라면 같은 거 없어요?」

「라면? 라면 먹게? 라면은 있는데…….」

「그럼, 내가라면 끓일게요.」

미애가 라면을 끓이고 석구는 안집에서 김치를 얻어 와서 함께 낄낄대며 맛있게 먹는다.

미애는 여기 올 때까지만 해도 석구에게 하고 싶은 말이 산처럼 많을 것 같았는데, 막상 석구의 얼굴을 대하고 보니 아무 생각이 나질 않았다.

그리고 겨우 한다는 말이 어린애 응석 부리듯 몸을 꼬며,

「나 어제 많이 슬펐어요.」

이에 석구는 놀란 눈으로 묻는다.

「왜?」

「그냥.」

말을 하고 나서 미애가 싱겁게 웃었다. 그리고 왠지 얼굴이 붉어지는 것을 느꼈다.

「어이구! 우리 처제를 누가 얼마나 슬프게 했을까?」

「오빠는 그 처제 소리 말고는 다른 말로 나를 부르면 안 돼요?」

「다른 말? 있지.」

「그게 뭔데요?」

말을 해놓고는 미애는 가슴이 팔딱거렸다.

「뭐라고 불러 줄까? 음…… 예쁜 우리 작은 공주! 어때?

미애가 실망의 눈으로 석구를 흘겨본다.

「이번 주말에 나하고 어디 좀 갈까?」

미애가 석구를 빤히 바라본다. 그리고 석구의 마음을 읽는다.

토요일 오후 미애를 태운 석구의 승용차가 교외 길을 달리고 있다.

가는 중간에 석구는 한 아름의 꽃다발을 챙겼다.

이날 석구는 미애와 함께 용궁사를 찾았다. 용궁사에 도착해서야 미애는 전에 어머니와 함께 찾아왔던 일을 기억했다. 미애가 석구의 얼굴을 본다.

전에 없이 석구의 얼굴은 맑아 보였다. 정말 사랑하는 사람이라도

만나러 온 사람처럼 환하게 웃기까지 했다.

그런 석구의 모습을 미애는 이해할 수가 없었다. 지금은 죽고 없는 사랑하던 사람의 사진 한 장을 보기 위해서 찾아온 사람이라곤 느껴지지 않았다.

석구와 미애가 법당 안으로 들어서니, 누군가 경아의 사진 앞에 엎드려서 흐느끼고 있는 게 아닌가. 그 모습을 보고 석구와 미애가 다가간다. 그리고 그가 다름 아닌 미애 어머니란 것을 알고, 세 사람이 동시에 놀란 얼굴을 한다.

「엄마!」

「아니, 너희들이 여길 어떻게……?」

석구가 다가와 한 여사의 손을 덥석 잡았다. 그리고 감격해 한다.

「어머님은 언제 오셨어요?」

석구의 모습을 본 한 여사가 자리에서 일어난다.

「어떻게 알고들 왔어?」

한 여사가 눈물을 닦는다.

「어떻게 된 거야, 엄마?」

「어머님께서도 오늘이 경아 기일인지 알고 오셨군요?」

사실 이 날은 경아가 떠난 지 일 년이 되는 기일이기도 했다. 그래서 한 여사가 찾아왔고, 석구도 찾아왔던 것이다. 그러나 미애는 이 모든 사실을 알지 못한 채 석구를 따라왔던 길이다.

이날 모처럼 석구는 미애와 함께 어머님을 모시고 고향농원이라는 조용한 야외 식당에 함께 자리했다.

「그동안 어머님께는 정말 너무 죄송했습니다.」

석구의 말에 한 여사는 아무런 말을 할 수가 없었다.

이렇게 마주 앉아 있는 게 맞는 도리일까 하는 생각으로 불안한 생각뿐이다. 사실 마음으로야 이 얼마나 고맙고 벅찬 기쁨이 아니겠는가.

죽고 없는 자식을 지금껏 잊지 않고 찾아주는 게 더 없이 고맙고 가슴 저린 일이지만, 석구 입장에서 생각하면 이럴 수 없다는 걸 너무나 잘 알고 있기도 했다.

「듣자 하니, 혼자 나와 있다고 들었는데…… 그러지 말고 집에 들어가요.」

「가끔씩 찾아가요.」

「집에 할머니도 계시는데, 큰 사람이 이렇게 나와 있는 건 누구에게도 도움이 안 돼요. 도리어 부모님께 걱정만 끼치게 되고…….」

「잘 알고 있어요. 하지만 당분간 시간이 필요할 것 같아서요.」

「누가 뭐라고 해도, 지금 젊은이의 행동은 옳지가 않아요. 물론 우리한테도 그렇고…… 더더욱 젊은이 부모님께 용서받을 수 없는 일이 될 수 있어요.」

「그러니까 어머님께서 저를 좀 도와주세요. 저한테는 지금 아무도 없습니다. 경아가 없다는 하나만으로 저를 미친놈 취급을 하시는데, 저 정말 경아를 사랑해요. 물론 지금도 그 마음은 변함없고요. 그런 제 마음을 믿어 주지 않는 게 너무 섭섭합니다. 모두가…….」

석구가 말을 하는 동안, 미애가 말없이 듣고만 있다. 그러나 미애로서도 그런 말을 하고 있는 석구가 선뜻 이해되지 않았다. 현재 죽고 없는 사람을 가슴에 담고 있다는 게 이상하게까지 생각됐다.

미애 집 앞까지 와서 한 여사가 석구에게 그만 돌아갈 것을 부탁했지만, 석구는 미애를 앞세우고 안으로 들어선다.

그때까지 민 사장은 집에 들어오기 전이었고, 소파에 앉아 있던 할머니는 석구를 보자마자 반색을 했다.

「아니! 이게 누구여? 젊은이 아녀? 어디서들 만난 게야?」

이날 할머니의 행동으로 봐서는 조금도 이상함을 찾아볼 수 없었다.

「할머니, 석구 오빠가 누군지 알아?」

「요것아 누군 누구야, 느이 언니하고 약혼까지 했던 젊은이 아녀.」

「할머니, 정말 이젠 괜찮은 거야?」

「어머님! 이제 정신 나세요?」

「무슨 소리들 하는 게야? 내가 뭐 어쨌다고들 그래?」

할머니는 언제 정신 놓은 적이 있나 싶을 정도로 멀쩡했다.

한 여사가 모처럼 환한 얼굴을 한다. 그리고 석구가 준비해 온 딸기 상자를 할머니 앞에 내 놓았다.

「젊은이가 어머님 드시라고 사 온 거예요. 좀 들어 보세요.」

「고마우이. 이렇게 잊지 않고 찾아 주다니……. 그런데 아직 철도 아닌데 웬 딸기야?」

「할머닌 요즘 제철과일이 어디 있어? 이런 건 한겨울에도 얼마든지 있다.」

할머니가 석구의 손을 잡고 눈시울을 붉힌다.

「고마워, 젊은이. 이렇게 찾아줘서…… 오늘이 그 애 기일인데……. 고얀 것.」

「그런 말씀 마세요. 할머니! 여긴 제 집이기도 한 걸요.」

「고맙기도 해라. 우리 큰애가 죽지 않고 살아서 젊은이하고 결혼까지 해서 아들딸 낳고 사는 걸 보고 죽어야 내가 편히 눈을 감을 텐데……
뭐가 그렇게 급했는지……. 몹쓸 것!」
할머니가 눈물을 흘리시고, 한 여사가 눈물을 감추며 안쪽으로 들어간다.
「할머니, 여기 우리 예쁜 처제가 있잖습니까. 우리 처제가 결혼해서 예쁜 증손주 안겨 드릴 겁니다. 그때까지 건강하게 사셔야 해요.」
「젊은이 마음이야 우리에게 한없이 고맙고 갸륵한 일이지. 허나 지금 시상에 어디 우리 욕심만으로 젊은일 언제까지 볼 수 있을지……. 아닌 말로, 문 밖에만 나가면 온통 여자들 세상에 사랑 타령들인데, 그게 가당치나 한 일인가 어디. 젊은이 마음만으로도 넉넉해. 그냥 오다가다 생각나면 들러서, 이 늙은이 죽기 전까지 얼굴 잊지 않고 찾아주면 고맙고. 그렇다고 내말 귀담아 듣지는 말우.」
「염려 마세요. 이렇게 늘 함께 있을 겁니다.」
「이제 여긴 가끔 오고 좋은 색싯감 만나서 결혼도 하고, 자식 낳으면 함께 한번 찾아와. 난 젊은이가 왠지 남 같지가 않아.」
할머니 말에 미애가 울먹이며 이층으로 뛰어 올라갔다.
그 사이, 민 사장이 들어왔다. 술을 좀 마신 얼굴이다.
「아범, 들어오는 게야?」
민 사장이 할머니 말에 고개를 든다. 그리고 석구의 모습을 보고는 이내 얼굴 표정이 굳어진다.
「자네가 여긴 어쩐 일인가?」
「지금 들어오십니까. 아버님!」
민 사장이 말없이 굳은 얼굴로 안으로 들어갔다. 주방에서 나온 한 여사가 뒤따라 안방으로 들어가고, 이내 방안에서 큰 소리가 들린다.
「저놈을 왜 또 내 집에 들인 게야?」
「조용하세요. 어머님께서 정신이 돌아오셨나 봐요. 저 젊은이를 알아 보시더라고요.」
「미친놈의 자식! 나가서 당장 내보내!」
「알았어요. 어서 옷 벗고 닦기부터 하세요.」
민 사장이 문을 화들짝 열고 밖으로 나갔다. 거실에 나온 민 사장이 석구를 향해 소리 질렀다.
「당장 나가지 못해? 누가 네놈에게 이따위 사들고 오라고 했어! 정신 나간 놈!」
민 사장이 씩씩거리며 금방이라도 석구에게 달려들 태세다.
아버지 목소리에 놀란 미애가 이층에서 내려왔고, 할머니가 겁에 질려서 미애에게 매달린다.
「아빠! 왜 그래요? 오빠가 뭘 잘못했다고 이러세요?」
미애가 석구의 앞을 막고 서서 아빠를 빤히 본다.
「네년이! 뭘 안다고? 저리 비키지 못해!」
민 사장이 미애의 뺨을 후려친다. 방에서 뛰쳐나온 한 여사가 놀라서 달려들고, 할머니가 뒷걸음질로 몸을 움츠린다.
「여보, 이게 무슨 짓이세요! 왜 애는 때리고 그러세요!」
한 여사가 미애를 막고 서서 민 사장을 나무란다.
「듣기 싫어! 당장 저놈을 내보내지 않고 뭐하고 있는 게야!」
민 사장이 흥분한 채 밖으로 나가 버렸다.
미애가 울며 이층으로 올라갔고, 할머니가 한쪽 구석진 자리에 주저

앉아서 어린아이처럼 눈만 말똥거리고 있는 것을 서산 댁이 달려와 부축해서 방으로 모셨다.

「어서 가 봐요. 괜히 들어와서…… 」

「그런 말씀 마세요. 전 괜찮습니다. 그보다는 할머니께서…….」

한 여사가 할머니 방으로 들어갔다.

방으로 들어온 미애가 침대에 쓰러져 울고 있다. 석구가 들어와 울먹이고 있는 미애를 다독거린다.

「왜 그랬어? 그냥 가만히 있지 않고.」

미애가 얼굴을 화들짝 들고 석구를 보며 소리치듯 말했다.

「오빤 바보야? 왜 그렇게 가만히 있어?」

석구가 힘없이 웃으며, 책상 의자를 끌어다 놓고 자리에 앉는다.

「오빠, 정말 바보야? 아빠가 그렇게 미워하는데도 오빠는 지금 웃음이 나와?」

「아버님이 정말 내가 미워서 그러시겠어?」

「그럼? 미워하지 않는데 왜 그렇게 화를 내는 건데?」

석구는 더 이상 말을 잇지 않았다.

밖으로 나온 민 사장이 공원길을 혼자 걷고 있다.

어느새 사방은 어두워져 있다. 한참을 앉아 있던 민 사장이 자리를 일어나 포장마차에 걸터앉는다.

그리고 술은 마시며 중얼거린다.

「못난 놈! 도대체 어쩌자는 건지…….」

석구가 차를 몰고 돌아가는 길에, 포장마차에서 술을 마시고 있는 민 사장을 발견하고는 한동안 보고 있다가, 차에서 내려 안으로 들어간다.

민 사장이 고개를 들어 서구를 보고는 말없이 잔을 비우고 있다. 그 모습이 어딘지 모르게 쓸쓸하게 느껴진다.

「여기 계셨군요.」

그때까지도 민 사장은 고개를 들지 않고 있다.

석구가 의자를 끌어 앞으로 앉는다.

그사이, 민 사장은 술기운이 많이 들어 보였다. 상위에는 빈 술병이 하나 보였다.

「아버님! 그만 들어가시겠어요? 제가 모시겠습니다.」

석구가 민 사장을 부축한다. 민 사장이 술기운 탓인지 아무런 저항 없이 석구 어깨에 몸을 의지하고 집으로 들어왔다.

석구와 함께 집에 들어오는 것은 본 한 여사는 놀란 눈으로 석구에게 어떻게 된 일이냐고 묻는다.

「너무 취하신 것 같아서 모시고 왔습니다.」

「이 양반을 어디서 만난 거예요?」

「자리 좀 봐 드리세요.」

민 사장을 안방에 눕히고 나서 석구가 한 여사에게 술 한 잔을 부탁했다.

「차 운전을 어떻게 하려고……?」

「저 오늘 여기서 자고 가고 싶습니다.」

한 여사가 석구의 얼굴을 빤히 본다.

「경아 방에서 자고 ,아침에 일찍 가겠습니다.」

「집에서 걱정하실 텐데…….」

「아침에 가면 됩니다.」

「정말 우리 집에서 자고 갈 거야 오빠??」

어느새 미애가 내려와 있었다. 석구가 ,그런 미애를 보고 환하게 웃는다.

미애가 앞장서서 부지런히 술안주를 준비했다.

「집에 누구 남자 한 사람이라도 있으면, 저 양반 마음이 저렇게 무겁지만은 않을 텐데…….」

한 여사가 죄인처럼 나약한 마음을 한다.

「좀 더 시간이 지나면 괜찮아 지실 거예요.」

「정말 고마워요. 이렇게 찾아 줘서…….」

「무슨 그런 말씀을 하십니까? 저는 여기 있을 때가 제일 행복한 걸요.」

「그만 집으로 들어가요. 부모님께서 걱정이 많으실 텐데…….」

「당분간입니다.」

「석구 오빠, 정말 오늘 우리 집에서 자고 가도 괜찮아?」

미애가 믿어지지 않는 듯 다그쳐 묻는다.

그날 경아의 방에서 하루를 보낸 석구는 다음날 미애의 식구들과 아침상까지 받았다.

민 사장이 석구가 식탁에 있는 것을 보고 아무 말도 하지 않고 아침식사도 거른 채 출근했고, 석구가 미애를 학교까지 태워줬다.

「오빠, 우리 집에 다시 올 거야?」

「그럼. 다음 주에 또 올게.」

「아빠가 저렇게 야단치는데도?」

석구가 미애를 보며 웃는다.

그날, 잠자리에 들은 민 사장과 한 여사가 오랜 시간을 잠에 이루지 못하고 뒤척이고 있었다.

「어제는 웬 술을 그렇게 드셨어요?」

「회사에서 사람들하고 한 잔 한다는 게…….」

「그리고 왜 젊은이한테 그 난리는 치시고요?」

「어리석기도 하고, 어떻게 보면 불쌍한 놈이야. 정말 어떻게 해야 할지 대책이 없소. 그 집 어른께 또 무슨 말을 들을지…….」

「그 집 어른을 만난 적 있으세요?」

민 사장이 윤 회장을 만났던 일을 생각했다. 답답한 마음뿐이다. 한숨을 토하듯 쉬고 자리를 고쳐 눕지만, 여전히 쉽사리 잠이 오질 않는다.

이 실장이 자재를 싣고 와서 석구를 찾았다.

자재과 조 과장과 함께 점심식사라도 하고 싶다는 이 실장을 석구가 현장 식당으로 안내했다.

「사장님께서 식사라도 하고 오라고 하셨는데, 오히려 제가 식사대접을 받습니다.」

이 실장이 계면쩍게 웃었다. 식사를 마치고 이 실장이 석구에게 민 사장 이야기를 한다.

「요즘 사장님께서 윤 대리 이야기를 자주 하시던데…….」

「제 얘기를요?」

지난번 김 과장과 함께 석구와 경아의 호적 문제로 고민을 했다고 했다.

어떻게든 두 사람의 혼인신고를 없던 것으로 할 수 있는지를 알아보라고 하시며, 변호사까지 찾은 것으로 안다고 했다.
「그건 힘들 겁니다.」
「그게 무슨 말인가?」
「당사자인 제가 원하지 않으니까요.」
석구의 대답은 단호했다. 그런 석구의 표정을 보는 이 실장이 근심스러운 얼굴을 한다.
「도대체 앞으로 윤 대리는 어떻게 할 생각인가?」
「뭘 말입니까?」
「앞으로도 그냥 사장님 따님을 생각하며 지낼 생각이냐는 말입니다?」
「그럼 머리라도 깎고 중이라도 될까요?」
「중이라니? 윤 대리, 중은 아무나 하고 싶다고 해서 할 수 있는 줄 아나? 그런 생각부터가 윤 대리는 세상을 몰라도 너무 모른다는 걸 말해주는 거요.」
석구가 잠시 생각에 잠긴다. 정말 자신의 생각이 순간의 감정으로 한 행동일까 하는 되물음이 들려 왔다.
「내 생각으로도 언뜻 이해가 안 가서 하는 말이요.」
「그럼 이 실장님께서도 제가 다른 여자와 다시 결혼을 해야 한다고 생각하고 계십니까?」
「난 윤 대리가 결혼식을 했다는 것도 그렇고, 또 혼인신고를 한 것도 옳은 생각이라고 믿기가 좀 그래.」
석구는 이 실장이 자신의 마음을 몰라주는 게 더없이 섭섭했다.
「물론 사랑도 좋고, 믿음도 좋고, 다 좋아. 하지만 그것은 어디까지나 마음이고, 현실은 또 다르다는 말이지. 사람이 혼자만으로 살 수 있는 것도 아니고, 또 윤 대리 나이가 있지 않은가. 속된 말로 사랑이 전부가 아니란 말도 있듯이, 나도 남자지만 윤 대리가 첫 만남의 여자를 잊지 못해서, 그리고 그 사랑의 약속을 지키고 싶어 하는 마음…… 어떻게 보면 순애보 같은 얘기가 될 수도 있겠지. 그렇다고 사랑이 어디 혼자만으로 될 수 있는 건가? 더욱이 내가 알기로 윤 대리는 회장님의 하나밖에 없는 장손으로 알고 있는데, 더 이상 회장님 실망시키지 않았으면 해서…….」

「실장님 얘기, 저도 잘 압니다. 하지만 제 마음이 그러고 싶어요.」

이 실장도 민 사장에게 들은 이야기도 있고 해서 한 말이지만, 역시 말을 꺼내지 않느니만 못하다는 생각을 했다.

이 실장이 돌아가고 혼자 남은 석구가 생각에 잠긴다.

정말 이 실장 말대로 모든 생각을 접고 앞으로 자신만을 위한 새로운 삶을 설계하며 살아갈 수 있을까? 여러 가지 생각을 하던 석구가 자리에서 일어났다.

그 후 석구는 아무 데도 연락하지 않고 한동안 현장에서 여러 날을 보냈다.

그 즈음, 아버지 윤 회장의 부름이 있었다. 물론 지난번에 얘기한 윤희와 미국에 가는 문제 때문이었다.

그러나 석구의 생각은 여전히 거절이었다. 그의 거절은 단호했다. 지금 이런 상태로 석구가 윤희와 함께 미국엘 간다는 것은 결국 경아를 잊겠다는 말이나 다름없는 행동이라고 생각했다.

윤 회장의 다그침에 석구가 말했다. 경아와의 결혼을 인정하고 앞으로 자신의 뜻대로 살아가는 것을 허락한다면 아버지 뜻대로 외국 유학을 가겠다고 말이다.

그런 석구의 뜻을 받아들인다는 것은 윤 회장으로서는 도저히 있을 수 없는 요구였다.

석구가 다시 현장으로 내려왔고, 오후에 윤희가 찾아왔다.

그리고 윤 회장 뜻을 거절한 일을 얘기했다.

「나 다음 주에 떠나. 정말 함께 안 갈 거야?」

「내가 왜 윤희와 미국엘 가야 하는 건데?」

「석구 씨, 정말 그걸 몰라서 지금 나한테 묻는 거야?」

「윤희가 내 마음을 누구보다도 잘 알잖아?」

「정말 그 여자 집 귀신이라도 될 셈이야?」

윤희가 싸늘한 눈으로 석구를 쏘아보고 있었다.

「귀신은? 난경아 몫까지 오래오래 살 거야.」

「미쳤군!」

「아무렇게나 생각해.」

「참 기가 막혀서……. 그걸 지금 말이라고 하고 있는 거야?」

「뭐가?」

「석구 씨 혹시 딴 생각하고 있는 거 아냐?」

「딴 생각이라니?」

「요즘 죽은 그 여자 동생 만나고 다닌다는 거, 그거 어떻게 설명할 거야?」

석구가 무서운 얼굴로 윤희를 쏘아봤다.

「왜 그런 얼굴을 하지?」

「윤희가 생각하는 그런 일은 없어.」

석구가 뒤도 돌아보지 않고 자리에서 일어나서 나간다.

「나 먼저 미국 나가서 기다리고 있을게. 잘 생각해 보고 연락해.」

석구가 집에 돌아오니, 인식이 방에 와 있었다.

지난번 왔을 때 휴대용 가스렌즈로 물을 끓여 커피를 마신 게 마음에 걸렸던지, 전기용 커피포트와 양주 한 병까지 사 들고 왔다. 인식이 책상위에 놓인 경아의 사진을 보고는 연신 미인이라며 한번 만나보고 싶다고 졸랐다.

석구가 쓸쓸히 웃는다.

「참 선배님 애인 동생 있다고 하지 않았습니까? 미애 씨라고 하셨던가요? 선배님 애인 사진을 보니, 동생 되시는 분도 보통 미인이 아닐 것 같은데…… 언제 소개해 주시는 겁니까?」

언젠가 인식에게 미애 얘기를 한 것을 기억하고 있는 듯했다. 그 말에 석구도 인식이라면 미애에게 좋은 상대가 될 듯도 싶었다.

그 당시 인식의 부친은 연수구에서 개인병원을 하고 있었고, 인식은 현재 행정학과를 나와 고시 준비를 하고 있는 중이었다.

집에는 인식 밑으로 남동생이 하나 있는데, 방위를 마치고 현재 음악 공부를 하고 있는 중이라고 했다. 인식이 6개월 남은 시험을 앞두고 고시촌에 들어가기 전, 이날 석구를 찾았던 것이다.

「선배님, 간도 크십니다.」

「간이라니?」

「저런 미인인 애인을 놔두고 여기에 혼자 있다니 말입니다.」

몇 잔의 술에 취기가 오르자 인식이 농담까지 다했다. 그러나 그런 인식에게 석구는 아무런 말도 할 수가 없었다.

「혹시 누가 채가기라도 하면 어쩌려고 이렇게 혼자 나와 계십니까?」

「그런 걱정 안 해도 돼! 잘 있으니까.」

「그럼 미애 씬 언제 만나게 해 주실 겁니까? 고시촌에 들어가기 전에 한 번 만나보고 싶습니다.」

한편, 민 사장은 석구가 경아에 대한 집착에서 벗어나지 못하고 있는 것에 난감했다. 하지만 다른 방도가 있는 것도 아니었다.

그토록 모질게 떨치려 했지만, 석구의 마음을 돌리기에는 이제 자신도 지쳐가고 있었다. 마음으로야 어찌 석구의 마음에 감사하지 않을 수 있겠는가.

그러나 그것은 지나친 욕심이란 걸 너무 잘 알고 있는 민 사장으로서는 그저 안타까운 마음뿐이었다.

마지막 공사로 석구의 현장은 몹시 분주했다.

그동안 뜸한 석구의 모습에 한 여사는 섭섭한 생각까지 든다.

민 사장의 당부도 있고 해서 겉으로야 내색은 못했지만, 한 여사의 마음 한 구석에는 석구에 대한 미련이 늘 차지하고 있었다.

'정말 석구가 내 식구가 될 수 있다면…….'

하고 터무니없는 욕심을 가져 본 적이 한두 번이 아니었다.

정말 그렇게만 될 수 있다면 무엇이라도…… 아니, 무슨 짓이라도 할 수 있을 것만 같았다.

그러나 그것은 어디까지나 마음속의 욕심이란 것도 잘 알고 있는 한 여사다.

한 여사는 미애를 앞세우고 하루는 석구가 기거하고 있다는 자취집을 찾았다.

방에 들어오니 여전히 책상 위에는 경아와 함께 찍은 사진첩이 놓여 있었다. 그 사진을 보고 있는 한 여사의 가슴이 메어진다.

두 모녀가 방을 대강 치우고 빨랫감을 들고 나와 부지런히 빨래를 하고, 준비해 온 찬거리로 저녁상까지 준비하고 석구가 돌아오기를 기다리고 있었다.

그런데 이날 공교롭게도 석구의 사무실에는 홍 여사가 찾아왔다. 석구와 홍 여사가 한 식당에 마주 앉았다. 푸짐한 상이다.

「넌 밥이나 제때에 먹고 다니는 거니?」

「네, 잘 먹고 잘 지내고 있어요. 할머니께서도 건강하게 잘 계시죠?」

「그 정신에, 할머니 생각은 나니?」

「아버지께서 무슨 말씀 없으셨죠?」

「못난 놈, 무슨 말을 듣고 싶어서?」

「어머니께서 절 좀 도와주세요.」

「뭘 어떻게 도와줘! 네놈이 정신을 차려야지.」

「어머니!」

「네가 그 여자를 좋아한 걸 나무라는 거니? 지금은 어차피 너와의 인연이 그것밖에 안 돼서 먼저 간 여자를 못 잊고 정신을 뺏기고 있는 게 못났다는 거지. 그러니 이제 그만 집으로 들어가자.」

「지금은 아닙니다.」

「아니라니?」

「이제 그만 올라가세요.」

「올라가라니? 네놈 어떻게 하고 있는지 꼬락서니 좀 보고 가야겠다.」

홍 여사가 석구를 앞세우고 석구의 자취방으로 돌아왔다.

그런데 거기서 뜻밖에도 한 여사와 마주쳤다. 한 여사가 놀란 눈을 하며 몸 둘 바를 몰라 한다.

이 상황에서 놀라기는 홍 여사도 마찬가지였다.

「아니 여긴 어떻게……?」

홍 여사가 두 모녀를 번갈아 보며 눈을 치켜뜨고 입을 다물지 못했다.

「죄송합니다.」

「어머님! 언제 오셨어요?」

석구가 한 여사에게 다가오며 반갑게 말했다. 미애가 눈을 내리고 어쩔 줄을 몰라 한다. 한 여사는 무슨 죄라도 지은 듯 고개를 들지 못하고 허리까지 굽힌다.

홍 여사가 석구를 쏘아보며 다그쳤다.

「너 이게 뭐 하는 짓이야? 도대체 언제부터야?」

「어머니!」

「이제는 아예 여기까지 찾아다니는 겁니까?」

홍 여사가 한 여사에게 미애를 번갈아 보며 얼굴을 붉힌다.

「오해이십니다. 저희도 오늘…….」

「도대체 어쩌려고 이러는 겁니까? 그러잖아도 애 아버지께서 우리 애 일로 상심이 크신 판국에, 이젠 여기까지 찾아오실 수 가 있으십니까?…… 대체 무슨 심산이세요?」

「죄송합니다. 제 생각이 짧았습니다. 정말 잘못했습니다.」

「어머니! 장모님께서 사위를 찾아온 게 무슨 잘못이라고 이러세요?」

「뭐야? 이놈의 자식이 지금 무슨 소릴 하는 거야? 장모는, 누가 장모야? 이런 정신 빠진 놈! 안되겠다. 오늘 당장 올라가자!」

「어머니 왜 이러세요? 장모님도 정말 오늘이 처음이세요.」

「이놈이! 말끝마다 장모래?」

「전 경아하고 결혼을 했어요. 그건 어머니도 알고 계시잖아요.」

「미친놈! 듣기 싫어! 오라! 네놈이 믿는 구석이 있어서 집을 뛰쳐나와 있는 거지.」

홍 여사가 입에 거품을 내며 석구 팔을 끌었다.

「석구 어머니, 오해이십니다. 그런 생각은 아니었습니다. 정말입니다. 믿어주세요, 석구 어머니.」

「정말 기가 막히네요. 여기서 이렇게 만날 줄은 정말이지, 꿈에도 생각 못했습니다.」

「죄송합니다. 하지만 제가 여기에 온 것은 별다른 뜻이 있어서 온 것은 아닙니다. 그저 석구 총각이 집을 나와 있다기에 걱정이 되어서 한번 찾아온 것뿐입니다.」

「그래서요? 저놈이 집 식구들 보기 싫다고 이렇게 나와 있으니 잘했다 싶어서 찾아오신 거군요?」

「어머니! 무슨 그런 말씀을 하세요……? 여기 계신 두 분, 나에게는 무척이나 소중하고 고마우신 분들이십니다. 그런데 이렇게 두 분께서 제 문제로 얼굴까지 붉히시는 거, 정말 뵙기 가슴이 아픕니다. 이 자리에 경아와 함께 있었다면 두 분께서는 누구보다도 좋은 관계였을 겁니다. 그러니 앞으로 제 일로 이러시지 마시고, 제 뜻을 이젠 받아 주셨으면 합니다.」

돌아오는 전철 안에서도 한 여사는 한마디 말이 없었다. 미애가 공연히 어머니와 함께 석구 집에 온 걸 후회했다.

한편, 집으로 돌아온 홍 여사가 그때까지도 석구 집에서 부딪쳤던 어처구니없던 모습에 분함이 가라앉지 않은 듯 얼굴이 굳어 있었다.

「어딜 다녀오는 길인데 얼굴이 그 모양이야?」

할머니가 홍 여사 얼굴을 보고 물었다.

「아무것도 아니에요, 어머님.」

홍 여사가 안방으로 들어간다.

그날 밤, 홍 여사로부터 낮에 있었던 일을 전해들은 윤 회장이 착잡한 심정이다. 마음 같아서는 당장이라도 무슨 일이라도 내고 싶지만, 석구의 마음이 요지부동이니 어찌 할 도리가 없었다.

미애 집에서도 한 여사로부터 그곳에서 낮에 홍 여사를 만났다는 말에 민 사장도 난감한 얼굴이다. 지난번 만났을 때, 집에도 드리지 말라고 그렇게 당부했던 기억을 생각한다. 거기에 한 술 더 떠서 그곳에까지 찾아간 걸 알았으니, 또 무슨 말이 나올지 걱정이 앞섰다.

「하필 오늘 그분이 거기에 오리라고 정말 상상이나 했겠어요.」

「그러게 임자가 거긴 왜가! 이 일을 장차 어떻게 해야 할지…….」

걱정이 되는 건 미애도 마찬가지였다. 미애가 오만 가지 생각으로 잠을 이루지 못하고 침대에서 몸을 뒤척이고 있었다. 석구가 한 말이 자꾸 생각났기 때문이다.

'어머니! 여기 계신 분은 저에게 장모님이십니다. 저 경아와 결혼 했어요. 어머니도 이미 잘 알고 계시잖아요? 그런데 왜 이러세요?'

미애가 자리에서 벌떡 일어난다. 그리고 옷을 벗어 던지고 샤워실로 들어갔다. 샤워 물을 있는 대로 틀어 놓고 한동안 물줄기를 맞고 서 있다.

한동안 샤워 물을 맞고 있던 미애가 혼자 중얼거린다.

「바보! 멍청이, 뭐 언니하고 결혼을 했다고? 쳇! 말도 안 돼! 죽고 없는 언니하고 어떻게 결혼을 해.」

방으로 들어온 미애가 물기 촉촉한 몸매를 키 큰 거울에 비춰 본다.

제법 잘 빠진 몸매다. 어느덧 성숙된 숙녀가 되어 있는 자신의 모습을 보고 스스로 놀라면서도 흡족한 미소를 지어본다.

하지만 지금도 자기를 여자가 아닌 언니 동생으로만 보고 있는 석구에게 섭섭한 생각까지 들었다.

다음날, 석구가 근무하고 있는 현장에 윤 회장이 내려왔다.

잠시 현장을 둘러보고 난 윤 회장이 석구를 태우고 서울로 올라왔다.

「내일 당장 부산 현장으로 내려가 있어!」

서울에 올라온 윤 회장이 눈을 치켜뜨고 석구에게 명령하듯 호통을 쳤다. 석구가 말을 잇지 못한다.

「며칠 동안만 쉬었다 가겠습니다.」

「쉬더라도 내려가서 쉬어!」

윤 회장의 생각은 단호했다. 거기에 더해서 연락할 때까지 다시는 올라올 생각도 말라고 했다.

석구가 방에서 옷가지를 주섬주섬 가방에 넣는다. 홍 여사가 들어왔다.

석구가 말없이 하던 일을 계속한다.

「왜? 이제는 어미 얼굴도 보기 싫다, 이거니?」

「……?」

「나하고 얘기 좀 하자.」

「전 드릴 말씀 없어요. 어머니 소원대로 부산에 가 드리잖아요.」

「넌 도대체 무슨 생각을 갖고 살고 있는 거니?」

「……?」

「그래, 네 말대로 그 여자하고 결혼을 했다고 치자. 그래서 너도 죽을 때까지 그 여자나 생각하며 죽은 여자 사진 끌어안고 살참이야?」

「그럼 어머니는 저한테 다시 다른 여자하고 결혼이라도 하라는 말씀이세요?」

「이런 못난 놈을 봤나. 그걸 지금 말이라고 하는 거야? 그 여자는 이미 이 세상에 죽고 없는 여자야. 그래 요즘 흔한 말로 결혼해서 잘 살다가도 이혼하면 다른 사람 만나서 잘들 사는 세상에, 하룻밤도 함께 하지 않은 여자를 생각해서 수절이라도 하겠다는 거야? 정신 빠진 놈! 잔말 말고 이번에 내려가거든, 정신 똑바로 차리고 잘 생각해 봐. 못난 놈! 길에 나가서 지나가는 사람을 모아 놓고 물어봐라. 네놈이 지금 하고 있는 짓이 제정신 가진 사람이 할 짓인가! 아마 열이면 열, 다 네놈더러 미친놈이라고 할 게다. 이 쓸개 빠진 놈.」

홍 여사가 나가고 성미가 들어왔다.

「오빠 언제 왔어?」

「네 눈에도 이 오빠가 미친 사람으로 보이니?」

「그게 무슨 말이야? 오빠가 미치다니?」

「됐다. 그만하자.」

「나 오늘 그 애 만났는데.」

「그 애라니……? 무슨 말이야?」

「미애라는 그 여자 애.」

「네가 미애를 어디서 만나?」

「그 애도 우리 학교에 다니던데, 뭐.」

석구도 미애가 성미와 같은 학교에 다닌다는 건, 이미 들어서 알고 있었다.

「요즘 오빠, 그 애 만나고 다니는 건 아니지?」

「무슨 뜻으로 하는 말이지?」

「약혼했던 여자 동생 만나고 다니는 거…… 내가 보기에도 좀 그런데, 남들이 보면 어떻게 생각할까 해서 말이야.」

「어떻게 생각을 하다니?」

「솔직히 말해서 답이 없는 것 같아서.」

「너 지금 무슨 생각으로 그런 말을 하는 거지?」

석구가 눈을 부릅뜨고 성미를 본다. 성미가 눈을 내린다.

사실 그동안 석구는 경아 부모님께서 자신의 뜻을 믿고 받아주지 않아 미애를 앞세워 경아의 집을 자주 드나들면서 미애와 허물없이 만나는 것에 대해 별 생각을 갖고 있지 않은 것이 남들의 눈에는 이상히 보였던 것으로 생각했다. 여기에까지 생각이 미치자, 앞으로 미애를 만나는 것도 자유롭지 못하다는 생각이 들었다.

그러나 경아의 집에서 유일하게 자신의 뜻을 받아 주고 있다고 믿고 있는 미애까지 멀리 해야 한다는 생각에는 선뜻 마음을 정하기가 쉽지 않았다.

석구가 한참을 생각하다 경아의 사진첩을 가방에 넣는다.

다음날, 석구는 부산 현장으로 쫓기다시피 내려오고 말았다.

율목동 집에 한마디 말도 하지 못하고 내려왔지만, 선뜻 전화하기도 그랬다. 혹시 당신의 경솔한 행동으로 인해서 여기까지 쫓겨 왔는가 싶은 생각에, 심적인 부담이 되는 건 아닐까 하는 생각에 더욱 전화를 할 수 없었다.

그리고 그렇게 며칠을 보냈다. 그러나 전에 없이 일이 손에 잡히지 않았다.

한편, 일주일이 다 되도록 아무런 소식이 없는 석구를 찾아 미애가 인천 연희 현장을 찾았다. 그러나 이미 석구는 거기에 없었다.

부산 현장으로 갔다는 말을 들은 미애가 순간 얼굴이 굳어진다.

'뭐라고? 언니를 사랑한다고? 그리고 앞으로도 변하지 않는다고? 그런 사람이 말 한마다 없이 부산으로 도망을 가? 전화도 할 수 없을 만큼 마음이 급했나. 이참에 아주 잘 됐구나 싶었겠지. 나쁜 거짓말쟁이!'

미애가 혼자 오만 가지 추측을 하며 발길을 돌린다. 그러면서도 가슴에는 무거운 바위에라도 눌린 듯 답답하기만 했다.

'정말 앞으로 영영 보지 못하는 건 아닐까? 정말 지쳐서 아주 떠나버린 건 아닐까?'

여기까지 생각이 미치니, 미애의 마음은 끝없는 터널 속으로 빠져 들어가는 것 같았다. 미애가 머리를 흔들었다.

'아니, 그럴 순 없어. 그럴 리가 없어. 석구 오빠는 그렇지 않을 거야. 다시 찾아올 거야. 이번 주말에는 틀림없이 올라올 거야. 올 거야.'

전철에 앉아서 차창 밖을 보며 스스로를 위로해 본다. 그러나 마음은 여전히 불안하기만 했다. 그렇다고 달리 무슨 방법도 없다. 부산 전화번호도 모르지 않는가. 그렇다고 누구에게 물어볼 수 도 없는 일이고…….

미애가 집까지 오는 동안에도 미애의 마음은 석구가 가 있다는 부산과 집을 쉴 새 없이 오가고 있었다.

노크 소리가 났다. 그리고 엄마가 들어온다.

미애가 눈물을 보이고 싶지 않아서, 황급히 이불을 머리까지 뒤집어 쓴다.

「전화 받아 봐!」

미애가 꼼짝하지 않고 머리를 더욱 쑤셔 박았다.

「그 젊은이 전화야.」

석구 전화라는 소리에 머리를 내밀던 미애가 다시 이불을 머리까지 덮었다. 그리고 난데없이 소리를 질렀다.

「집에 없다고 그래!」

「뭐야? 얘가 왜 이래? 있으면서 왜 없다고 그래?」

「그 인간 전화 받기 싫단 말이야!」

미애가 꽥! 소리를 질렀다.

「왜? 그동안 소식 없어서 토라진 거니? 철딱서니 하고는. 그럼 그런 일을 당하고 여기 찾아올 정신이 있었겠어?」

「체! 아무것도 모르면서.」

혼자 중얼거리고 고개를 빼고는 어머니를 쏘아본다.
「엄만 지금 그 위선자가 어디에 가 있는 줄이나 알아?」
「어디 가 있다니? 그게 무슨 소리야?」
「지금 부산에 도망가 있단 말이야.」
「부산……? 그런 얘긴 없던데.」
한 여사가 순간 전기에 감전이라도 된 듯 온몸에 경련이 일어났다.
'그럼 혹시 그 일로 해서?'
지난번 석구 있는 집을 찾아가서 홍 여사를 만난 것이 마음에 걸렸다.
「언제? 언제 그리로 내려갔다던?」
「몰라, 몰라!」
미애가 다시 이불을 뒤집어쓴다.
「넌 그 얘기 어디서 들었니?」

그날 밤 한 여사가 잠을 이루지 못하고 있다. 지난번 석구를 찾아간 일이 자꾸 마음에 걸린 것이다.
「그 젊은이, 지금 부산에 가 잇다네요.」
민 사장이 아무 말 없이 한숨을 쉰다.
「지난번 일로 그리로 보낸 모양이에요.」
「그러게, 어쩌자고 거기까지 간 게야? 사람하고는.」
한 여사가 말을 잇지 못한다. 그렇지 않아도 지금 그 일을 후회하고 있지 않는가.
「사실 난 그 젊은이가 남 같지 않은 생각이 들 때가 있어요.」
「그건 또 무슨 말이야? 남 같지가 않다니…… 임자 혹시 그놈 말을 마음에 두고 있는 게야?」

「하긴, 어디 꿈엔들 그런 욕심 가당치나 하겠어요. 내 생각이 그렇다는 거예요.」

「행여 그놈 앞에서 그런 내색, 입도 뻥끗 말아! 그러잖아도 마음잡지 못하고 있는 판에…….」

민 사장이 자리를 고쳐 눕는다.

민 사장인들 석구가 어디 미워서 그랬겠는가. 석구의 앞날을 생각할 때 도저히 그럴 수 없다는 걸 너무나 잘 알고 있기에, 마음으로만 품고 있을 따름이다.

어머니

10

고요했다. 한참을 그렇게 두 사람은 말없이 서로의 생각에 잠을 설치고 있었다. 밖에는 비가 올 모양인지, 나뭇잎 스치는 소리가 유난히 나는가 싶더니 이내 천둥 번개가 요란하게 치기 시작했다.

「별안간 웬 천둥일까요?」

「때 이른 비라도 내리시려나.…….」

잠시 후 천둥소리에 묻힌 할머니의 외침이 들렸다.

「아, 요것아! 그만 그 피아노 소리 냉큼 그치지 못혀! 아니, 저것이 무슨 구신이 붙어서 허구한 날, 요 시간 때만 되면 피아노를 두들겨 대는겨! 당최 웬 조화인 게야! 아, 사람이 잠을 자야 살 것 아녀! 내 오늘은 조것을 아주 요절을 내고 말 참이다. 고얀 년!」

할머니의 외치는 소리가 빗소리와 함께 거실을 울렸다.

「어머님께서 또 저러시는가 봐요.」

한 여사가 황급히 자리에서 일어나 옷을 챙겨 입는다.

밖으로 나오니, 할머니가 불도 없는 어두운 거실 이층 계단을 엉금엉금 기어오르며 소리 지르고 있었다.

한바탕 천둥번개가 휘몰아친다.

「어머님! 왜 또 그러세요. 어서 내려오세요.」

「아니, 애미 귀에는 저 소리가 안 들리는 게야? 조것이 이제 이 할미 말이 귓구녕에도 없는 게야? 고얀 년! 내 오늘은 조것을 당장 요절을 낼 참이니까 애민 거기 꼼짝 말고 있어!」

할머니가 씩씩거리며 엉금엉금 계단을 오른다. 한 여사가 다급히 할머니를 잡는다.

「어머님, 무슨 피아노 소리가 들린다고 이러세요. 큰애 방에 이젠 아무도 없어요. 그러니 어서 그만 내려오세요. 어머님!」

「듣기 싫다! 이것아! 오라, 요것들이 한통속이 돼서 이 늙은이를 아주 말려 죽일 작정들을 한 게야. 그렇지 않고서 그 순진해 빠진 저것이 저리도 이 할미 말을 안 듣고 밤마다 저 짓을 할애가 아니지. 어디 두고 보자. 내 오늘은 내가 죽든, 아니면 조년이 죽든 아주 끝장을 볼 참이니까.」

할머니가 입에 거품을 쏟으며 계단을 기어오른다. 밖으로는 천둥소리에 빗줄기가 쏟아지는 소리로 요란하다. 한 여사가 황급히 할머니 팔을 잡는다.

그러자 할머니가 한 여사 팔을 빼고 이내 겁에 질린 모습으로 한쪽에 쪼그리고 앉는다.

「어머님!」

「아니에요. 나 그냥 우리 큰애 한 번 보고 싶어서 온 거유. 나 잘못 없어요. 그냥 큰애 얼굴 딱 한 번만 보고 갈게요. 그렇게 해 줘요. 네?

나 잘못 없어요.」

할머니가 별안간 무릎까지 꿇고 두 손을 싹싹 빌기까지 하며 울먹였다. 이 모습을 보고 있는 한 여사의 가슴이 찢어진다.

「어머님!」

「정말이유. 그러니 한 번만 용서해 줘요. 난 그냥 우리 큰애 얼굴 한 번 보고 싶어서 올라왔어요. 정말이 라우…….」

할머니가 어린아이처럼 몸을 움츠리고 꿇어앉아서 두 손을 모으고 있다.

「알았어요. 어머님! 어서 이리 내려오세요. 제가 올라가서 이제 피아노 그만치라고 할게요. 어서 내려오셔서 그만 방에 가셔서 주무세요.」

한 여사가 할머니 손을 잡으려고 다가서자, 할머니가 한 여사의 팔을 피해 엉덩이를 보이고 엉금엉금 계단 끝까지 오른다.

한 여사가 올라가 할머니를 잡는데 삐끗하더니 뒤로 미끄러지며 그만 계단 밑으로 나뒹굴기 시작했다. 당황한 한 여사가 황급히 뒤쫓아 잡으려 했으나, 할머니는 이미 계단 밑으로 굴러 떨어져 실신한 채 엎어지고 말았다.

한 여사의 비명소리에 뛰쳐나온 민 사장이 할머니를 잡아 일으킨다.

그러나 밑으로 떨어지면서 계단에 머리를 부딪친 할머니의 머리에서는 피가 흘러내리고 있었다. 깜짝 놀란 민 사장이 할머니를 끌어안았다.

「어머니! 정신 차리세요. 어머니!」

민 사장이 울부짖는다. 그러나 그 소리도 빗소리에 묻힌다.

「이 일을 어째! 여보! 어서 병원으로 모셔요. 빨리요!」

한 여사가 소리쳤다. 민 사장 역시 어쩔 줄 몰라 허둥댄다.

미애와 서산 댁이 뛰쳐나왔다.

「할머니 왜 이러세요?」

서산 댁이 놀랜 눈으로 어쩔 줄을 몰라 한다. 미애가 소스라치게 놀래서 엄마에게 매달린다.

「넌 어서 우산 좀 챙겨!」

서둘러 할머니를 차에 태우고 빗속을 달리는 민 사장의 손이 사정없이 떨리고 있었다.

뒷좌석에 한 여사가 할머니를 끌어안고 초조하게 목을 뽑아 비 내리는 차창 밖을 살핀다. 오늘따라 병원까지의 시간이 한없이 길게만 느껴졌다.

미애가 할머니 얼굴에 묻은 피를 닦으며 불길한 생각을 한다.

「할머니 괜찮은 거야, 엄마?」

한 여사의 입술이 파르르 떨리고 있었다.

또다시 천둥번개가 요란한 소리로 빗속을 흔든다.

승용차의 와이퍼가 어지럽게 빗물을 쓸고 있지만, 운전을 하고 있는 민 사장은 앞이 잘 보이지 않는 듯 목을 길게 빼고 전방을 더듬는다.

승용차가 심하게 흔들렸다. 운전을 하고 있는 민 사장의 손이 몹시 떨리고 있었다.

「여보! 당신 안 되겠어요. 지금이라도 김 기사를 불러요.」

그러나 그럴 여유가 없다는 걸 한 여사가 모를 리가 없었다.

꽤 긴 시간을 더듬어서 병원에 도착했다. 민 사장이 허둥대며 병원 안으로 들어간다.

보호자의 다급한 마음과는 달리, 병원의 야간 당직 의사의 행동은 조금도 다급함이 없는 모습이다.

민 사장이 두 손으로 얼굴을 감싼 채 긴 의자에 상체를 사타구니에 묻은 채 앉아 있고, 한 여사는 자리에도 앉지 못하고 서서 손톱을 이로 뜯으며 초조한 마음을 감추지 못하고 서성거리고 있다.

미애가 엄마의 팔에 매달린다.

「할머니 일어나시겠지?」

한 여사가 고개를 들어 어두운 창밖을 본다. 여전히 비는 세차게 내리고 있었다.

얼마가 지났을까. 담당 의사와 간호사가 밖으로 나왔다.

「어떻게 됐습니까? 선생님?」

민 사장이 다급하게 묻는다.

「환자의 뇌에 출혈이 있어서 제거 수술은 했습니다만, 연세도 있으시고 거기에 기력도 많이 떨어져 있는 터라 다시 회복하시기는 어려울 것 같습니다. 미리 마음의 준비를 하시는 게……. 죄송합니다.」

의사의 짤막한 말에 민 사장이 스르르 무너지며 정신을 잃고 말았다.

「여보!」

「아빠!」

미애가 발을 구르며 아빠를 끌어안고 울부짖는다.

미애 할머니의 장례식장.

조촐한 식장 안, 찾아드는 조문객을 한 여사가 지친 몸으로 맞고 있다. 그곳에 미애의 모습은 어디에서도 찾아볼 수 없었다.

그 즈음 미애는 인천 연희 지구 사무실에 전화를 걸어 석구가 가 있다는 부산 현장 전화번호를 알아내어, 석구에게 전화를 하고 있었다.

전화기에서 석구의 목소리가 나오자, 미애가 다짜고짜 울기부터 했다.

「무슨 일이야? 왜 그래?」

석구가 뜻밖의 미애의 울음에 다그쳐 물었다.

「오빠! 석구 오빠! 아빠가, 아빠가…….」

「아버님이 왜? 무슨 일이야?」

「빨리 좀 와 줘! 석구 오빠! 빨리…….」

미애의 다급한 목소리에 석구의 가슴이 뛰기 시작했다.

「무슨 일이야?」

석구가 서둘러 유 인식을 찾아 검은 상복까지 차려입고 장례식장에 나타났다. 미애가 석구 얼굴을 보자 달려들어 매달리며 엉엉 어린애처럼 소리 내서 울었다.

「이게 어떻게 된 거야?」

석구가 쓸쓸한 식장 안을 둘러본다.

한 여사가 석구를 발견하고는 반가우면서도 어쩔 줄을 몰라 허둥댄다.

「이 시간에 여긴 어떻게……?」

「아버님께 서는요?」

민 사장은 할머니의 사고 충격으로 당신께서도 일반 병실에 누워 있었다.

「당분간은 절대 안정이 필요합니다. 몸이 너무 쇠약해 있으십니다.」

담당 의사의 말이었다.

한 여사가 목이 멘다. 그리고 한쪽 구석에서 머리를 박고 흐느낀다.

석구가 인식에게 손님을 맞게 하고, 손수 상주 노릇을 하기 시작했다. 석구의 모습을 본 문상객들이 의아한 눈으로 바라보고 있었다.

「저 젊은 친구가 누군가?」

「글쎄, 민 사장 아들 있단 소리는 못 들은 것 같은데.」

「이 집 큰사위를 모르십니까?」

인식이 들고 온 음식을 상 위에 내려놓으며 말했다.

「큰사위? 사위라니? 아니, 민 사장 큰딸이 언제 결혼했지?」

「큰딸이라면? 이태 전에 사고로 죽은 그 딸을 말하는 건가?」

조문객들이 쑥덕거렸다. 그 소리에 인식의 눈이 휘둥그레진다

「그게 무슨 말씀들이십니까? 죽다니요? 지금 독일 유학 중인데요.」

조문객들은 오히려 인식이 이상하다는 듯 바라본다.

'아니, 이게 무슨 소리야? 선배 애인이 죽었다는 얘기가?'

인식이 한쪽에서 조문을 받고 있는 석구를 바라본다.

석구와 인식의 일하고 있는 모습을 한쪽에서 바라보고 있는 한 여사, 도무지 믿어지지 않는 두 사람의 행동에 한 여사의 가슴이 말할 수 없는 뭉클함에 요동친다. 그리고 머리가 무엇에 부딪친 것처럼 핑 돌았다.

그동안 너무나 잘못 살았구나 하는 후회가 뼛속까지 파고들었다. 남편에게 씻을 수 없는 큰 죄를 지었다는 생각까지 들었다.

같은 시각, 미애가 아버지 병실을 지키고 있었다.

침대에 눈도 뜨지 못하고 누워 있는 민 사장의 심정이야 뭐라 말할 수 있을까. 같은 병원에 한 사람은 장례를 맞고 있고, 또 한 사람은 이렇게 병실 침대에 누워 꼼짝 못하고 있다니…… 도무지 믿을 수 없는

일이 아닌가.

거기에 마지막 떠나시는 어머니의 모습을 침대에 누워서 기다려야 하는 불효자가 됐으니, 민 사장의 마음이야 오죽할 것인가. 민 사장이 자리에서 일어나려 해보지만, 온몸을 무슨 밧줄로 묶기라도 해 놓은 듯 꼼짝할 수가 없었다.

잠시 뜸한 시간을 이용해서 석구가 병실을 찾았다.

민 사장은 그때까지 눈을 감고 있었다. 차마 두 눈을 뜨고 석구를 바라볼 자신이 서질 않아서인지도 모른다.

미애가 석구의 손을 잡고 눈시울을 붉힌다.

「오빠! 우린 이제 어떻게 해?」

「아버님은?」

미애가 고개를 흔든다.

감고 있는 민 사장 눈 사이로 가늘게 눈물이 흐르는 것을 볼 수 있었다.

다음날, 할머니가 마지막으로 떠날 때서야 민 사장은 겨우 몸을 추스르고 식장에 몸을 내밀었다. 그리고 한참을 영전 앞에 엎드려 서럽게 울었다.

한편, 석구가 다시 서울로 올라갔다는 소식을 부산 현장소장으로부터 전해들은 윤 회장이 다시 흥분한다.

「이놈의 자식을……!」

윤 회장이 김 기사를 시켜 석구가 가 있을 것으로 생각되는 율목동 경아의 집을 찾게 했다. 그러나 경아의 집에는 서산 댁만이 집을 지키고 있었다.

그 시각, 석구는 김포 장기리 산에 미애 할머니를 마지막으로 모시기 위해 가 있었다.

「그 댁 할머니께서 엇그제 별안간 돌아가셨답니다. 아마 지금 거기에 가 있는 모양입니다.」

김 기사로부터 석구의 거처를 전해들은 윤 회장이 혼잣말처럼 중얼거렸다.

「참! 그것 정말 질긴 인연이구먼.…….」

이날 늦은 시간에 지친 모습으로 집에 돌아온 석구가 홍 여사의 다그침에 아무런 대꾸 없이 이층 방으로 올라가 쓰러지고 말았다.

한편, 한 여사의 부축을 받으며 지친 몸으로 집에 돌아온 민 사장이 거실에 들어서서는 갑자기 할머니 방문 앞으로 다가갔다. 그런 민 사장을 한 여사가 가로막는다.

「오늘은 그냥 안방에 들어가서 쉬세요.」

「왜 이래요, 당신?」

「나중에 들어가세요, 제발. 지금 들어가시면 어머님 생각에 또 가슴 아프세요. 당분간 안정을 취하셔야 한다고 의사 선생님이 신신 당부하신 거, 벌써 잊으셨어요?」

한 여사가 민 사장을 잡고 끌다시피 방으로 들어간다. 서산 댁이 꿀물을 들고 와서 방에 넣어 주고 나갔다.

「윤 군은 집에 바로 간 게요?」

「제가 보냈어요. 너무 고생을 많이 해서요.」

「어~ 정말 고마운 일이야. 그 사람 얼굴 볼 면목이 없구먼.」

「이번 일을 보고 내가 당신께 너무나 큰 죄를 지었구나 하는 생각을 많이 했어요.」

「별안간 그게 무슨 말이야?」

「당신이 그렇게 귀여워하고 자랑스럽게 여겼던 딸들이 별것이 아니란 걸, 이번에 새삼 느꼈어요.」

「쓸데없는 소리. 당신 말대로 그렇게 잘난 이 아들은 어머님께 뭘 한 게 있다고.」

「그 젊은이들 아니었더라면, 정말 어떻게 일을 치렀을지 지금 생각해도 눈앞이 캄캄해요.」

「그 또 한 젊은이는 누구요?」

인식을 말하고 있었다. 그러나 한 여사도 그날 정신없는 속에서 인사를 받았고, 차분히 얘기할 틈도 없어 그에 대해 아는 게 별로 없었다.

그냥 석구와 함께 와서 인사를 한 걸로 봐서 석구와 잘 알고 있는 젊은이로만 생각됐다.

「나 없이 고생들 많이 했겠구먼.」

「딸이 백이면 뭐해요. 이번에 그 젊은이들이 일하고 있는 모습을 보면서 내가 그동안 얼마나 부끄러운 줄 모르고 당신한테 얼굴 들고 살았는지…… 한없이 염치없었다는 것을 느꼈어요.」

「그런 말이 어디 있소. 우리 애들이 어디가 어때서. 난 그렇게 생각해본 적 단 한 번도 없으니까 괜한 생각 말아요.」

「정말 당신께 죄가 커요.」

「별소릴, 우리에겐 미애가 있잖소. 앞으로 좋은 사람 만나서 잘살 거요.」

「이번처럼 무섭고 외로워 해본 적 처음인 것 같아요.」

한 여사가 눈물을 흘리며 죄인처럼 고개를 숙이고 있다.

다음날, 석구가 윤 회장 사무실에 불려갔다.

「넌 도대체 어떻게 된 놈이야?」

「죄송합니다, 아버지.」

「죄송, 죄송! 죄송한 걸 안다는 놈이 그래, 제멋대로 그런 짓을 해?」

윤 회장이 자리에서 일어나 창가로 가서 등을 보이며 말했다.

「내 얘기는 들었다. 그래, 일은 잘 처리한 게냐?」

「아버지!」

뜻밖의 아버지의 차분한 말에 석구가 감동한다.

「네가 그 집에 가서 일을 도와준 걸 나무랄 생각은 없다. 하지만 앞으로의 네 생각을 묻고 싶다.」

「무얼 말입니까?」

윤 회장이 몸을 돌려 석구를 쏘아본다. 석구가 움찔한다.

「이런 얼빠진 놈을 봤나. 앞으로도 지금처럼 그렇게 계속해서 그 집 일에 앞장서서 쫓아다닐 참이냐, 말이다!」

석구가 말이 없다. 아버지 말의 뜻을 너무나 잘 알고 있기 때문이다.

윤 회장이 석구의 얼굴을 한동안 바라본다.

「지난번 얘기한 대로 당분간 외국에 나가 있어!」

「또 그 말씀이세요?」

「왜? 이 애비가 그럼 할 일 없어서 네놈한테 외국에 나가 있으라고 한 것 같아? 잔소리 말고 한 이 년 정도 나가서 공부 좀 하고 들어와. 어차피 어느 때고 나갔다 와야 할 일이니까. 네놈이 윤희 처녀와 만나기가 싫으면 네놈 맘대로 다른 곳에 가있다 오든가.」

「지금은 아닙니다.」

「뭐야? 지금이 아니라니?」

「아버지께서 저와 경아의 결혼을 인정하시기 전에는 저는 외국에 나가지 않을 것입니다.」

「그래도 이놈의 자식이 아직도 정신을 못 차린 게야!」

「아버지!」

「듣기 싫어! 당장 나가서 준비해! 할머니한테도 이미 다 말씀드려서 끝낸 얘기야!」

명희가 새 살림을 하고 있는 집에 지웅이 찾아왔다.

지웅은 명희의 어머니와 함께 살고 있는, 그러니까 명희의 새아버지가 되는 분이다. 그때까지 명희는 학교에서 돌아오지 않은 듯 낮은 담 너머로 보이는 안마당에는 젊은 새댁이 어린아이를 등에 업고 줄에 빨래를 널고 있었다.

지웅이 안을 기웃거리자, 얕은 담 너머로 새댁이 눈을 주고 다가와서 물었다.

「누굴 찾아오셨나요?」

지웅이 조금은 멋쩍은 표정을 지으며 쪽문으로 다가와 얼굴을 내민다.

「저 여기 얼마 전에 결혼해서 이사 온 젊은 부부가 살고 있지 않습니까?」

「아! 임 선생님을 찾아오신 모양이시군요? 그런데 아직 학교에서……」

새댁이 안쪽 창문을 보고 나서 지웅의 얼굴을 살폈다.

「곧 오실 시간 됐는데, 들어오셔서 기다리시죠?」

밖에서 보는 것보다는 좀 넓어 보이는 마당이었다. 마당 양쪽으로 잔디가 자라고 있었고, 중앙으로는 균형 없이 자연석이 길게 깔려 있었다.

집은 꽤 세월이 된 듯싶은 한옥을 새로 손질한 흔적이 보였다.

지웅은 새댁이 갖고 온 물을 마시고, 담배를 피워 물고 잠시 서성거리고 있었다.

때마침 명희가 돌아왔다. 생각하지도 못했던 지웅의 모습에 명희가 흠칫 놀라는 표정을 짓고는 시선을 돌리더니 말없이 안으로 들어갔다. 그리고 잠시 후 옷을 갈아입은 명희가 다시 밖으로 나왔다.

「여긴 웬 일이세요?」

「얘기 좀 하고 싶은데 괜찮겠니? 밖에서 기다리마.」

승용차를 사이에 두고 지웅과 명희가 서로가 시선을 다른 곳에 둔 채서 있다. 지웅이 피우고 있던 담배연기를 길게 내뱉는다.

「그래, 학교생활은 할 만하니?」

「하실 얘기 있으시면, 빨리 하시고 올라가세요.」

명희가 여전히 시선을 주지 않은 채 쌀쌀하게 말했다.

「내가 어머니와 함께 지내고 있는지도 꽤 되는구나. 이제 마음을 좀 열 수는 없겠니?」

「두 분께서 언제 제 생각하면서 만나셨던가요?」

「네가 보기에 내가 엄마와 함께 있는 게 지금도 불륜으로 생각되니?」

「그런 건 이제 저하고 상관없어요.」

「난 지금쯤 너도 조금은 이해하고 있을 줄 알았는데, 역시 실망이구나.」

「저더러 이해를 하라고요? 뭘 어떻게 이해해 드릴까요? 옛날 아버지 살아계실 때부터 두 분이 좋아한 걸, 이해해 드릴까요?」

「너도 이제 결혼을 했고, 앞으로 자식을 낳고 살겠지만, 남녀의 사랑이 얼마나 유치하면서도 끈질기다는 것도 알 나이가 됐구나. 그래서 말인데, 내 나이 오십 줄에 누구를 진실로 사랑한다고 하면 나이 먹은 늙은이 주책쯤으로 생각하겠지?」

「그런 얘길 왜 지금에 와서 저한테 하시죠?」

「내가 너한테 해주고 싶은 얘기가 있구나. 정말 꿈같은 얘기지.」

지웅은 슬며시 눈을 감았다가 뜬 후에, 이야기를 계속해서 이어 나갔다.

「너희 아버지, 그러니까 한식과는 고등학교 때부터 아주 친한 사이였단다.

어느 날 내가 너희 아버지와 공원에서 사진을 찍으며 시시덕거리고 있을 때였지. 그날 거기서 처음으로 너희 어머니를 만났단다. 너희 어머니도 그 당시 고등학교 학생이었는데, 공원 잔디에 앉아서 책을 읽고 있었지.

그런 너희 어머니가 무척이나 아름다워서 우리는 나무 뒤쪽에 몸을 숨긴 채 연신 카메라 셔터를 눌러 대고 있었어. 그때 참으로 너희 어머니는 아름다우셨어. 우리 둘은 그 여학생 뒤를 따라가서 집까지 알아놨지.

그리고 집으로 돌아온 우리는 골방에 담요로 암실이란 걸 만들어 놓고, 낮에 찍어 온 흑백 사진을 인화해서 봤어. 그리고 인화된 너희 어머니 모습을 전기다리미 바닥으로 말려가면서 서로 잘 나온 사진을 차지하려고 몸싸움까지 해가며 쟁탈전까지 했구나.

그리고 그 후일, 그 사진 속 학생이 '문일 여고 2학년 3반 전 명순' 이라는 것까지 알게 됐고, 우리 둘은 누가 먼저랄 것 없이 명순을 놓고 서로가 짝사랑을 하기 시작했지.

그런 가운데 우리가 고등학교를 졸업하고, 나는 잠시 고향에 다녀와 보니 그사이 너희아버지 한식은 너의 어머니와 깊은 사이로 발전해 있더구나. 그래서 나는 너희 어머니를 단념하게 됐고, 너희 어머니는 나에게 조금은 미안한 생각에이지 미연이라는 단짝 친구를 소개했어.

그렇게 해서 나중에 우리는 한 달을 사이를 두고 결혼식을 올리게 됐던 거야. 결혼을 한 후에도 우리는 자주 서로 만나서 좋은 시간도 갖고 한동안 참 잘 지냈지.

그런데 문제는 나의 아내인 미연에게서 생겼어. 그 당시 내 아내 미연이가 지병이 있었던 거야. 요즘 말로 백혈병이란 병 말이야. 물론 너희 어머니도 미연에게 그런 병이 있는 줄은 모르고 나에게 소개했던 거고.

그리고 우리가 결혼한 지 3년 만에 미연은 저 세상으로 먼저 가고 말았어. 그 일로 어머니는 나에게 많이 미안해했고. 물론 내가 그런 생각하지 말라고 했지만 어머니는 그 후로는 날 대하는 것조차 부담스러워했구나.

그런 어머니를 보고 있는 나 역시 마음이 편하지 않아서 내가 여기를 떠난 거야. 그 길로 일본으로 해서 미국으로 건너가 십여 년을 보내고 귀국해 보니, 너희 아버지가 사업을 하고 있었어.

그리고 아버지의 권유로 아버지가 운영하고 있던 회사에서 함께 일을 하게 된 거고, 그러던 중에 제1차 오일쇼크를 당하게 됐고 회사가 어려워지자, 그 당시 회사 지분의 절반을 갖고 있던 명희 외삼촌이 자기 지분을 확보하기 위해서 뒷거래를 하게 됐지.

그로 인해서 결국 회사는 경영난으로 최종 부도를 맞고 말았어. 물론 너희 외삼촌은 자기 지분을 챙겨서 떠났고. 그때가 명희가 중학교에 막 들어가서였을 거야. 그런 일이 있기 전만 해도 참 너도 나를 많이 좋아했고 따랐지.

그러나 하루아침에 그런 어려움을 당하게 된 한식은 많은 사람들로부터 시달림을 당하다가, 결국 그렇게 허망하게 세상을 떠났고……. 그때 너희 어머니가 많이 힘들어 했어.

지금에 와서 얘기지만, 너희 아버지가 세상을 떠나기 얼마 전에 내 앞에서 정말 소설 속에서나 있음직한 말을 하더구나. 나에게 너희 어머니를 보살펴 달라고…….

그때 나는 너희 아버지가 많이 힘들어하고 있구나 생각했어. 그래서 내 딴에는 조금이나마 의지가 되어 줄까 싶은 마음으로 자주 너희 집을 드나들게 됐고, 결국 이렇게 되고 말구나.

지금에 와서 하는 말이다마는 너희 아버지가 돌아가시기 전에 한 말도 조금은 내 마음을 잡게 한 동기도 된 것도 같고.」

지웅이 돌아가고 명희가 한동안 많은 생각을 한다. 그리고 조금은 지웅에게 지나친 생각이 아니었나 하는 후회를 해 봤다.

아니, 어떻게 보면 지웅에게 오히려 고맙다는 생각을 가져야 할지 모른다는 생각도 들었다.

모처럼 미애집 식구들이 함께 식사를 하고 있다. 그리고 거기에 석구가 있었다.

「뭘 이렇게 많이 준비하셨어요?」

석구가 푸짐한 상을 보고 한마디 한다.

「준비는 무슨, 지난번 고생한 일도 있고 해서 밥 한 끼하고 싶어서 부른 거요.」

「말씀 그렇게 하지 마세요. 사위한테 그렇게 말씀하시는 장모님이 어디 있어요.」

「술 한 잔 하지.」

민 사장이 석구에게 잔을 내밀었다.

「제가 먼저 한 잔 올리겠습니다. 아버님.」

민 사장이 술잔을 받는다.

「자네한테 내 무슨 말을 할 수 있겠나. 애 엄마가 자네한테 무척이나 고마워서 저녁 한 끼 준비한 모양이니, 별다른 생각은 말고 많이 들어.」

「고맙습니다.」

「정말 고생 많았어.」

「젊은이 아니었더라면, 정말 그 일을 어떻게 했을까……. 지금 생각해도 꿈만 같아요.」

「석구 오빠, 그날 함께 일한 사람은 누구야?」

미애가 인식을 말하고 있었다.

「정말 그 젊은인 누구요? 그날은 정신없어서 제대로 말도 못했는데…….」

「유인식이라고 군대 있을 때 함께 근무했던 후배입니다.」

「그런데 그날 거긴 어떻게 알고……?」

「제가 불렀습니다. 사실 저도 겁도 났고요.」

「그럼 같이 오지 않고.」

「다음번에 함께 오도록 하겠습니다.」

그 시간 석구의 집에는 윤희가 와 있었다. 미국에 간 지 3개월 만에 다시 돌아왔다고 했다. 사실 윤희가 미국을 간 것은 무슨 특별한 일이 있어서 간 건 아니었다. 단지 석구와 함께 갈 목적으로 계획했던 것이었다.

윤희 혼자 미국에 먼저 가서 석구를 기다리고 있었으나 석구가 올 것 같지 않아서 다시 들어왔던 것이다.

「석구 오빤 요즘 어떻게 지내고 있어요?」

「그러잖아도 애 아버지께서 미국에 보낼 생각은 하시는 모양인데, 저렇게 말을 안 듣고 고집을 피우고 있으니…….」

「지금도 그 여자 집에 드나드는 건 아니죠?」

윤희가 싸늘한 눈으로 홍 여사의 얼굴을 살피며 묻는다.」

「요 얼마 전에는 그 집 할머니께서 돌아가신 모양이야.」

「할머니라니요?」

윤희가 굳었던 얼굴을 풀고 조용한 목소리로 홍 여사를 바라본다.

「응, 그 집에도 석구 할머니 연세의 할머니가 계셨는데, 그만 별안간 쓰러지셔서 깨어나지 못하셨다고 들었어.」

「그 얘길 석구 씨가 했어요? 그래서 거기에 갔었다고?」

「그 애가 어디 밖에서 있었던 일을 집에 와서 하는 앤가, 그 애 아버지한테서 들은 얘기야.」
「아버님께서요?」
윤희의 얼굴이 다시 붉어진다.

석구가 집에서 나오는데 미애가 뒤따라 나왔다.
「우리 처제, 형부가 맛있는 거 사 줄까?」
「집에서 잔뜩 먹었는데, 또 무얼 먹어요?」
「그렇지?」
석구가 씁쓸히 웃는다. 사실 석구의 마음은 지금 한없이 불안하다. 외국에 보내려는 아버지의 생각이 확고했기 때문이다.
지금 이 상황에서 외국으로 떠나고 나면 경아와, 아니 경아 집에서까지 영영 잊힐 것만 같은 불안한 생각이 들었다.
그런 마음으로는 지금 떠날 수는 없다고 다짐한다. 그래도 여전히 마음이 불안했다.
「오빠! 우리 어디 가서 술 한 잔 마시자!」
「술? 또 지난 때처럼 업혀 들어가고 싶어서?」
「그 정도는 말고, 조금만……?」

두 사람이 길가 포장마차에 앉았다. 석구가 호프집으로 가려 했지만 미애가 길가 포장마차 안으로 끌었다. 안에는 두 팀의 손님이 앉아 있었다.
석구가 미애를 바라본다. 무슨 말인가 하려 했지만 선뜻 말이 떨어지질 않았다.

「오빠, 정말 지금도 언니를 사랑해?」

석구가 빙긋 웃는다.

「정말 앞으로 어떻게 할 건데?」

「뭘?」

「정말 언니만 생각하면서 살 수 있어?」

「그럼 처제는 내가 다른 여자하고 다시 결혼이라도 하길 바라는 거야?」

「아! 안 돼, 그건.」

미애가 정색을 하며 석구의 얼굴을 빤히 바라본다.

「정말 다른 여자하고 결혼하고 싶어, 오빠는?」

「그러니까 처제가 좀 도와줘.」

「처제, 처제, 그 처제란 소리…… 이제 그만할 수는 없어요?」

미애가 언제부터인가, 아니 벌써부터 석구를 언니의 옛날 사람이 아닌 또 다른 남자로 생각하고 있음을 느낀다. 미애가 자리에서 벌떡 일어났다.

「왜 그래, 처제?」

「그 처제란 말 듣기 싫다고 했죠? 언니도 없는 처제가 어디 있어!」

「왜 그래! 벌써 술 취한 거야?」

「흥! 술이 취해요?」

미애가 다시 자리에 앉아서 따라 놓은 술잔을 단번에 비운다. 그리고 빈 잔을 소리 나게 내려놓는다. 미애의 손이 가늘게 떨리고 콧등에 몽실몽실 땀방울이 솟는다.

「오빠는 지금 내가 하는 말들이 술 취해 주정하는 소리로 들리지?」

「말도 안 되는 소릴 하잖아, 지금?」

「왜 말이 안 돼? 그럼 정말 오빠 앞으로 결혼 안하고 언니만 생각하면서 혼자서 살 거란 말이야? 정말 그럴 수 있어?」

석구는 기가 막혔다. 그리고 한없는 외로움이 빠진다. 그동안 믿고 있었던, 아니 믿고 싶었던 미애가 이렇게까지 자신을 불신하고 있다고 생각하니 지금까지의 모든 행동에 허무함이 밀려왔다.

석구가 자리에서 일어났다. 그리고 미애를 본다. 미애가 석구의 시선을 피해 얼른 잔을 비운다. 그리고 다시 잔에 술을 따르려 한다. 석구가 술병을 뺏었다.

「그만 마시고, 어서 일어나. 벌써 술 취했어.」

「오빠가 지금 나 생각해 주는 거야?」

석구가 미애의 팔을 잡아 일으킨다. 미애가 석구의 팔을 뿌리쳤다.

「오빠나 먼저 가! 난 조금 더 있다가 갈 거야.」

「지금 정신 있어? 이 시간에 여기 혼자 있겠다고?」

석구가 미애를 끌고 밖으로 나왔다. 밖은 어느새 어두워져 있었다.

미애가 휘청한다. 집 앞까지 온 석구가 미애를 집안으로 밀어 넣고는 그대로 발길을 돌렸다. 미애가 개름한 눈으로 석구의 뒷모습을 한동안 바라본다.

그 모습이 한없이 외롭게 쓸쓸하게 보였다. 순간 미애가 달려가 석구의 등 뒤로 매달린다.

「석구 오빠!」

다음날, 미애가 혼자 전에 석구와 함께 찾아왔던 용궁사(龍宮寺)를 찾았다.

그리고 난생 처음으로 불상 앞에 무릎을 꿇고 두 손을 합장한다.

'언니, 나야. 언니, 미안해. 나 석구 오빠를 좋아하나 봐. 아니, 솔직하게 말할게. 나 석구 오빠 사랑해. 그것도 아주 많이. 그러면 안 되는 거 아는데…… 어쩔 수가 없어, 언니. 지금도 석구 오빠는 언니를 사랑한대. 그런데 석구 오빠가 언니를 사랑하는 만큼 나도 석구 오빠가 좋아. 언니, 용서해 줘. 그 대신 내가 언니 곁으로 갈 때는 다시 석구 오빠를 언니한테 돌려줄게. 응? 언니……. 그러면 난 지옥으로 떨어지겠지? 내가 지옥에 떨어진다고 해도 난 후회하지 않을 거야. 언니, 나 좀 도와줘. 석구 오빠가 미국에 간대. 그것도 다른 여자하고 함께 말이야. 그러면 우리는 어떻게 해? 생각하기도 싫어. 아니, 무서워. 언니! 그렇게 언니를 사랑하는 사람을 두고, 어떻게 혼자 갔어? 언니 정말 미워! 나 어떻게 해. 언니…….'

이날 미애는 알 수 없는 말들을 한동안 쏟아 놓고 혼자 훌훌 용궁사를 빠져나왔다.

이 날 오후, 미애 집에는 윤희가 화사한 옷차림으로 나타났다. 집에 있던 한 여사가 안면 없는 윤희를 보고 의아한 표정으로 맞는다.

윤희가 자기를 석구와 결혼할 여자라고 말하고 집 안을 거만스럽게 둘러보며 깔끔을 떨면서 소파에 앉았다.

「그런데 제 집엔 무슨 일로……?」

「저 윤희라고 해요, 석구 씨 일로 드릴 말씀이 있어서 이렇게 실례하게 됐네요.」

순간 한 여사의 얼굴이 굳어졌다. 윤희의 행동은 너무나도 당당하고 여유로웠다.

「요즘도 석구 씨 여기 자주 온다는 말이 있던데…… 그게 사실인가요?」

「……?」

「나 석구 씨하고 결혼할 사람이에요. 그런 얘기 못 들으셨나 보죠? 그리고 곧 미국으로 함께 떠날 거고요.」

뜻밖의 윤희의 말에 한 여사가 입을 열지 못한다.

「물론 석구 씨가 여기 따님을 지금까지 잊지 못해서 자주 찾아온다는 얘기는 이미 들어서 알고 있어요. 그래서 드리는 말씀인데, 벌써 끝난 인연을 언제까지 이렇게 잡고 계실 생각이세요? 댁에서는 석구 씨 앞날에 대해서 단 한 번이라도 생각해 보신 적 있으세요?」

한 여사는 온 몸이 굳어져서 돌부처라도 된 듯 꼼짝할 수가 없었다.

윤희가 앞에 놓은 찻잔에는 손도 대지 않고 자리에서 일어났다.

「제가 한 가지 부탁할게요. 분명히 말씀드리는데, 앞으로는 석구 씨 여기 찾아오는 일 없도록 행동을 분명히 해 주세요.」

「행동이라니?」

「여기서 받아 주니까 찾아오는 거 아닌가요?」

「받아 주다니? 젊은 아가씨가 말을 함부로 하네요.」

한 여사가 불쾌한 얼굴을 한다.

「석구 씨 부모님이 그 일로 걱정이 많다는 걸, 왜 이 댁 집에서만 모르시는 건가요?」

「……?」

말을 마친 윤희가 들고 온 가방에 무슨 더러운 것이라도 묻은 것처럼 손수건을 꺼내 닦고는 팔에 낀다.

그리고 거실을 나서려는데, 때마침 집에 들어오던 미애와 마주친다. 미애를 본 윤희가 눈을 가늘게 뜬다.

「오라! 참, 우리 구면 아닌가? 죽은 여자 동생이 있다더니, 그 동생이 맞지?」

윤희가 미애를 거만스러운 눈으로 흘겨보며 말했다.

「이 여자가 우리 집엔 왜 왔대요, 엄마?」

미애가 윤희를 위아래로 훑어본다.

「뭐? 이 여자?」

윤희가 이내 눈을 치켜뜨고 미애를 보며 숨을 몰아쉰다.

「알 만하네. 석구 씨가 왜 이 집에서 발을 못 빼는지…….」

「뭐라고? 당신, 뭐야?」

「허! 점점, 야! 너 누구한테 반말이야, 반말이? 조고만 게 건방지게!」

「뭐! 조고만 게 건방져? 당신이 뭔데 여기 와서 떠드는 건데? 이집이 당신 같은 여자나 드나드는 만만한 집인 줄 알아?」

「정말 대책 없는 집이구먼.」

윤희의 얼굴이 일그러져서 미애를 쏘아보며 씩씩거린다. 그리고 문을 소리 나게 닫고 나가 버렸다.

「저 여자 언제 왔어, 엄마? 와서 뭐라고 했어?」

「도무지 무슨 말을 하는지…… 자기 말로 윤희라고 하면서, 젊은이하고 결혼할 사이라는 구나.」

「결혼? 석구 오빠하고 결혼을 한다고 했단 말이야? 허! 말도 안 돼!」

미애가 쏜살같이 이층으로 올라간다.

미애의 모습에 한 여사가 그동안 어린아이로만 생각했던 자신이 부끄럽게 느껴졌다.

'저것이 언제 저렇게 컸지?'

대견스러웠다. 할머니의 빈자리를 채워 줄 것만 같았다.

방으로 들어온 미애가 들고 온 손가방을 아무렇게나 내던지고 나서 옷을 갈아입는다.

「뭐! 결혼할 여자? 내 앞에서 언니를 사랑한다고 말한 시간이 얼마나 지났다고 결혼한다는 여자가 여기까지 찾아와? 나쁜 놈!」

혼자 중얼거리던 미애가 작은 끈 달린 가방을 들고 밖으로 급하게 나갔다.

계림 산업 회장실.

일신목재 박 사장이 찾아왔다. 연희 지구에 들어가던 마감 자재가 다른 회사 물건으로 들어가는 것에 대한 섭섭함을 토로했다.

그러나 그 사실을 전혀 알지 못하고 있던 윤 회장으로서는 '알아서 조치하겠다' 는 언질을 주고 박 사장을 돌려보냈다.

윤 회장이 이 상무를 찾았다.

「일신 박 사장 얘기가 무슨 말이야? 자재가 다른 데서 들어온다니?」

이 상무가 말을 잇지 못하고 우물거린다.

「이 상문 알고 있는 일이야?」

「실은…… 윤 실장이…….」

「윤 실장이라니? 그럼 우리 놈 짓이란 말이야?」

「저, 그게…….」

퇴근해서 집에 들어온 민 사장이 습관적으로 할머니 방문을 연다.

방 안에서 찬바람이 밀려 나왔다. 텅 빈 방안, 할머니가 늘 쓰시던 키 작은 문갑 위에 덩그러니 놓여 있는 할머니의 손때가 묻은 화투가 들어 있는 상자 하나가 보인다.

민 사장이 손으로 방바닥 온기를 찾는다. 하지만 방바닥 온도는 오래 전에 이미 싸늘하게 식어 있었다.

미애가 석구의 집 한 귀퉁이에 서서 석구를 기다리고 있다. 입은 튀어나와 있고, 얼굴은 굳어 있었다. 연신 손목시계를 들여다본다. 그러다 고개를 빼고 사방을 두리번거려 보지만, 석구의 모습은 나타나지 않았다.

어느덧 날이 어두워지기 시작했다. 키 큰 전신주에 달린 가로등에 불이 들어온다. 미애의 얼굴에 초조함이 몰려온다.

잠시 후, 집 앞에 나타난 사람은 기다리고 있는 석구가 아닌 동생 성미였다. 미애가 순간 몸을 숨긴다. 왠지 성미 앞에 나타날 자신이 없었다.

성미가 안으로 사라지고 다시 커다란 철문 옆 쪽문이 육중한 쇠 소리를 내며 굳게 닫힌다.

한편 그 시각, 석구는 인천 연희 지구에서 철수한 인원과 함께 새로 신축중인중동지구 현장으로 이동하고 있었다.

다음날 자재과 조 과장이 신흥 김 과장을 사무실로 불렀다. 그리고 그 자리에서 추후로는 물건을 받을 수 없게 됐다는 통보를 했다. 위에서 내려온 지시라고 말했다.

조 과장이 난처한 얼굴을 했다. 그동안 석구의 간곡한 부탁으로 신흥 물건을 받아 왔지만, 앞으로는 그럴 수 없게 됐다는 것이었다.

난처하기로는 신흥의 김 과장이 더했다. 그동안 늘어난 물건을 납품하기 위해서 기계 설비에 많은 투자를 했고, 공원도 적지 않게 확보해 놓은 실정이다.

거기에 현재 확보해 놓은 원자재며, 야적장 임대료까지…… 큰 부담이 아닐 수 없었다.

「회장님께서 윤 실장과 관계된 걸 아셨나요?」

「글쎄…… 나도 전화 연락만 받은 상태라 거기까진 잘 모르겠고, 하여간 그렇게 알고 대비하는 수밖에 없겠어요.」

김 과장으로부터 연락은 받은 신흥에서는 긴급회의를 하고 있었다.

「지금 무슨 말들을 하고 있는 거예요? 그럼 지금까지 나간 물건들이 윤 회장 현장에 나가고 있었단 말이요?」

그동안 석구의 당부로 민 사장에게는 계림으로 물건이 들어간다는 사실을 말하지 않고 있었던 터였다.

「허, 이거 큰 낭패가 아닌가. 그것도 모르고…….」

민 사장이 그동안 한 번에 많은 물건을 납품하면서 시설을 확충하느라 투자한 적지 않은 사채에 난감해하는 눈치였다. 지금 이런 상황에서 물품 단절이란 민 사장에게 큰 경제적 타격이 아닐 수 없었다.

「우선 윤 실장을 만나서 사정을 얘기해 보는 게 어떨까요, 사장님?」

「지금에 와서 무슨 말을 해요. 그렇지 않아도 그 사람 일로 마음이 복잡한 터에……. 그리고 지금 사항으로 봐서 모든 사실을 알고 내린 결정이 뻔한데, 또다시 그 사람한테 얘기한다고 뭐가 달라지겠어요. 아니, 어떻게 일을 이렇게까지 들 한 거야? 아~ 이 일을 앞으로 어쩐담.」

민 사장이 얼굴색까지 변해서 자리를 일어나 안절부절못하고 서성거렸다.

「죄송합니다, 사장님.」

생각하지도 못했던 일에 김 과장이 난처한 얼굴을 한다.

석구의 집 앞에 윤희의 빨간색 승용차를 세운 채 석구를 기다리고 있었다. 그리고 마침 집으로 돌아오던 석구를 태우고 교외로 향했다.

석구와 윤희가 어느 야외카페 테이블을 사이에 두고 마주 앉았다.

「무슨 일이야?」

「일은 무슨, 오랜만에 석구 씨랑 분위기 좀 만들고 싶어서 왔지.」

석구가 손목시계를 들여다본다.

「왜 미국에 안 왔어? 많이 기다렸는데…….」

「거기 갈 정신없었어.」

「왜? 그 죽고 없는 그 여자 때문에?」

「그게 무슨 말이야?」

순간 윤희의 얼굴이 굳어진다. 그리고 이내 표정을 바꾸고 석구의 얼굴을 바라본다.

「나 어제 그 집에 갔었는데…… 무슨 연락 같은 거 못 받았나 보지?」

「그 집이라니?」

「석구 씨하고 약혼하고 죽었다는 그 여자 집말이야. 왜? 기분 나빠?」

「윤희가 그 집에는 왜 가?」

「그 동생이라는 계집애, 아주 맹랑하더라? 두 눈 똑바로 보고 나한테 대들기까지 하던데? 쪼그만 게 건방지게…….」

석구가 황당한 표정으로 윤희의 얼굴을 쳐다본다.

「말 함부로 하지 마. 처제도 이제 성년이야. 그리고 왜 윤희가 거기까지 가서 말도 안 되는 소리는 하고 그래!」

「뭐가 말이 안 돼? 그럼 석구 씨는 죽고 없는 옛날 여자 집엔 왜 찾아가는 건데? 죽은 그 여자 대신 동생이라도 만나고 싶은 거야?」

석구가 어이없어 자리를 일어나 밖으로 나와 버린다.

윤희가 싸늘한 표정으로 석구의 뒷모습을 바라본다.

한편, 하루아침에 납품거래처를 잃었다는 소식에 신흥의 타격은 짧지 않은 시간에 민 사장의 회사를 어려움으로 몰아넣었다.

당장 발주해 놓은 원목 대금에 공원들의 임금, 그리고 사채에 대한 이자 등이 문제로 떠올랐다. 더욱이 어느새 소문이 돌았는지 그동안 말 한 번 없던 은행이며 사채업자들로부터 원금 상환 독촉이 줄을 이었고, 급기야 어음 환급이 밀려들기 시작했다.

민 사장은 다급해졌다. 그렇다고 현 상황에서 누구에게 손을 내밀 입장도 못 되고, 더욱이 다시 사채를 빌린다는 것은 생각도 할 수 없는 일이었다.

이 일로 민 사장 공장은 하루아침에 몇 대의 기계만을 움직이는 부분가동으로 돌입했다. 여기저기에 일손을 놓은 공원들이 눈치를 살피며 빈둥거렸고, 한창때와 달리 공장 안은 썰렁한 바람이 휘몰아쳤다.

어느 조용한 카페로 미애와 함께 석구가 들어섰다.

거기에는 인식이 먼저 와서 기다리고 있었다. 미애를 본 인식이 환한 얼굴로 자리에서 벌떡 일어나 목 인사를 한다.

「지난번엔 정황이 없어서 제대로 인사도 못하고 왔는데, 오늘 이렇게 만나보니 정말 곱고 아름답네요. 반갑습니다. 전 유인식이라고 합니다.」

인식이 손을 내밀었다. 그러나 미애가 멍한 표정으로 석구와 인식을 번갈아 쳐다본다.

「자, 우선 앉지.」

석구가 미애를 자리에 앉히고 옆으로 앉았다.

「선배님한테 얘기 많이 들었습니다. 앞으로 잘 좀 봐 주십시오.」

인식이 미애의 얼굴에서 눈을 떼지 못하고 있다.

여 종업원이 차를 놓고 갔다.

「시험 준비는 어떻게 잘돼?」

「오늘부터는 아주 잘될 것 같습니다, 선배님.」

인식이 입을 벌리고 히죽 웃는다.

「그게 무슨 말이야? 오늘부터라니?」

「이렇게 미인을 만났는데 공부를 안 하면 어떻게 합니까.」

석구가 미애의 얼굴을 보며 웃는다. 그러나 여전히 미애의 표정은 굳어 있다.

「선배님 외국 나가신다는 거 준비는 어떻게 잘되어 가십니까?」

인식이 생각하지도 않았던 말을 꺼냈다. 석구가 당황했고 미애의 눈이 날카롭게 빛났다. 그리고 석구를 바라본다.

지난번 윤희라는 여자가 집에 와서 한 말이 생각났다.

「아니, 아직 결정한 일은 없어. 그냥 아버지 생각일 뿐이야.」

석구가 미애의 눈치를 살피며 얼버무린다. 그러나 미애는 석구의 얼굴에서 눈을 떼질 않았다.

사실 오늘 자리는 미애를 인식에게 소개할 목적으로 마련한 자리였는데, 뜻밖에 인식의 돌발적인 말로 순간 어색한 분위기로 변하고 말았다. 결국 이날은 이야기다운 대화도 나누지 못하고 자리를 일어나야 했다.

카페에서 나온 미애가 석구의 팔을 끌고 근처 작은 공원으로 갔다.

「오빠, 미국 가?」

「아니야. 미국에 가는 일 없어.」

「그 여자하고 둘이서 가는 거야?」

「그 여자?」

「윤희라고 하던데.」

「그 여가가 그런 얘기를 했어?」

「결혼한다고 하던데, 결혼식은 거기 가서 할 건가요?」

미애의 말 속에는 빈정거림과 원망이 숨어 있었다. 석구가 미애 어깨를 잡았다.

「처제까지 왜 이래? 내 마음 몰라서 그런 얘기하는 거야?」

미애가 석구의 눈을 바라본다. 미애의 눈에는 하나 가득 눈물이 고여 있었다.

「오빠, 정말 거기 안 가면 안 돼?」

「안 가. 안 간다고! 날 믿어!」

석구가 미애의 어깨를 흔들었다.

「석구 오빠!」

미애가 석구의 가슴에 얼굴을 묻고 흐느꼈다. 석구가 미애의 어깨를 토닥거린다.

석구가 근무하고 있는 중동 현장에 김 과장이 찾아왔다.

「그동안 이곳으로 오면서도 찾아보지 못했습니다. 회사에 별일 없으셨죠?」

김 과장이 석구를 본다. 말하는 걸로 보아 그간의 사정을 전혀 모르고 있는 눈치였다. 그러다 보니 김 과장도 선뜻 말을 꺼내기가 망설여졌다.

「아버님도 별일 없이 여전하시지요?」

「윤 실장이 모르고 있는 것 같아서 말을 하기가 뭣합니다만…… 지금 저희 사장님께서 상당히 어려우십니다.」

김 과장이 한참 만에 겨우 입을 열었다.

「어려우시다니? 그게 무슨 말씀이세요?」

「사장님께서 절대로 얘기하지 말라고 당부하셔서 그동안 연락은 하지 못했지만, 사실 지난달부터 윤 실장 현장에 저희 물건이 들어가지 못하고 있습니다.」

김 과장 말에 석구가 믿을 수 없다는 얼굴을 한다. 김 과장이 그간의 사정을 얘기하고는, 민 사장을 한번 만나볼 것을 부탁했다.

민 사장이 예전부터 잘 알고 지내는 황 사장이라는 꽤 큰 목재상을 하고 있는 사람과 한 음식점에 마주 앉았다. 민 사장이 그간의 회사 사정을 얘기하고, 현재 야적장에 묶여 있는 원목을 인수해 줄 것을 부탁했다. 어차피 운반을 해와도 쌓아 둘 장소도 마땅치 않고, 현재 공장 내 쌓여 있는 원목도 현재로선 처분할 거래처도 마땅치 않은 상황이다 보니, 민 사장으로서는 아직 공장으로 들어오지 못한 물건이라도 처분

해서 현금을 확보해야 할 형편이었다. 그간 민 사장의 사정을 들어서 대충 알고 있던 황 사장이 선뜻 민 사장의 뜻을 들어 주었다.

석구가 민 사장 회사를 찾았다. 안면이 있던 수위 아저씨가 석구를 보고 반색을 하며 안으로 맞아주었다.

공장 안은 텅 비어 있는 듯 했다. 기계 돌아가는 소리 하나 없이 조용했다. 몇 명 안 되는 직원들이 일손을 놓고 먼지 앉은 기계들을 흐느적거리며 손질하고 있을 뿐이었다.

사무실에는 경리인 손 양과 김 과장이 자리를 지키고 있었다. 김 과장이 석구를 보고는 무슨 구세주라도 만난 듯 자리에서 일어나 반겼다.

민 사장과 이 실장은 주거래 은행에 사정을 해 보려고 나가고 자리에 없었다.

작은 포장마차 집에 소주를 놓고 석구와 김 과장이 마주 앉았다.

「회사가 이렇게 되도록 왜 저한테는 아무 말도 하지 않았어요?」

「나도 이렇게까지 되리라고는 상상도 못했습니다.」

김 과장이 한숨을 쉬며 소주잔을 비웠다.

「윤 실장, 어떻게 할 방법이 없겠습니까? 우선 현재 재고로 남아 있는 물건들만이라도 소비하면, 공원들 임금은 해결될 것 같은데…….」

「진작 좀 말씀하시지…… 지금 그런 정도로 회사가 정상으로 돌아가겠어요?」

「그렇게까지 바라지는 않고…… 지금 사장님께서 공원들 임금 문제로 여기저기 다니시는 모양인데…….」

집에 돌아온 석구가 아버지 방을 찾았다.

윤 회장이 술기운이 있는 석구의 얼굴을 보고는 이내 고개를 돌린다.

「아버지!」

「이놈의 자식이 어디서 술 먹고 들어와서 큰소리야!」

석구가 아버지 앞에 무릎을 꿇었다.

「아버지, 좀 도와주세요. 아버지가 도와주시지 않으면 장인어른 회사는 문을 닫게 됩니다.」

「뭐야? 장인어른 회사?」

「아버지!」

「이런 정신 나간 놈을 봤나! 누가 네놈 장인어른이야?」

「아버지, 제가 아버지한테 미리 말씀드리지 않고 한 일에 대해서는 정말 잘못했습니다. 그렇지만 지금에 와서 거래를 끊어 버리시면, 장인어른 회사가 어려워집니다. 좀 도와주세요.」

「이런 건방진 놈, 벌써부터 네놈 마음대로 이리저리 실세 행세를 해? 버르장머리 없는 놈.」

「잘못했습니다, 아버지. 이번 일만 제 소원대로 받아 주십시오.」

「소원? 이런 쓸개 빠진 놈을 봤나. 네놈 소원이 고작 그거였어? 이런 놈을 자식이라고 믿고 살았으니……. 쓸데없는 소리 말고, 어서 나가서 외국 나갈 준비나 해!」

윤 회장 목소리에 할머니가 달려오고 홍 여사가 들어왔다.

「아니, 아범아! 이게 무슨 일이야? 왜 애를 잡고 그러는 게야?」

「아들놈 하나 있다는 게 계집한테 빠져서 제정신 못 차리고 있으니…….」

「그게 무슨 말이야? 누가 무슨 계집한테 빠졌다는 게야?

석구가 자리에서 일어나 밖으로 뛰쳐나갔다. 그 뒤를 홍 여사도 따라 나간다.

이날도 민 사장이 술에 취해 늦게 들어왔다. 그리고 늘 하던 버릇대로 할머니 방문을 열었다.

「어머니! 저 지금 들어왔습니다.」

민 사장이 그 자리에서 무너진다. 그리고 눈물을 왈칵 쏟기 시작했다.

「어머니! 죄송합니다. 정말 죄송합니다. 제가 잘못해서 제 가정 하나 제대로 지키지 못하고 말았습니다. 어머니!」

이런 모습을 보고 있는 한 여사의 가슴이 무너진다. 요즘에 와서 늘 술에 취해 들어오는 민 사장을 보면서 왠지 불안한 생각이 앞섰다.

그동안 민 사장은 회사에 대해서는 한마디도 말을 하지 않고 있었기 때문에 한 여사는 회사 사정에 대해서는 전혀 모르고 있었다. 그저 어머님을 잃은 서러움에 그러는가 하고 어렴풋이 추측할 뿐이었다.

이층으로 올라온 민 사장이 미애가 자고 있는 방문을 조용히 열어 본다.

그리고는 다시 경아 방을 열었다. 불 없는 방 안으로 들어온 민 사장이 불을 켠다. 언제나처럼 방 안은 잘 정돈되어 있었다. 하지만 방 안은 텅 빈 느낌이다.

경아가 늘 사용하던 침대는 치워졌고, 상패며 상장들도 보이지 않았다. 단지 경아가 늘 아끼고 사랑하던 피아노만이 제자리를 지키고 있어, 경아의 방이었음을 알 수 있을 뿐이다.

결국 민 사장 회사는 부도를 맞고 말았다.

굳게 닫힌 공장은 덩그러니 수위 혼자만 지키고 있었고, 민 사장 집에도 사채업자들이 찾아와 한바탕 소란을 피우고 돌아갔다.

그제야 회사 사정을 알게 된 한 여사가 난생 처음 당하는 일에 정신을 놓고 말았다. 뒤늦게 집에 돌아온 미애가 소파에 늘어진 엄마를 부둥켜안고 울부짖는다.

미애가 서둘러 석구 집으로 전화를 했다. 전화는 영숙이 받았다. 그리고 지금 석구는 집에 없다고 했다.

그 시간, 석구는 민 사장 회사의 이 실장과 만나고 있었다.

「지금 아버님은 어디 계십니까?」

「저희에게도 연락이 없으시네.」

「그렇다고 이렇게 앉아만 계시면 어쩌실 겁니까? 회사가 지금 송두리째 날아가는 판인데요.」

이 실장이 모든 걸 체념하고 있는 듯 말이 없었다. 설사 민 사장을 만난다고 해서 달리 뾰족한 해결책이 있을 것 같지도 않았다.

석구가 밖으로 나와 버렸다.

지나가는 모든 사람들이 그렇게 행복해 보일 수가 없었다. 온 세상의 고민을 석구 혼자 걸머진 듯 가슴이 답답하고 무거웠다.

다시 민 사장 집에 사체업자들이 들이닥쳤다. 그리고 민 사장을 쥐잡듯 다그쳤다.

「회사가 정리되는 대로 다만 얼마씩이라도 드릴 수 있을 겁니다. 그러니 단 며칠 동안이라도 말미를 주십시오.」

「뭐? 다만 얼마씩이라니. 아니, 우리가 목돈 주고 푼돈 받자고 당신 돈 빌려준 건지 아시오? 우린 자선 사업가가 아니란 말이야! 이거 왜 이래? 그리고 벌써 이 집도 곧 경매로 넘어갈 거로 알고 있는데, 뭐로 어떻게 해서 우리 돈을 준다는 거야?」

사채업자들이 한바탕 뒤집고 간 후 다시 집 안은 적막에 휩싸였다.

결국 민 사장의 회사는 물론 집에까지 차압 딱지가 붙고 말았다.

다시 석구가 아버지 앞에 무릎을 꿇었다.

윤 회장이 석구 앞으로 서류 봉투를 내밀었다.

「다음 주야. 아무 소리 말고 떠나!」

「아버지!」

윤 회장이 눈을 부라린다.

「당장 나가서 떠날 준비나 해!」

「전 떠날 수 없습니다.」

「뭐가 어째? 이놈의 자식이!」

윤 회장이 책상에서 손에 잡히는 물건을 석구에게 집어 던졌다.

「장인어른의 회사를 도와주십시오. 외국 나가는 문제는 그 다음에 생각해 보겠습니다.」

「네놈이 지금 이 애비한테 흥정을 하자는 게야? 이 천하에 불효가 막심한 놈 같으니라고. 당장 나가지 못해! 네놈이 말끝마다 장인, 장인 하는데 네놈한테 장인이 어디 있다는 게야! 네놈 혼자 미친 짓 해놓고, 그걸 나더러 믿으란 게야!」

「아버지께서 믿지 않으셔도 저는 경아와 혼인이 되어 있습니다.」

윤 회장은 기가 막힌다.

민 사장이 경아의 넋이 있는 용궁사(龍宮寺)를 찾았다.

그동안 경아의 위패가 있다는 소리를 듣고도 한 번 찾지 않았던 민 사장이었다. 그런 민 사장이 처음으로 찾아와 경아의 사진을 앞에 놓고 눈물을 쏟고 있었다.

근래에 와서 마음이 약해진 탓인지, 눈물이 유난히 많아졌다.

「미안하구나. 정말 미안해. 몇 안 되는 식구도 제대로 지키지 못하고 어려움을 주고 있구나. 내가 죽어서 네 얼굴을 어떻게 볼지…… 미안하다. 큰애야!」

그날 민 사장은 집에 들어오지 않았다.

밤새도록 별의별 생각으로 밤을 꼬박 지새운 석구는 아침 일찍부터 미애 집으로 찾아왔다. 지난밤에 민 사장이 집에 들어오지 않았다는 말에 석구가 불안한 생각을 감추지 못한다.

「석구 오빠! 어떻게 해? 우리 아빠 정말 어떻게 된 건 아니겠지? 빨리 아빠 좀 찾아 줘. 응? 석구 오빠…….」

미애가 울상이 되어서 발을 구르며 석구에게 매달렸다. 한 여사는 넋이 나간 사람처럼 늘어져서 아무 말도 하지 못하고 있었다.

한동안 멍하니 서 있던 석구가 집 안에 붙어 있는 차압딱지들을 본다.

「이게 다 뭐예요, 어머님?」

한 여사가 눈물을 감추려 입을 막고 방안으로 들어간다.

「석구 오빠, 빨리 아빠 좀 찾아봐. 얼른!」

잠시 골몰히 생각하던 석구가 미애 팔을 끌고 밖으로 나왔다. 그리고 급하게 차를 몰기 시작했다.

「오빠! 지금 어디로 가는 거야?」

석구가 말없이 액셀을 힘차게 밟는다.

「석구 오빠!」

미애가 석구를 본다. 그러나 가는 동안에도 석구는 말 한마디 하지 않았다.

한참 만에 도착한 곳은 김포 장기리 산중턱이었다.

차에서 내린 석구가 미애를 떼어놓고 빠른 걸음으로 산 위를 오르기 시작했다. 산 밑에서 미애가 부르는 목소리가 들렸지만, 석구는 뒤도 돌아보지 않고 산 위를 가쁜 숨을 몰아쉬며 올라갔다.

한참을 올라 왔을까? 석구가 저만치 시선을 주고는 동작을 멈춰 서서 안도의 한숨을 길게 토한다. 거기에 민 사장이 있었다.

얼마 전에 돌아가신 할머니 산소 앞에 민 사장이 무릎을 꿇고 머리를 땅에 박고 엎드려 있었다. 그 옆으로 빈 소주병 두 개가 나뒹굴고 있다.

「아버님!」

석구의 목소리에 민 사장이 천천히 상체를 일으키고 가늘게 처진 실눈으로 석구를 올려다본다. 그리고 뜻밖의 얼굴을 한다.

며칠 사이에 민 사장의 얼굴은 몰라보게 변해 있었다. 핼쑥해진 얼굴에는 며칠 동안 깎지 못한 수염이 보기에도 민망할 정도로 자라 있었다.

순간 석구의 눈에서 왈칵 눈물이 쏟아졌다.

「아버님! 왜 여기 이렇게 계세요?」

「자네가 여길 어떻게……?」

석구가 민 사장 앞에 무릎을 꿇고 주저앉는다. 순간 말로 표현할 수 없는 눈물이 쏟아졌다.

「아버님! 이게 어찌된 일이십니까?」

「아빠!」

뒤늦게 올라온 미애도 아버지의 모습을 보고는 끌어안고 울음을 터트렸다.

「너희들이 여길 어떻게 알고 온 거야?」

민 사장이 미애의 손을 잡으며 눈시울을 적신다.

「죄송합니다. 아버님!」

석구가 용서를 빌었다.

「자네 잘못이 뭐가 있겠는가. 다 내 불찰이지. 내가 공연한 욕심을 부린 게야.」

「제 딴에는 아버님을 도와 드린다는 게, 오히려 아버님께 큰 누를 끼쳐 드리고 말았습니다. 용서하십시오.」

「그런 소리 말게나. 산사람이야, 어떻게든 살아갈 수 있겠지. 너무 그렇게 마음 쓰지 말게.」

「그렇다고. 아빠 혼자 여기 이렇게 와 있으면 어떻게 해! 엄마가 얼마나 걱정을 했다고…….」

「미안하다. 다 이 못난 아버지 탓이다. 그건 그렇고 내가 여기 있다는 건 어떻게들 알고 온 게야?」

미애가 석구 얼굴을 바라본다.

「자네가? 용케 찾았구먼. 여기까지 찾아오다니…….」

「아버님 회사는 제가 꼭 다시 세우겠습니다.」

「그게 무슨 말이야. 이제 나도 그만 쉴 때도 됐어. 내가 여기서 뭘 더 얻겠다고 일에 욕심을 갖겠는가? 다 부질없는 짓이지. 그나저나 이런 곳에서 자네를 보다니, 정말 내 마음이 놓이는 게 편하구먼.」

민 사장이 담배를 피워 물었다. 그리고 잣나무가 드문드문 보이는 산을 둘러보며 지난 세월을 회상하듯 잠시 눈을 감는다.

어느덧 산에는 가을의 정취가 물씬 묻어나고 있었다.

「여기가 유일한 우리 산이다. 이쪽이 미애네 할아버지 산소이고.」

민 사장은 담뱃불을 끄고 말을 이어 나갔다.

「미애 할아버지께서 생전에 지금은 북쪽 땅이지만 개풍군에서 양복점을 하셨지. 그 후 6·25를 만나 피난 나와서 처음으로 정착한 곳이 바로 여기 '김포 장기리' 라는 마을이었다. 다행이 피난 나오면서 금붙이를 조금 들고 나온 덕으로, 작은집도 장만하고 밭떼기도 조금 장만해서 끼니는 거르지 않았다고 했다. 그 후에 돈을 조금 모아 할아버지께서 저 북녘 땅이 보이는 여기 이 산을 매입하시고 돌아가신 후에라도 북녘 하늘을 보고 싶다고 하시며 여기 묻히기를 원하셨다. 자, 이제 그만 일어나자. 저 아래 장터에 내려가서 술 한 잔 하고 가자꾸나. 예전에 아버지 따라 장에 나와서 먹던 국밥 생각이 나는구나.」

세 사람을 태운 차를 석구가 운전해서 그리 멀지 않은 장에 도착했다.

장날이 아닌 탓인지 장에는 별로 사람들이 눈에 띨 정도일 뿐, 많지 않았다. 상점들도 여기저기 문이 닫혀 있었고, 혹 열려 있는 상점에도 손님으로 보이는 사람은 별로 없었다.

차를 세워 놓고 민 사장이 기억을 더듬어 안쪽으로 들어가니 오래된 듯싶은 허름한 간판도 없는 국밥 집이 보였다.

민 사장을 따라 안으로 들어가니, 그 집에는 몇 명의 손님이 자리를 잡고 앉아 있었다.

석구가 우선 미애 집에 전화를 했다. 많은 생각으로 지쳐서 기다리고 있을 장모님이 생각났다.

세 사람이 온돌방으로 꾸며진 방 안으로 들어가 자리에 앉았다.

윗목 쪽으로 오래된 다듬잇돌이 보였고, 창호지로 발라진 여닫이문 손잡이에는 마른 생 국화잎이 안으로 수놓아져 있었다. 낮은 벽 위로는 빛바랜 사진들이 오래된 듯싶은 액자에 넣어져 걸려 있는 게 보였다.

석구와 미애는 마치 타임머신이라도 타고 온 듯 신기한 방 안의 분위기를 초롱초롱한 눈빛으로 둘러보고 있었다.

「이 집, 정말 오래된 집 같아요. 아빠?」

「그래, 참 오래됐지. 너희 할아버지하고 이 아빠가 너보다도 어릴 적에 왔던 기억이 나는구나. 그땐 아마 저 사진 속에 있는 할머니가 이 집 주인이었을 게다.」

잠시 후 오십은 넘었을 듯싶은 아주머니가 작은 쟁반에 물 컵과 물 주전자를 들고 들어와서 작은 상을 앞에 놓고 행주질을 했다.

「그간 안녕하셨습니까?」

민 사장이 자주 보아온 사람처럼 인사를 한다.

「장날도 아닌데 어찌 나오셨습니까?」

아주머니도 늘 만나던 사람처럼 대꾸했다.

「국밥하고 막걸리 한 주전자 주십시오.」

「오늘은 아드님에 며느님까지 데리고 나오셨습니까?」

「저런, 그렇게 보이십니까? 하하하!」

민 사장이 정말 오랜만에 파안대소로 웃었다. 미애가 얼굴을 붉혔고 석구가 빙긋이 웃는다.

아주머니가 나가고 이내 푸짐한 시골 냄새가 가득한 밥상이 들어왔다. 석구가 막걸리를 민 사장 앞에 놓인 사발에 가득 따랐다.

「자네도 한 잔 하겠나?」

「아닙니다, 저는 아버님 모시겠습니다.」

민 사장이 막걸리 잔을 들어 단숨에 마셨다. 그리고 맛있게 입맛을 다신다.

「지금에 와서 말이지만, 나 정말 자네를 남으로 생각하고 싶지 않았어. 하지만 그것은 어디까지나 내 욕심이고, 그럴 수 없다는 걸 너무 잘 알고 있기에 때로는 자네한테 모질게 했네. 내 그건 정말 미안하이.」

「그걸 왜 제가 모르겠습니까. 잘 알고 있습니다.」

「물론 지금도 그 마음이야 매한가지지만……. 자네는 자네 집에 둘도 없는 아들이란 걸 잊어서는 안 되네. 자네가 이러고 있는 걸 부모님께서 보시면 얼마나 마음 아프시겠는가. 자식 잃은 슬픔은 나 하나로 족해.」

「제가 경아를 사랑하고 있는 것에 저희 부모님께서 못마땅하게 생각하시는 마음이 어떻게 아버님의 슬픔에 비유할 수 있겠습니까. 저는 끝가지 장인 장모님을 모시고 살고 싶습니다.」

「그건 옳은 생각이 아니야. 자네 부모님들 생각도 그럴 수 없다는 것도 생각해야지. 아닌 말로 첫날도 없는 부부가 있을 수 있다고 보는가? 설사 있다고 해도 자네는 앞날이 구만 리인 젊은이야. 그런 자네가 언제까지 이렇게 허송세월할 건가? 곧 후회할 일을……. 그건 우리를 도와주는 것도 부모님께 할 짓도 못 되고.」

「세상에는 아들 없는 며느리 얼마든지 있습니다. 그런데 딸이 없다고, 사위가 아닙니까?」

「그건 자네 억측이고, 집착이야. 그건 양쪽 아무에게도 도움이 못 돼.」

「아버님께서 제가 얼마나 경아를 사랑하는지 아신다면 그런 말씀은 못하실 겁니다. 아버님께서는 사랑하는 자식을 잃으셨습니다. 그것도 너무나 억울하게, 그렇지만 저희 부모님은 잃으신 게 없으십니다. 제가 아버님 사위가 됐다고 해서, 저를 잃으시는 것도 아니고요. 아무것도 달라지는 게 없으시다는 말입니다. 그런데 왜 저를 아버님 사위로 인정 안 하시는 겁니까? 한 가지, 경아가 없으니 자식을 얻지 못할 겁니다. 그것에 대한 죄송함은 있습니다. 하지만 부부가 함께 살아도 자식 없는 가정도 얼마든지 있고, 그렇다고 지금이 어느 세상인데 그런 일로 헤어져야 합니까? 저는 엄연한 아버님 사위입니다. 그러니 저의 뜻을 받아 주세요, 아버님!」

석구의 말을 듣고 있던 민사장이 덥석 석구의 손을 잡는다.

「고마우이. 자네 말만 들어도 우리 애하고 같이 있는 것만 같이 고맙고 또 고맙구먼. 정말 그럴 수만 있다면 이 세상에서 나는 복 받은 사람이지.」

그러면서도 민 사장이 손을 절레절레 흔들었다.

「그러나 그런 생각을 한다면 그건 정말 도둑놈 심보지…….」
그 사이 민 사장이 주전자의 술을 다 비우고 있었다.

민 사장이 석구와 미애의 부축을 받으며 집으로 들어왔다. 한 여사가 급하게 나와 민 사장을 잡는다.
「어디서 이 양반을 만난 거야들?」
「할머니 산소.」
한 여사가 어이가 없다는 표정을 한다. 세 사람이 서둘러 민 사장을 방으로 모셨다.
「저녁들은 어떻게들 했어?」
「아버님 모시고 오늘 아주 맛있는 식사를 했습니다.」
한 여사가 푸석푸석해진 석구의 얼굴을 쓰다듬었다. 석구가 한 여사의 두 손을 꼭 잡고 얼굴을 비볐다.

석구가 다시 아버지를 찾았다. 그리고 다시 한 번 사정을 했다. 어떻게 하든 장인어른의 회사를 살려야 했기 때문이었다.
그러나 윤 회장의 생각은 완강했다. 석구 역시 윤 회장 앞에 무릎을 꿇고 앉아서 꼼짝도 하지 않았다.
윤 회장이 그런 석구를 보지도 않고 회장실을 나가 버렸다.

며칠 후 윤 회장이 김 부장을 찾았다.
「그 회사 지금 어떻게 하고 있어?」
「무슨……? 어느 회사를 말씀하십니까?」

「신흥인가 하는 목재 회사 말이야?」

「예. 제가 직접 알아본 것은 아닙니다만, 듣기로는 요즘에 상당히 어려운 모양입니다. 곧 은행에서 경매에 들어간다는 말도 들었습니다.」

「그 주거래 은행이 어딘지 좀 알아봐.」

「네, 회장님!」

윤 회장과 민 사장이 언젠가 함께 자리했던 곳에 마주 앉았다.

그 사이 민 사장의 몰골이 말이 아니었다.

「요즘 마음고생을 많이 하신다는 얘기 들었습니다.」

「죄송합니다.…….」

민 사장이 무슨 죄지은 사람처럼 기가 죽어 있었다.

「민 선생 마음을 저흰들 왜 모르겠습니까. 나도 자식 키우는 입장인데……. 민 선생도 알다시피 저한테 자식 놈이 한 놈만 더 있더라도 이렇게까지 마음 쓰게 하지 않았을 텐데. 그런데도 우리 놈이 저렇게 고집이니…….」

민 사장이 윤 회장의 말뜻을 알고 입을 열었다.

「저희라고 회장님 마음 상하심을 왜 모르겠습니까. 그래서 저희도 윤군에게 여러 가지로 타이르고 있습니다. 제 생각으로는 머지않은 시일에 마음잡을 것으로 믿고 있습니다. 너무 상념하지 마십시오.」

「그놈이 그렇게만 해주면 더할 나위 없고……. 그래서 이번에 그놈을 얼마간 외국에 보낼까 합니다. 민 선생께서 잘 좀 얘기해 주십시오. 눈에서 멀어지면 마음도 멀어진다고 하지 않습니까. 그래서 얼마간 혼자 떨어져 있다 보면, 정신 좀 차리고 오지 않을까 합니다.」

「좋은 생각이십니다. 저도 그렇게 얘기해 보겠습니다.」

「이거 좋게 일이 풀렸다면, 좋은 인연의 만남이었을 텐데…… 이런 말씀을 드리는 제 마음도 여간 불편한 게 아닙니다.」

윤 회장이 민 사장의 회사를 도와준다는 약속을 받고, 결국 석구가 외국에 나가기로 결심을 하고 만다. 사실 석구로서는 다른 선택의 여지가 없었다.

다만 떠나는 기일을 새해로 늦추어 잡았다. 그것은 혹 그 안에라도 자신의 결심을 확고히 해두고 싶어서였다. 언젠가는 아버지 회사 경영에 참여해야 하는 석구로서는 외국을 다녀오는 것이 단지 기회일 뿐이었으며, 필연적이기도 했다.

석구가 외국으로 가기 전에 마지막으로 용궁사를 찾았다. 이번에 떠나면 한동안 찾아오지 못할 것을 생각에서였다.

때마침 절에는 음력 설날이어서 그랬는지, 많은 사람들로 붐볐다.

절에서 나온 석구가 삼목도로 갔다. 거기는 경아를 마지막으로 보낸 바다가 있었다. 차가운 바닷바람이 밀려왔다.

바닷바람을 맞고 있는 키가 큰 소나무 가지는 을씨년스러운 소리를 토해 내고 있었다.

석구가 추위도 잊은 채 마른 잔디 위에 앉는다. 그리고 코트 깃을 한껏 올렸다. 하늘은 금방이라도 눈이 쏟아질 듯 잔뜩 찌푸려 있었다.

바다에는 추위에 얼은 성해가 무겁게 천천히 떠가고 있고, 가장자리로는 살얼음이 덮여 있었다.

「우리 경아가 많이 춥겠구나.」

석구가 소리 없이 흐르고 있는 바닷물을 바라보며 혼자 중얼거린다.

「바보, 죽긴 왜 죽어? 날 이렇게 두고 혼자 거기서 춥고 외로워서 어떻게 지내고 있니? 보고 싶다, 경아야! 나 얼마 동안 여기 없을 거야. 우리 경아가 더욱 외롭겠구나. 내가 없으면 누구 하나 찾아오지도 않을 텐데…….」

〈그리움〉

여기에 오면 당신이 있고 내 가슴에 당신 숨길 수 있어도
보이지 않는 당신을 꿈속에서 찾지만
여전히 나에겐 슬픔입니다
당신과 하얀 눈길을 밟던 그 길에 다시 눈이 내려도
지금은 나 혼자 뿐이랍니다
혼자 가는 당신의 그 길이 꽃길인지 몰라도
나의 길은 외로운 길
여기 이렇게 찾아와도 맞아주는 누구도 없지만
당신이 보고 싶어 다시 옵니다
그래도 여기에 오면 당신이 있지만
오는 길 가는 길이 너무 서럽답니다
당신의 따스한 입김이 내 가슴속에 있고
당신 고운 얼굴, 내 눈 속에 있어도
바람 따라 뒹구는 낙엽처럼

내 마음은 또다시 한없이 흘러만 갑니다
약속은 없어도 발길 따라 찾아오고
가는 길 외로워도
그리움에 또다시 오늘도 당신 찾아옵니다

석구가 언젠가 경아와 함께 앉았던 월미도 몰디브 레스토랑에 자리를 잡고 앉았다.

경아와 처음 만났을 때처럼 그날도 홀에는 별로 손님이 없었다. 더욱이 그날이 음력설이었기 때문인지 대형 유리창 너머로도 사람들의 모습도 그다지 많아 보이지 않았다.

잠시 후 한복으로 곱게 차려입은 중년의 부인이 다가와 웃는 얼굴로 물 컵을 놓는다.

「어서 오세요. 새해에 복 많이 받으세요.」

부인이 고개까지 살짝 숙이며 인사했다. 석구도 뜻밖의 친절한 인사에 고개 들어 바라보며 인사했다. 보기 드문 고운 얼굴이었다.

「오늘 같은 날에 쉬지도 못하시고 나오셨네요?」

「혹시나 하고 늦게 나와 봤는데, 손님이 별로 없으시네요.」

여인이 여전히 웃는 얼굴에 조용한 목소리로 말했다.

「사장님이신가 봐요?」

「무슨 사장은요. 일 보는 사람들이 집에 들 가는 바람에 제가 나와 봤어요.」

석구가 여인을 살핀다. 호리호리한 키에 보기 드문 미인이었다. 약간 동그란 얼굴에는 항상 미소를 머금고 있었다.

석구는 이 여인에게서 경아의 모습을 찾고 있었다. 얼굴과 눈매가 경아를 많이 닮아 있다고 생각했다.

「참 얼굴이 고우시네요.」

석구의 말에 여인의 얼굴이 이내 붉힌다.

「지금도 미인이시지만, 젊으셨을 때는 정말 많이 고우셨을 것 같아요.」

「제가 오늘 나오길 잘했나 보네요. 손님께 듣기 좋은 말을 이렇게 듣고 있으니, 부끄럽기까지 하고요.」

여인이 조용히 웃었다.

「정말이십니다.」

석구가 여인의 뒷모습을 보며 오렌지주스 한 잔을 더 부탁했다.

여인이 찻잔을 들고 와서 석구 앞에 놓는다.

「기다리는 손님이라도 있으신가 봐요?」

여인이 주스 잔을 석구 앞쪽으로 놓으며 말했다. 석구가 말없이 웃어 보인다.

「새해에 젊은 손님한테 좋은 덕담 감사히 받겠습니다. 맛있게 드세요.」

여인이 찻값을 받지 않겠다고 했다. 석구가 웃으며 감사를 표시했다.

석구가 언젠가 경아와 함께 들었던 피아노곡을 청해 들었다.

오랜만에 석구가 명희를 찾았다.

그동안 명희는 많이 변해 있었다. 돌 지난 사내애까지 있다고 했다.

「어머니하고는 자주 연락하고?」

석구가 웃으며 말했다. 명희가 따라 웃었다.

「그게 그렇더라. 나도 결혼을 하고 얘까지 낳고 살다 보니, 별거 아닌 게 인생인 것 같아. 서로 미워하고, 원망하고, 악착같이 뺏고 뺏기고…… 그러면서 한평생 산다는 게 어떻게 보면 우습기도 하고…….」

「제법 인생 다 살아본 사람 갔다, 야.」

석구가 쓸쓸히 웃는다.

「선배는 지금도 그러고 있는 거야?」

「왜? 이상하게 보여?」

「글쎄 난 선배마음 정말 모르겠다.」

「나 당분간 외국에 좀 나갔다 오려고.」

「외국?」

「응, 미국에.」

「그것도 나쁘진 않지. 넓은 세상 구경하고 오면, 회사 운영하는데도 많은 도움이 될 테고…… 또 마음의 변화도 있을지 모르고.」

석구가 술잔을 비웠다. 명희는 따라서 술을 마신다.

「지금도 그 사랑엔 변함없고?」

「결혼생활 재미 좋아?」

「동문서답은…… 그래, 죽고 싶게 좋다.」

명희가 소리 내서 웃었다. 석구가 다시 잔을 비우고 잔에 술을 채운다.

「정말 무슨 소설책 보는 것처럼 신기하다. 지금도 그런 사랑을 하고 있다는 게…… 호호호!」

「내가 우습지?」

「아니, 신기해.」

「뭐라고?」

「선배를 보고 있으니까 세월이 정지된 기분이야. 그 옛날 시간에서 말이야.」

「너도 마음은 옛날 마음 변하지 않고 살았으면 좋겠다.」

「선배의 그 순수한 사랑, 글쎄? 남들은 어떻게 생각할까? 무슨 재미있는 얘기쯤으로 들을지도 모르지. 아무리 사랑에는 조건이 없다고 하지만, 눈에 보이지 않는 사랑이 언제까지 갈까. 아마 거기에 더 사람들은 궁금해 하는 지도 모를 테니까.」

「남 생각하면서 살고 싶지 않아.」

「하지만 세상을 혼자살 수는 없잖아?」

「모르겠어. 지금은…….」

명희와 헤어진 석구가 민 사장 회사를 찾았다.

먼발치에서 공장 안을 살핀다. 공장은 다시 활기를 찾은 듯 분주한 공원들의 모습이 보였다. 그때까지 석구는 민 사장에게 외국에 나간다는 말을 하지 않고 있었다.

민 사장 회사를 도와주는 조건으로 외국에 나가기로 했다고 하면 혹시 민 사장으로서는 선뜻 받아들이지 않을지도 모른다고 생각했기 때문이기도 했다.

그러나 그것은 단순히 석구의 생각일 뿐이었다. 민 사장이 그것을 모를 리 없었다. 아니, 그 누구보다도 먼저 알고 있었을 것이다.

그날 저녁에 석구가 미애 집을 찾았다.

민 사장과 한 여사가 집에 있었다. 한 여사가 석구의 얼굴을 살핀다.

그러나 두 분 누구도 석구에 대해서 아무런 말을 꺼내지 않았다. 물론 회사에 대한 말도 없었다. 석구가 오히려 두 사람의 표정을 살폈다.

잠시 후 집에 들어온 미애가 석구를 끌고 이층으로 올라갔다.

경아 방에는 그동안 치워졌던 경아의 물건들이 다시 자리를 차지하고 있었다. 지난번 석구가 와서 경아의 물건이 치워져 있는 것을 보고 섭섭한 마음을 보이고 돌아간 후, 미애 어머니가 다락방으로 치워 놨던 몇 가지 경아의 물건들을 다시 제자리에 갖다 놓았다고 했다.

석구가 경아의 물건들을 만지며 한동안 찾아오지 못할 것을 생각하니 한없는 아쉬움이 앞선다.

「석구 오빠 ,오늘 우리 집에서 저녁 먹고 갈 거지?」

미애가 어리광을 부리듯 말했다.

그날 밤, 잠자리에 든 민 사장이 쉽게 잠을 이루지 못하고 뒤척이고 있었다. 막상 석구가 외국에 나간다고 생각하니 왠지 섭섭한 마음이 앞섰다.

이번에 외국에 나갔다 오더라도 다시는 석구를 볼 수 없다는, 아니 보아서도 안 된다는 생각을 하니 한없이 마음이 무거웠다.

석구가 카페에서 인식을 만나고 있었다.

「외국은 언제 나가는 겁니까?」

「다음달. 그리고 우리 처제에게는 아직 말하지 않았으니까, 당분간 또 쓸데없는 말은 하지 말고…….」

「지난번에는 제가 정말 실수했습니다.」

석구는 외국 나가기 전에 다시 한 번 미애와 인식의 자리를 한 번 만들어 주고 싶었다. 그래야 떠나는 석구의 마음이 조금은 가벼워질 것 같았다.

그래서 오늘 이 자리를 만들었던 것이다.

조금 후 미애가 들어왔다. 그리고 석구와 인식이 함께 앉아 있는 것을 보고는 이내 멈칫하고, 그 자리에 서 버린다. 석구가 자리에서 일어나 미애를 잡아끈다.

「안녕하세요?」

인식이 자리에서 일어나 반갑게 인사했다. 그러나 미애가 석구를 보며 쌀쌀한 표정을 지었다.

「왜 그래, 처제?」

인식은 미애 얼굴을 보고 불안한 얼굴을 한다.

「오늘따라 유난히 우리 처제가 더욱 세련되게 보이는데?」

석구가 어색한 분위기를 돌리려는 생각으로 미애를 옆자리에 앉힌다.

여 종업원이 미애 앞에 차를 놓고 갔다.

「선배님, 여기 말고 우리 어디 좋은데 가서 맛있는 것 좀먹어요! 오늘은 제가 한턱내겠습니다.」

「그거 좋지. 그런데 어쩌지? 나 누구 좀 만날 사람이 있어서 가 봐야 하는데……. 그럼, 이렇게 하지. 오늘은 두 사람이 모처럼 만났는데 좋은 시간 좀 갖고, 우린 다 함께 다음에 더 좋은 데로 가지, 뭐.」

미애가 두 사람의 대화에 어이없는 눈으로 보며 석구에게 눈총을 준다.

'흥! 잘들 놀고 있네. 누굴 어린애로 보는 모양이지?'

석구가 자리에서 일어났다. 미애가 두 사람의 서툰 연기에 속으로 코웃음을 치며 자리에 앉아 있었다.

석구가 나가고 미애와 단둘이 앉은 인식이 별안간 말문이 막혀 얼굴을 붉히고 앉아 있다.

「선배님이 미애 씨와 좋은 시간 만들어 주시려고, 일부러 자리를 피해주신 것 같습니다. 그러니 너무 부담 갖지 마시고, 오늘 저에게 좋은 시간 함께 해주시기 부탁드립니다.」

「알고 있어요.」

미애가 쌀쌀맞게 말하고 물 컵을 들어 홀짝 마신다.

「다 아셨습니까?」

「저한테 뭘 알고 싶으세요?」

미애가 인식의 얼굴을 뚫어져라 쳐다봤다.

인식이 미애를 보면서 석구 선배가 그 옛날 경아에게 편지를 하고 답장을 기다리던 생각이 났다. 다른 많은 사병들의 편지들을 자기 손으로 나누어 주면서도 정작 자기가 기다리는 편지가 없어서 섭섭해 하던 그 모습을.

「미애 씨, 언니 생각나세요?」

「그게 무슨 말이에요?」

「전에 석구 선배가 언니한테 매일 편지를 하고 답장을 한 장도 받지 못해 서운해 하던 것, 아세요?」

미애가 인식의 얼굴을 한동안 바라본다.

「지금 무슨 말씀하시는 거예요? 그럼 언니가 석구 오빠한테 답장 안 한 걸 두고, 지금 그게 제 책임이라도 된다는 말이세요?」

「아! 그건 아닙니다. 지금 미애 씨 모습을 보고 있으려니 문득 석구 선배의 안타까워하던 마음을 이해할 수 있을 것 같아서 그냥 해본 말입니다.」

미애가 잠시 언니 생각을 했다. 석구한테서 오는 많은 편지들을 뜯어보지도 않고 책상 서랍에 집어넣던 모습들을……. 그때 미애도 그런 언니가 이해되지 않아서 심통을 부린 기억이 있지 않는가.

인식이 분위기를 찾아보려고 많은 이야기를 해 보지만, 미애의 얼굴에서 웃음을 찾기는 어려웠다. 인식이 혼자 다음에 다시 만날 것을 약속하고 미애와 헤어졌다.

집으로 돌아온 미애가 방으로 들어가 문을 닫고 침대에 쓰러져 흐느꼈다.

자기의 마음을 알아주지 못하고 엉뚱한 짓을 하고 있는 석구에 대한 서운함이 복받쳐 올라왔다.

인식이 미애와 그냥 헤어졌다는 말을 들은 석구가 다음날 미애 집을 찾았다. 한 여사가 석구를 반갑게 맞아준다.

「처제는 어디 나갔습니까?」

미애가 어제 들어와서는 아침도 먹지 않고 방에서 꼼짝도 않고 누워 있었다.

「어제 우리 애 만나서 무슨 얘기 했나?」

「왜요? 뭐라고 그래요?」

「글쎄, 말도 없이 저러고 있기에…… 혹 무슨 얘기 들어서 그러나 해서.」

「별일 아니에요. 어머님, 저 밥 좀 주세요.」

「아직 점심도 못한 거야?」

한 여사가 직접 식사를 차려주고 미애 방에 올라갔다. 어머니 모습에 침대에 누워 있던 미애가 머리까지 이불을 뒤집어쓴다.

「밥도 안 먹고, 너는 언제까지 누워만 있을 거니?」

여전히 미애가 아무 말이 없다.

「윤 군 왔는데, 내려오지 않을 거야?」

「그 사람이 우리 집은 왜 와?」

「아니, 얘가 지금 무슨 소릴 하는 거야? 그 사람이라니?」

「필요 없어! 다 필요 없다고 그래! 그리고 다시는 우리 집에 오지도 말라고 하구!」

「원, 별일이구나. 언제는 좋다고 쫓아다니던 애가. 그러잖아도 얼마 있으면 언제 다시 볼 수나 있을지나 모를 판에…….」

그 소리에 미애가 이불을 젖히고 어머니를 바라본다.

「그게 무슨 소리야? 다시 볼 수가 없다니?」

「그럼 정말 무슨 소리 못 들은 거야? 나는 네가 그 소리 듣고 토라진 줄 알았는데…….」

미애가 벌떡 일어나 앉아 정색을 하고 어머니를 바라본다.

「무슨 소리냐고, 그게?」

「못 들었으면 내려가서 네가 직접 들으려무나.」

한 여사가 말을 남기고 미애 방을 나갔다.

미애가 침대에서 일어나 머리를 손질하고 얼굴을 다듬고 옷매무새까지 보고는 아래층으로 내려왔다.

석구가 주방에서 식사를 끝내고 서산 댁이 끓여준 차를 마시고 있었다.

미애가 들어와 말없이 석구를 쏘아본다.

「어! 일어났어? 식사해야지. 아침도 안 먹었다며?」

석구의 말에 미애는 여전히 말이 없이 서서 석구를 보고 있었다.

「무슨 말이야, 그게?」

석구가 미애를 보며 무엇인가 말을 해야겠다고 생각했다.

「우선 여기 좀 앉아. 그리고 밥부터 먹어야지.」

미애가 석구의 팔을 끌었다. 그리고 이층 자기 방으로 석구와 들어온다.

미애는 굳은 얼굴로 아무 말도 하지 않고 석구를 쳐다보기만 했다.

「실은 내가 당분간 외국에 나가 있게 됐어.」

「그래요? 그래서 외국 나갈 짐은 다 챙겼나요?」

미애가 빈정대듯 얼굴을 돌리며 말했다.

「처제도 알고 있었어?」

「왜요? 나만 모르게 떠나려고 했다가, 이제 내가 알아서 실망이세요?」

「그건 아니야. 그러잖아도 얘기하려고 했어.」

「지금에 와서 외국엔 왜 나가는 건데요? 이제 지쳤나 보죠? 그래서 외국에 나가서 새 인생이라도 찾고 싶으세요?」

「그게 무슨 말이야?」

「위선자! 그래서 나까지 다른 사람한테 떠넘기고 홀가분한 마음으로 떠나려고, 나를 속이고 그런 약속까지 했나 보죠?」

석구가 어떻게 무슨 말을 해야 할지 몰랐다. 자신의 속뜻을 모르고 하는 미애의 말이 너무나도 마음을 무겁게 짓누르고 있었다.

「뭐! 지금도 언니를 사랑한다고? 흥! 엊그제 그런 말을 한 사람이 이제 왜 별안간 외국을 나가시는데? 여기서는 한 말도 있고 해서, 딴마음 갖기가 마음에 양심이라도 걸리던가요?」

「처제까지 나를 그렇게 생각해?」

「뭐를요? 뭘 그렇게 생각해요?」

「어쩔 수 없었어. 부모님도 원하시고…….」

「그러세요? 거기는 그럴 마음은 조금도 없는데, 부모님이 원해서 할 수 없이 외국으로 나가신다고?」

미애가 빈정대듯 석구를 싸늘한 눈으로 보며 말했다.

「한 이 년만 공부하고 올게. 사실 언젠가는 외국 나가서 공부 좀 하고 올 생각이었어. 단지 언니와의 관계를 인정받고 나서 나가려고 했을 뿐이야.」

「그래서 부모님한테는 외국 나가서 다시 마음 돌려 잡고 돌아오겠다고 약속이라도 하셨어요?」

「난 언니와의 약속, 절대로 잊지 않아. 그리고 지금 그 약속을 지키기 위해서라도 나가야 해. 물론 우리 부모님께서는 지금 미애가 생각하는 것처럼 되길 바라시겠지. 하지만 그런 일은 절대 없을 거야, 절대로. 그리고 미애도 나 없는 동안 아버님 어머님 잘 도와 드리고 내가 다시 돌아올 때쯤이면 우리 처제한테도 좋은 남자 친구가 있었으면 좋겠어. 그럴 수 있겠지?」

「그래서 그 사람을 나한테 인사까지 시키셨나요?」

「인식이? 좋은 친구야, 장래도 있고. 내 생각으로 처제를 많이 사랑해 줄 거야. 그래서 하는 말인데, 앞으로 자주 만나서 많은 이야기 좀 나눠 봐.」

미애가 한동안 쏘아보듯 석구를 바라보고 있었다.

미애는 자신의 마음속 깊이 담고 있다는 사실을 몰라주고 다른 남자친구를 소개까지 하고 있는 석구가 한없이 원망스러웠다. 미애의 가슴은 커다란 응어리가 숨통을 막고 있는 것처럼 숨을 쉴 수가 없었다.

그래도 눈에서는 눈물이 나올 것만 같았다. 미애가 나오려는 눈물을 참지 못하고 자리에서 일어나 밖으로 나가 버렸다.

사실 석구도 미애가 다른 생각을 하고 있다는 것을 이미 오래전부터 느끼고 있었다. 그러나 그것은 어디까지나 언니 잃은 슬픔에서 벗어나지 못하고 있는 자기를 위로하는 뜻으로 여기고 있다고 믿고 있었다.

그리고 설사 미애의 뜻이 그러하다 해도, 석구로서는 그런 뜻을 받아줄 리는 단 1퍼센트도 없어 보였다.

그러기 위해서라도 석구는 미애가 인식과 하루빨리 좋은 만남이 되기를 원했다.

한편, 석구의 집.

홍 여사가 할머니에게 석구에 대한 이야기를 하고 있다.

「그게 또 무슨 얘기야? 무슨 공부를 외국에까지 가서 한다는 게여?」

「아범이 그러기로 했나 봐요. 거기에 가 있다 보면 생각도 바뀔지도 모른다고 믿는 것 같아요.」

「생각이라니 무슨 생각?」

「그 여자 얘기요.」

「참, 요즘 큰애는 어떻게 하고 있는 게야?」

「모르겠어요. 통 말도 없고.」

「에그~ 생각하면 그 색시 집이 참 안됐어. 다 큰자식을 그렇게 허무하게 잃었으니…… 더욱이 그런 큰일을 놔두고. 쯧쯧.」

성미가 쇼핑백을 들고 들어왔다.

「넌 뭘 또 들고 돌아다니니?」

「뭘, 엄만! 지난번 세탁 맡긴 옷 찾아오는 건데.」

「하고 다니는 꼴을 보면, 조게 요즘 밖에서 남자 만나고 다니는 게야?」

「할머니!」

「내숭 떨지 마, 요것아! 현준이가 누구여?」

그 말에 성미가 찔끔하고 웃으며 할머니 옆으로 다가온다.

「할머니가 현준이를 어떻게 알았지?」

전화벨이 울렸다.

「그놈 양반은 못 되는가 보다. 때 찾아 전화질 하는 걸 보면.」

성미가 전화를 받는다. 현준이 전화였다. 성미가 무선 수화기를 들고 이층으로 올라간다.

「너, 우리 할머니한테 전화했구나?」

현준이가 전화했다가 성미 할머니에게 혼쭐난 이야기를 하며 웃었다.

「그러게 내가 집에 전화하지 말라고 했잖아, 바보야. 오호호! 근데 왜 전화했어?」

「집에 잘 들어갔나. 해서.」

「피~ 알았네. 이 사람아, 내가 내 집도 못 찾아올 어린애로 보였어?」

성미가 수화기를 들고 다시 아래층으로 내려온다.

「누구니, 그 사람?」

「응, 남자 친구.」

홍 여사의 물음에 성미가 별 관심 없다는 듯 대답하고, 이층 방으로 다시 올라간다. 할머니가 신기한 듯 성미를 본다.

석구와 인식이 술집에 마주 앉아 술을 마시고 있다.

석구는 자기가 없는 동안 인식이 미애와 좋은 인연이 되어 주길 진심으로 바랐다. 그런데 지난번 만남에서 말 한마디 주고받지 못하고 헤어졌다는 인식의 말을 듣고 혼자 빙긋이 웃었다.

사실 석구가 경아의 마음을 여는 데까지 얼마나 많은 세월이 흘렀던가. 그런데 지금 인식은 두 서너 번의 만남으로 미애의 마음을 얻기를 바라고 있지 않는가.

석구는 좀 더 시간을 갖고 만나라고 일러 준다.

「고시 시험이 언제지?」

「한 달 조금 넘게 남았습니다.」

「요즘도 고시촌에서 있나?」

「네. 그렇습니다.」

「좋은 소식 있으면 곧바로 연락 주는 거 잊지 말고. 그리고 꼭 좋은 결과 있어야 해! 그래야 우리 처제 마음을 잡는 것도 내가 허락할 거니까.」

「알겠습니다. 열심히 하겠습니다.」

인식과 헤어져 집에 돌아오니, 윤희가 와 있었다.

그녀는 석구가 외국에 나가게 됐다는 사실에 무척이나 좋아하는 눈치였다.

「나도 석구 씨 따라서 나갔다 올까?」

「지난번에 다녀왔잖아?」

「다녀왔으면 또 못 가나? 내가 가서 석구 씨 도와주면 좋지 않아?」

「윤희가 왜 날 도와줘? 더욱이 거기까지 따라와서?」

「그걸 몰라서 묻는 거야, 정말?」

윤희가 이내 토라진 얼굴로 석구를 노려본다.

「그럴 필요 없어. 그리고 내가 싫어!」

「아니? 난 그러고 싶은데!」

석구가 어이없다는 얼굴로 윤희를 본다.

「먼저 나가 있어. 곧 나도 따라갈 테니까.」

「내가 원하질 않는다는데 윤희는 자존심도 없니?. 더욱이 난 이미……!」

「알아, 석구 씨 약혼했던 거.」

윤희가 석구의 말을 막았다.

「그뿐이 아니야. 난 경아와 결혼도 했어.」

「그것도 알고 있어! 하지만 상관없어. 이미 그 여자는 이 세상 사람이 아니잖아?」

윤희의 말에 더 이상 할 말이 없었다. 아니 지금 상황에서 무슨 말을 해도 그녀의 생각을 바꾸게 할 별다른 도리가 없다는 것을 석구는 너무나 잘 알고 있었다.

이즈음 민 사장 회사는 눈코 뜰 사이 없이 바쁘게 돌아가고 있었다.

그것은 계림에서 중동지역에 새로 신축하는 700세대의 아파트 건설에 물건이 들어가기 시작했기 때문이었다.

그러나 민 사장의 얼굴은 그리 밝지가 못했다. 그것은 마치 석구를 담보로 회사가 돌아가고 있다는 생각 때문이었다.

그리고 석구가 영원히 경아를 잊기 위해서 외국으로까지 떠난다는 생각에서 마음이 무거웠다. 정말 석구를 정말로 사위로 인정될 수만 있다면, 회사까지도 버리고 싶은 마음이 가슴을 채우고도 남았다. 그러나 그런 마음은 오로지 혼자의 가슴속에 묻고 있었다.

그러는 사이, 석구의 미국 유학 떠나는 날이 일주일로 다가왔다.

이런 석구의 떠나는 일에 조바심을 갖고 있는 것은 누구보다도 미애였다. 미애의 마음에도 이번에 석구가 떠나면 다시는 볼 수 없을 것 같은 생각이 들었다.

미애가 조급한 마음에 석구를 찾았다. 그러나 석구를 만난 미애는 아무 말도 할 수 없었다. 석구가 먼저 말을 꺼냈다.

「우리 처제, 내가 다시 돌아올 때까지 열심히 공부하고 잘 지내고 있을 수 있지?」

그러나 미애는 아무 말도 못하고 입술을 깨물며 눈물을 참고 있었다.

「너무 걱정하지 마. 빨리 공부 끝내고 돌아올게.」

순간 미애가 석구의 가슴에 얼굴을 묻고 소리 내서 울기 시작했다.

「오빠! 미국에 안 나가면 안 돼?」

「그게 무슨 말이야?」

「여기 그냥 있으면 안 되는 거야?」

「왜 그럴까? 우리 처제가. 어린애처럼.」

「여기서 우리하고 같이 살면 안 돼? 내가 앞으로 잘할게, 석구 오빠. 응? 오빠! 지금도 우리 언니 사랑한다고 했잖아? 내가 언니 대신 석구 오빠한테 잘할게, 응? 석구오빠! 나는 석구 오빠 없이 혼자 어떻게 있으라고?」

미애가 어린애처럼 울먹이며 석구의 가슴에 파고들었다. 석구가 미애의 등을 토닥거리며 달랜다.

「우리 처제도 이 형부가 능력 있는 사람이 되길 바라지 않나? 당분간 미국 나가서 열심히 공부하고 돌아와서는 더 열심히 일해서 아버지한테 인정받고 미애 식구하고도 잘 지내는 게 우리 처제 소원 아닌가?」

「정말 그렇게 될 수 있을까?」

「그리고 내가 돌아올 때쯤은 우리 처제한테도 좋은 남자 친구 하나쯤 있었으면 좋겠다.」

석구의 말에 미애가 석구의 가슴을 밀고 얼굴을 노려보았다.

「나 정말 그런 얘기 싫어! 나도 오빠 돌아올 때까지 기다릴 거야.」

「그런 바보 같은 소리가 어디 있어? 내가 지금 누구 때문에 외국 나가는 건데? 처제가 날 도와주지 않으면, 나 정말 화낼 거야.」

「그래서 내 남자 친구로 그 사람을 소개했던 거예요?」

「내가 오랫동안 보아 왔는데, 그 친구 괜찮은 사람이야.」

「내가 언제 오빠한테 좋은 사람 소개해 달라고 했어요?」

「그러지 말고 자주 만나봐. 당장은 아니더라도 자주 만나다 보면, 처제도 그 친구에 대해 좋은 감정을 발견할 수 있을 거야.」

석구가 환하게 웃으며 미애를 가슴으로 안아 준다. 그러나 여전히 미애는 석구를 쏘아보기만 하고 있었다.

언젠가 경아와 함께 찾았던 월미도해변의 몰디브 레스토랑을 석구가 다시 찾았다.

언제나처럼 석구의 테이블에는 커피와 함께 경아가 늘 마시던 오렌지주스 잔이 주인 없이 놓여 있었다.

드디어 석구가 미국으로 유학을 떠나는 날이 되었다.

공항에는 홍 여사와 윤희가 배웅을 나왔다.

「오빠한테 미리 연락했으니까 공항에 도착하면 사람이 나와 있을 거야.」

윤희의 말에 석구는 별로 표정이 없다.

「거기까지 가서 딴 생각 말고, 잘 있다가 와.」

석구가 여전히 두 사람 말에는 관심 없이 두리번거리며 누군가를 찾는 모습이다.

이 모습을 먼발치에서 보고 있는 한 여사와 미애. 윤희의 환한 얼굴을 미애가 싸늘한 얼굴을 보인다. 한 여사가 눈시울을 적시며 바라보고 있고, 미애가 윤희의 행동에 눈을 떼지 못한다.

잠시 후, 숨이 턱까지 차서 달려오는 인식. 그리고 거기서 미애와 한 여사를 발견한다.

「아니, 왜 여기에 계세요? 선배는요?」

한 여사가 눈물을 닦고 겨우 고개를 들어 인식을 본다. 인식이 석구의 일행을 발견한다.

「석구 선배 있는데 가시지 않고요?」

「우리 걱정 말고, 어서 가 봐요.」

한 여사가 미애를 끈다. 미애가 마지못해 뒷걸음으로 끌려간다.

석구에게 다가온 인식이 석구에게 귀엣말을 한다. 인식의 말에 석구가 미애가 사라진 쪽으로 달려갔다.

그러나 거기에 이미 미애와 한 여사의 모습은 보이지 않았다.

세월

11

석구가 떠나고 한 달이 지났다.

윤희도 석구가 가 있는 미국으로 출국한다. 물론 석구의 뜻과는 관계없이 윤희의 독자적 행동이었다.

그리고 다시 얼마의 세월이 흐른다.

그동안 석구는 많은 편지를 보내면서 될 수 있는 대로 미애에 대한 이야기는 하지 않았다. 그것은 자신이 없는 동안 미애의 마음을 돌려야 한다고 생각했기 때문이다.

그런 석구의 마음과 달리 미애는 자신에게 다정한 글 한마디 없는 것이 윤희라는 여자 때문이라고 생각하고 있었다.

한편, 민 사장은 석구가 떠난 지 1년 후 회사를 이 실장에게 넘기다시피 하고, 전에 살던 김포 장기리에 새로운 삶의 터전을 마련한다.

그동안 남에게 맡겨 놨던 오래된 집을 새로 개축하고 텃밭도 마련했다. 그리고 부모님 산소가 있는 야산에는 과일수도 심었다.

율목동 집은 미애 앞으로 하고 미애는 학교를 졸업할 때까지 서산 댁과 함께 그곳에 떨어져 지내고 있었다.

그 사이 인식은 행정고시에 합격하여 첫 부임을 한다.

인식이 첫 부임을 받고 미애를 찾았다. 그동안에도 여러 번 미애를 찾았지만, 미애의 마음을 여는 데는 여의치 않았다.

「오늘 미애 씨한테 좋은 소리 듣고 싶어서 왔는데, 한마디 안 하십니까?」

미애가 빤히 바라본다.

「저 오늘 첫 부임을 받았습니다. 미애 씨는 안 기쁘세요?」

「부모님께서 많이 좋아하시겠네요.」

「그 소리를 미애 씨한테서 먼저 듣고 싶은데…….」

미애가 말이 없다.

「우리 어디 가서 맛있는 저녁 먹어요.」

인식이 미애를 잡아끌었다. 사실 요즘에 들어서 미애의 마음은 매우 혼란스러웠다. 석구의 냉대도 그랬고, 작지 않은 빈집에 혼자 있노라면 한없는 외로움으로 밤잠을 설치는 날이 많았다. 그래서 언제부턴가 혼자 술잔을 기울이는 버릇까지 생겼다.

두 사람이 어느 조용한 일식집을 찾았다.

「미애 씨, 혹시 생선회 좋아해요?」

미애가 말없이 앉아서 종업원이 놓고 간 물 컵을 두 손으로 꼭 쥔다.

물 컵을 쥐고 있는 미애의 손이 가늘게 떨리고 있었다.

「선배한테서 편지 자주 오죠?」

「……?」

「저도 지난번에 편지 받았는데, 아버님께서 회사 정리하신 거 많이 섭섭해 하던데…… 왜 그러셨어요?」

「몰라요, 저는……」

「미애 씨가 선배 생각하는 거, 저도 들어서 대충 알고 있어요. 솔직히 저도 석구 선배의 행동이 잘 이해되지 않았어요.」

미애가 고개를 들어 인식을 바라봤다. 처음과 달리 미애도 긴장하던 모습에서 벗어나고 있었다.

「그런데 요즘 석구 선배의 심정, 조금은 이해가 되는 것 같아요.」

미애가 인식의 입에서 무슨 말이 나올까 하는 눈치였다.

「나도 아직 잘은 모르지만, '사랑'이라는 것 말입니다. 얼마 전까지만 해도 그거 별것 아니라고 생각했거든요. 그런데 저도 미애 씨를 만난 후부터 선배의 마음이 이해돼요.」

「지금 무슨 말을 하는 거예요?」

「저도 석구 선배가 미애 씨 언니를 사랑하는 만큼 미애 씨가 좋다는 말입니다. 제 말이 안 믿기세요?」

「지금 저를 비웃고 있나요?」

「비웃다니요. 그런 말이 어디 있습니까?」

미애는 지금 인식이 언니의 남자를 좋아하고 있다는 자신에게 있을 수 없다는 말을 우회적으로 하고 있다고 믿고 있었다.

「알고 있었다니, 말할게요. 제가 언니의 남자, 아니 석구 오빠를 좋아하면 안 되는 거예요?」

「그건 선배의 고귀한 사랑을 망가뜨리는 일이에요. 설사 선배의 마음이 변해서 다른 여자와 결혼을 하다고 해도, 미애 씨 생각은 있을 수 없는 일입니다.」

「석구 오빠에 대해서 뭘 그렇게 잘 아세요?」

「그게 무슨 말이에요?」

미애가 속으로 생각한다. 지금쯤 석구는 윤희라는 여자와 아무도 보지 않는 외국에서 거리낌 없이 살림이라도 차리고 있을 거라고 믿고 있었다.

전에 학교에서 만난 성미에게서 들은 말이 생각났다.

「요즘도 우리 오빠한테서 편지 자주 와요?」

성미가 비웃기라도 하듯 미애의 앞에서 친구들과 함께 핀잔을 주던 일이 있었다.

「우리 오빠 지금 미국에 누구하고 있는 줄 아세요? 흥! 하긴……. 참! 전에 윤희 언니한테서 들었는데, 거기 윤희 언니한테 따지고 들었다며? 그럼 알고 있겠네. 지금 그 언니하고 함께 있는 거……. 못 믿겠으면, 직접 알아보든지. 오빠가 미국에 가게 된 게 누구 탓인 줄이나 알아요? 순전히 그쪽 때문이란 걸 몰라요, 사실 저희 집에서도 마음에 내키지 않았지만 할 수 없이 윤희 언니를 받아들인 거예요. 그러니 앞으로 우리 오빠한테 편지 같은 거, 할 생각 마세요.」

그 소리를 듣는 순간, 미애는 하늘이 노랗게 변하는 것을 느꼈다.

석구가 떠나던 날 공항에서 함께 있던 모습을 보긴 했어도, 윤희가 미국에까지 따라 가리라곤 예상치 못하고 있던 미애였다.

'어쩐지…… 그래서 가끔씩 오는 편지 내용도 자신에 대한 얘기는 한마디도 없이 잘 있다는 내용뿐이었지. 나쁜 놈! 도둑놈!'

미애가 집으로 돌아오니, 책상 위에 편지 한 통이 놓여 있었다. 석구에게서 온 편지였다. 그 편지를 보는 순간, 미애는 알 수 없는 배신감에 얼굴이 달아올랐다.

냉큼 편지를 집어 들고 찢어 버리려다가 동작을 멈춘다. 미애의 손이 가늘게 떨리고 있었다. 미애가 편지를 펼쳐본다.

"그동안 잘 있었지? 공부 잘하고?

그러고 보니 우리 처제 졸업도 얼마 남지 않았네. 그 안에 돌아갈지 모르겠어. 우리 처제, 그동안 많이 예뻐졌겠지? 보고 싶다. 아주 많이.

처제, 부탁이 하나 있어. 그동안 여러 번 아버님 어머님께 편지를 보냈는데, 무슨 일인지 편지 한 장 없으시네. 아버님 회사 정리하신 것도 인식이 후배한테서 들었어.

처제가 좀 자세히 이야기 좀 해줘. 많이 걱정이 돼서 그래. 두 분 건강은 여전하신지…….

그럼 다시 만날 때까지 안녕!"

일요일 아침, 서산 아줌마가 미애 방문을 노크했다.

미애는 전날 모처럼 만에 친구 용숙이와 생맥주를 마시고 들어와 늦잠을 자고 있었다. 누가 찾아왔다는 말에 미애가 잠에서 덜 깬 눈을 비비며 문을 열고 나가려는데, 서산 아줌마가 미애를 밀고 방 안으로 들어온다.

「아가씨! 이런 모습으로 나가면 어쩌려고?」

「왜, 누군데?」

미애는 전날 용숙이와 오전에 만나기로 약속한 생각을 하고 있었다.

「남자 친구야.」

「남자? 남자, 누구?」

미애가 놀란 눈으로 서산 댁을 바라본다.

인식이 찾아왔다는 서산 댁의 말에 당황해서 잠옷 차림에 헝클어진 머리며, 그때까지도 입에서는 술 냄새가 가시지 않고 있는 꾀죄죄한 모습에 호들갑을 떤다. 그리고 이내 짜증스러운 얼굴로 후닥닥 다시 침대 속으로 들어가 이불을 얼굴에 덮으며 소리 지른다.

「아직 자고 있다고 해요!」

「아가씨! 어서 일어나서 씻어. 밥도 먹어야 하잖아.」

「나가서 아직 자고 있다고 해요. 만나고 싶지 않단 말이야!」

서산 댁이 거실에 내려오니, 인식이 소파에 앉아서 보지 않고 한쪽으로 쌓아 놓은 신문을 뒤적이고 있었다.

「이를 어쩌나, 아직 꿈속인데…….」

서산 댁이 인식의 눈치를 살피며 말한다.

「무슨 아가씨가 지금까지 자고 있답니까? 제가 올라가서 깨워 보죠.」

인식이 자리에서 일어나자, 서산 댁이 황급히 인식의 앞을 막았다.

「아니, 내가 깨어 놨으니까 조금만 기다리면 내려올 거예요. 앉아서 조금만 기다려 봐요.」

서산 댁이 다급한 마음에 얼버무렸지만, 내심 불안한 인식이다.

인식이 다시 자리에 앉아 거실을 둘러본다. 전에 석구와 함께 왔던 기억이 있는 거실이다.

그런데 전에 같지 않게 넓은 거실 안이 쓸쓸하게 느껴졌다. 그때의 물건들은 모두 제자리에 있는 듯했으나 거실 안이 텅 빈 느낌으로 왠지 허전했다.

우선 사람 냄새가 느껴지질 않았다. 어디 산사처럼 그렇게 고요했다. 한쪽에 놓여 있는 키 큰 괘종시계의 초침 소리만이 이 조용한 거실의 공기를 흔들고 있었다.

서산 댁이 놓고 간 커피 잔을 비울 때까지도 미애의 모습은 보이지 않았다. 공연히 서산 댁이 미안한 얼굴로 다시 이층으로 올라갔다 내려왔다.

그리고 잠시 후 미애의 모습이 보였다.

언제 그랬냐 싶게 미애는 말끔히 샤워까지 끝내고, 얼굴에는 엷은 화장까지 하고 내려왔다.

「어쩐 일이세요? 이렇게 아침에…….」

「아침이라니요, 벌써 아홉 시가 넘었는데…….」

인식이 괘종시계를 보며 말했다.

「우선 아침 식사부터 하시죠. 저도 미애씨 보고 싶은 마음에, 아침도 거르고 달려왔는데.」

인식이 마치 자기 집인 양 자리에서 일어나 주방 쪽으로 간다. 미애가 어이가 없어 말문을 닫는다.

「전 생각 없으니까, 거기나 많이 들고 가세요.」

미애가 다시 이층으로 올라가려는데, 서산 댁이 주방에서 나오며 미애를 잡았다.

「손님을 혼자 놔두고 올라가면 어떻게 해? 내가 술국 끓여 놨으니까 와서 좀 들어.」

「아줌마!」

미애가 입만 크게 움직여 서산 댁에게 눈을 흘긴다.

「누굴 술꾼으로 만들어요?」

서산 댁이 피식 웃는다.

「오! 술국 끓여 놓으셨어요? 마침 저도 어제 술을 좀 마셨는데 잘 됐습니다.

「저도 좀 주세요.」

미애가 서산 댁을 툭 치며 눈총을 준다.

「그러게 웬 술을 매일 마시는 거야. 부모님께서 아시면 속상해 하실텐데…….」

식사를 끝낸 인식이 타고 온 승용차에 미애를 태우고 국도를 달린다.

「지금 어디 가는 거예요?」

「어딜 가다니요. 일요일인데, 그럼 부모님도 안 찾아볼 거예요?」

「부모님이라니요? 그럼 지금 저희 어머니 아버지를 만나러 가자는 거예요?」

인식이 말없이 차를 몰았다.

그리고 한 시간이 좀 지나서, 김포 장기리에 도착했다. 뜻하지 않게 인식과 미애를 본 한 여사가 반긴다.

「어떻게 된 거야? 전화도 없이…….」

미애가 안으로 들어가고 인식이 차 트렁크에서 선물 꾸러미를 꺼낸다.

「이게 다 뭐야?」

「이번에 제가 첫 봉급을 받았습니다.」

「그런데 웬 걸 이렇게……?」

「첫 봉급 타면 부모님 속옷을 선물한다면서요? 그래서 어머님 아버님 속옷 하벌 샀습니다.」

「아니, 이런 걸 왜 우리한테……?」

미애 아버지는 뒷산에서 과일수를 손질하고 있었다. 그러다 인식을 보자 반기면서도 내색 없이 일손을 놓고 다가온다.

「자네가 여긴 어쩐 일인가?」

「그동안 별고 없으셨습니까?」

미애 아버지가 한쪽에 걸터앉으며 담배를 피워 문다. 그리고 길게 담배 연기를 토했다. 그 모습이 어쩐지 공허하게 보였다.

「선배한테 왜 편지 안 하세요? 많이 기다리던데요.」

「우리가 무슨 할 말이 있다고 편지를 해. 이제 만날 일도 없고…….」

「선배는 그렇게 생각하고 있지 않은 것 같던데요?」

「못난 사람.」

「내려가세요. 미애 씨하고 함께 왔습니다.」

집에 들어오니 푸짐한 상이 차려져 있었다. 인식이 사 들고 온 양주를 미애 아버지에게 따랐다.

두 분이 살고 있는 집에 모처럼 사람 소리가 들렸다.

미애 아버지가 인식에게 술을 따랐다.

「저는 조금 있다가 올라가야 할 텐데요.」

「한 잔 하고 아주 저녁가지 먹고, 천천히 올라가요.」

미애 어머니께서 미애와 인식의 얼굴을 보며 말했다.

「정말 저녁까지 주시는 겁니까? 그럼 한 잔 하겠습니다.」

이렇게 해서 미애 아버지와 인식은 몇 잔 의 술을 더 마셨다.

「아버님, 어머님! 저 미애 씨와 결혼하고 싶습니다. 아니, 하겠습니다. 허락해 주십시오.」

인식의 말에 모두가 놀랜다. 더욱이 미애의 당황은 말로 표현할 수 없었다.

「인식 씨!」

「물론 제 얘기가 별안간 나와서 믿어지지는 않으시겠지만, 제 생각은 벌써 오래전부터 굳혀진 생각입니다. 제 부모님께도 이미 말씀 드렸고요. 미애 씨가 졸업하면 바로 결혼식을 올리고 싶습니다.」

인식의 말에 모두가 놀란 모습으로 말을 잇지 못한다.

그날 인식은 혼자 집으로 돌아왔다. 미애와 함께 오려고 했지만, 미애가 그날 그곳에서 자고 가겠다고 고집을 부리는 바람에 혼자 돌아올 수밖에 없었다.

그날 밤, 미애는 잠을 이루지 못하고 밤새도록 뒤척였다.

인식의 뜻밖의 말에 머리가 복잡해진 것이다.

그동안 인식이 자신을 남달리 보고 있다는 생각은 했었지만, 막상 부모님 앞에서 그런 말을 하는 것을 보고 다시 한 번 자신의 행동을 돌아보았다.

그날 밤 미애는 석구에게 장문의 편지를 쓴다.

"나 미애예요.

그동안 얼마나 행복하세요? 왜요? 여기서는 그동안 한 말이 있어서 차마 내놓고 여자 만나는 게 양심에 부담이라도 되셨나요?

그래서 그 먼 곳까지 가서 그 여자와 함께한 살림살이, 깨가 쏟아지나요? 축하라도 해 드릴까요?

그런데 나는 그럴 마음이 눈곱만큼도 없네요. 나는 그동안 제 마음에 조금이나마 그쪽을 마음에 담고 있었다는 게 너무 부끄럽고 화가 나네요.

저희 집을 위해서 애썼다고요? 그것도 하나도 고맙지 않고. 어차피 저희 집은 모든 걸 잃었으니까요. 회사도 그렇게 됐고, 아버지 어머니는 시골에 내려오셨고, 저는 혼자 텅 빈집에 홀로 남겨져 있으니까요.

생각하면 처음부터 그쪽과 인연이 없었다면 지금쯤 저희 집은 행복했을 겁니다. 언니도 아빠 회사도 그리고 나 역시 이렇게 외롭지 않았을 겁니다. 모든 게 원망스럽고 후회가 됩니다.

저도 졸업하면 엄마 아빠와 함께 살 겁니다.

그리고 앞으로는 편지도, 전화도, 하지 마세요. 물론 저희 집에도 찾아오지 마시고……. 아니, 올 리도 없겠지만 되도록 거기서 잘 사세요. 그쪽 얼굴 두 번 다시 보고 싶지 않습니다. 아니, 혹시라도 마주칠까봐 두렵기까지 하답니다."

다음날 미애는 퉁퉁 부은 얼굴을 부모님께 보이기 싫어서 아침 일찍 집을 나와 버스에 올랐다.

12

또 하나의 믿음

미애의 졸업식이 있던 날, 인식이 커다란 꽃다발을 들고 나타났다.

거기에 미애 부모님이 있었다.

「바쁜데, 여긴 왜 왔어요?」

인식이 미애에게 꽃다발을 안긴다.

「우리 함께 가요. 오늘 제가 근사한 데로 모시겠습니다.」

인식이 미애와 부모님을 모시고 어느 고급 레스토랑에 자리를 함께 했다. 물론 인식이 미리 예약한 자리였다.

「우리가 젊은이한테 이런 부담을 줘서 어떻게 해요.」

한 여사가 인식을 보며 진심으로 고마운 마음을 표했다.

「앞으로 그런 말씀 마시고, 저를 한 식구로 생각해 주십시오.」

사실 한 여사로서도 인식이 싫지 않았다. 서글서글한 눈매에, 작지 않은 키에, 무엇보다도 모든 면에 자신이 있어 보이고 활달한 성격이 그랬다.

「오늘 같은 날 큰사위도 있었으면 좋았을 텐데…… 섭섭하시죠?」

인식의 말에 민 사장이 고개를 돌리며 헛기침을 한다. 한 여사도 부군의 눈치를 살피며 난처한 얼굴을 한다.

미애가 인식의 옆구리를 찔렀다.

「아버님, 제가 알고 있기로 석구 선배는 마음을 바꾸지 않을 겁니다. 지금에서 드리는 말이지만, 석구 선배가 미국에 나가기 전에 저하고 많은 얘기를 했지만 아버님 회사 살리려고 나간 겁니다. 물론 아버님께서도 어느 정도 알고는 계시리라 믿습니다만, 그 일로 선배는 아버지한테 사정도 많이 했고, 머리에 상처가 나도록 매까지 맞은 일도 있었고요. 그렇게 해서라도 아버님 회사를 살리려고 많이 노력했는데, 아버님께서 회사를 정리하셨단 얘기를 듣고 얼마나 섭섭해 했겠어요. 그것도 아버님께서 회사를 정리하시고 시골에 계시다는 얘기도 저를 통해 들었으니 말입니다. 아버님! 선배한테 편지 한 장 보내 주세요. 선배는 분명 아버님 편지 받으면 많이 기뻐할 겁니다.」

인식의 말을 듣고 있던 한 여사가 울먹인다.

「낸들 그 사람 고마운 마음을 왜 몰라. 그걸 알기에 더더욱 회사에 앉아 있을 수가 없었고…… 그리고 지금에 와서 하는 말이지만, 회사에 욕심도 없네. 더욱이 언제까지 끊어진 인연 줄을 잡고 있을 수만은 없지 않는가. 앞날이 구만 리 같은 젊은 사람을…….」

「제가 알기로는 선배, 미국에서 돌아와도 지금의 마음과 달라지지 않을 거예요. 지금도 미애 씨 언니를 많이 사랑하고 있으니까요.」

민 사장이 앞에 놓인 술잔을 들어 단숨에 마셨다. 그리고 괴로운 얼굴을 한다.

미애가 입가에 어이없다는 웃음을 보이며 인식을 쳐다봤다.

「인식 씨! 정말 그렇게 생각하세요?」

「……?」

「지금 석구 오빠 미국에 누구하고 있는 줄 알기나 하고 그런 얘기하세요?」

「그게 무슨 말입니까?」

「석구 오빠가 미국 나가는 날, 함께 있던 윤희란 여자를 보시고도 모르세요?」

인식이 미애를 보고 웃는다.

「윤희 선배 말인가요? 그 선배는 나도 잘 알고 있어요. 그 선배가 석구 선배를 좋아하고 있는 것도 알고요. 하지만 석구 선배는 윤희 선배를 그냥 친구로 생각하고 있어요. 그 이상도, 이하도 아니라고 저한테 분명히 말했습니다.」

「지금 미국에 함께 있는 데도요?」

인식은 더 이상 말을 하지 않았다.

다음날, 민 사장 집으로 석구로부터 전화가 왔다. 미애의 졸업을 축하한다는 말과 함께 3개월 후쯤 귀국한다는 말도 전했다.

그 소리를 듣고 한 여사가 별안간 가슴이 뛰기 시작했다. 무어라 말할 수 없는 뭉클함이 가슴을 꽉 메우며 올라왔다.

그날 이후 한 여사는 손에 일이 잡히지 않았다. 마치 멀리 떨어져 있던 아들을, 아니 정말 사위라도 기다리는 심정이다.

한편, 미애는 졸업 후에도 바쁜 나날을 보내고 있었다.

그 사이에도 인식은 여러 차례 미애를 찾는다. 그러나 미애의 마음은 좀처럼 열릴 줄을 몰랐다.

미애의 마음속에는 그때까지도 여전히 석구의 생각이 자리 잡고 있었던 것이다.

미애가 집으로 돌아오니 석구에게서 온 편지 한 통이 거실 테이블 위에 놓여 있었다. 미애가 반가운 마음으로 그 편지를 들고 이층 방으로 들어갔다.

편지는 다음 달에 귀국한다는 내용이었다. 그러나 미애에 대한 이야기는 단 한마디도 없었다. 편지를 읽고 난 미애의 마음이 한없이 서러워진다.

얼마나 기다리고 기다리던 석구의 귀국이었는데…… 진작 자신에 대한 얘기가 한마디도 없다는 사실에, 미애는 배신감까지 느꼈다.

그러나 석구가 귀국한다는 사실에 대해서는 왠지 가슴이 뛰고 있었다. 미애는 몇 번이고 편지를 읽고 또 읽었다.

미애가 다시 밖으로 나왔다. 석구가 돌아온다는 설렘과 자신을 무시했다는 생각에, 도저히 가만히 방에 틀어박혀 앉아 있을 수만은 없었다.

그동안의 모든 기우가 현실화되어 가는 듯한 생각에, 두려운 마음까지 들었다.

밖으로 나온 미애가 많은 사람들 속으로 묻힌다. 그리고 자신만이 이 세상에 홀로 남겨진 외로움을 느낀다.

그때 누군가 미애의 앞을 막았다. 인식이었다. 그동안 인식에게 별로 좋은 모습을 보이지 않았던 미애 이었지만, 오늘은 왠지 인식이 반갑게 느껴졌다.

★

딸 없는 사위

「어딜 혼자 가는 길입니까?」

미애가 아무 말 없이 걷고 있다.

「우리 어디 가서 차 한 잔해요, 네?」

미애가 고개를 들어 인식을 빤히 바라본다. 인식이 혹시 무슨 핀잔이나 줄까 싶어서 입을 다물고 시선을 내린다.

「나 오늘…… 술 좀 사 줄래요?」

두 사람이 어느 길 옆 포장마차 안에 마주 앉았다.

「좀 근사한 데로 가고 싶었는데…….」

「왜요? 공직에 있는 분이 저하고 이딴 곳에 앉아 있는 게 부담되세요?」

「아! 아닙니다. 그런 건. 저는 그저 미애씨가…….」

「그럼 어서 술하고 안주 좀 시키세요.」

인식이 서둘러 술과 안주를 시키고 두 사람은 그날 꽤 많은 술을 마셨다.

미애가 인식도 석구의 귀국을 알고 있었다는 말을 듣고는 인식에게까지 섭섭함을 쏟아놓았다.

「석구 선배가 미애 씨에게 많은 이야기를 하지 않은 것은 혹시 미애 씨가 지금도 석구 선배를 다른 감정으로 대할까 봐, 그래서 그랬을 겁니다. 조금도 미애 씨를 무시해서가 아닐 거예요. 그건 미애 씨도 잘 알지 않습니까?」

「알죠, 아주 잘 알고말고요. 두 사람이 함께 날 무시하는 거…….」

미애가 술기운에 조금은 횡설수설하고 있었다.

「인식 씨! 인식 씨, 그 여자 잘 안다고 했죠?」

「……?」

「윤희라는 선배요?」

「윤희 선배가 왜요?」

「석구 오빠와 함께 들어오겠죠?」

「……? 그게…… 마음에 걸리세요?」

「혹시 애까지 안고 오는 건 아닐지 모르겠네요.」

「하하하!」

인식이 어이가 없어 웃는다.

「미애 씨, 지금 무슨 상상을 하고 있는 거예요? 석구 선배를 그렇게 모르세요? 석구 선배는 지금도 미애 씨 언니를 사랑하고 있어요.」

「인식 씨는 그걸 믿으세요? 그런 사람이 여자와 함께 외국까지 나가요?」

「석구 선배가 외국에 나간 것은 윤희 선배 때문에 나간 게 아니에요.」

미애가 술을 마신다.

두 사람이 술집을 나온 것은 땅거미가 진 후였다.

미애 집에서는 서산 댁이 저녁을 해 놓고 초조하게 미애를 기다리다가 인식의 부축을 받고 들어오는 미애를 보고 놀란 눈을 한다.

인식이 미애를 놓고 나온다.

「사장님께서 아시면 어쩌려고 집에까지 남자를 데려와? 더욱이 술까지 마시고…… 정신이 있는 거야?」

미애가 휘청거리는 몸으로 이층으로 올라갔다.

불안한 얼굴로 바라보는 서산 댁…….

13

석구가 귀국하던 날.

공항에는 홍 여사와 성미 그리고 운전기사가 나와 있었다.

이날, 인식은 시간이 맞지 않아서 공항에 나오지 못했다.

한편, 한 여사는 율목동 집에 올라와 있었다. 석구의 귀국일 을 알고 미리 올라오긴 했지만, 차마 공항까지는 나갈 엄두를 내지 못했다.

먼발치에서나마 석구의 얼굴을 보고 싶었지만 혹시라도, 석구를 마중 나와 있을 석구의 식구들과 마주칠 때, 그 뒷감당을 이겨낼 자신이 없었다.

다만 미애가 혼자 공항 대합실 어귀에 서서 출구에서 나오는 사람들을 살피고 있었다.

잠시 후 윤희의 모습이 먼저 보였다. 그녀가 언제나처럼 화사한 옷차림으로 큼직한 바퀴 달린 가방을 밀고 나온다. 가방 위에는 여러 개의 쇼핑백도 올려져 있었다.

작지 않은 키에 긴 머리를 뒤쪽으로 틀어 올린 탓인지, 유난히 키가 눈에 띠게 커 보였다. 거기에 옷에 감긴 화려한 액세서리며, 의상으로도 서구적인 모습이다.

윤희가 홍 여사를 보고 반가운 얼굴을 한다.

「어머님! 나오셨군요?」

윤희가 홍 여사의 손을 잡았다. 그리고 성미를 보고 손을 살짝 들어 보이며,

「안녕! 그동안 잘 지냈어?」

하고 반갑게 인사한다. 이에 성미가 의례적인 인사로 고개를 숙여 보이고는, 뒤따라 나오는 석구에게로 달려간다.

「오빠!」

출구를 나온 석구가 행여나 해서였는지 사방을 두리번거리며 누군가를 찾는 모습을 했다.

잠시 후 석구의 일행이 출구를 빠져나가고 있다. 이 모습을 한쪽 귀퉁이에서 바라보고 있는 미애. 왠지 알 수 없는 눈물이 가슴속으로부터 올라왔다.

마음 같아서는 당장이라도 뛰쳐나가서 안기고 싶은 기다리던 석구의 모습! 그러나 그럴 수 없는 자신의 이런 모습이 너무나 초라하고 서글펐다.

한동안 석구의 일행이 밖으로 나가는 모습을 보고 있던 미애가 천천히 발길을 돌린다.

최 기사가 두 사람의 짐을 끌고 공항 밖으로 나오는데, 조 과장이 차에서 내렸다. 그리고 회장님께서 찾는다며 급히 석구를 먼저 태우고 회사로 향했다.

그리고 다음날, 석구가 김포에 내려왔다. 그러나 김포 집에는 민 사장만이 있었고, 미애와 어머니는 그때까지 율목동 집에서 내려오지 않고 머물러 있었다. 그것은 혹시나 하는 마음에서였다.

석구가 율목동으로 전화를 하고, 민 사장을 모시고 그 길로 율목동으로 올라왔다. 전화를 받은 한 여사가 이것저것 음식을 준비하며 석구를 기다린다.

미애는 쓸데없는 짓이라며 토라져서 손을 놓고 이층 방에서 내려오지도 않고 처박혀 있었다.

석구와 식구들 그리고 환하게 웃으며 그 식구들 속에서 행복해 하는 모습이 머리에서 떠나질 않았다. 분명 그 속에는 윤희라는 여자도 함께 있겠지? 이제 석구와도 영원히 멀어진 느낌이었다.

그런 석구가 아버지와 함께 집에 도착했다. 손에는 몇 가지의 선물 꾸러미까지 들고 말이다.

미애는 뛸 듯이 기뻤지만, 밖으로는 내색하지 않았다. 아니, 이층 방에서 석구가 왔다는 소리를 듣고도 나오지 않았다.

석구가 미애 방을 찾는다. 석구의 목소리를 들은 미애가 침대로 달려가 이불을 뒤집어쓰고 기척을 않는다.

「오랜만에 왔는데, 우리 처제 계속 이러고 있을 거야?」

그래도 미애가 아무 말이 없다.

「그동안 얼마나 예뻐졌는지 보고 싶은데, 정말 안 내려올 거야? 그럼 하는 수 없지! 우리끼리만 맛있는 거 먹는 수밖에.」

석구가 빈정대듯 말하고 돌아서는 시늉을 하자, 미애가 화들짝 이불을 젖히고 씩씩거리며 석구를 쏘아봤다.

「여긴 왜 왔어요? 그 여자 집에나 가시지!」

「우리 처제 심술 나게 한 게 그거였어?」

석구가 싱겁게 웃으며 미애 곁으로 다가와 앉았다.

「나 그동안 언니 많이 보고 싶었어. 그리고 우리 처제도. 내 마음 잘 알잖아, 우리 처제가?」

미애가 석구의 품에 안기며 흐느끼기 시작했다.

「오빠! 앞으로도 정말 석구 오빠 이렇게 볼 수 있는 거야?」

「그런 바보 같은 소리가 어디 있어. 자, 아버님 어머님이 기다리고 계셔. 얼른 내려가자고.」

미애가 언제 그랬느냐는 듯 환한 얼굴을 하고 어린애처럼 웃으며 석구를 따라 아래층으로 내려왔다.

이날 정말 모처럼 만에 미애의 집에서는 사람 소리가 밖에까지 들리며 즐거운 하루를 보냈다. 미애 부모님께서도 내일이라도 석구 부모님께서 이 사실을 알고 나면 무슨 봉변을 당할지 모르는 상황은 아니지만, 차마 거기까지 미리 생각하고 싶지 않았다.

이런 불안한 입장에서도 석구는 이날 경아의 방에서 하루를 보내고, 다음날에는 미애 식구들과 함께 용궁사 까지 찾았다.

그곳에서 석구가 경아에게 그동안 찾아오지 못한 미안한 마음을 쏟아 냈다. 이런 모습을 보고 있는 미애 부모님은 슬픈 마음에 한없이 목이 메어진다.

그 후, 석구는 기획실장이라는 직함을 갖고 아버지 회사에 출근을 한다.

"이제 아파트 문화도 변해야 합니다. 지금까지의 단순한 주거 공간에서 벗어나, 좀 더 발전된 생활공간으로서의 변화가 필요합니다.

지금 해외에서의 주거 산업은 큰 부가치가 되질 못합니다. 해외 사업은 고부가 사업으로 돌리고, 주거 문화는 국내의 몫으로 바꿔야 합니다.

그리고 국내에도 아파트 문화가 하루가 다르게 변하고 있습니다. 그런데도 현재의 아파트 문화는 획일적인 모델로 소비자의 취향을 따라가지 못하고 있는 게 우리의 현실입니다.

물론 짓기만 하면 분양이 되는 현 상태에서 굳이 거기까지 생각할 필요성을 느끼지 못하겠지만, 지금과 같은 상황이 언제까지고 계속될 거라는 생각은 버리셔야 합니다.

지금 생활공간은 넓어지는 추이를 보임에도 불구하고 그 가족 수는 줄어드는 핵가족 시대로 변화하고 있습니다. 그래서 앞으로는 젊은 세대를 모델로, 젊은이들의 취향에 맞는 획기적 서구형 모델로의 전환이 절실합니다.

그리고 앞으로는 환경 문제에도 적지 않은 고민이 뒤따라야 할 것입니다. 그래서 주차 공간을 지하화 하여 아파트 단지 내를 좀 더 넓고 쾌적한 자연 친환경으로의 전환도 적극 필요할 것입니다. 그래야만 건설 사업도 살아남을 수 있는 시대로 탈바꿈할 것입니다. 소비자들도 그런 걸 원하게 될 것입니다.

그리고 우리만의 독특한 가구 배치와 디자인도 시대의 흐름 안에서 중요한 요소로 작용할 것입니다.

이제는 아파트도 경쟁 시대입니다. 여기에서 살아남기 위해서는 무엇보다도 확실한 신념과 소비자를 우선하는 모델로 편리성과 고부가

가치를 바라볼 수 있는 하나의 작품을 만든다는 각오로 건축을 해야 합니다.

아파트도 하나의 상품으로서 실수요자만을 생각할 때가 아닙니다. 하루가 다르게 소비자의 취향이 변하는 시대인 만큼 돈 있는 사람들에게는 하나의 부가가치의 대상이 되어야 한다는 말입니다."

석구의 브리핑을 듣고 있는 윤 회장의 얼굴이 흥분에 가까우리만치 굳어 있었다. 그리고 무엇인가 자신감이 생기는 듯 입을 굳게 물었다.

다음날, 석구가 신흥의 김 과장을 만났다.

그사이 김 과장은 신흥에서 상무라는 직함을 갖고 있었다.

석구를 만남 김 상무가 두 손을 잡으며 반가워했다.

이 자리에서 석구는 신흥에서 인테리어 가구를 생산하는 일에 대한 의견을 나누었다. 앞으로는 계림에서 건축하는 아파트에 지정 인테리어 내장을 납품 받기 위해서였다. 그러기 위해서는 새로운 기계 설비가 필요했다.

그것을 석구가 투자하고 회사 로고도 새로 지정하기로 하고, 민 사장을 다시 영입하는 문제까지도 의논을 했다. 사실 민 사장은 회사의 지분은 물론 사장 명함도 그대로 유지하고 몸만 떠나 있는 터라, 언제라도 마음만 먹는다면 민 사장이 다시 회사로 돌아오는 일은 별 문제가 되지 않을 거라고 했다.

그러나 민 사장은 다시 회사로 돌아오는 것에 동의하지 않았다. 한번 떠난 회사에 다시 온다는 것도 그렇고, 지금의 생활에 만족하고 싶다고 했다.

그리고 무엇보다도 여기서 다시 윤 회장의 얼굴을 뵐 염치가 서질 않았다.

끝없는 사랑

14

석구가 검암동에 가구공장을 새로 설립하고 있었다.

물론 이곳에서 생산되는 물건은 시중판매를 목적으로 하는 것이 아니라, 계림에서 건설하고 있는 아파트에 지정 납품을 목적으로 특색 있고 독특한 디자인이 최우선 과제가 될 품목들이다.

석구가 몇 번이고 민 사장의 영입을 제의했지만, 민 사장의 고사에 어쩔 수 없이 임시로 계림의 양 성모 실장을 책임자로 내려 보냈다. 양 실장은 계림에 오기 전에 가구공장을 했던 경험이 있는 사람이다.

석구는 공장 준공에 앞서 양 실장과 신흥의 김 상무를 2주간 이태리 가구시장을 둘러보고 오게 했다. 아울러 기계설비도 견학하고 오게 했다.

그리고 미애는 검암동 공장에 경리로 채용했다.

그즈음 석구는 몹시 바쁜 나날을 보내고 있었다. 그런 가운데에도 김포 장기리 집을 찾는 일에는 빠지지 않았다.

그런 석구를 볼 때마다 한 여사는 내심 불안했지만, 잊지 않고 빠짐 없이 찾아주는 석구가 한없이 고마웠다. 마치 정말 사위를 보는 기쁨이었다.

그럴 때면 경아가 더없이 원망스럽기도 했다.

신흥에 오랜만에 민 사장이 찾아왔다.

김 상무가 반갑게 맞는다.

「왜 그렇게 오랜만에 오셨어요? 회사가 바빠서 찾아뵙지도 못하고…… 정말 죄송합니다, 사장님.」

「사장은 무슨. 그동안 별일은 없었고?」

「네, 사장님! 몸이 열 개라도 모자랄 판입니다. 제발 사장님께서 자리를 지켜주십시오.」

김 상무가 민 사장을 사무실로 모셨다. 그때까지도 사장실은 그대로 유지하고 있었다.

「아니, 이게 왜 아직까지 이 자리에 있어?」

민 사장이 아직도 제자리를 지키고 있는 자신의 명패를 한쪽으로 치우며 소파에 앉는다.

이 양이 커피 잔을 놓고 나간다.

「사모님도 건강 하시죠?」

민사장이 고개를 끄덕이고 찻잔을 놓는다.

「내 이번에 올라온 것은, 이제 그만 저 명패를 김 상무에게 넘겨주려고.」

「그게 무슨 말씀이세요? 명패를 넘기신다니요?」

「이제 그만 됐어. 이제 기억도 점점 가물거리고…….」

「그건 안 되십니다. 그러시면 저 역시 이 자리를 그만둬야 할 겁니다.」

「그게 무슨 말이야. 김 상무?」

「사장님께서 잘 아시지 않습니까? 지금 우리 회사, 계림 계열이나 마찬가지 아닙니까? 그건 사장님 사위 회사도 되고요.」

민 사장이 말을 잇지 못한다.

「사장님이 회사에 계지지 않는다면 계림에서 저희 물건을 납품받을 일이 없어지는 겁니다. 그걸 잘 아시면서, 어떻게 그런 말씀을 하십니까?」

민 사장이 버스를 타고 장기리로 오고 있었다. 민 사장은 자신이 쓰던 차가 있었으나 굳이 시외버스를 고집했다.

「지금 사장님께서 모든 걸 내려놓으시면 분명 계림에서는 우리 회사에 손을 놓을지도 모릅니다. 아니, 분명 그럴 겁니다. 그래도 사장님께서 명함을 갖고 계시니까 저희 물건이 계림에 들어가는 겁니다. 그러니 그런 말씀은 절대로 하지 마십시오. 사장님!」

민사장이 흔들리는 버스 안에서 먼 하늘을 본다. 마음이 답답했다. 문득 경아가 보고 싶었다.

'몹쓸 자식! 이 에비는 어떻게 살라고…….'

민 사장이 나오려는 눈물을 애써 억지로 참는다.

어느덧 해가 뉘엿뉘엿 넘어가고 있었다.

이날 민사장이 장터에서 내려 막걸리 한 잔을 하고 늦은 시각에 집에 들어왔다.

때마침 장기리 집에는 석구와 미애가 와 있었다.

「아버님, 어디 다녀오십니까?」

「어쩐 일로 여길 왔어? 회사일도 바쁠 텐데…….」

「아버님하고 의논드릴 일이 있어서 찾아왔습니다.」

석구는 다음 달 공장 준공식에 참석해 주시길 바란다며, 현재의 신흥목재를 검암동으로 흡수하는 일에 대해 이야기 하고 있었다.

현재의 신흥동에 있는 공장 대지를 매각하고 검암에 부지를 확보해서, 공장을 가구공장과 목재가공 일을 한 공장에서 운영한다는 골자였다.

민 사장은 개의치 않을 것이니, 김 상무와 의논하라고 대답했다.

석구가 몇 번이고 공장 준공식에 참석해야 한다는 다짐을 한다. 그러나 민 사장은 그럴 수 없다고 말했다.

그날, 석구는 경아 부모님과 함께 장기리에서 보내고, 다음날 미애와 함께 서울에 올라왔다.

인식이 석구의 사무실에 찾아왔다.

인식은 다음 달부터 과천으로 출근하게 됐다고 했다.

「우리 처제 보고 싶어서 왔구나?」

「할 말도 있고요.」

미애가 인식과 함께 시내로 돌아왔다. 그리고 어느 식당에 앉았다.

「그곳까지 출근하려면 많이 바쁘겠어요?」

「그래서 걱정입니다.」

「왜요?」

「앞으로 미애 씨 만날 시간이 일요일밖에 없을 것 같아서요.」

「피~ ! 나도 다음 달에 공장 돌아가기 시작하면 바쁠 거예요.」

「미애 씨 아버님은 공장에 나오십니까?」

미애가 고개를 흔든다.

「석구 선배가 걱정이 많아요. 아버님께서 공장을 운영해야 한다고……. 미애 씨가 아버님께 잘 얘기해 봐요.」

인식과 헤어진 미애가 율목동 집으로 왔다.

이날따라 왠지 집안이 너무 넓고 허전했다. 경아 방으로 들어간 미애가 경아가 늘 앉아 있던 의자에 앉아서 방안을 둘러본다. 금방이라도 언니가 들어올 것만 같았다. 아니, 늘 언니가 먼저 와 앉아 있었다.

미애가 책상 밑 서랍을 열어 본다. 거기에는 지금도 지난날 석구가 군에서 보내진 편지들이 하나 가득 들어 있었다.

"경아 씨, 잘 지내고 있겠죠?

저도 경아 씨를 생각하며 열심히 군대생활 잘하고 있습니다.

어제는 인식이라는 후배 누이가 면회를 와서 오랜만에 여자하고 맛있는 김밥을 먹었습니다. 인식이 누나를 보면서 경아 씨 생각, 많이 했습니다.

언제 나에게도 경아 씨와 같은 아름다운 아가씨와 예쁘게 싸온 김밥을 한번 먹을 수 있을까 상상해 봅니다. 내 욕심이 너무 컸죠? 그냥 희망 사항입니다.

그럼 예쁘게 잘 지내요. 안녕!

서부전선에서, 석구가."

편지를 읽고 난 미애가 편지를 다시 제자리에 정돈해서 넣는다.

「바보! 언니는 바보야. 이런 석구 오빠한테 답장 한 번 안 하고……. 언니도 지금 후회하고 있지? 답장 못한 거, 아니 안 한 거? 언니는 바보야. 지금 석구 오빠, 어떻게 하고 있는 줄 알아? 아빠 회사 차려 주려고 잠도 제대로 못자고 고생한단 말이야. 그런데 아빠는 그것도 모르고, 시골에 가서 오지도 않으셔. 그래서 이 큰집에 아줌마하고 나뿐이야. 나도 아빠 있는 시골에 가고 싶어. 여기는 무섭고 싫어. 언니, 나 어떻게 하면 좋아? 응? 언니!」

미애는 책상에 앉아서 무어라 알 수 없는 수많은 낙서를 하고 있었다.

윤 회장 사무실에 윤희가 혼자 앉아 있다.

윤희가 사무실을 둘러본다. 한쪽 벽면에 전직 대통령으로부터 산업훈장을 받는 모습의 사진이 걸려 있다.

잠시 후, 윤 회장이 들어온다.

「윤 양이 어쩐 일이야? 내 사무실에?」

윤 회장이 들고 온 서류 봉투를 책상 서랍에 집어넣는다.

「이 근처에 왔다가 아버님 보고 싶어서 들렀어요.」

「저런. 이 늙은이를?」

「아버님, 무슨 그런 섭섭한 말씀을 하세요. 늙으셨다니요.」

「그래, 집안 어르신께서는 여전하시고?」

「네. 다음 달에 오빠 결혼해요.」

「지금 외국에 나가 있지 않나?」

「네. 곧 들어온대요.」

「어르신께서 많이 좋아하시겠구먼.」

「식만 끝나면 바로 나갈 텐데요, 뭘.」

「왜? 이제 여기서 함께 살지 않고. 어르신께서도 적적하실 텐데?」

「모르겠어요.」

잠시 후, 김 부장이 들어온다.

「응, 어떻게 됐어?」

「지금 만나자십니다.」

두 사람이 나가고 윤희도 뒤따라 나간다. 윤 회장 사무실을 나온 윤희가 기획실 석구 사무실로 향한다.

그 시각, 석구는 임원들과 회의실에서 긴 브리핑을 하고 있었다.

윤희가 작은 메모지를 석구 책상 위에 놓고, 처진 기분으로 사무실을 나온다. 그리고 백화점에 들러 생각 없이 몇 가지 옷을 사들고 차에 오른다.

회의를 마친 석구가 검암동 현장으로 달려간다. 현장에는 기계설비 작업이 한창이다.

양실장이 작업지시를 하고 있다가, 석구를 보고 다가온다.

「언제쯤 가동할 수 있을 것 같습니까?」

「다음 달 준공식 때까지는 준비를 끝내 놓겠습니다.」

「판교 모델 하우스에 우리 신제품 가구로 설치해야 하니까 착오 없도록 해 주세요.」

「네, 알겠습니다.」

석구가 미애를 태우고 장기리로 향했다.

네 사람이 저녁상에 둘러앉았다. 미애 아버지가 손수 가꾸신 채소가 푸짐하게 상에 올라왔다.

석구가 가져온 양주를 민 사장에게 따르려 하자 민 사장이 사양했다. 그리고 한 여사에게 눈짓을 하자, 준비한 술병을 들고 왔다.

「애 아버지가 담가 놓은 산딸기주예요.」

한 여사가 미애 아버지 잔에 술을 따른다.

「그럼 저도 한 잔 주십시오.」

「차는 어쩌고?」

「저 오늘 여기서 자고 갈 겁니다.」

「정말, 오빠?」

미애가 좋아한다.

「얼른 식사나 하고 올라가.」

「그래, 그렇게 해요. 집에서 기다리실 텐데…….」

「괜찮습니다. 한 잔 주십시오.」

그날 석구도, 미애 아버지도, 여러 잔의 술을 마셨다.

「아버님! 다음 달이 공장 준공입니다. 그날 아버님이 꼭 참석해 주셔야 합니다.」

「쓸데없는 소리. 거길 내가 무슨 자격으로 가?」

「아버님! 무슨 자격이라니요? 아버님 회삽니다. 아버님께서 참석 안 하시면, 제가 임원들에게 할 말이 없습니다.」

민 사장이 고민한다. 그리고 술잔을 비운다.

「솔직히 말해서 자네가 내 집에 오는 거, 정말 고맙고 반가워. 더없이……. 그러나 여기서 더 내 욕심을 갖는다는 것은 자네나 자네 부모님께나 모두 죽을죄를 짓는 게야. 더 이상 나나 우리 애 엄마를 염치없는 사람 만들지 말아 주게. 부탁이네.」

「그게 무슨 말씀이세요? 장인 장모님이 왜 염치가 없으세요. 이 큰사위 잘되는 거, 보고 싶지 않으세요?」

「고마우이. 지금까지 자네는 자내 말대로 사위노릇 잘해 줬네. 그것만으로도 우리는 평생 고맙게 생각하고 살아갈 걸세. 그 이상 더는 아니야.」

민 사장이 고개를 절레절레 흔든다. 괴로운 심정이다.

다음 달 공장 준공식에 민 사장은 끝내 나타나지 않았다.

대신 석구가 축사를 했고, 조촐한 회식도 가졌다.

그 시간에 민 사장은 경아가 있는 용궁사에 와 있었다.

법전에 꼼짝하지 않고 앉아 있는 민 사장. 그저 한숨뿐이다.

「큰애야, 네가 이제 윤 군을 놓아 주어야겠다. 더 이상은 안 돼. 이 애비가 어떻게 얼굴을 들고 다니라고, 이런 몹쓸 짓을 이 애비에게 주는 게니?」

민 사장이 마치 딸을 앞에 놓고 타이르듯 한동안 넋두리를 한다. 그래도 여전히 마음은 무겁다.

「몹쓸 자식. 저런 좋은 사람을 두고 혼자 가다니……. 너는 그곳에서 마음 편히 눈이나 감고자니? 나쁜 자식!」

민 사장이 넋 나간 사람이 돼서 오솔길을 내려온다.

하늘이 잔뜩 흐려 있었다. 마치 비라도 금방 올 듯한 날씨다. 이어 한바탕 바람이 나뭇잎을 흔들고 지나간다. 멀리 산새의 울음소리가 을씨년스럽게 들려온다.

그리고 이내 빗방울이 떨어지기 시작했다. 그러나 민 사장은 개의치 않고 먼 산에 시선을 두고 터벅터벅 힘없이 내려오고 있었다.

그때 어디선가 바람을 타고 가늘게 들려오는 소리.

「아빠~ !」

민 사장이 그 소리에 뒤를 돌아 사방을 둘러본다.

바람이 세차게 한바탕 휘몰아치고 지나간다. 민 사장이 무언가에 홀린 듯 소리가 난 쪽으로 발걸음을 옮긴다.

「아빠~ !」

그것은 분명 경아의 목소리였다.

「애야! 큰애야!」

민 사장이 미친 사람처럼 허둥대며 경아의 목소리가 들린 쪽으로 가고 있었다.

순간, 민 사장이 골짜기로 미끄러져 뒹군다. 숨소리가 거칠다.

얼마를 그렇게 헤맸을까. 민 사장이 정신을 잃고 바위 옆에 널브러진다.

그리고 또 얼마의 시간이 지난 듯했다. 빗물이 얼굴에 내리고 간신히 정신을 차려 눈을 돌린다. 사방은 어느새 어둠이 내리고 있었다.

민 사장이 급하게 몸을 일으킨다. 그리고 사방을 둘러본다. 빗방울이 나뭇잎에 떨어지는 소리가 타락타락 낭랑하게 들린다.

이곳은 다름 아닌 경아가 괴한들에게 끌려와 고통 속에 처참하게 죽음을 택했던 그 장소였다. 민 사장이 바위를 끌어안고 오열한다.

「네가 이 애비를 여기로 데려왔구나. 큰애야! 그동안 얼마나 무섭고 외로웠니? 큰애야…… 그걸 내가 몰랐구나. 용서해다오. 우리 경아야! 미안하다…….」

얼마가 지났을까. 민 사장이 바위에 머리를 박고 내리는 비를 그대로 맞으며 흐느낀다. 그 몰골이 말이 아니다. 비에 젖은 온몸에는 나뭇잎이 감싸고 있었다.

「경아야! 내일 네 엄마하고 다시 오마. 무서워도 조금만 참고 있어라. 사랑한다, 내 딸 경아야.」

민 사장이 뻣뻣하게 굳은 몸을 천천히 일으킨다. 머리가 핑 돈다. 온몸이 천근만근이다.

그래도 경아의 목소리를 들었다고 믿고 싶은 민 사장이 일어서려 할 때, 무언가 반짝! 하는 빛이 민 사장 눈에 들어왔다. 민 사장이 무릎을 꿇고 천천히 살핀다. 그리고 나뭇잎 사이 바위틈에서 물건 하나를 집어 든다.

그런데 그것은 뜻밖에도 은빛 목걸이였다. 민 사장이 한동안 그 목걸이를 살핀다. 보지 못하던 물건이었다.

목걸이 뒤쪽에 무슨 글자가 있었지만, 어두워서 제대로 보이지 않았다.

'이자식이 이걸 애비한테 주려고 나를 이리로 불렀구나.'

여기까지 생각이 미치자, 민사장의 가슴에는 참을 수 없는 뜨거운 것이 끓어 올라와 가슴이 터져 나올 것만 같이 가슴이 메어 올라왔다.

민사장이 다시 싸늘한 바위를 끌어안고 소리 내서 엉엉 울부짖는다. 그 소리는 마치 어미를 찾는 산짐승의 울부짖음, 그 소리였다.

어떻게 집으로 왔을까. 실성한 사람처럼 허우적거리며 집으로 돌아온 민 사장이 꼬박 이틀 동안을 물 한 모금 마시지 않고 방에서 나오질 않았다.

미애 어머니의 걱정이 말로 할 수 없이 애가 탄다.

다음날, 미애가 내려왔다. 어머니한테서 이야기를 전해들은 미애가 아버지의 손을 잡는다. 야윈 아버지의 손이 가늘게 떨리고 있었다.

「아빠! 무슨 일이에요? 회사에도 오지 않으시고…… 왜 그러세요? 석구 오빠가 얼마나 아빠를 기다렸는데…….」

민 사장이 핼쑥해진 얼굴에 깊게 들어간 눈에서 한줄기 눈물이 흐른다.

「아빠!」

아빠의 얼굴을 보고 있는 미애의 눈에서도 울음이 복받쳐 올라왔다.

그러나 여전히 아빠는 아무런 말을 하지 않았다.

방에서 나온 미애가 석구에게 전화를 한다.

「석구 오빠! 아빠가 이상해. 우리 아빠 죽을 것 같아. 빨리 좀 와줘. 오빠!」

미애의 전화를 받은 석구가 한걸음에 달려왔다.

민 사장이 여전히 누워서 눈을 감은 채 아무런 말을 하지 않았다.

「아버님, 저 왔습니다. 아버님, 큰 사위 왔어요. 눈 좀 떠보세요.」

잠시 후 민사장이 가늘게 눈을 뜬다. 그리고 석구를 보고 석구의 손을 꼭 잡는다. 잡는 손에는 힘이 없었다. 가늘고 앙상했다. 그리고 이내 입을 씰룩 거리며 눈물을 쏟는다.

이 모습을 보고, 한 여사가 나오는 울음을 감추며 방을 나갔다.

민 사장이 미애를 보고는 나가라는 눈짓을 한다. 미애가 흐느끼며 방을 나간다.

「자네, 나 좀 일으켜 주게.」

석구가 일으킨다. 너무나 가벼웠다. 얼굴에는 깎지 않은 수염이 보기 흉하게 자라 있었다.

「아버님, 저하고 병원에 가세요. 아버님이 이러시면 식구들은 어떻게 하라고 이러세요?」

민사장이 이부자리 밑에서 은빛 목걸이를 꺼내 든다.

「자네, 혹시…… 이 물건 본 기억 있는가?」

그것은 민사장이 산속에서 찾아온 그 은빛 목걸이였다.

석구가 받아서 보고는 깜짝 놀란다.

「아니! 아버님이 어떻게 이걸……?」

「본 물건인가?」

그것은 석구가 경아에게 처음으로 선물한 목걸이였다. 이 목걸이를 경아에게 걸어 주며 영원한 사랑을 약속했던 사랑의 징표이기도 했다.

그런 그 목걸이가 지금 석구의 손에 들려져 있다. 석구는 꿈을 꾸는 듯 가슴이 벅차올랐다. 마치 경아라도 만난 듯 기뻤다.

「이걸 어디서 찾으셨습니까?」

「그랬었군. 그래서 그자식이 나를 불러 세운 거였어. 그 빗속에서…….」

민 사장으로부터 이야기를 들은 석구가 진작 찾아보지 못한 것을 후회한다. 그리고 몇 번이고 민 사장에게 감사한 마음을 전한다.

「보세요. 아버님! 경아도 우리를 잊지 않고 있잖아요. 그러니 이 사위, 내쫓지 마세요. 이 사위가 경아 몫까지 아버님 어머님 잘 모실게요.」

석구의 이야기를 들은 민 사장이 얼굴을 들고 한동안 석구를 바라본다.

「윤 군, 고마우이. 우리 경아 기억해 줘서…….」

「그런 말씀 마세요. 오늘 정말 좋은 선물 고맙습니다. 꼭꼭 간직할게요.」

석구가 돌아오는 길에 병원을 찾았다. 그리고 병원장에게 장인의 건강을 몇 번이고 당부했다.

그리고 다음 날, 석구가 커다란 꽃다발을 들고 경아가 쓰러진 곳을 찾았다.

그동안 용궁사는 자주 찾았지만, 이곳을 찾은 것은 이날이 처음이었다. 커다란 바위에는 지금도 경아의 처참한 그때의 모습이 그림자로 남아 있는 듯했다.

석구가 바위 위에 꽃다발을 올려놓고 은빛 목걸이를 옆에 놓는다.

「경아, 미안해. 진작 찾아오지 못해서……. 이제 이렇게 찾아왔어. 그동안 얼마나 외로웠니? 무서웠을 테고…… 미안해. 앞으로 자주 올게. 다음에는 장인 장모님 그리고 처제도 함께 올게. 그동안 나 많이 바빴어. 꼭 좋은 남편, 좋은 사위 될게. 장인 장모님 잘 모시고, 늘 경아 생각하면서 열심히 살게. 경아, 사랑해. 지금도 내 가슴속에는 경아의 뜨거운 입김이 늘 함께 하고 있어.」

어디선가 예쁜 산새 한마리가 날아와서 나뭇가지에 앉아서 조잘대고 있었다. 마치 경아가 석구의 말에 대답이라도 하듯.

그 시각, 산 아래쪽으로 경아 아버지와 어머니가 이곳을 찾아 올라오고 있었다.

경아 어머니 손에는 작은 상자 꾸러미가 들려 있다.

민 사장이 숨이 차는지 걸음을 멈추고 허리를 편다.

「우리애가 여기까지 끌려온 거예요?」

경아 어머니도 그동안 이곳은 찾아오지 못했었다.

「여보! 잠깐.」

민 사장이 저만치 바위 아래 서 있는 석구를 발견한다.

「저게 누구에요?」

「저 사람이 먼저 왔군.」

「아니, 저 사람은…….」

경아 어머니가 입을 손으로 막고 터져 나오려는 울음을 참는다.

「잠깐 여기 앉았다 올라갑시다.」

경아 어머니도 선뜻 석구 앞에 나설 용기가 나질 않았다.

「세상에 저런 못난 사람이 다 있나. 그만큼 했으면 이제 지칠 때도 됐으련만…….」

민 사장이 가슴 아픈 푸념을 한다.

잠시 후 석구가 산을 내려가는 모습이 보인다. 그 모습을 지켜보고 나서 두 사람이 다시 산을 오른다.

바위에는 커다란 꽃다발이 놓여 있었다.

한동안 보고 있던 경아 어머니가 들고 온 상자에서 몇 가지 음식을 올려놓는다.

「애야, 미안하구나. 네가 아버지를 여기까지 모시지 않았다면 얼마나 더 이 엄마 아빠를 원망하며 외로워했을까. 정말 내 죄가 너무 크다. 네가 이렇게 차디찬 이 외딴 골짜기에서 엄마 아빠를 찾고 있는 줄은 꿈에도 몰랐구나. 그동안 얼마나 무서웠고, 또 외로웠니……. 큰애야! 용서해다오.」

경아 어머니가 흐느낀다. 좀 전에 석구 앞에서 조잘대던 산새가 어디선가 다시 날아왔다. 그리고 나뭇가지에 앉아서 연신 울어대고 있었다.

그건 분명 경아가 환생한 새일 것이다. 그렇지 않고서야 어떻게 이들 앞에서 저렇게 울어댈 수가 있단 말인가.

그렇게 두 사람은 한참을 자리에서 일어나지를 못했다, 아니 여기에 경아를 혼자 두고 차마 발길을 돌릴 수 가 없었다.

석구 사무실에 윤희가 찾아왔다. 그러나 그 시간 석구는 검암 공장에 내려와 있었다.

「이번 판교 모델하우스에 우리공장 제품으로 가구 배치를 할 계획입니다. 그렇게 알고 최선을 다 해주세요.」

김 상무와 양 실장이 석구의 말을 꼼꼼히 메모한다.

「그리고 김 상무님. 이번 일요일에 장기리 장인어른 좀 만나세요. 언제까지 사장 자리를 비워둘 수는 없잖습니까?」

「알겠습니다.」

석구가 사무실에 들어오니, 책상위에 윤희의 메모가 있었다.

「들어오는 대로 연락 줘. 얼굴 좀 보자.」

카페로 석구가 들어온다.

한쪽으로 윤희가 혼자 앉아서 술을 마시고 있었다.

「무슨 일이야?」

윤희가 석구에게 술잔을 내민다.

「나, 차 갖고 왔어.」

윤희가 실눈으로 석구를 쏘아본다. 석구가 마지못해 잔을 받는다.

「나하고 술 한 잔 하기도 싫은 거야?」

「그런 말이 어디 있어.」

「그렇게 바빠서 우리오빠 결혼식에도 못 오겠네?」

「다음 달이라고 했나?」

「그건 용케 기억하고 있네.」

석구가 술잔을 입에 댔다가 다시 놓는다.

「석구 오빠는 어떻게 할 건데?」

「뭘?」

「계속 이러고 살 거야?」

「무슨 말을 듣고 싶은 거야?」

「지금도 죽은 여자 동생이나 찾아다니고 있는 거야?」

석구가 자리에서 벌떡 일어난다.

「엉뚱한 상상하지 마!」

「엉뚱한 상상? 그럼 왜 지금도 그 집에 드나드는데?」

석구가 말없이 술집을 나온다. 그리고 그길로 장기리로 향했다.

오는 길에 검암동에 둘러서 미애도 함께 왔다. 마침 저녁 준비를 하고 있던 미애 어머니가 두 사람을 보고 기쁜 마음에 반가워서 달려

나온다.

「어쩐 일이야, 미리전화도 없이?」

「문득 장모님이 보고 싶어서 달려왔습니다. 오면서 대명포구에 들러서 전어 좀 샀어요.」

「엄마, 거기 낙지는 내가 산 거다.」

「오기도 바쁠 텐데, 무슨 이런 것까지 사 왔어?」

「오는 길인데요, 뭐. 아버님은요?」

「회사일도 바쁠 텐데 뭘 이렇게 먼 곳까지 자주 찾아와?」

민 사장이 방에서 나온다.

「멀긴요! 아버님, 건강해 보여서 좋아요.」

「매일 먹고 하는 일이 없으니까 몸만 무거워.」

「아빤 나는 보이지도 않지?」

「밥은 제때에 먹고 회사 다니는 거야?」

「어서 이리들 오세요.」

모처럼 식구가 모여서 식사를 하는 모습이 매우 화목해 보였다.

그날 석구는 미애 집에서 하루를 보냈다.

언제부터인가 미애 어머니는 이층 전망 좋은 쪽으로 방을 만들어 언제든지 석구가 쉬고 갈 수 있게 잠자리를 준비해 두고 있었다.

다음날, 검암동 공장으로 윤희가 찾아왔다.

「석구오빠는 지금 서울 사무실에 있을 텐데요.」

미애의 말에……

「알고 있어.」

윤희가 한쪽 소파에 앉으며 사무실 안을 살핀다.

「어쩐 일로 여기까지……?」

「오늘은 거기 좀 만나고 싶어서 왔어.」

「나를요?」

미애가 진한 화장을 하고 보기에도 무거워 보이는 커다란 귀걸이를 한 윤희의 모습을 훑어본다.

「여긴 그렇고, 우리 어디 좀 나갈까?」

「아시다시피 이곳에는 거기가 갈 만한 장소가 없는데요.」

「뭐! 거기? 허! 기가 막혀서…… 잠깐 나와!」

윤희가 문을 크게 열고 밖으로 나간다.

잠시 후, 두 사람이 어느 허름한 찻집에 마주앉는다.

「아직까지 석구 씨 곁에 있는 이유가 뭐야?」

「이유요? 그거야 석구 오빠 회사니까요.」

「석구 씨 회사? 그럼 일할 곳이 여기 말고는 없나?」

「그거야 석구 오빠가 많이 도와주니까요.」

「누가 그쪽 오빠야?」

「아니면, 형부라고 할까요?」

「뭐! 형부? 석구 씨가 어떻게 형부야?」

「근데 왜 거기가 형부한테 그렇게 관심이 많으세요?」

「그걸 몰라서 묻는 거야?」

「형부는 그쪽한테 조금도 관심이 없는 걸로 알고 있는데…….」

「이게 말끝마다 형부야? 형부가 무슨 뜻인지나 알고 하는 소리야?」

「그럼 지금까지 형부가 우리 언니하고 결혼한 사실도 모르세요?」

「뭐! 결혼? 너 정말 미쳤구나? 누가 누구하고 결혼을 해? 약혼한 걸 결혼한 걸로 믿고 싶은 건 아니고? 죽고 없는 네 언니하고 결혼이라니?」

「안 믿기시면 구청에 가서 알아보시든가. 혼인신고까지 되어 있을 테니까요.」

「뭐라고! 혼인신고……?」

윤희가 어이없는 표정으로 미애를 쏘아보다가 밖으로 나간다.

윤희가 무서운 얼굴을 하고 운전을 한다.

「이게 무슨 말이야. 정말 그런 짓을 한 거야? 아니야…… 그럴 리가 없어! 미치지 않고 어떻게 그럴 수가 있어? 아니야. 아닐 거야.」

윤희가 고개를 세차게 흔들고 차의 액셀을 힘껏 밟는다.

그 즈음 석구는 양실장하고 판교 현장을 둘러보고 있었다.

90퍼센트 공정이 되어 가는 현장의 모습이 보였다. 한창 조경공사와 도로공사가 진행되고 있었다.

석구가 사무실에 돌아오자, 윤 회장이 찾았다.

윤 회장 사무실에는 윤희가 와 있었다.

「어디를 그렇게 쏴 다니는 거야?」

「판교 현장에 다녀왔습니다.」

「그건 그렇고. 여기 윤 양 이야기가 무슨 이야기야?」

「무얼 말씀하시는 겁니까?」

「공장에 왜 그 처자가 있다는 거야?」

「미애를 말씀하시는 겁니까?」
윤 회장이 불쾌한 얼굴로 석구를 본다.
「네, 공장에서 경리일을 보고 있습니다.」
윤 회장이 자리에서 일어난다.
「당장 내보네!」
「아버지!」
「내가 지금껏 말 안하고 있는 건 네놈에게 시간을 주자는 것뿐이었어.」
「아버지!」
「못난 놈 같으니라고……. 네놈 속셈이 대체 뭐야? 그 애까지 옆에 두고 뭘 어쩌자는 거야?」
석구가 문을 소리 나게 열고 밖으로 나온다. 뒤따라 윤희가 나온다.
「아버지 사무실엔 왜 와서 무슨 얘길 한 거야?」
석구가 윤희를 쏘아본다.
「그럼, 그 계집애 말은 무슨 소리야?」
「말조심해! 계집애라니? 지금 성년이야!」
「그럼, 그 애 말처럼 정말 죽은 언니하고 혼인신고라도 했단 거야?」
「그걸 왜 네가 묻는 건데?」
「뭐라고?」
윤희가 입술을 떨며 석구를 쏘아본다. 그리고 돌아서서 서둘러 그대로 사라진다.

이날 오후, 인식이 미애를 찾아왔다. 모처럼 만이었다.
윤희가 다녀간 후 우울해 하고 있던 미애가 인식의 환한 얼굴을 보고 왠지 가슴이 뛴다.

인식의 차를 타고 시내로 들어왔다. 그리고 두 사람은 월미도에서 해상 유람선에 올랐다.

많은 사람들이 있었고, 쌍쌍이 젊은 연인들이 뱃머리에서 영화 〈타이타닉〉의 두 주인공의 모습을 흉내 내며 연실 사진을 찍는다.

서해의 넓은 바다로 저녁노을이 붉게 물들고 있었다. 미애의 모습도 올 때와는 달리 한결 환해졌다.

한 시간의 해상관광을 마치고 두 사람이 어느 이국적 실내장식 분위기의 이층 레스토랑에 오른다.

그런데 이 레스토랑이 바로 석구와 경아가 처음 들렀던 바로 그 몰디브라는 레스토랑이었다. 이것도 운명이라고 할 수 있을까?

미애와 인식이 한쪽 창가에 마주 앉는다.

넓게 펼쳐진 바다가 한눈에 들어왔다. 작은 고깃배 하나가 붉은빛 저녁 햇살을 받고 있었다.

인식이 작은 포장된 상자를 미애 앞으로 내민다. 미애가 상자와 인식을 본다. 인식이 웃으며 상자를 열었다.

상자 안에서 은빛반지 한 쌍을 집어 들고 하나를 미애의 손을 잡고 반지 하나를 끼워 준다. 그리고 다른 하나를 자신의 손에 끼운다.

「이런 걸 요즘 커플링이라고 한다지요?」

「……?」

「나도 한번 해보고 싶었습니다.」

미애가 손가락에 끼워진 반지를 만진다.

석구가 늦은 저녁에 들어오는데 성미가 문 앞에서 서성거리고 있었다.
「넌 지금까지 어딜 다니다가 이제야 들어오는 거니?」
「오빤 내가 지금도 어린애로 보이지?」
「그래서? 너도 성년이 됐으니, 이제 네 마음대로 하겠다고?」
「몰라!」

윤희의 집.
윤희가 어머니인 내동마님과 소파에 마주 앉아 있다. 내동마님은 홍차를 마시고, 윤희는 커피를 마시고 있다.
「엄마, 요즘에는 석구 오빠 회사에 돈 필요하지 않대?」
「그건 왜?」
「아니 그냥. 요즘은 석구 오빠 어머니가 오지 않는가 싶어서.」
「글쎄다. 은행이자 조금만 얹어서 쓰라고 해도 연락이 없는 걸 보면 생각이 없는 게지. 하긴, 주거래 은행이 있으니까 내 돈이야 쓸 일 없겠지.」
「엄마, 그건 그렇고 엄마가 석구 오빠 어머니를 불러서 얘기 좀 하면 안 될까?」
「얘기? 무슨 얘기?」
「실은 요즘 석구 오빠 미쳐 있어.」
「그게 무슨 말이야? 그 젊은이가 미쳐 있다니?」
「하여간 이야기 하려면 너무 복잡하고, 석구 오빠 엄마 좀 불러서 내 얘기 좀 해봐.」
「그렇게 잘난 척은 혼자 다 하고 다니더니…… 왜 뭐가 잘 안 돼? 하긴 지난번에 보니까 그 청년 아주 반듯하게 잘 컸더라.」

「그러니까 엄마가 석구 어머니 좀 불러서 얘기해 보라고.」

「남들은 자기들끼리 만나서 잘도 짝을 찾더니만…… 요즘 젊은것들이 다 늙은 나 같은 할망구 얘기를 귀담아 듣기나 하겠어?」

「실은, 요즘 석구 오빠…… 아냐, 엄만 모르는 게 좋아. 그럼 나 엄마 믿고 나갈게.」

「못난 것.」

새빨간 승용차 한 대가 장기리 민 사장 집 앞에 멈춘다.

그리고 세련된 몸매에 화사한 옷차림과 얼굴에는 진한색의 선글라스에 챙 넓은 모자를 쓴 윤희가 내린다. 귀에는 커다란 귀걸이가 걸려 있고 손에는 작고 고급스러워 보이는 가방이 들려 있다.

잠시 사방을 둘러본다. 아직도 군데군데 옛 건물들이 보인다.

윤희가 손질한지 얼마 안 돼 보이는 한 이층 양옥 집 앞에서 문패를 본다. 거기에는 '민세기'라는 경아 아버지의 이름이 걸려 있었다.

잠시 머뭇거리던 윤희가 안을 들여다보며 사람을 찾는다.

잠시 후, 경아 어머니의 얼굴이 보였다. 그리고 윤희의 모습을 읽는다.

「실례 좀 할게요.」

윤희가 주인의 대답도 듣기 전에 안으로 들어선다.

「요즘도 석구 씨 여기 오나요?」

「누군데 여기 와서 그걸 묻죠?」

「나요? 나 석구 씨하고 결혼할 사람이에요.」

「뭐라고요?」

「왜요? 안 믿어지세요? 우리 전에 한 번 본 적 있죠? 그리고 나 석구 씨하고 외국에도 함께 갔었고, 거기서 이 년 동안 쭉 함께 있다 온 거 아실 텐데…… 왜 그런 얼굴을 하시죠?」

「그런데 그 얘길 왜 여기까지 와서 하는 거죠?」

「정말 뻔뻔하고 무책임하신 거 아닌가요?」

「그게 무슨 말이에요?」

「그럼 뭐예요? 왜 지금도 석구 씨가 이 집엘 드나드는데요?」

「그런 얘기라면 젊은 처자에게 듣고 싶지 않네요. 애 아버지 들어오기 전에 어서 그만 가 주세요.」

이때 민사장이 들어온다. 그리고 윤희를 빤히 바라본다.

「누구신가, 이 처자가?」

경아 어머니가 뒤돌아 간다.

「젊어서 연애 한 번 했다고 어떻게 석구 씨 앞날을 이렇게 송두리째 잡아 놓을 수가 있으세요? 이러고도 할 말이 있으세요?」

말 한마디 없던 민 사장이 윤희를 안으로 불러 마주 앉는다.

「처자의 얘기는 내 진작 들어 알고 있는 터이니 새삼 들을 것은 없으나 우리도 처자와 같은 심정이오. 그쪽도 젊은이 생각하는 마음으로 그리 얘기한 것으로 알고 있으니까, 가서 윤 군을 잘 좀 이해시키도록 해요. 그리고 앞으로 그 일로 내 집에 찾아오는 일 없도록 부탁하겠소. 그럼 서둘러 돌아가 봐요.」

민사장이 자리에서 일어난다.

석구의 집에 윤희가 찾아왔다. 집에는 일하는 아줌마와 할머니가 있었다.

아줌마가 윤희를 맞는다.

「사모님은 안 계시나요?」

「네. 외출하고 안 계십니다.」

「그럼?」

「방에 할머니 계십니다.」

윤희가 들고 온 선물 상자를 아주머니에게 주며,

「연시하고 곶감 좀 할머니 방으로 좀 갖다 주세요.」

하고 말한다.

할머니가 방에 누워서 작은 카세트로 회심곡을 듣고 있었다.

「할머니, 저 왔어요.」

윤희가 들어오며 환하게 웃는다.

「이게 누구여? 윤희 처녀가 내 집을 어쩐 일로…….」

「여전히 건강하시죠?」

「그려. 그런데 이 시간에 누굴 찾아왔누 우리 큰애는 지금 집에 없을 텐데?」

「어머님은 어디 가셨나 봐요?」

영숙이 윤희가 가져온 과일을 들고 들어온다.

「할머니 드시라고 제가 좀 가져왔어요.」

「뭘 이딴 걸 들고 다녀. 내가 뭘 얼마나 먹는다고.」

「요즘도 석구 오빠 집에는 늦게 들어오나 봐요?」

「이 할미도 얼굴 본 지 오래야. 뭣이 그렇게 늘 바쁜지, 원…….」

윤희가 삘죽한다.

할머니 방에서 나온 윤희가 영숙에게 석구 방을 물어본다. 영숙이 머뭇거리자, 그대로 이층으로 올라간다. 그리고 이층 석구 방으로 들어간다. 방으로 들어온 윤희가 방 안을 둘러본다.

방안은 잘 정돈돼 있었다. 그리고 한쪽 책상 위를 본다. 거기에는 경아와 함께 스키장에서 다정하게 찍은 사진이 작은 액자에 넣어져 놓여 있었다.

윤희가 사진 액자를 집어 든다. 경아와 석구의 손을 잡고 환한 미소를 짓고 있는 두 사람. 무척이나 행복해 하는 모습이다.

윤희의 손이 가늘게 떨리고 있었다. 그리고 두 눈이 무섭게 이글거린다. 윤희가 들고 있던 사진 액자를 힘껏 내던지려다 손을 떨며 책상 위에 아무렇게나 내던진다. 그리고 급하게 방을 빠져나간다.

석구의 집 거실.

윤 회장이 들어오면, 홍 여사가 맞는다.

윤 회장이 옷을 벗어 홍 여사에게 넘기고 할머니 방으로 간다.

「어머님 방금 저녁 드시고 막 잠드셨어요.」

이층에서 성미가 쪼르르 내려온다.

「큰애는 아직 이야?」

「아빤 오빠만 생각하지?」

「뭐가 그리 바쁜지 요즘 매일 늦네요.」

「못난 놈.」

「그게 무슨 말이에요? 못나다니요?」

윤 회장이 방으로 들어간다.

「큰애한테 무슨 일 있어요?」

「일은 그놈한테 무슨 일이 있겠어. 미친 짓 말고…… 정신 빠진 놈!」

윤 회장 사무실.

석구가 불려온다.

「네놈은 뭐가 매일 그렇게 바쁜 거야?」

「검암 공장에 일이 많아졌습니다.」

「그 공장에 사람이 네놈밖에 없어?」

「저~ 아버지 아버지께서 저희 장인어른께 말씀 좀 해 주세요.」

「뭐라고? 장인? 이놈이 지금도 그런 얼빠진 소릴 하고 다니는 게야!」

「검암 공장은 처음부터 장인어른 공장이십니다. 지금은 가구공장을 하고 있지만 그 공장의 전신은 장인께서 하시던 목재공장이었습니다. 그러니 그 공장은 장인어른 공장이지 않습니까? 현재 지분도 반은 장인어른 것입니다.」

「듣기 싫어!」

「아버지! 전화라도 한 번 해 주십시오. 그 공장은 장인께서 맡아 주셔야 합니다. 제발 아버지. 지금 저를 원망하고 계실지 모릅니다.」

「누가 누굴 원망해? 미친놈!」

순간 석구가 아버지 앞에 무릎을 꿇는다.

「아버지! 장인어른은 저 때문에 귀한 딸을 잃으셨습니다.」

「네놈 때문이라니. 그 처자 죽은 게 어떻게 네놈 탓이야? 못난 놈!」

「저를 만나지 않았다면, 제가 경아를 사랑하지 않았다면, 지금 죽지는 않았을 겁니다.」

「그따위 궤변이 아디 있어? 그래, 네놈을 만나서 그 처자가 죽었다는 게야?」

「장인께서는 사랑하는 딸을 잃으셨습니다. 그런데 저는 지금 이렇게 아버지 앞에 있지 않습니까. 장인어른 심정을 조금만 생각해 주세요. 아버지! 소원입니다.」

석구가 눈물을 흘리며 아버지 앞에 몇 번이고 호소한다.

윤 회장이 긴 한숨을 몰아쉬고 소파에 머리를 눕는다.

비서실 김 양이 윤 회장을 찾는 전화를 받고도 선뜻 전하지 못하고 문 앞에서 서성거린다.

윤 회장 사무실을 나온 석구가 검암동 공장에 들러 미애와 함께 장기리로 향했다.

한 여사가 석구를 반갑게 맞는다. 네 식구가 저녁상을 앞에 놓고 둘러앉아 식사를 한다.

그러나 민사장이 어제 윤희의 일 때문인지 석구의 얼굴을 제대로 보지 못하고 석구의 눈치를 살피고 있었다. 무슨 말인가 해야 할 것을 알지만, 선뜻 말문이 열리지 않는다.

「형부, 오늘 집에서 자고 갈 거지?」

한 여사가 미애의 말에 얼굴이 달아오른다.

「애가 무슨 말을 하는 거야, 형부라니?」

「무슨 말은? 언니하고 결혼했으니까 형부 맞지. 안 그래, 형부?」

민사장이 헛기침을 하고 자리에서 일어난다.

「이 애가 아직 철이 없어서…… 이해해요.」

「아닙니다. 처제 말이 맞아요. 저 어머님 사위 맞습니다. 그리고 오늘 여기서 자고 갈 겁니다. 경아 방에서.」

「안 돼요, 그 방은.」

「왜요?」

한 여사가 윤희가 다녀간 이야기를 했다. 그리고 윤희가 다녀간 후 민사장이 경아 방을 정리하고 문을 잠가 버린 것이다.

그러나 석구는 개의치 않았다. 그동안 겪은 많은 어려움이 오히려 석구에게는 면역이 된듯했다.

미애가 아버지에게서 열쇠를 받아 왔다. 그리고 그날 경아 방에서 하루를 보냈다.

다음 날, 석구가 미애와 나란히 출근을 한다. 그 모습을 보는 경아 어머니의 심정이 어땠을까? 석구는 이날도 장인에게 회사에 출근을 몇 번이고 당부했다. 그러나 석구가 떠날 때도 민 사장은 얼굴도 내밀지 않았다.

석구가 회사에 들어오니 책상 위에 메모지가 놓여 있었다.

명희가 서울에 올라온 김에 찾았다며 마음먹고 찾았는데, 섭섭했다는 내용이었다. 밑으로 전화번호가 적혀 있었다.

석구가 연락을 하자 명희가 받았다. 명희는 어느덧 둘째 애 엄마가 됐다며 밝게 웃었다. 그런 그녀의 웃음소리를 들으며 석구가 잠시 생각한다.

'그 깊은 상처를 받았던 명희가 어떻게 그렇게 변했을까?'

석구로서는 신기한 생각까지 들었다.

오후에는 인식이 찾아왔다. 인식이 과천으로 발령받아 간 후 처음이었다.

그동안 인식은 미애와는 몇 번 만났지만, 석구에 대한 기억은 잠시 잊고 있었다. 사랑이 우정을 그렇게 만들었나 보다.

두 사람이 식당에 앉았다. 그사이에 인식은 진급도 했다고 했다.

「처제 만나고 가야지?」

인식이 입을 벌리고 웃는다.

석구가 인식에게 미애와의 계획을 물었다.

다음 달에 아버지께서 들어오시면, 그때 미애와 부모님을 만날 생각이라고 했다. 그 당시 인식 아버지는 외국에 학회 연구차 나가 있었다.

석구가 인식에게 미애를 많이 사랑하라고 당부했다.

딸 없는 사위

15

어느 요리 집에 윤 회장과 미애 아버지가 마주 앉았다.

미애 아버지가 무슨 죄인처럼 고개를 들지 못하고 앉아 있다.

한참 후에 윤 회장이 입을 열었다.

「요즘도 우리 놈 자주 찾아오죠?」

「죄송합니다.」

「민 선생이 죄송할 건 없고…….」

윤 회장이 긴 한숨을 몰아쉬고 술잔을 비운다.

「이것도 그놈 팔자라면 뭐 어떻게 하겠습니까. 단지 내게는 자식 놈이 그놈뿐이라서 마음이 더 괴롭습니다. 그놈 말마따나 우리야 뭐 잃은 게 있습니까. 단지 자식 놈 마음뿐인데도 이렇게 마음 아픈데, 민 선생이야 귀한 따님을 잃고…… 그 마음 어떠하실지 왜 모르겠습니까. 민 선생이 알다시피 우리 놈은 앞으로 할 일이 많은 놈입니다. 그런데도 저 모양이니…….」

「여러 가지로 정말 죄송합니다. 저희도 알아듣도록 얘기하고 있습니다만…….」

「다 알고 있습니다.」

윤 회장이 술잔을 비우고 민 사장에게 술을 권한다.

「내 오늘 민 선생을 뵙자고 한 것은 그런 지난 얘기를 하자고 뵙는 건 아니고, 어차피 우리 놈이 민 선생 자식하고 그런 운명이라면 어떻게 우리 힘으로 막겠습니까. 그냥 그렇게 살 수밖에……. 사람팔자 독속에 숨겨도 피하자 못한다는 말도 있지 않습니까. 그놈 팔자가 그거라면 무엇으로 막겠습니까?」

윤 회장이 무슨 마음에 각오라도 한 듯 길게 한숨을 쉰다.

민 사장이 윤 회장을 바라본다. 윤 회장의 눈시울이 붉어져 있었다.

「회장님!」

윤 회장이 손을 저으며 술잔을 비운다. 벌써 여러 잔을 비운 탓인지 얼굴이 많이 붉게 달아올라 있었다.

민 사장이 그런 윤 회장을 보면서 모든 게 다 당신의 죄로 생각됐다.

「민 선생, 그냥 우리 애 하자는 대로 하세요.」

「회장님!」

「이제 그놈하고 싸우기도 지쳤습니다. 그렇다고 내다 버릴 수도 없고…….」

「석구 아버님, 조금만 더…….」

「그놈이 내 집보다도 민 사장 처가를 더 생각하고 있습니다. 그 못난 놈이…….」

「천부당만부당하신 말씀이십니다.」

「나도 더 이상 그놈을 그냥 두고 볼 수가 없어서 말입니다. 제 놈도 언젠가 이 애비 마음을 알 날이 있을지……. 아무리 자식 이기는 부모 없다 고 들은 하지만 난 그 말은 남의 말씀으로 믿고 살아왔는데……」

「모두가 저희 잘못입니다.」

「어쩌겠소. 사람이 죽고 사는 것도 팔자라는데……

민 선생은 사랑하는 생자식도 잃으셨는데……. 나는 그래도 못난 놈이라도 옆에 있지 않습니까.」

민 사장이 눈물을 찍는다.

「사돈! 우리 그놈 소원 풀어주십시다.」

「회장님!」

민 사장이 일어서서 윤 회장 앞에 무릎을 꿇는다.

「회장님! 안 됩니다. 조금만 기다려 주십시오. 제가 타일러 보겠습니다. 아버지께서 그런 약한 마음을 가지시면 안 되십니다. 제가 더욱 살 수가 없습니다.」

윤 회장이 민 사장의 손을 잡는다.

「백 번 천 번 생각했습니다. 내가 더 이상 고집을 부리면, 그놈…… 민 사장 따님 곁으로 갈 놈입니다.」

「회장님! 정말 드릴 말씀이 없습니다.」

민사장이 눈물을 쏟는다. 꿈을 꾸고 있다고 생각됐다. 도저히 믿을 수 가 없었다.

「어서 일어나 앉으세요. 그리고 검암 공장에 나오세요. 그렇지 않으면 우리 놈 정말 쓰러집니다. 하루도 쉬지를 못해요. 제 딴에 내가 혹 무능을 트집 잡을까 봐서 그런지 더 열심입니다. 옆에서 보기 민망할 정도예요.」

민 사장은 무슨 말을 더 할 수가 없었다. 아니, 오히려 윤 회장의 얼굴을 똑바로 바라볼 수가 없었다.

「사돈, 나 믿겠소. 이제 그만 정리 합시다.」

윤 회장이 자리에서 일어난다. 그러다 휘청한다. 민 사장이 얼른 부축한다.

「나도 이제 늙었나 봅니다, 사돈.」

「석구 아버님!」

민 사장이 윤 회장의 손울 잡고 어린애처럼 소리까지 내며 흐느낀다.

율목동 집으로 돌아온 민 사장이 경아 방으로 들어가서 경아 사진을 끌어안고 침대에 쓰러져 엉엉 소리 내서 울기 시작했다.

「죽은 우리 딸이 산 아비 어미 소원을 풀어 주는구나. 경아야! 장한 내 딸, 경아야! 이 아비는 이제 죽어도 여한이 없구나. 그런 훌륭한 사위를 내게 주고, 아까워서 어떻게 그 먼 곳에서 혼자 지내니……. 경아야, 장한 내 딸!」

민 사장의 울음소리에 서산 댁이 올라왔다. 너무 슬프게 울고 있는 민 사장을 바라보는 서산 댁도 눈물을 흘린다.

얼마를 그렇게 울었을까. 울다 지친 민 사장이 침대에 얼굴을 박고 조용했다.

「사장님!」

서산 댁의 부름에도 미동 없이 쓰러져 있다.

미애가 들어왔다. 그리고 침대에 쓰러져 있는 아빠를 보고 놀란다.

「아빠!」

미애는 대답 없는 아빠를 뒤로하고, 서산 댁을 향해 걱정 어린 눈빛으로 묻는다.

「우리 아빠 왜 이러세요?」

서산 댁도 모른다는 시늉으로 고개를 젓는다.

미애가 아빠를 어깨를 잡고 일으키려 한다. 그러나 민 사장은 곤히 잠이 들어 있었다. 얼굴에는 눈물 자국이 길게 나 있었다. 그 모습이 그렇게 행복해 보일 수 가 없었다.

그날 민 사장은 정말 오랜만에 편한 마음으로 경아 방에서 하룻밤을 보냈다.

다음날 미애와 장기리에 내려온 민 사장이 간단한 짐을 챙긴다.

「여보, 왜 별안간 율목동은 간다고 그러세요?」

「거기 우리 경아 혼자 집 지키고 있잖소.」

「여보!」

「여보! 윤 회장, 아니 윤 군 아버지가 우리 경아를 며느리로 인정했소.」

「그게…… 무슨 말이에요, 당신?」

「윤 군 아버지가 나한테 사돈이라고 했소. 그건 우리 경아를 며느리로 인정한 게 아니겠소.」

「그게 정말이에요? 그 양반이 그런 말을 했어요?」

민 사장이 어린아이마냥 입을 벌리고 웃는다. 그리고 한 여사의 손을 덥석 잡는다.

「임자, 고맙소. 난 이제 하루를 살다가 죽어도 여한이 없소. 우리 경아가 이제야 정말 시집을 간 거요.」

그 소리를 들은 미애도 놀란다.

'그럼 정말 석구 오빠가 형부가 된단 말이야?'

미애가 급하게 방을 나간다.

거실로 나온 미애가 석구에게 전화를 한다. 이 기쁜 소식을 전하기 위해서다.

미애 전화를 받은 석구가 믿을 수 없다는 듯 한동안 말이 없었다.

「정말 아버지께서 그렇게 말씀하신 거야?」

「응, 좀 전에 아빠가 그랬어. 아빠더러 사돈이라고 하셨다고.」

석구가 전화를 끊었다. 그리고 윤 회장을 만났다.

그때 윤 회장은 거실에서 어머니와 함께 차를 들고 있었다.

그리고 환한 얼굴로 들어오는 석구를 보고 오리라 짐작하고 있었다는 듯,

「그새 처가에 다녀오는 게야?」

라고 묻는 윤 회장의 얼굴에는 인자한 미소가 가득하다

석구가 아버지 앞에 무릎을 꿇는다. 그리고 흥분된 목소리로 고맙다고 했다.

두 사람의 대화를 지켜보던 홍 여사가 영문을 몰라 묻는다.

「지금 무슨 말씀을 하는 거예요? 처가는 뭐고, 또 넌 뭐가 고맙다는 게야?」

「아버지! 앞으로 열심히 살겠습니다.」

「뭐가 열심히 살아! 이제 네놈 뜻대로 됐다고 착각 말아라. 다 네놈

제정신이 돌아올 때까지야! 얼마나 갈지, 내 지켜볼 참이니까.」

아버지가 헛기침을 하고 자리에서 일어났다. 어머니가 석구를 앞에 앉혔다.

「대체 무슨 얘기야? 그리고 너는 뭐가 그리 좋은 거야…… 입을 헤 벌리고?」

「그런 게 있어, 어머니.」

석구가 자리를 일어나 자기 방으로 올라간다. 방에 들어온 석구가 경아의 사진을 들고는 끌어안는다.

「경아! 이제 드디어 인정받았어! 우리 이제부터 정말 부부인 거야. 모두가 인정하는……. 아! 정말 기분 좋다. 내 사랑하는 경아!」

석구는 몹시 기분이 좋아 가만히 집에 앉아 있을 수가 없었다.

밖으로 나왔다. 바깥 공기가 이렇게 상쾌할 수가 없었다. 석구는 그길로 장기리로 향했다.

장기리에 도착하니, 경아 어머니가 맨발로 뛰어나와 석구를 끌어안는다.

「윤 서방, 고맙네. 고마워……. 이제 우리는 오늘 죽어도 여한이 없다네. 우리 사위!」

「무슨 그런 말씀을 하세요. 이제 정말 앞으로 어머님 아버님 모시고 열심히 살 겁니다. 그러니 오래오래 건강하셔야 해요.」

한 여사가 석구의 손을 놓지 않고 안으로 들어왔다.

민 사장이 석구를 보자 와락 끌어안는다.

「여보게, 윤 군. 아니, 내 사위! 정말 고생 많았네. 자네가 내 사위가 됐다는 게 믿기지가 않아. 정말 이제는 내 일을 다 한 것 같네. 그러니 언제든지 좋은 사람 나타나면 말하게. 내 미련을 두지 않을 참이네.」

「아버님, 무슨 그런 섭섭한 말씀을 하세요. 저는 누가 뭐라고 하든 아버님 어머님 사람입니다. 그러니 그런 말씀은 절대로 갖지 말아 주세요.」

그날은 정말 밖에까지 소리가 들리도록 웃음이 흘러나왔다.

다음날 네 식구가 푸짐한 음식을 챙겨들고 용궁사를 찾는다. 그리고 경아의 마지막 장소에서 너른 돌 바위에 음식을 풀어 놓고 경아를 불렀다.

석구가 먼저 절을 한다.

「경아! 미안해. 이렇게 오기까지 너무나 시간이 오래 걸린 것 같구나. 이제 당신은 영원한 내 아내야. 떳떳하고 자랑스러운 우리 경아! 경아, 그곳에서 잘 지내고 있지? 나, 열심히 아버지 어머니 모시고 잘 살다가 갈게. 그때까지 우리 경아도 잘 지내야 해.」

이때 언제부터인가 전에 경아 아버지 어머니 앞에서 조잘대던 예쁜 산새 한 마리가 나무 위에 앉아서 조잘대고 있었다.

「어머! 여보. 전에도 우리 앞에서 울어 대던 그 새인가 봐요. 우리가 왔다고 또 찾아왔나 봐요, 여보!」

「글쎄, 아무래도 우리애가 산새로 환생했나 보우.」

「그게 무슨 소리야? 언니가 산새가 돼서 왔다니?」

「글쎄, 전에 우리가 왔을 때도 저렇게 우리 앞에서 울다 가지 않았겠니.」

「어머! 그럼 저 새가 언니란 말이야?」

「그러게. 자꾸 그런 생각이 드는구나.」

아버지로부터 지난번 목걸이 이야기며, 우리 앞에서 한참을 울다가 갔다는 이야기를 듣고 석구도 그렇게 믿고 싶었다.

그때까지도 새는 자리를 뜨지 않고 재잘대고 있었다. 서구가 밥알 하나를 한쪽으로 놓고, 산새더러 오라는 손짓을 한다. 그런데 뜻밖에도 그 새가 석구의 손앞으로 날아와서는 밥알을 주워 먹는다.

이 모습을 본 어머니가 울컥하고 울음이 터져 나왔다.

「경아야! 너구나. 네가 오늘 신랑 보려고 여기 있었구나. 경아야!」

그 소리에 아버지도 눈시울을 적신다. 석구가 밥알을 다시 주자, 또 먹었다.

그 모습에 석구가 잡아 보려고 하자, 파르르 날아서 머리 위를 두어 바퀴 돌더니 다시 나뭇가지로 올라가 앉았다.

석구가 일어나 두 손을 벌리고 반갑다는 인사를 한다. 그러자 그때서야 다시 이들 머리 위를 몇 번 돌더니, 어디론가 사라진다.

네 사람은 한동안 새 이야기를 하다가 내려왔다.

집에 도착해서도 새의 이야기로 한동안 대화의 화두가 됐다.

이듬해 봄.

인식이 석구를 찾아왔다.

인식은 미애와 부모님을 만날 생각이라고 했다. 석구가 흔쾌히 좋은 생각이라며 다시 한 번 미애를 잘 부탁한다는 말을 잊지 않았다.

인식의 부모는 종로구 봉익동에 빌딩을 갖고 그의 아버지가 성형외과를 운영하고 있었다.

미애도 그동안 석구의 그늘에서 허덕이다가, 지난번 석구가 부모님으로부터 경아와의 결혼을 인정받고 있는 상황에서 더 이상 다른 생각을 할 엄두가 나질 않았다. 그래도 석구와 계속 함께할 수 있다는 생각만으로도 행복했다.

인식의 집은 빌딩 맨 위층 전체를 살림집으로 쓰고 있었다. 인식의 동생 인규는 현재 군에서 군의관으로 근무하고 있다고 했다.

꽤 넓은 응접실에는 갖가지 수석이 장식장 하나를 채우고 벽쪽으로 있었고 커다란 유명한 분의 그림이 걸려 있었다.

그날 미애는 좋은 기억을 안고 돌아왔다. 인식 부모님의 인상도 좋아 보였다.

돌아오는 길에 미애가 백화점에 들러 질 좋은 가죽장갑을 하나 샀다. 이것이 석구, 아니 형부에게 주는 처음이자 마지막 선물이 될 것 같았다.

미애가 인식 부모에게 좋은 믿음을 받고 오면서도, 왠지 마음이 한없이 무거웠다. 이제는 석구를 오빠라고 부를 수도 없다는 것이 한없이 서글펐다.

이제는 미애 부모님도 모두 율목동으로 이사를 했다.

검암 공장에 사장으로 첫 출근한 민 사장이 직원이며 공원으로부터도 대환영을 받았다.

이날 모두가 모인 가운데, 석구가 민 사장의 출근을 축하하며 공장에서 대대적인 환영 파티를 벌였다.

무엇보다도 전에 민 사장과 신흥에서 함께 근무한 김 상무가 누구보다도 기뻐했다. 직책도 김 상무를 전무로, 그리고 양 실장이 상무로 승진했다.

그로부터 1년 후.

미애와 인식의 결혼 문제가 본격적으로 거론되기 시작했다.

인식도 그즈음 과천에서 청와대 민정실로 발령을 받아 승진한다.

미애도 계림건설 영업부 마케팅 부서로 자리를 옮겼다.

그해 10월, 인식이 연수차 영국으로 떠나는 시기에 맞춰 결혼 얘기가 오가고 있었다.

인식이 미애와 함께 민 사장 집을 찾아왔다. 거기에는 석구가 미리 와 있었다.

미애 집에는 어느새 푸짐한 상이 차려져 있었다. 인식이 입을 벌리고 좋아했다. 오늘은 미애와 결혼 약속을 받는 날이기도 했다. 그러기 위해서는 석구의 역할이 무엇보다도 중요했다.

인식이 가져온 술을 민 사장에게 권한다. 술잔을 받고 있는 민 사장의 손이 가늘게 떨리고 있었다. 미애마저 떠나고 나면 어떻게 지낼까 하는 생각에 마음이 한없이 무거웠다.

「앞으로 미애와 열심히 살겠습니다. 허락해 주십시오. 이번 영국에 나가기 전에 결혼식을 올리고 싶습니다.」

민 사장이 헛기침을 하고 한숨을 쉰다.

「물론 아버님 섭섭해 하시는 거 잘 알고 있습니다. 큰 따님도 없으신…….」

석구가 옆에서 한마디 한다.

「아버님, 집 걱정은 염려 마십시오. 그리고 여기 인식 군, 처제를 많이 사랑하고 있습니다. 그러니 인식 군 생각대로 결정하십시오.」

민 사장이 천천히 자리에서 일어난다.

「자네가 모두 알아서 하시게. 난 아무래도 좋으니까.」

민 사장이 모든 걸 포기라도 하듯 긴 한숨을 몰아쉰다.

미애가 안방에서 어머니와 말없이 앉아 있다. 한 여사가 미애를 측은한 얼굴로 바라본다.

「엄마! 나 시집가고 나면, 엄마랑 아빠는 어떻게 해?

「어떻게 하다니?」

「엄마 아빠만 살 수 있어?」

「못난 것. 시집가면 아주 집엔 안 올 참인가 보구나?」

「그렇지만…… 언니도 없고…….」

한 여사가 살포시 미애를 안아준다.

「엄마 아빠는 네가 어디서도 잘 살아만 주면, 그것만으로도 행복해.」

석구가 밖으로 나오는데 민 사장이 마당에 서서 먼 하늘을 바라보고 서 있다.

「아버님, 많이 섭섭하시죠? 너무 걱정하지 마세요. 제가 경아 몫까지 아버님 어머님 잘 모시겠습니다.」

「그 사람 혼자 두고 왜 나왔어?」

「두 사람 아주 잘 살 겁니다. 걱정 마세요.」

「걱정은 무슨……. 그 젊은이, 우리 애한테는 과분하지.」

그해 10월, 드디어 미애와 민규의 결혼식이 거행된다.

그렇게 호화롭지도, 또 조촐하지도 않은 식장 분위기였다.

미애의 하얀 드레스를 입고 있는 모습이 눈부시도록 아름다웠다.

마치 경아가 환생이라도 해서 드레스를 입고 나타난 듯.
그 모습을 보고 있는 석구가 순간적으로 착각을 할 정도로 미애는 경아를 많이 닮아 있었다.

이날 윤 회장은 식장에 오지 않았다. 예식이 끝나고 집으로 돌아온 민 사장에게 윤 회장에게서 전화가 왔다.
「기쁘신 날에 찾아뵙지 못해서 죄송합니다. 사돈.」
「어디요. 바쁘신 분께서……. 윤 군 덕분에 모두 잘 끝냈습니다.」
「많이 섭섭하셨죠? 일간 한번 찾아뵙죠.」
「감사합니다, 어르신.」
윤 회장의 전화를 받고 난 민 사장이 온종일 꽉 메어 있던 가슴이 좀 홀가분해진 듯했다.

그 시간 석구는 공항에 있었다. 인식과 미애가 영국으로 떠나는 것을 배웅하기 위해서다. 공항 안으로 들어갈 때까지 미애는 석구를 보지 않았다.
입구를 다 들어가서야 간신히 고개를 돌려 석구를 바라본다. 미애의 눈에는 맑고 투명한 눈물이 하나 가득 고여 있었다.
석구가 손을 들어 배웅을 하고 돌아선다. 석구의 마음도 왠지 무겁긴 마찬가지였다.
공항을 빠져나온 석구가 그 길로 삼목도로 향했다.

하늘은 맑고 바람도 싱그러운 전형적인 늦가을의 날씨였다.

석구가 멀리 바다를 본다.

저만치 작은 배에는 몇 명의 낚시꾼들이 배에 앉아서 한가로이 고기를 낚고 있었다. 경아를 싣고 흘러가던 그때의 바닷물이 햇빛을 받아 변함없이 반짝거리며 조용히 흐르고 있었다.

한동안 흐르는 바닷물을 바라보던 석구가 울먹이는 소리로 중얼거린다.

「경아! 이제 내 할 일을 다 한 것 같다. 경아야, 많이 외롭지? 나도 이제 경아 곁으로 가서 경아와 함께 쉬고 싶다. 경아야! 정말, 아주 많이 보고 싶다. 내 사랑하는 경아~ !」

석구가 자리에서 일어난다. 그리고 먼 바다를 향해 가슴속에서 우러나오는 소리로 외친다.

"경아야! 우우우우우우우—."